ଶୁଭଶ୍ରୀଙ୍କ ଗପଗୁଡ଼ିକ ପଢ଼ିବାବେଳେ
ମନେହୁଏ ସତେ ଯେମିତି ସତରେ ଏମିତି
ଘଟିଛି ବା ଘଟିବା ସମ୍ଭବ! ପାଠକଠୁ
କୌଣସି କଥାକାର ଏତିକି ବିଶ୍ୱାସ
ଜିତିନେବା ପରେ ଗପ ଏକା ନିଃଶ୍ୱାସକେ
ପଢ଼ି ହୋଇଯାଏ।
– ଆଶିଷ ଗଡ଼ନାୟକ

ଆର୍ଦ୍ରା, ଚନ୍ଦ୍ରମଣ୍ଡଳର କେଉଁ କୋଣରେ
ଫୁଟିଉଠୁଥିବା ନକ୍ଷତ୍ରଟିଏ ହୋଇପାରେ କିମ୍ବା
ହୋଇପାରେ ଦୁମଟିଏ ଦିନେ ଯେଉଁଠୁ
ଅଙ୍କୁରୋଦ୍‌ଗମ୍ ହୋଇଥିଲା ସେଇ ଭିଜା
ମାଟି ମୁଠାଏ। ତେବେ, ସାରସ୍ୱତ ଆକାଶକୁ
ଉଜ୍ଜ୍ୱଳିତ ଓ ସୃଜନୀ ମାଟିକୁ ପରିବ୍ୟାପ୍ତ
ହେବାର ଏହା ଏକ ଆମ୍ବିଶ୍ୱାସର ନାଁ।
– ଚିତ୍ତରଞ୍ଜନ ଚିରଞ୍ଜିତ

ଆର୍ଦ୍ରା

ଶୁଭଶ୍ରୀ ମହାରଣା

ବ୍ଲାକ୍ ଇଗଲ୍ ବୁକ୍ସ

ଭୁବନେଶ୍ୱର, ଓଡ଼ିଶା

BLACK EAGLE BOOKS
Dublin, USA

ଆଦ୍ରା / ଶୁଭଶ୍ରୀ ମହାରଣା

ବ୍ଲାକ୍ ଇଗଲ୍ ବୁକ୍ସ : ଭୁବନେଶ୍ୱର, ଓଡ଼ିଶା ● ଡବ୍ଲିନ୍, ଯୁକ୍ତରାଷ୍ଟ୍ର ଆମେରିକା

 BLACK EAGLE BOOKS

USA address:
7464 Wisdom Lane
Dublin, OH 43016

India address:
E/312, Trident Galaxy, Kalinga Nagar,
Bhubaneswar-751003, Odisha, India

E-mail: info@blackeaglebooks.org
Website: www.blackeaglebooks.org

First International Edition Published by
BLACK EAGLE BOOKS, 2025

ARDRA
by **Subhashree Maharana**

Cover Art: **Subhashree Maharana**
Interior Design: Ezy's Publication
Inner Art: **Sanghamitra Bhutia**

ISBN- 978-1-64560-748-9 (Paperback)

Printed in the United States of America

ଉତ୍ସର୍ଗ

ନିଜଠୁ ଆରମ୍ଭହୋଇ ନିଜ ପାଖରେ ସରୁଥିବା ରାସ୍ତାକୁ !

ଆର୍ଦ୍ରା ପାଇଁ...

ଗୋଟିଏ ଅଗ୍ନ୍ୟା ଅଗ୍ନି ବନସ୍ତ ଭିତରେ ଘୂରିବା ପରି ଅନୁଭବ ମୋର 'ଆର୍ଦ୍ରା'। ଏ ବନସ୍ତ ଭିତରକୁ ଥରେ ପଶିଗଲେ ଯେମିତି ବାହାରିବାର ଆଉ କିଛି ରାସ୍ତା ନାହିଁ, କହିପାରନ୍ତି ଗୋଟିଏ ଥ୍ୱାନ୍ ଥ୍ୱେ ରାସ୍ତା, ଏଠି ୟୁ ଟର୍ଣ୍ଣ ନେବା ମନା।

ତେତିଶଟି ଗଛର ଏକତ୍ରୀକରଣ ତରୁଣ ପିଢ଼ିର ଗାଳ୍ପିକା ଶୁଭଶ୍ରୀଙ୍କର 'ଆର୍ଦ୍ରା'। ଥରେ ପଢ଼ିବା ଆରମ୍ଭ କଲେ ପାଠକ ଶେଷ ଗଛ ପର୍ଯ୍ୟନ୍ତ ଯିବ ନିଶ୍ଚୟ। କିଛି ଖୁବ୍ ଛୋଟଗପ ବି ରହିଛି, ଯାହାର ପ୍ରଭାବ ଖୁବ୍ ବେଶୀ ରହିଯିବ ମନ ତଳେ।

'ମୁକ୍ତା'ରୁ ଆରମ୍ଭ କରି 'ଶୋଷ' ଯାଏଁ ଗପର ଏ ଯେଉଁ ମାଳା ଗଢ଼ିଛନ୍ତି ଶୁଭଶ୍ରୀ, ତାହା ଦୂରରୁ ଟିକ୍‌ମିକ୍ ଦିଶିପାରେ, କିନ୍ତୁ ପାଠକକୁ ନିଶାସକ୍ତ କରିବ ହିଁ କରିବ। କେବେ 'ଛୁଞ୍ଚି' ପରି ଧୀରେଧୀରେ ୫ଟକା ଲାଗିବ ତ କେବେ ଶହେ ମିଲିର 'ଶୋଷ' ଦେଇ ଛଟପଟ କରିବ ଗୁଡ଼ାଏ ସମୟ।

ମତେ ଶୁଭଶ୍ରୀଙ୍କର ଏ ଗପସବୁ ଏଥିପାଇଁ ଭଲ ଲାଗିଲେ ଯେ ତାଙ୍କର କଥନିକାରେ ଛଳନା ନାହିଁ। ଏତେ ସତେଜ ଭାଷା ଓ ଏସବୁ ଆଜିର ଗପ। ପ୍ରାୟ ସବୁ ଗପରେ ସେ ସଂପର୍କର କଥା ହିଁ କହୁଛନ୍ତି, କିନ୍ତୁ ସେଇ କହିବାରେ ହିଁ ସେ ଟିକିଏ ଅଲଗା। ନିଜକୁ ନିଜଠାରୁ ଅଲଗା କରି ଠିଆ କରେଇପାରିବାର ଏ ଯୋଉ କଷ୍ଟକର କଳା, ତାକୁ ସେ ଯେ ଏତେ କମ୍ ବୟସରୁ ଆୟଉ କରିପାରିଛନ୍ତି, ଏଇ କଥା ହିଁ ୫ଲ୍‌ମଲ୍ ହେଇ ଦିଶୁଛି ପ୍ରତି ଗପରେ।

'କଥା ବଦଳଉଥିବା ଲୋକ ମାନେ ମିଛ କହନ୍ତି' ବା 'ପ୍ରତ୍ୟେକ ଆଘାତ ମତେ ଅନୁଭବ କରାଏ ଯେ ମୁଁ ଜୀବିତ' – ସଂକଳନର ପ୍ରଥମ ଗପ 'ମୁକ୍ତା'ର ଏ ଧାଡ଼ିସବୁର ପଛରେ ଥିବା ଜୀବନର ପରିପକ୍ୱତା ପ୍ରଥମରୁ ହିଁ ବିସ୍ମିତ କରିଛି ମୋ ଭିତରର ପାଠକଟିକୁ।

ନୂଆ ନୂଆ ଆଜିର ବିଶ୍ୱ ବିଖ୍ୟାତ ଗାଳ୍ପିକ ହାରୁକୀ ମୁରାକାମିଙ୍କ ଗପ ପଢ଼ିବା ବେଳେ ଏମିତି ବିସ୍ମୟପଣ ଅକ୍ତିଆର କରୁଥିଲା ମନକୁ। ଯେ କୌଣସି ମୁହୂର୍ତ୍ତରେ ଭାଙ୍ଗିଯାଇପାରେ ଯତ୍ନରେ ସଜଡ଼ା ସଂସାର, ଯେ କୌଣସି ସମୟରେ ଏକୁଟିଆ ହୋଇ ଯାଇପାରେ ଗହଳି ଭିତରେ ଛିଡ଼ା ହୋଇଥିବା ମଣିଷଟି, ଏଇ କଥା ହିଁ ଥରକୁଥର ମନେ ପକାଇ ଦିଅନ୍ତି ଶୁଭଶ୍ରୀଙ୍କର ଗପସବୁ।

'ମତେ ଲାଗିଲା ଏଇ କଳା ମଟ୍ ମଟ୍ ପିଚୁରାସ୍ତାଟା ମୁଁ। ସବୁ ଗାଡ଼ିର ହେଡ୍ ଲାଇଟ୍ ଅମିତ୍ର ଆଖ୍ ପରି ଭେଦି ଯାଉଛି ମୋ ନଗ୍ନତାକୁ।'

'ରାସ୍ତା' ଗପର ଏଇ ଧାଡ଼ି ସବୁ ଛାତି ତଳେ ଲେଖ୍ ହେଇ ରହିବେ ଅନେକ ଦିନ ଧରି। ଏ ସଂକଳନର ପ୍ରତି ଗପର କିଛି କିଛି ଧାଡ଼ି ପାଖରେ ହିଁ ଅସହାୟ ହେଇ ଠିଆ ଜୀବନ, ସେମିତି ଅସହାୟତାର ଅନୁଭବ ବି ସଂଚରିଯିବ ପାଠକର ମନରେ। ଶୁଭଶ୍ରୀଙ୍କର ସମସାମୟିକ କଥାକାରମାନଙ୍କୁ ମୁଁ ଏଥିପାଇଁ ପଢ଼ିବାକୁ ଚାହେଁ ଓ କହିପାରନ୍ତି ଖୋଜି ଖୋଜି ପଢ଼େ, କାରଣ ମୁଁ ଜାଣିବାକୁ ଆଗ୍ରହୀ ଯେ ଆମ ସମୟରେ ବଂଚୁଥିବା ତରୁଣ ଲେଖକଟିଏ ଜୀବନର ଏ ଦ୍ରୁତ ବଦଳି ଯାଉଥିବା ଚିତ୍ରସବୁକୁ କେମିତି ଦେଖୁଛି। ଏଇ ଦେଖ୍ବାର କଳାକୁ ଚିହ୍ନଟ କରିବାର ସଂଶୟଟି ଟିକିଏ ବି ରହିବନି ଏସବୁ ଗପ ପଢ଼ିବା ପରେ।

ଯେ କୌଣସି ପାଠକ ପାଇଁ ଶୁଭଶ୍ରୀଙ୍କର ଏ ଗପସବୁ ପ୍ରଶ୍ନ କରନ୍ତି, 'ଜାଣିଛ, ଅନ୍ଧାର ଆଉ ତମେ ଠିକ୍ ଏକା ପରି' ବା ସେ ଝିଅଟି ପାଠକର ସାମ୍ନାକୁ ଆସି ପଚାରିପାରେ, 'ତମେ ମଣିଷ ଦେଖ୍ଛ ?' 'ସ୍ୱାତୀ' ଗପର ଏ ଧାଡ଼ିକୁ ଲକ୍ଷ୍ୟ କରନ୍ତୁ, 'ଘରେ ବାହାରେ ଏମିତି ଭୂତ ଆମକୁ ଡରାନ୍ତି'। ଏସବୁ ଆଜିର ସମୟର ଆହ୍ୱାନ କହିପାରନ୍ତି। ବେଶ୍ ଅଛ କଥାରେ ଗୋଟିଏ ବିସ୍ତୃତିକୁ ଦେଖେଇ ପାରିଛନ୍ତି ଅନେକ ଜାଗାରେ ଗାଳ୍ପିକା।

'ମେଘକୁ କେବଳ ମୋର ବୋଲି କହୁଥିବା ଝିଅ ଓ ବର୍ଷାରେ ଭିଜିବାକୁ ଭଲ ପାଉଥିବା ପୁଅକୁ ଥରେ ପଚାରିଲି, ପ୍ରେମ ମାନେ କଣ ?'

ପ୍ରଶ୍ନ ଓ ପ୍ରଶ୍ନ, ଶୁଭଶ୍ରୀଙ୍କର ଏସବୁ ଗଳ୍ପରେ ସହସ୍ର ପ୍ରଶ୍ନ। ଏ ପ୍ରଶ୍ନାକୁଳତା ଓ ସଂଯୋଦନଶୀଳତା ଏସବୁ ଗପର ମୁଖ୍ୟ ବିଭବ।

ଏ ପ୍ରଶ୍ନ ସବୁ ଆଜିର ସମୟର ପ୍ରଶ୍ନ। କହୁଥିଲି ନା, ମଣିଷର ସଂପର୍କର କଥା ମୁଖ୍ୟତଃ କହୁଛନ୍ତି ଶୁଭଶ୍ରୀ, ଏ ସଂପର୍କ ପ୍ରେମର, ଈର୍ଷ୍ୟାର, କ୍ରୋଧର ପୁଣି କିଛି କିଛି ଅବୁଝ ଅନୁଭବର। 'ନୀଳ', 'ପ୍ରଜାପତି', 'ଅତର', 'ଚୁପ୍' – ଏମିତି କିଛି ଗପର ଠିକ୍ ଭାବରେ କହିଲେ ଦେହଟିଏ ନାହିଁ, ଯେମିତି କେବଳ କଙ୍କାଳଟିଏ ଦେଖାଇଛନ୍ତି

ଗାନ୍ତ୍ରିକା। ତା ଉପରେ ନିଜ ମତେ ମାଟି ମୂଟି ଦେହଟି ତିଆରିପାରେ ପାଠକ ବା ସେମିତି ଛାଡ଼ି ବି ଦେଇପାରେ। କିଛି ଗପ କହି ନକହିବାର ଅପ୍ରାପ୍ତି ଭୋଗରେ ସରିଯାଏ। ପୁଣି 'ଆଉ ଜଣେ ଅନାମିକା' ଗପର 'ପ୍ରକୃତରେ ମତେ ପୁଅମାନେ ଆଦୌ ଭଲ ଲାଗନ୍ତିନି' ବା 'ଫେବ୍ରୁଆରୀ' ଗପର 'ତମ ଆଡ଼କୁ ଚାହିଁ କହିଲି, ଏ ରାସ୍ତା ଆଉ ଟିକିଏ ଲମ୍ବା ହେଇ ଯାଆନ୍ତାନି ?'– ଏତିକି କଥାରେ ହିଁ ଅଟକି ଯାଏ ପୂରା ଗପ। ଗୋଟିଏ ଗୋଟିଏ ବିନ୍ଦୁ ପାଖରେ ବାରମ୍ବାର ଝୁଣ୍ଟିବା, ପୁଣି ପଛକୁ ଫେରିବା ବା 'କଟ୍ ଲେଟ୍' ଗପର ନାୟକ ପରି ଆକ୍ରାନ୍ତ ହେବାର ଭାଗ୍ୟ ସହ ମୁହାଁମୁହିଁ ହେବ ବାରମ୍ବାର ପାଠକ।

ମଧୁମାଳତୀ, ରକ୍ତଜବା, ମଲ୍ଲୀ, ଶେଫାଲି, ହେନା– ଏମାନେ ସମସ୍ତେ ଝିଅ ଓ ଏମାନେ ସମସ୍ତେ ପ୍ରେମ କରୁଥିଲେ। ସେମାନଙ୍କ ନିୟତି ଏକାଭଳି, ଗୋଟେ ଫ୍ଲପ୍ 'ସିନେମା' ଭଳି।

ଗତ କିଛିବର୍ଷ ଧରି ଶୁଭଶ୍ରୀଙ୍କର ଗପସବୁ ପଢ଼ିବାକୁ ପାଇଛି ଓ ଖୁବ୍ ମନ ଦେଇ ପଢ଼ିଛି ବି। କିନ୍ତୁ ଏ ସଂକଳନର ଗୋଟିଏ ବି ଗପ ମୁଁ ଏହା ପୂର୍ବରୁ ପଢ଼ିନଥିଲି। ଏସବୁ ତାଙ୍କର ନୂଆ ନୂଆ ଗପ ଲେଖିବାର ସମୟର ଗପ। ଏ ଗପସବୁ ମତେ ଅକ୍ତିଆର କରି ରଖିଛନ୍ତି ଗତ କିଛି ଦିନ ହେଲା। କେବଳ ବିଭୋର ନୁହେଁ ବା ବିମୁଗ୍ଧ ନୁହେଁ, ସମ୍ଭବତଃ ବିବ୍ରତ ବି।

ଶୁଭଶ୍ରୀଙ୍କର ଏ ଗପସବୁ ପଢ଼ିବାବେଳେ ମନେ ହେବ ସେ ବାରମ୍ବାର ଆଘାତକୁ ଚିହ୍ନନ୍ତି, ଜୀବନର ଠିକଣା ଖୋଜି ଚାଲିଛନ୍ତି ତାଙ୍କର ନିଜର ସ୍ଵତନ୍ତ ଶୈଳୀରେ। ତାଙ୍କର ଭିତରର ମଣିଷଟି ଭାରି ଅସନ୍ତୁଷ୍ଟ ଅନେକ କଥାରେ। ତାଙ୍କର ଆଖି ସାମ୍ନାରେ ଅସଂଖ୍ୟ ପ୍ରଶ୍ନ ସେ ବଞ୍ଚୁଥିବା ସମୟ ଓ ପୃଥିବୀକୁ ନେଇ। ସେ ସୀମାରେଖାରେ ବିଶ୍ଵାସ କରନ୍ତିନି। ଭାଙ୍ଗିବାକୁ ଚାହାନ୍ତି ଅନେକ କଥା। ଏବଂ ସତ କଥା ହେଲା ଯେ କଥାକାରଟିଏ ପାଖରେ ଏସବୁ ଯେଉଁଦିନ ସରିଯିବ, ସେଦିନ ତାର କାହାଣୀର ପେଡ଼ି ବି ବନ୍ଦ ହେଇଯାଏ। ତାଙ୍କର ଅନେକ ଗପ କହିବାକୁ ଅଛି। କହୁ କହୁ ଅନେକ କିଛିକୁ ଭାଙ୍ଗି ନୂଆ କରି ଗଢ଼ିପାରିବାର, ଇନ୍ଦ୍ରଧନୁରେ ନୂଆ ରଂଗ ମାଖିବାର, ଆକାଶକୁ ଆହୁରି ପ୍ରସାରିତ କରିବାର ସାମର୍ଥ୍ୟ ବି ଅଛି । ତେଣୁ ସେ କହି ଚାଲିବେ ଏବଂ ବେଶ୍ ଭଲ ଭାବରେ ରହିବେ ଓଡ଼ିଆ ସାହିତ୍ୟରେ, ପାଠକମାନଙ୍କର ହୃଦୟରେ।

ଶୁଭଶ୍ରୀଙ୍କର ପ୍ରଥମ ସଂକଳନ ପ୍ରକାଶନର ଏ ସମୟରେ ମୋର ବହୁତ ଶ୍ରଦ୍ଧା, ସକଳ ଶୁଭେଚ୍ଛା ଓ ଅଭିନନ୍ଦନ। ତାଙ୍କୁ ଏ ସଂକଳନ ଯେ ଆହୁରି ଅଧିକ ପାଠକୀୟ ଆଦୃତି ଆଣିଦେବ, ଏଥିରେ କୌଣସି ସନ୍ଦେହ ନାହିଁ।

ହିରଣ୍ମୟୀ ମିଶ୍ର

ଫୁର୍‌ସତ୍

ବଡ଼ ଚଲଚଞ୍ଚଲ ଏ ପୃଥିବୀ, କ୍ଷଣିକରେ ବଦଲିଯାଏ ସବୁକିଛି ।

ମୁଁ ଚଞ୍ଚଳ ହେଇପାରେ ନାହିଁ । ଗୋଟେ ନିର୍ଦ୍ଦିଷ୍ଟ ସମୟରେ ରହି ଘାରି ହେଇପାରେ ଏବଂ ଗୋଟିଏ କଥାକୁ ଧରି ଝୁରି ହେଇପାରେ ଅନେକ ସମୟ ଯାଏଁ । ବେଳେବେଳେ ଅନେକ ସମସ୍ୟାର ସମାଧାନ ମିଳିଯାଏ ଯେବେ ମୁଁ ନିରେଖି ଦେଖେ ସେସବୁକୁ । ଏଇ ନିରେଖି ଦେଖିବା, ବେଳେବେଳେ ମୋ ଗତିକୁ ଧୀମା କରିଦିଏ । ଆଉ ସେତିକିବେଳେ ମୁଁ ଦେଖିପାରେ ହଠାତ୍ ନଜରରେ ଆସୁନଥିବା ଦୃଶ୍ୟ ସବୁକୁ । ଏଇ ଯେମିତି ପକ୍ଷୀଟେ ଉଡ଼ୁଛି ଅଥଚ ସ୍ଲୋ ମୋସନରେ । ମୋଟର ସାଇକେଲ ଯାଉଛି ସାଇକେଲ ବେଗରେ । ତିନିଚକିଆ ସାଇକେଲ ଧରି ଆଇସକ୍ରିମ ବାଲା ତିନି ଆଙ୍ଗୁଠିରେ ଘଣ୍ଟି ବଜେଇ ଯାଉଛି ଆଣ୍ଡ୍ରଏଡ ଫୋନରେ ସ୍କ୍ରିନସଟ ନେଲା ଭଳି । ଗୋଟେ ଝିଅ ଚୁସ୍କି ନେଉଛି କୋଲା ଫ୍ଲେଭରର ଆଉ ତା ଓଠ ତଳୁ ଟୋପାଏ ଗୋଲାପୀ ରଙ୍ଗ ଖସି ଆସୁଛି, ମାଟିରେ ପଡ଼ିବା ପୂର୍ବରୁ ଉଡ଼ିଯାଉଥିବା ପ୍ରଜାପତିର ପିଠିରେ ପଡ଼ୁଛି ଆଉ ସେ ପ୍ରଜାପତି ନିଜ ପିଠିରେ ବୋହିନେଇ ଉଡ଼ିଯାଉଛି ସେଇ ଗୋଲାପୀ ରଙ୍ଗକୁ । ଗୋଟେ ବୁଢ଼ୀ ମାଉସୀ ପାଛିଆରେ ପାଛିଏ ଜାମୁକୋଲି ଧରି ବସିଛି ରଙ୍ଗୀନ ପାଟେରୀ କଡ଼ରେ । ଗୋଟେ କୁନିପୁଅ ତା ପାଖକୁ ଆସୁଛି । ବୁଢ଼ୀ ମାଉସୀ ତା ହାତରୁ କୋଡ଼ିଏ ଟଙ୍କିଆ ନୋଟଟେ ରଖି ତାକୁ ଦଶ ଟଙ୍କିଆ କଏନଟେ ଆଉ ବରପଟ ଠୋଲାରେ କିଛି କୋଲି ଫେରଉଛି । ମୋତେ ସ୍ଥିର ହୋଇ ଏସବୁ ଦେଖିବାକୁ ଭଲ ଲାଗେ ।

ମୋର ମନେ ପଡ଼ୁଛି, ଛୋଟ ଥିବା ବେଳେ କେବେ ଜଣେ ପ୍ରଶ୍ନ କରିଥିଲେ ମୋତେ, ତୁ କ'ଣ କରିପାରୁ ? ମୁଁ କହିଥିଲି, ପଢ଼ିପାରେ, ସାଇକେଲ ଚଲେଇପାରେ, ଡ୍ରଇଂ କରିପାରେ, ଗୀତ ଗାଇପାରେ । ମୋ ଉଭରରେ ସେ ସନ୍ତୁଷ୍ଟ ହେଇନଥିଲେ ।

ପୁଣିଥରେ ପଚାରିଥିଲେ, ତୁ ସବୁଠୁ ଭଲ କ'ଣ କରିପାରୁ ? ମୁଁ କିଛି ସମୟ ଭାବିଥିଲି । ହେଲେ ଉତ୍ତର ଦେଇପାରିନଥିଲି । ସେ ନିଜ ପ୍ରଶ୍ନକୁ ସହଜ କରି ଆଉଥରେ ପଚାରିଥିଲେ, ପାଠ ପଢ଼ିବା, ସାଇକେଲ ଚଲେଇବା, ଡ୍ରଇଂ କରିବା ଆଉ ଗୀତ ଗାଇବାକୁ ବାଦ ଦେଲେ ତୁ କ'ଣ କରିପାରୁ ? ସବୁଠୁ ଭଲ କ'ଣ କରିପାରୁ ? ତଥାପି ସେ ପ୍ରଶ୍ନର ଉତ୍ତର ନଥିଲା ମୋ ପାଖରେ ।

କିନ୍ତୁ ତାଙ୍କ କଥା ମୁଣ୍ଡରେ ଘାରିହେଇଥିଲା ଅନେକ ଦିନ ପର୍ଯ୍ୟନ୍ତ; ସବୁଠୁ ଭଲ କ'ଣ କରିପାରେ ମୁଁ ! ତା'ପରେ ଭୁଲିଗଲି । ଯଦି ସମାନ ପ୍ରଶ୍ନର ଉତ୍ତର ଏବେ ଦେବାକୁ ହୁଏ ତେବେ କହିପାରିବି ଯେ, ମୁଁ ନିଜର ଗତିକୁ ଧୀମା କରିଦେଇପାରେ ।

ପ୍ରକୃତ କଥାହେଲା, ମୁଁ ତାଙ୍କୁ ସେସମୟରେ ବୁଝେଇ ପାରିନଥିଲି ଯେ 'ସବୁଠାରୁ ଭଲ' ବୋଲି କିଛି ନଥାଏ । ସବୁକାମ କଲାବେଲେ କିଛି ନା କିଛି ଖୁଣ ରହେ । ସବୁ ଭଲ ଭିତରେ ଟେନାଏ ମନ୍ଦ ନିହାତି ରହେ । ମୁଁ ଗୋଟେ କାମକୁ କରିପାରେ, ତାହା ହିଁ ମୋର ସାମର୍ଥ୍ୟ । ହଜାରେ ଜଣ ଚିତ୍ର ଆଙ୍କିପାରନ୍ତି, ହେଲେ ସମସ୍ତଙ୍କ ଚିତ୍ର ଏକାଭଳି ହେଇପାରେନା କେବେ । ଗୋଟିଏ ଗୀତକୁ ଦଶଜଣ ଗାଇଲେ ଦଶ ପ୍ରକାର ଶୁଣାଯିବ, ଗୋଟେ ପ୍ରକାର କେବେ ଶୁଣାଯିବନି । ସମସ୍ତେ ସାଇକେଲ ଚଲାନ୍ତି, ହେଲେ ରାସ୍ତା ସମସ୍ତଙ୍କର ଅଲଗା । ହଁ, ସମୟ ସହିତ ସାମର୍ଥ୍ୟ ବି ପରିବର୍ତ୍ତନଶୀଳ । ମୁଁ ଏବେ ଯାହା କରିପାରୁଛି କୋଡ଼ିଏବର୍ଷ ପରେ ହୁଏତ ତାହା କରିପାରିବି ନାହିଁ କିମ୍ବା ଅନ୍ୟ କେଉଁ କାର୍ଯ୍ୟ ଗୋଟେ କରୁଥିବି ଯାହା ଏବେ କରୁନାହିଁ ।

ହଁ... ତଥାପି ଅବସୋସ ରହେ । ସବୁବେଲ ପାଇଁ ରହେ । କେବେକେବେ ଅସ୍ଥିର କରାଏ । ଲାଗେ, କାସ୍ ସବୁକିଛି ଘଟିପାରନ୍ତାକି ମୋ ଇଚ୍ଛାରେ ପୁଣିଥରେ ! ସବୁକିଛି ସଜାଡ଼ି ହେଇଯାଆନ୍ତାକି ଭଲଲାଗୁଥିବା ଢଙ୍ଗରେ ! 'ଆର୍ଦ୍ରା' ମଧ୍ୟ ଅନେକ ଅବସୋସରେ ଓଦାହେଇ ଅଛି । ମୁଁ ଯେତେଥର ପଢ଼ିଛି 'ଆର୍ଦ୍ରା' ରେ ଥିବା ସବୁଗପରେ କିଛି ନା କିଛି ଖୁଣ ରହିଯାଇଛି ବୋଲି ଭାବେ । ଯାହାକୁ ପଢ଼ିଲେ ମୋତେ ଲାଗେ ଆଉଟିକେ ସଜାଡ଼ିପାରିଥାନ୍ତିକି ! ଆଉ କିଛି ଯୋଡ଼ିପାରିଥାନ୍ତି କି ! ଏଇ ସଜାଡ଼ିବାର ଜିଦ୍ ଥିଲା, ଅଛି, ଆଉ ରହିବ । ମୁଁ ମୋର ପ୍ରତ୍ୟେକ ଗପକୁ ଯେତେଥର ପଢ଼େ ନିଶ୍ଚିତ କୋଉଠି ନା କୋଉଠି ଭୁଲ୍ ଟିଏ ଦିଶେ ।

ମୁଁ ସଜାଡ଼ିବାକୁ ବସିଯାଏ; କେବେ ମୋ ଗପକୁ... ଆଉ କେବେ ନିଜକୁ ।

ଶୁଭଶ୍ରୀ ମହାରଣା

ସୂଚିପତ୍ର

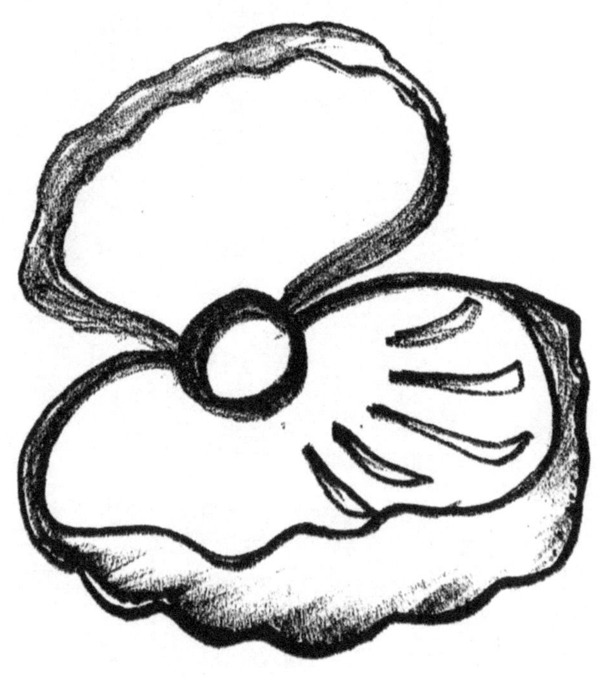

ମୁକ୍ତା

ମୁଁ ବାଲିକୁ ଆଙ୍ଗୁଠିରେ ଖୋଲି ଚାଲିଥିଲି ସେତେବେଳୁ। ଏ ଜାଗାରୁ ସେ ଜାଗା, ସେ ଜାଗାରୁ ଅନ୍ୟ ଏକ ଜାଗା, ଏମିତି କେତେ ଜାଗା।

ସେ ଆଉଥରେ ପଚାରିଲା, କ'ଣ ଖୋଜୁଚ ?

ତା'କଥା ସବୁ ଶୁଣିପାରୁଥିଲେ ବି ମୁଁ ଉତ୍ତର ଦେଉନଥିଲି। ବୋଧହୁଏ ଉତ୍ତର ଦେବାକୁ ଆବଶ୍ୟକ ମନେ କରୁନଥିଲି।

କିଛି ସମୟ ପରେ ସେ ପୁଣି ପଚାରିଲା, କିଛି ହଜିଯାଇଛି କି ?

ମୋ ଆଡ଼କୁ ମାଡ଼ି ଆସୁଥିବା ଛୋଟ ଛୋଟ ଢେଉକୁ ଚାହିଁ ମୁଁ ଉତ୍ତର ଦେଲି, ହଁ ହଜିଯାଇଛି।

: କ'ଣ ?

: ତମ ପ୍ରଶ୍ନର ଉତ୍ତର। ହାହାହା।

: ଏଇଟା ତ ପ୍ରଶ୍ନ ନୁହେଁ।

: ତେବେ କ'ଣ ?

: ଜିଜ୍ଞାସା କେବଳ।

: ଜିଜ୍ଞାସା ତ ଗୋଟେ ପ୍ରଶ୍ନବାଚୀ।

ମୋ କଥା ଶୁଣି ସେ ଗୁମ୍ ହୋଇ ରହିଲା କିଛି ସମୟ। ଦି'ଟା ବଗ ଉଡ଼ିଗଲେ ମୋ ସାମ୍ନାଦେଇ। ସେ କହିଲା, ତୁମେ ଏବେ ଫେରିଯାଅ ଘରକୁ। ଆଉ କିଛି ମିନିଟ୍ ପରେ ଅନ୍ଧାର ହୋଇଯିବ।

: ଅନ୍ଧାର ହଉ। ଅନ୍ଧାର ତ ମୋର ପ୍ରିୟ।

: କାହିଁକି ?

: ସହଜରେ ଲୁଚିପାରେ ନିଜଠୁ।

: ତୁମେ ଲୁଚିବାକୁ ଚାହଁ !

: ହଁ ।

: କାହିଁକି ?

: ନିଜକୁ ଭୟଙ୍କରେ ବହୁତ । ତେଣୁ...

: ଭୟ ! କାହିଁକି ?

: ତମେ ଦର୍ପଣରେ ନିଜ ଆଖିକୁ ଦେଖିଚ କେବେ ?

: ତୁମେ ଦେଖିଚ ?

: ହଁ, ଦେଖିଚି । ଦର୍ପଣ ଭିତରେ ଆଖି, ଆଖି ଭିତରେ ଦର୍ପଣ, ପୁନଶ୍ଚ ଦର୍ପଣ ଭିତରେ ଆଖି ଆଉ ଆଖି ଭିତରେ ଦର୍ପଣ । ଏମିତି ସୁକ୍ଷ୍ମରୁ ସୁକ୍ଷ୍ମତର ଆଉ ଅସଂଖ୍ୟ ପାଲଟିଯାଆନ୍ତି ମୋ ଆଖିଦୁଇଟି । ସେମାନେ ସମସ୍ତେ ଏକ ଲୟରେ ମୋତେ ଚାହିଁ ରହନ୍ତି ମୁଁ ଯୁଆଡ଼େ ବି ଚାହେଁ । ଭୟ ଲାଗିବନି !

: ତୁମେ ତେବେ ପ୍ରତିବିମ୍ବକୁ ଭୟ କର !

: ତମେ କରନି ?

: ମୋ ପାଖରେ ଦର୍ପଣ ନାହିଁ ।

: ଦର୍ପଣ ସମସ୍ତଙ୍କ ପାଖରେ ଥାଏ । ସମସ୍ତେ ଦେଖିବାକୁ ଇଚ୍ଛା କରନ୍ତି ନାହିଁ ।

: ବାଲିକୁ ଆଘାତ ଦେଇଚାଲିଛ ତୁମେ ଅନେକବେଳୁ ।

: ତମେ କଥା ବଦଳେଇ ଚାଲିଚ ଥରକୁଥର । କଥା ବଦଳଉଥିବା ଲୋକମାନେ ମିଛ କହନ୍ତି । ତମେ ମୋତେ ମିଛ କହୁଚ !

: ବୋଧହୁଏ !

: ମୁଁ ମିଛକୁ ଘୃଣା କରେ, ଜାଣ !

: ତୁମେ ସତକୁ ବି ଘୃଣା କର, ଜାଣେ ।

: ମୋ ସହ ଛଳନା କରୁଚ ?

: ଛଳନା ତୁମେ ବାଲି ସହ ବି କରୁଚ । ବିନା କାରଣରେ ତାକୁ ବାରମ୍ବାର ଆଘାତ ଦେଉଚ ।

: ଆଘାତ ମୁଁ ଆଙ୍ଗୁଠିକୁ ବି ଦଉଚି; ମୋ ଟିପକୁ, ଚର୍ମକୁ, ମାଂସପେଶୀକୁ ବି ।

: କ'ଣ ମିଳେ ଆଘାତ ପାଇବାରେ ?

: ପ୍ରତ୍ୟେକ ଆଘାତ ମୋତେ ଅନୁଭବ କରାଏ, ମୁଁ ଜୀବିତ ।

: ଏବଂ ଲୁଚି ରହିଯାଉଥିବା ପ୍ରତ୍ୟେକ ଲୁହଟୋପା କହେ, ତୁମେ ମୃତ ।

: ଜାଣେନା । ମୋ ଆଖି ବନ୍ଦ ଅଛି କେବେଠାରୁ ।

: ବନ୍ଦ ଆଖିରେ କ'ଣ ଦିଶେ ?

: ତରଙ୍ଗ ।

: ଆଉ ନଦୀ ?

: ଠିକ୍ ମୋ ଇଚ୍ଛା ପରି ।

: ସମୁଦ୍ର ?

: ତା'ଠାରୁ ବେଶୀ ଉନ୍ମାଦ ମୁଁ ।

: ଉନ୍ମାଦତାର ଶେଷ କେଉଁଠି ?

: ସମୁଦ୍ରର ଶେଷ କେଉଁଠି ?

ନୀରବ । ସବୁ କିଛି ନୀରବ ପାଲଟିଗଲା ତା'ପରେ । ମୁଁ ଗୋଟେ ଛୋଟିଆ ପଥର ଫିଙ୍ଗିଲି ନଦୀକୁ । ଆଉ ଗୋଟେ ଫିଙ୍ଗିଲି । ଗୋଟେ ପରେ ଗୋଟେ ଫିଙ୍ଗି ଚାଲିଲି । ଦୁଇଟି ଲମ୍ବା ଦୀର୍ଘଶ୍ୱାସ ପରେ ସେ କହିଲା, ମିଲେନି । ପରସ୍ତ ପରେ ପରସ୍ତ ଖୋଲିଲେ ବି ସେ ନାଆଁ ମିଲେନି । ମୁଁ ସେଇ ମୁହୂର୍ତ୍ତରେ ତା' ଆଡ଼କୁ ଚାହିଁଲି । ହେଲେ ଗୋଟେ ମୃତ ଶାମୁକା ବ୍ୟତୀତ କିଛି ନଥିଲା ସେଠି । ସେଇ ଶାମୁକାଟିକୁ ତଳୁ ଉଠେଇ ଆଣି ହାତମୁଠାରେ ରଖିଲି ।

ଗୋଟେ ଲମ୍ବା ଚିତ୍କାର ବାହାରି ଆସିଲା ମୋ କଣ୍ଠଦେଇ, ଶିରା ପ୍ରଶିରାକୁ ଶକ୍ତ କରିଦେଇ । ଓସ୍ତଗଛ ଡାଲରୁ କେଇଯୋଡ଼ା ପକ୍ଷୀ ମୋ ଶବ୍ଦ ତରଙ୍ଗକୁ ଡେଣାରେ କାଟିଦେଇ ଉଡ଼ିଗଲେ ପଶ୍ଚିମ ଆକାଶ ଆଡ଼େ ।

ମୁଁ ହାତମୁଠା ଖୋଲିଲା ବେଳକୁ ହାତ ସାରା ରକ୍ତ । ମୁଁ ହସିଲି ଏଥର ଖୁବ୍ ଜୋରେ । ପୁଣି ଥରେ ବାଲିକୁ ଖୋଲିଲି । ଚିତ୍କାର କରି କହିଲି, ଦେଖ୍ ମୋତେ ମୁଁ ଜୀବିତ । ଭଲରେ ଦେଖ୍ ମୋତେ । ସେ ହସିଲା ଖୁବ୍ ଜୋରେ ଠିକ୍ ଯେମିତି ମୋ ହସର ପ୍ରତ୍ୟୁଉର ଦେବା ପରି । ସେମିତି ହସି ହସି କହୁଥିଲା, ଲୁହ କାହିଁ ! କାହିଁ ଲୁହ ? ଯେଉଁ ଦିଗରୁ ଭାସି ଆସୁଥିଲା ତା'ସ୍ୱର ମୁଁ ସେଇ ଆଡ଼କୁ ପାଦ ବଢ଼େଇଲି । ସେ ହସୁଥିଲା ଏବେ ବି ଖୁବ୍ ଜୋରରେ । ତା'ହସ ଥମୁନଥିଲା । ସୂର୍ଯ୍ୟାସ୍ତ ହେଇ ସାରିଥିଲା । ମୁଁ ଅଟକିଗଲି କିଛି କ୍ଷଣ । ଏବେ ବୀପରିତ ଦିଗକୁ ଦୌଡ଼ିବାରେ ଲାଗିଲି । ଚିତ୍କାର କରି କରି ପଚାରୁଥିଲି, ମୋ ଆଖି କାହିଁ ? କାହିଁ ମୋ ଆଖି ?

ସମୁଦ୍ର

ସେ ବସିଥିଲା ମୋ ଆଡ଼କୁ ପିଠିକରି । ସେ ମୋତେ ଅନେକ କଥା କହିବାକୁ ଚାହୁଁଥିଲା । କହିପାରୁନଥିଲା ବୋଲି ମୁହଁ ବୁଲେଇ ବସିରହିଥିଲା ଅନେକବେଳ । ବାରମ୍ବାର ପଚାରିବା ପରେ ମଧ ଚୁପ୍ ରହୁଥିଲା । ମୁଁ ତା'ଆଡୁ ମୁହଁ ବୁଲେଇ ଆଣିଲି । କାରଣ ମୋତେ ଏମିତି ନୀରବତା ଭଲ ଲାଗେନି । ଭୂତ ପରି ଲାଗେ ।

ପଚାରିଲି, 'ଏବେ ଯିବା ?'

ସେ ତତକ୍ଷଣାତ୍ ଉତ୍ତର ଦେଲା, 'କୁଆଡ଼େ ?'

'ଯେଉଁଠି ତୁମେ ଚୁପ୍ ରହିଲେ ବି ତୁମକଥା ସବୁ ବୁଝିହେବ ।'

ସେ ହାଲ୍କା ହସିଲା । କହିଲା, 'ସବୁକିଛି ବୁଝିବା ପରେ ହୁଏତ ତୁମେ ମୋତେ ଘୃଣାକରିପାର !'

ମୁଁ ତା'ର ଏପରି ଉତ୍ତରରେ ହସିପାରିଲି ନାହିଁ ।

କହିଲି, 'ହଁ, ହୁଏତ କରିପାରେ ! କିନ୍ତୁ ଏମିତି ବି ହେଇପାରେ ପରବର୍ତ୍ତୀ ମୁହୂର୍ତ୍ତରେ ଆଗଠୁ ଢେର୍ ଅଧିକ ଭଲ ବି ପାଇପାରେ !'

ସେ ଦମ୍ଭିଲା ସ୍ୱରରେ କହିଲା, 'ଘୃଣାର ପରିମାଣ ଏତେ ସାଂଘାତିକ ହୋଇଥିବ ଯେ ତୁମେ ପୁଣିଥରେ ଭଲପାଇବାକୁ ଚାହିଁବନି ।'

ମୁଁ ଆକାଶକୁ ଚାହିଁଲି । ପଚାରିଲି, 'ତେବେ ତୁମେ କ'ଣ ଚାହଁ ?'

ସେ ଗୋଟେ ଲମ୍ବା ଦୀର୍ଘଶ୍ୱାସ ନେଲା । କିନ୍ତୁ ମୋ ଦୀର୍ଘଶ୍ୱାସର ଶବ୍ଦ ମୋତେ ଜୋରେ ଶୁଭିଲା ।

ସେ ଗମ୍ଭୀର ହୋଇ କହିଲା, 'ମୁଁ ତୁମକୁ ହତ୍ୟା କରିବାକୁ ଚାହେଁ ।'

•••

ଯଦିଓ ଆମେ ଦୁହେଁ ବିପରୀତ ଦିଗକୁ ମୁହଁକରି ବସିଥିଲୁ ତଥାପି ମୋତେ

ତା' ମୁହଁ ନିରିହ ଦିଶିଲା। ଏବଂ ମୁଁ ସେଇ ମୁହୂର୍ତ୍ତରୁ ତା'କୁ ଆହୁରି ଅଧିକ ଭଲପାଇବସିଲି।

ସେ ପୁଣି ପଚାରିଲା, 'ଏବେ କୁହ, ଏହା ପରେ ବି କ'ଣ ତମେ ମୋତେ ଭଲପାଇବ ?'

ମୁଁ ଓଲଟା ପ୍ରଶ୍ନ କଲି, 'ତୁମେ ମୋତେ ହତ୍ୟା କରିସାରିବା ପରେ ମୁଁ ତୁମକୁ ଘୃଣା କରିବାକୁ କ'ଣ ଆଉ ଥିବି ?'

'ତେବେ ?', ସେ ଆଶ୍ଚର୍ଯ୍ୟ ହେବା ପରି ପଚାରିଲା।

'ତେବେ..... ', ମୁଁ ସମାଧାନ ଖୋଜୁଥିଲି ସମ୍ଭବତଃ।

ତା'ପରେ ପାଞ୍ଚଟି ଦୀର୍ଘଶ୍ୱାସ। ଜଣାନାହିଁ କୋଉଟା ତା'ର ଆଉ କୋଉଟା ମୋର !

ସେଠି ଥିଲା କେବଳ ନୀରବତା କିଛି ସମୟ ପର୍ଯ୍ୟନ୍ତ । ସେ ବୋଧେ ଖୋଜୁଥିଲା ମୋତେ ହତ୍ୟା କରିବାର ନୂଆ ଉପାୟ। ମୁଁ ଖୋଜୁଥିଲି ତା'କୁ ଭଲପାଇବାର ନୂଆ ଉପାୟ।

କିଛି ସମୟ ପରେ ତା'ଆଡ଼କୁ ବୁଲିଚାହିଁଲା ବେଳକୁ ସେଠି ଥିଲା କେବଳ ହଳେ ଜୋତା ଆଉ ଜୋତା ଫାଙ୍କରେ ଥିବା ଛୋଟିଆ କାଗଜରେ ଲେଖାଥିଲା, 'ଦେଖ ମୁଁ ତୁମକୁ ସଂପୂର୍ଣ୍ଣ ରୂପେ ହତ୍ୟାକରିସାରିଛି। ଏବେ ବି ମୋତେ କ'ଣ ଭଲପାଇବ ?'

ସତ କହୁଛି ସେବେଠାରୁ ମୁଁ ତା'କୁ ଭୟଙ୍କର ଭାବେ ଘୃଣାକରେ।

ବାରୁଦ

ମୁଁ ଯେତେବେଳେ ହାତରେ ଦିଆସିଲିଟି ଧରିଲି, ସେଥିରେ କିଛି ବାରୁଦଲଗା କାଠି ଥିଲା। ମୋ ପଛରେ ଗୋଟେ ଅନ୍ଧାରୀ ଇଲାକା ଏବଂ ମୋ ଆଗରେ ଥିଲା ପାଞ୍ଚଟି ଅନ୍ଧାରୁଆ କୋଠରୀ। ମୋ ହାତରେଖାକୁ ଚାହିଁଲି; ଯେଉଁଥିରେ ବାଟ କଢ଼େଇବା ନିମିଊ ଗୋଟେ ନମ୍ବା ଅଙ୍କାଯାଇଥିଲା। ସେଥିରେ ଯାହା କିଛି ଲେଖାଥିଲା ତାହା ମୁଁ ଆଦୌ ବୁଝିପାରିଲି ନାହିଁ। ବୁଝିବାର ଆବଶ୍ୟକତା ବୋଧହୁଏ ନଥିଲା। ସେଇ ନମ୍ବାକୁ ଅନ୍ଧାର ନେସି ଲିଭେଇଲି ଏବଂ ସେଠି ନୂଆ କରି ଲେଖିଲି, 'ମୋ ଆଗରେ ଥିବା ପ୍ରତ୍ୟେକ ଅନ୍ଧାର କୋଠରୀ ପାଇଁ ମୁଁ କେବଳ ଗୋଟିଏ ବାରୁଦଲଗା କାଠି ଜଳାଇବି; ଯୋଜନାବଦ୍ଧ ଭାବରେ।'

ପଛରେ ଥିବା ଅନ୍ଧାରକୁ ପାଦରେ ଠେଲି ଏଥର ଆଗକୁ ପାଦ ବଢ଼ାଇଲି।

ପ୍ରଥମ କୋଠରୀ ସାମ୍ନାରେ ଛିଡ଼ାହୋଇ ଯେତେବେଳେ ପ୍ରଥମ କାଠିକୁ ରଞ୍ଜକରେ ଘସିଲି, ସାମାନ୍ୟ ଆଲୋକରେ କୋଠରୀଟି ଆଲୋକିତ ହେଲା। ଭିତରକୁ ଗଲି। ସେଠି ଦେଖିଲି, ମୋ ଆଡ଼କୁ ପିଠି କରି ଏକ ଝୁଲନ୍ତା ଚୌକିରେ ଜଣେ ବୃଦ୍ଧ ବସିଛନ୍ତି। ତାଙ୍କ କେଶର ରଙ୍ଗ ସଫେଦ ଥିଲା। ସେ କେଉଁ ଏକ ମନ୍ତ୍ର ଉଚ୍ଚାରଣରେ ଏକ ଅଭୁତ ଧ୍ୱନି ସୃଷ୍ଟି କରୁଥିଲେ। ମୋ ପାଦ ଶବ୍ଦ ଶୁଣିବା ମାତ୍ରେ ପଚାରିଲେ, 'ତୁମେ କିଏ?' ତାଙ୍କ କଣ୍ଠସ୍ୱର ଗମ୍ଭୀର ଆଉ ଅସ୍ପଷ୍ଟ ଶୁଣାଗଲା। ଏପରି ମନେହେଲା, ଆଉ କିଛି ଶବ୍ଦର ଉଚ୍ଚାରଣ ପରେ ସେ ସବୁଦିନ ପାଇଁ ମୁକ ହୋଇଯିବେ।

ତାଙ୍କ ପ୍ରଶ୍ନର ଉତ୍ତରରେ ମୁଁ କହିଲି, 'ମଣିଷ। ମୁଁ ନିହାତି ସାଧାରଣ ମଣିଷ ଟିଏ। ମୁଁ ମିଛ କ'ଣ ବୁଝେ ନାହିଁ, ଛଳନା ବୁଝେ ନାହିଁ। ମୁଁ ଦୁର୍ବଳ, ଅକ୍ଷମ। ମୋ ଛୋଟ ପୃଥିବୀର ବାହାରେ ଅନ୍ୟ ଏକ ପୃଥିବୀ ଥିବାର ମୁଁ ଜାଣେ। ତା'ର ଗହଳଚହଳକୁ ଜାଣିପାରେ। କିନ୍ତୁ ମୁଁ ଏଠି ଏକ ନିଷ୍କ୍ରିୟ ସତ୍ତା।

‘ତୁମେ କ’ଣ ଚାହଁ ?’, ସେ ଥରଥର କଣ୍ଠରେ ପ୍ରଶ୍ନ କଲେ ।

‘ସକ୍ରିୟ ହେବାକୁ ଚାହେଁ । ଏଇ ପୃଥିବୀ ବାହାରକୁ ଯିବାକୁ ଚାହେଁ । ବ୍ୟାପକ ହେବାକୁ ଚାହେଁ । ସେପାଖର ପୃଥିବୀକୁ ଅତି ନିକଟରୁ ଦେଖିବାକୁ ଚାହେଁ । ସେଠାକାର ଲୋକମାନଙ୍କ ସହ ସଂପୃକ୍ତ ହେବାକୁ ଚାହେଁ ।’ ମୁଁ ଉତ୍ତର ଦେଲି ।

‘ଯାଅ । ସେପାଖର ପୃଥିବୀ ଏବେ ତୁମର । ସ୍ୱଚ୍ଛନ୍ଦରେ ଘୁରିବୁଲ । ହେଲେ, ଏଇ କୋଠରୀକୁ ଆଉ କେବେ ପ୍ରବେଶ କରିପାରିବ ନାହିଁ । ତୁମପାଇଁ ଏହା ନିଷିଦ୍ଧ ଆଜିଠାରୁ ।’

ଏଥର ତାଙ୍କ ସ୍ୱରଟି କ୍ଲାନ୍ତ ଲାଗିଲା । ତାଙ୍କ କଥା ସରିବା ମାତ୍ରେ ଜଳୁଥିବା କାଠିଟି ମୋ ଆଙ୍ଗୁଳି ଟିପ ଛୁଆଁ ଧପ୍ କରି ଲିଭିଗଲା । ମୁଁ ଚାଲିଆସିଲି ସେଠାରୁ । କୋଠରୀରୁ ବାହାରି ଆସିବା ପରେ ଦରଜାଟି ଧଡ୍ କରି ବନ୍ଦ ହୋଇଗଲା ।

•••

ଦ୍ୱିତୀୟ କୋଠରୀ ସାମ୍ନାରେ ଛିଡ଼ା ହୋଇ ଯେତେବେଳେ ଅନ୍ୟ ଏକ କାଠିକୁ ରଞ୍ଜିକରେ ଘସିଲି, କୋଠରୀଟି ଆଲୋକିତ ହେଲା । ଭିତରକୁ ଯାଇ ଦେଖିଲି, ଜଣେ ବୟସ୍କ ଭୂମି ଉପରେ ଚକାପକାଇ ଧ୍ୟାନ ମୁଦ୍ରାରେ ବସିଛନ୍ତି । କିଛି ଯୋଡ଼ା ଧୂଆଁର କୁଣ୍ଡଳୀ ଉପରକୁ ଉଠୁଥିଲା । ବୋଧହୁଏ ତାଙ୍କ ହାତରେ ଚିଲମ କିମ୍ବା ତା’ ଭିତରେ ଚିଲମର ଧୂଆଁ ଥିଲା । ତାଙ୍କର ତମ୍ବା ବର୍ଣ୍ଣର ଫୁଙ୍ଗୁଳା ପିଠି ଏବଂ ମୁଣ୍ଡରେ ଗୋଛାଏ ଅସଜଡ଼ା କେଶ ବ୍ୟତୀତ ଅନ୍ୟ କିଛି ଦିଶିଲା ନାହିଁ ମୋତେ । ମୁଁ ପ୍ରବେଶ କରିବା ମାତ୍ରେ ସେ ପଚାରିଲେ, ‘ତୁମେ କିଏ ?’ ତାଙ୍କ ସ୍ୱରଟି ଆୟତ୍ତାଧୀନ ।

ଉତ୍ତର ଦେଲି, ‘ମଣିଷ । ସ୍ୱପ୍ନାଭିଳାଷୀ ମଣିଷ ଟିଏ ମୁଁ । ବାସ୍ତବତା କ’ଣ ମୁଁ ବୁଝେନାହିଁ । ମୁଁ ଯେଉଁ ପୃଥିବୀକୁ ଏବେ ଭେଟି ଆସିଲି ସେଠାକାର ଲୋକମାନେ କେତେ ସୁନ୍ଦର, କେତେ ଆନନ୍ଦରେ ଅଛନ୍ତି ମୋ ତୁଳନାରେ ! ସେମାନେ ସତରେ କେତେ ଭାଗ୍ୟବାନ୍ ! କିନ୍ତୁ ସେଠୁ ଫେରିଲା ବେଳେ ହଜେଇ ଆସିଛି ମୋ ଜୋତା । ସେଇ ଜୋତାକୁ ମୁଁ କ’ଣ ଆଉ ପାଇବି ?

‘ତୁମେ କ’ଣ ଚାହଁ ?’ ସେ ପଚାରିଲେ ।

‘ମୋର ସବୁ ସ୍ୱପ୍ନ ପୂରଣ କରିବାକୁ ଚାହେଁ । ସୃଷ୍ଟିର ସମସ୍ତ ସୁନ୍ଦରତାକୁ ଉପଭୋଗ କରିବାକୁ ଚାହେଁ । ନିଜର ଏକ ସୁଦୂରପ୍ରସାରୀ ପରିଚୟ ସୃଷ୍ଟି କରିବାକୁ ଚାହେଁ । ହେଲେ ଖାଲିପାଦରେ ଏତେ ଦୂର ଚାଲିବି କେମିତି !’ ମୁଁ ପ୍ରଶ୍ନମିଶା ଉତ୍ତର ଦେଲି ।

‘ଯାଅ । ସ୍ୱପ୍ନ ପୂରଣ କର ନିଜର । ଏଠାକୁ ଆଉ ଫେରିବ ନାହିଁ । ଏ କୋଠରୀ ତୁମପାଇଁ ନିଷିଦ୍ଧ ଆଜିଠାରୁ ।’

ଏତିକି କହି ସେ ଚିଲମରୁ କିଛି ନିଆଁଖୁଲ ଛାତିଦେଲେ ମୋ ପାଦ ଉପରେ। ତାଙ୍କ କଥା ସରିବା କ୍ଷଣି କାଠିଟି ଜ୍ଲିଜ୍ଲି ଆସି ମୋ ଟିପ ଛୁଇଁ ଲିଭିଗଲା ଏବଂ ମୁଁ ସେ କୋଠରୀରୁ ବାହାରି ଆସିବା ମାତ୍ରେ ଦରଜାଟି ଆପେ ଧଡ୍ କରି ବନ୍ଦ ହୋଇଗଲା।

•••

ମୁଁ ଏବେ ଆସି ତୃତୀୟ କୋଠରୀ ସାମ୍ନାରେ ଛିଡ଼ା ହୋଇଥିଲି। ଅନ୍ୟ ଏକ ବାରୁଦଲଗା କାଠିକୁ ରଙ୍ଗକରେ ଘସିଲି। କୋଠରୀ ଆଲୋକିତ ହେଲା। ଭିତରେ ପହଞ୍ଚି ଦେଖିଲି, ଧଳାରଙ୍ଗର ପଞ୍ଜାବୀ ପିନ୍ଧି ହାତରେ ଅଧାମେଲା ବହିଟିଏ ଧରି ଜଣେ ସୌମ୍ୟ ଯୁବକ ଛିଡ଼ାହୋଇଥିଲେ ଝର୍କା ବାହାରକୁ ଚାହିଁ। ମୁଁ ପ୍ରବେଶ କରିବା ପରେ ସେ ପଚାରିଲେ, 'ତୁମେ କିଏ?' ଆକର୍ଷକ କଣ୍ଠ। ଜଣେ କିଛି ସମୟ ଅଟକିଯାଇପାରେ ତାଙ୍କ କଣ୍ଠସ୍ୱରରେ।

ମୁଁ ଉତ୍ତର ଦେଲି, 'ମଣିଷ। ଏକ ଲକ୍ଷ୍ୟହୀନ ମଣିଷ। ସୁଖର ଅନ୍ୱେଷଣରେ ଅନେକ ବୁଲିଲି, ଅନେକ ସ୍ୱପ୍ନ ଦେଖିଲି, କିଛି ପୂରଣ କରିପାରିଲି ନାହିଁ। ବୃଥାରେ ଅନେକ ସମୟ ସାରିଦେଲି। ମୋ ପାଦରେ ଏବେ ଅନେକ ଆଘାତ। ମୁଁ ଏବେ ନିରୁପାୟ।'

'ତୁମେ କ'ଣ ଚାହଁ?' ସେ ଅଛ ହସି ପଚାରିଲେ।

'ମୁଁ ସ୍ଥାୟିତ୍ୱ ଚାହେଁ। ବଞ୍ଚିବା ନିମିତ୍ତ କୌଣସି ପନ୍ଥା ଚାହେଁ। କିଛି ମୁହୂର୍ତ୍ତର ଖୁସି ଚାହେଁ, ପ୍ରେମ ଚାହେଁ। ସାଥୀ ଚାହେଁ; ଯିଏ ଅବଶିଷ୍ଟ ଜୀବନ ପାଇଁ ସାଥୀରେ ରହିବ।'

ମୋ କଥା ଶୁଣି ସେ ଠୋ ଠୋ ହୋଇ ହସିବାରେ ଲାଗିଲେ। କହିଲେ, 'ସତରେ ତୁମେ ଏସବୁ ଚାହଁ! ହୁଏତ ଅନୁତାପ କରିପାର ପଛରେ! ତୁମେ ନିଜକୁ ଦୋଷୀ ମାନିପାର ପରବର୍ତ୍ତୀ ମୁହୂର୍ତ୍ତରେ! ପାରିବ ତ ଭିତରପଟୁ ଦରଜା ବନ୍ଦ କରି ଏଇ କୋଠରୀରେ ରହିଯାଅ ସବୁଦିନ ପାଇଁ। ଏଇ ପୃଥିବୀକୁ ଆପଣେଇ ନିଅ। ତୁମେ ଏଇଠି ମୋ ସହ ରହିବାକୁ ଚାହିଁବ?'

ଏ ପ୍ରଶ୍ନ ସଂପୂର୍ଣ୍ଣ ନୂଆ ଥିଲା ମୋ ପାଇଁ। ମୁଁ ଏଇ କୋଠରୀରେ କାହିଁକି ବା ରହିବି! ମୁଁ ସ୍ପଷ୍ଟ ଉତ୍ତର ଦେଲି,

'ନା। ମୁଁ ଯିବାକୁ ଚାହେଁ।'

ସେ ପଛପଟେ ନିଜର ଦୁଇହାତର ଆଙ୍ଗୁଳିକୁ ଛନ୍ଦି କହିଲେ, 'ତେବେ ଯାଅ। କଠୋର ବାସ୍ତବତାକୁ ଆପଣାଅ। ଆଜିଠାରୁ ଏ କୋଠରୀ ନିଷିଦ୍ଧ ତୁମ ପାଇଁ।'

ଏଥର ବି କାଠିଟି ମୋ ଟିପ ବାଜି ଲିଭିଯାଇ ତଳେ ପଡ଼ିଗଲା। ଟିପ ସାମାନ୍ୟ

ଜଳିଯାଇଥିଲା ଏଥର । ଏଥର ବି ମୁଁ କୋଠରୀରୁ ବାହାରିବା ମାତ୍ରେ ଦରଜାଟି ଆପେ ବନ୍ଦ ହୋଇଗଲା ।

•••

ଏବେ ମୁଁ ଚତୁର୍ଥ କୋଠରୀ ସାମ୍ନାରେ ଛିଡ଼ା ହୋଇଥିଲି । ରକ୍ଷକରେ କାଠି ଘସିବାରୁ କୋଠରୀଟି ଆଲୋକିତ ହେଲା । କୋଠରୀ ଭିତରେ ମୋତେ ପଛ କରି ସାମ୍ନାରେ ଜଣେ କିଶୋର ହାତରେ ରଙ୍ଗତୁଲୀ ଧରି କାନଭାସରେ ଚିତ୍ର ଆଙ୍କିବାରେ ମଗ୍ନ ଥିଲେ । ମୋ ପାଦ ଶବ୍ଦ ଶୁଣି ପଚାରିଲେ, 'ତୁମେ କିଏ ?' ଆଃ, କୁହୁକ କଣ୍ଠ ତାଙ୍କର ।

ମୁଁ ଉତ୍ତର ଦେଲି, 'ମଣିଷ । ଏକ ଅସହାୟ ମଣିଷ । ଯିଏ ସବୁଥିରେ ବିଫଳ ହୋଇ ସାରିଚି । ବଡ଼ କଠୋର ଏ ବାସ୍ତବତା । ମୋ ଜାଣତରେ ମୁଁ ଅନେକ ଭୁଲ୍ କରିସାରିଚି । ନିଜ ସ୍ୱାର୍ଥ ପାଇଁ ଅନେକଙ୍କୁ କଷ୍ଟ ଦେଇଚି । ମୁଁ ଦିନକୁ ଦିନ ଅସ୍ଥିର ଆଉ ଜିଦ୍‌ଖୋର ହୋଇଯାଉଚି । ମୋ ଶରୀରରେ ନୂଆ ନୂଆ ରୋଗ ସୃଷ୍ଟି ହେବାରେ ଲାଗିଛି । ପାଦରେ ଏତେ ଯନ୍ତ୍ରଣା ଯେ ଆଗକୁ ଆଗେଇବା କଷ୍ଟକର ମୋ ପାଇଁ ।'

'ତୁମେ କ'ଣ ଚାହଁ ?' ସେ ପଚାରିଲେ ।

'ଶାନ୍ତି ଚାହେଁ । ଏ ଅବସୋସ ମାନଙ୍କ ଠାରୁ ମୁକୁଳିବାକୁ ଚାହେଁ । ଏ ମିଥ୍ୟା ସଂପର୍କ ମାନଙ୍କ ଠାରୁ ଦୂରେଇବାକୁ ଚାହେଁ । ମୁଁ ମୋ ନିଜ ସହ କିଛି ସମୟ ବିତାଇବାକୁ ଚାହେଁ ।' ମୁଁ ଉତ୍ତର ଦେଲି ।

'ତେବେ ଯାଆ । ସବୁ ଜଞ୍ଜାଳରୁ ମୁକ୍ତ ହୁଅ । ଏଠିକୁ ଆଉ ଫେରିବନି । ଆଜିଠାରୁ ଏ କୋଠରୀ ନିଷିଦ୍ଧ ତୁମ ପାଇଁ ।'

ସେ ଏତିକି କହି ତୁଲୀରୁ କିଛି ରଙ୍ଗ ଛାଟିଦେଲେ ମୋ ଉପରେ । ତାଙ୍କ କଥା ସରିବା ମାତ୍ରେ କାଠିଟି ଲିଭିଗଲା । ମୁଁ କୋଠରୀରୁ ବାହାରି ଆସିବା ମାତ୍ରେ ଦରଜାଟି ଧଡ୍ କରି ବନ୍ଦ ହୋଇଗଲା ।

•••

ଏବେ ମୁଁ ପଞ୍ଚମ କୋଠରୀ ସାମ୍ନାରେ ଥିଲି । ରକ୍ଷକରେ ଶେଷ କାଠି ଘସିଲି । ଜଳିଲାନି । ପୁଣିଥରେ ଘସିଲି, ତଥାପି ଜଳିଲା ନାହିଁ । ଥରଥର ହାତକୁ ସମ୍ଭାଳି ପୁଣି ଥରେ କାଠିଟିକୁ ରକ୍ଷକରେ ଘସିଲି । କାଠିଟି ହଠାତ କରି ଜଳିଉଠିବାରୁ କୋଠରୀଟି ଆଲୋକିତ ହେଲା । ଏଠି ଆଲୋକର ମାତ୍ରା ଏତେ ମଳିନ କାହିଁକି ! ଅନ୍ଧାର ଏତେ ଯେ, ଏଠି କେହି ଥିବା ପରି ମନେ ହେଉ ନାହିଁ । ମୁଁ ଆଉ ପାଦେ ଆଗକୁ ବଢ଼ିଲି । ହଠାତ ସେଇ ଅନ୍ଧାର ଭିତରୁ କେହି ଜଣେ କହିଲା, 'ତୁମେ କିଏ ?'

ଆହାଃ, କେତେ ମଧୁର ଏ କଣ୍ଠ ! ଅବିକଳ ଏକ ଶିଶୁର କଣ୍ଠସ୍ୱର ପରି।

ମୁଁ ଉତ୍ତର ଦେଲି, 'ମଣିଷ। ଏକ କ୍ଲାନ୍ତ ମଣିଷ। ମୋ ଶରୀର ଅବଶ। ଚାଲିବାକୁ ପାଦରେ ତିଳେମାତ୍ର ଶକ୍ତି ନାହିଁ। ଜୀବନକୁ ନେଇ ଆଉ କୌଣସି ଆଶା ନାହିଁ। ଅନେକ ହତାଦର ସହିସାରିଲିଣି। ଆଉ ପାରୁନାହିଁ।

'ତୁମେ ଏବେ କ'ଣ ଚାହଁ ?' ସେ ହସିହସି ପଚାରିଲା।

'ମୁକ୍ତି। ଏ ଜୀବନରୁ ମୁକ୍ତ ହେବାକୁ ଚାହେଁ ମୁଁ। ଅନେକ ବୋଝ ବୋହିଲି। ଏବେ ମୁଁ ବିଶ୍ରାମ ଚାହେଁ। ନିଦ୍ରା ଚାହେଁ।'

ମୋ କଥା ସରିବା ମାତ୍ରେ ଅନ୍ଧାର ଭିତରୁ ଖିଲିଖିଲି ହସର ଶବ୍ଦ ଶୁଣାଗଲା। ଛୋଟ ଶିଶୁଟିଏ ମୋ ଆଡ଼କୁ ଚାଲି ଚାଲି ଆସିଲା। ମୁଁ ଆଶ୍ଚର୍ଯ୍ୟ ହେଲି ତାକୁ ଦେଖି। ଇଏ ତ ମୁଁ। ମୋ ସାମ୍ନାରେ ମୁଁ ଅର୍ଦ୍ଧନଗ୍ନ ଶିଶୁ ରୂପରେ ଦଣ୍ଡାୟମାନ। କେମିତି !

ସେ ଶିଶୁଟି ମୋ ପାଖକୁ ଆସିଲା ଆଉ ତା'ର କଅଁଳ ଆଙ୍ଗୁଳିକୁ ମୋ ମୁହଁରେ ଛୁଆଁଇଲା। ଧୀରେ ଧୀରେ ଆଉଁସି ଦେଲା ଆଖ୍ୟପତା। ସେଇ ଦରୋଟି ଓଠରେ ହସି ହସି କହିଲା, ମୁକ୍ତି... ମୁକ୍ତି।

ଦିଆସିଲି କାଠିଟି ଜଳିଜଳି ଏଥର ମୋ ଟିପ ଛୁଇଁଲା। ନିଆଁ ଧାସରେ ଟିପର କିଛି ଅଂଶ ଶିଝିଯିବା ପରେ କାଠିଟି ତଳେ ପଡ଼ି ଲିଭିଗଲା। କୋଠରୀ ସାରା ଅନ୍ଧାର। ମୋତେ କେବଳ ସେଇ ଶିଶୁର କଣ୍ଠସ୍ୱର ଶୁଣାଯାଉଥିଲା। କେବଳ ତା' ହସ। ମୋର ଆଗକୁ ବଢ଼ିବା ପାଇଁ ଟିକେ ହେଲେ ବି ବଳ ନଥିଲା। ଏଥର କୋଠରୀର ଦରଜାଟି ଆପେ ଧଡ୍ କରି ବନ୍ଦ ହୋଇଗଲା ଆଉ ମୁଁ ସେଇ ଅନ୍ଧାର କୋଠରୀ ଭିତରେ ରହିଗଲି। ଆଃ, ଅନ୍ଧାର ବି ଏତେ ଯନ୍ତ୍ରଣା ଦିଏ !

କିନ୍ତୁ; ଅକସ୍ମାତ ସେଇ ଅନ୍ଧାର ଭିତରୁ ବିନ୍ଦୁଏ ଆଲୋକ ମୋ ଆଖି ସାମ୍ନାରେ ଝଲସିଲା। କେଉଁଠୁ ଆସୁଚି ଏ ଆଲୋକ! ଆଖିକୁ ମକଟି ଆଉଥରେ ଦେଖିବାକୁ ଚେଷ୍ଟା କଲି। ମୋ ସାମ୍ନାରେ ଶିଶୁଟି ଛିଡ଼ାହୋଇଥିଲା ଗୋଟେ ଜଳନ୍ତା ଦିଆସିଲି କାଠି ଧରି। ମୁଁ ତା'ଆଡ଼କୁ ହାତ ବଢ଼େଇଲା ବେଳେ ମୋ ହାତରେଖା ଦିଶିଲା। ଆଶ୍ଚର୍ଯ୍ୟ! ଯେଉଁ ନକ୍ଷାକୁ ମୁଁ ଲିଭେଇ ସାରିଥିଲି, ସେଇ ଗୁଡ଼ିକ ସ୍ପଷ୍ଟ ଦିଶୁଛି ଏଠି। ଏବେ ମଧ ଏ ନକ୍ଷାକୁ ମୁଁ ପଢ଼ିପାରୁ ନାହିଁ।

ମୁଁ କୌତୁହଳୀ ହୋଇ ଶିଶୁଟିକୁ ପଚାରିଲି, ଦିଆସିଲିରେ ମୋଟ କେତୋଟି କାଠି ଥିଲା ?

'ପାଞ୍ଚଟି', ସେ ଉତ୍ତର ଦେଲା।

ତା'କଥା ଶୁଣି ମୁଁ ହସିଲି, ଗଳା ଥକିଯିବା ଯାଏଁ ହସିଲି।

ମୁଁ ପୁଣି ଥରେ ପଚାରିଲି, 'ମୋ ଜୋତା ଦେଖିଚୁ?'

ମୋ ପ୍ରଶ୍ନ ଶୁଣି ଏଥର ସେ ହସିଲା। ଖୁବ୍ ଜୋରେ ହସିଲା। ତା' ହସ ମୋତେ ବେଳକୁବେଳ ଦୁର୍ବଳ କରିଦେଉଥିଲା।

କିଛି କ୍ଷଣ ପରେ ତା' ହାତର ନିଆଁ ଆଉ ତା' ହସ ଏକସଙ୍ଗେ ଲିଭିଗଲା।

ଦରଜ

'ଏ ଗାଡ଼ିବାଲା ଏଃ ! ତତେ ଦିଶୁନି ମୁଁ ରାସ୍ତା ମଝିରେ ପଡ଼ିଛି । ମୋ ଉପରେ ଗାଡ଼ି ନଚଢ଼େଇ ସାଇଟ୍‌ରେ କାଇଁ ନେଲୁ ବେ ?'

ଆହୁରି କ'ଣ ଗୁଡ଼ାଏ ଗୁଣୁଗୁଣୁ ହେଇ କହିଗଲା । କଷ୍ଟେମଷ୍ଟେ ସେଠୁ ଉଠି ଡାହାଣକୁ ମୁହାଁଇଲା । ତା' ପଛରେ ତିନି ଚାରିଟା ବୁଲା କୁକୁର ଏମିତି ଗୋଡ଼ଉଥ୍ଲେ ଯେମିତି ତା' ହାତରେ କଞ୍ଚାମାଂସର ପୁଟୁଳାଟେ ଅଛି ।

'ଅଟୋ . . ଏଃ ଅଟୋ । ଆ . . ମୋତେ ପିଟିଦେ । ଆରେ ସିଆଡ଼େ କାଇଁ ବୁଲେଇଲୁ ! ମୁଁ ଏଠି ଛିଡ଼ା ହେଇଛି । ମୋ ଉପରେ ଚଢ଼ା ।'

ଠିକ୍ ସେଇ ସମୟରେ ସିନେମା ହଲ୍‌ରୁ ଦଲେ ଟୋକା ବାହାରିଲେ ଏକା ସାଙ୍ଗରେ । ବୋଧେ ନାଇଟ୍ ଶୋ' ସରିଲା । ସେମାନଙ୍କ ପାଖକୁ ଗଲା । କହିଲା,

'ପିଲାମାନେ, ତମେ ସମସ୍ତେ ମିଶି ମୋତେ ମାର । '

'ଆମେ କାହିଁକି ତମକୁ ମାରିବୁ ।'

'ମୁଁ କହୁଚି ମାରିବାକୁ । ମାର ମୋତେ ।'

'ଶଃଳା ଦେଶୀ ମାଲ୍ ଠୁଙ୍କି ଦେଇଛି । ବାଇଆଙ୍କ ଭଳି ହଉଛି । ଆସରେ ଯିବା ।'

ସେମାନଙ୍କ ଭିତରୁ କେହି ଜଣେ ଚାପାସ୍ଵରରେ ଏତକ କହିଲା ।

ଲୋକଟା ରୋଡ୍ ଉପରେ ଆଡ଼େଇ ପଡ଼ି ବସିରହିଲା ଅନେକ ସମୟ ପର୍ଯ୍ୟନ୍ତ । ପୁଣି ଭରାଦେଇ ଉଠି ଚାଲିବାକୁ ଲାଗିଲା । କହିଲା, ' ଏମାନେ ଶାନ୍ତିରେ ମରିବାକୁ ବି ଦେବେନି ।' ପାଦର ଗତି ଧୀମା ହୋଇଆସୁଥିଲା ତା'ର । ମନକୁ ମନ କ'ଣ ଗୁଡ଼ାଏ ଗପିଗପି ଘର ପାଖେ ପହଞ୍ଚିଗଲାଣି ।

•••

ସେ ଘର ଦରଜା ସାମ୍ନାରେ ପହଞ୍ଚି ତାଲା ଖୋଲିବାରେ ଲାଗିଗଲା । ଅନେକ ଥର ଚାବି ପୁରେଇବା ସତ୍ତ୍ୱେ ତାଲା ନଖୋଲିବାରୁ ମନଇଚ୍ଛା ବହେ ଶୋଧିଲା । ଏତେ ବଡ଼ ପାଟିରେ ଗାଳି ଗୁଡ଼ାକ କରୁଥିଲା ଯେ ଆଖପାଖ ଘରର ଲୋକମାନେ ନିଦରୁ ଉଠିପଡ଼ି ଲାଇଟ୍‍ ଅନ୍‍ କଲେ । କେହି କେହି ଝରକା ଖୋଲି ଦେଖିବାକୁ ଚେଷ୍ଟା କରୁଥିଲେ କ'ଣ ହେଇଛି ଆଜି ୟାର ? କେବେ ତ ଏମିତି ହୁଏନି ! ପଡ଼ିଶା ଘରୁ କେହି ଜଣେ ଆସି ପଚାରିଲା,

'କିରେ କ'ଣ ହେଇଛି ? କାଇଁ ରାତିଅଧଟାରେ ଗାଳିମନ୍ଦ କରୁଚୁ ?'

'ତୋର କ'ଣ ଯାଉଚି ବେ ଶଳା । ତୋ ମା' ଭଉଣୀ ନାଆଁରେ ମୁଁ କିଛି କହୁଚି ?'

ତା' ଆଡ଼କୁ ଅନାଇ ଛେପ ଲେଣ୍ଢାଏ ପକାଇଲା । ପୁଣି ତାଲା ଖୋଲିବାରେ ମନ ଦେଲା । ସେମିତି ମନେ ମନେ ଶୋଧୁ ଚାଲିଥାଏ । କହୁଥାଏ, ' ଶଳା ମୁଁ ଗଧ ଖଟଣି ଖଟିବି । ପଇସା ଦେଲାବେଳକୁ ତମର ଏତେ ପେଖେନା' ।

ଓହୋଃ . . ଏତେବେଳକୁ ଯାଇ ତାଲା ଫିଟିଲା । କବାଟ ଖୋଲି ଭିତରକୁ ଗଲା ବେଳକୁ ଦେଖିଲା ସେଇ ଲୋକଟା ସେତେବେଳୁ ସେଇଠି ଛିଡ଼ା ହେଇଛି ।

'କାଇଁ ଠିଆଟା ହେଇଛୁ ବେ ? ଏଠି କ'ଣ ଫିଲିମ୍‍ ଚାଲିଚି! ତୁ କ'ଣ ମାରିବୁ ମୋତେ ! ଆ ମାରେ। ଆରେ ମାରୁନୁ। ପଳଉଚୁ କୁଆଡ଼େ !'

ଧଡ଼୍‍ କରି କବାଟ ବନ୍ଦ କରିଦେଇ ଚାଲିଆସିଲା ଘର ଭିତରକୁ । ଲାଇଟ୍‍ ଜ୍ୱଳେଇଲା । କୋଠରୀର ଚାରିଆଡ଼େ ଆଖ୍ ବୁଲେଇ ଆଣିଲା ଥରେ । କବାଟ କୋଣରୁ ଝାଡ଼ୁ ଆଣି ଘର ଝାଡ଼ୁ ଦେଲା । ଗୋଟିକିଆ ଖଟରେ ବିଛଣା ପାରିଲା ।

ରୋଷେଇ ଘରକୁ ଯାଇ ହାଣ୍ଡିରୁ ଚାପା କାଢ଼ି ଦେଖିଲା । କଡ଼େଇରୁ ଘୋଡ଼ଣୀ ଖୋଲି ଦେଖିଲା । ହେଲେ ହଠାତ୍‍ ତା'ର କ'ଣ ହେଲା କଡ଼େଇକୁ ଗୋଇଠାଏ ମାରିଲା ଯେ ଗଡ଼ିଗଡ଼ି ଯାଇ ଗୋଟେ କୋଣରେ ମୁହଁମାଡ଼ି ପଡ଼ିଲା । ହାଣ୍ଡି ଉପରେ ଚାପା କରିଦେଇ କହିଲା, 'ଛିଃ ! କିଛି... ଈ ନାହିଁ !'

ଘର ସାରା ଦି'ତିନି ଘେରା ବୁଲିଲା ପାଗଳଙ୍କ ଭଳି । ସେତେବେଳକୁ ତା' ଦେହରେ ଝାଳଭର୍ତ୍ତି ହେଇଗଲାଣି । ଦେହରୁ ସାର୍ଟ ଉତାରି ଅଲୁଗୁଣିରେ ଓହଲେଇଲା ଏବଂ କିଛି ସମୟ ଗୁମ୍ ହେଇ ବସି ରହିଲା ।

•••

ବାହାରେ ଆମ୍ବୁଲାନ୍ସର ଶବ୍ଦ ଶୁଭିବାରୁ ସେ ଦି'କାନରେ ହାତ ଦେଇ ଆଖ୍ ବୁଜି ଜୋରେ ଚିଲେଇଲା ।

'କାନ୍ଦ ବନ୍ଦ କର୍‍। ତତେ କହୁଛି ପରା କାନ୍ଦ ବନ୍ଦ୍‍ କର୍‍। ଓଃ... ମୁଁ ପାଗଳ ହେଇଯିବି।'

ହେଲେ ଆଖ୍ ଖୋଲିଲା ବେଳକୁ ନିଜେ ନିଜ ଛାଇ ଦେଖ୍ ଚମକି ପଡ଼ିଲା। ପୁଣି ତା'ର କ'ଣ ହେଲା ହଠାତ୍‍ ଭେଁ ଭେଁ ହେଇ କାନ୍ଦିଲା; ଖୁବ୍‍ କଷ୍ଟ ହେଲେ ଯେମିତି ଜଣେ କାନ୍ଦେ ଅନ୍ତଃ ଦୁହିଁ ହେବା ପରି ଚିତ୍କାର କରି। ତା' ବେକର ଦୁଇ ପଟେ ଶିର ଦି'ଟା ଫୁଲି ଉଠୁଥିଲା। ଅଧଘଣ୍ଟା କାଳ ସେମିତି କାନ୍ଦିଲା।

କ୍ୟାଲେଣ୍ଡର୍‍କୁ ନିରିଖ୍ ଦେଖିଲା କିଛି ଖୋଜିବା ପରି। ପୁଣି ଆସି ନିଜ ଛାତିରେ ଜାକି ଧରିଲା ଅନେକ ସମୟ ଯାଏ। କିଛି ପ୍ରଶ୍ନ କରୁଥିଲା ବୋଧେ ନିଜେ ନିଜକୁ! କିଛି ସମୟ ପରେ ଭୂତ ସବାର ହେବା ପରି ସେଠାରୁ ଉଠିଯାଇ ଏପଟ ସେପଟ ହେଲା। ସେମିତି ବୁଲିବା ଅବସ୍ଥାରେ ଅଣ୍ଢାରୁ ବେଲ୍‍ କାଢ଼ିଲା। ଆଉ ନିଜକୁ ନିଜେ ପିଟିବାକୁ ଲାଗିଲା ଖୁବ୍‍ ଜୋରରେ। ଏମିତି ମାଡ଼ ମଣିଷମାନଙ୍କୁ ଦିଆ ଯାଏନି। ବଳଦ ମାନଙ୍କୁ ହଳପାଞ୍ଚଣରେ ଯେମିତି ପାହାର ଦିଆଯାଏ ଠିକ୍‍ ସେମିତି ମନଇଚ୍ଛା ଯନ୍ତ୍ରଣା ଦଉଥିଲା ଲୋକଟା ନିଜକୁ। ଠାଏ ଠାଏ ନାଲିଦାଗ ପଡ଼ିଗଲାଣି ଛାତିରେ। ପିଠିରୁ ରକ୍ତ ବି ବାହାରିଲାଣି। ତଥାପି ସେ ନିଜକୁ ପିଟି ଚାଲିଛି। ଆଷ୍ଚର୍ଯ୍ୟ ! ତା' ପାଟିରୁ ଯନ୍ତ୍ରଣାଜନିତ ଶବ୍ଦଟିଏ ବି ବାହାରୁନି। ନିଜକୁ ମାରି ମାରି ହାଲିଆ ହେଇଯିବା ପରେ ଖଟ ପାଖରେ ଥମ୍‍ କରି ବସିଗଲା। ଅନେକ ରାତି ଯାଏ କ'ଣ ଗୁଢ଼ାଏ ଭାବୁଥିଲା ମୁଣ୍ଡରେ ହାତଦେଇ। ସେଇଠି ଢୁଲେଇ ପଡ଼ିଥିଲା ସକାଳ ହେବା ପର୍ଯ୍ୟନ୍ତ।

•••

ସକାଳୁ ଉଠି ନିଜକୁ ଆଇନାରେ ଦେଖିଲା ପ୍ରଥମେ। ହସିବାକୁ ଚେଷ୍ଟା କରୁଥିଲା ଆଇନାକୁ ଚାହିଁ। ତଥାପି ହସି ପାରିଲାନି। ଶେଷକୁ 'ହାହାହାହା' ହେଇ ଜୋରେ ହସିଲା। ରୁଟି ସଜାଡ଼ିଲା ହାତରେ।

ନିଜର ନିତ୍ୟକର୍ମ ସାରିଲା ତରବର ହେଇ। ଯେତେବେଳେ ଘରର ମୁଖ୍ୟ ଦରଜାରେ ତାଲା ମାରୁଥିଲା ଚନ୍ଦା ବ୍ରାହ୍ମଣ ଜଣଙ୍କ ତା' ପାଖରେ ଗାଡ଼ି ଅଟକାଇଲେ। ଖୁବ୍‍ ଆଷ୍ଚର୍ଯ୍ୟ ହେବାପରି କହିଲେ,

'ଭଗବାନ୍‍, ମୁଁ କାଲି ଫେରିକିଗଲି। ତୁମ ଘରେ ତାଲା ପଡ଼ିଥିଲା। ସାଇଭାଇଙ୍କୁ ଭୋଜନ ନଦେଲ ନାହିଁ, ଆମ୍ଭ ଶାନ୍ତି ପାଇଁ ଘରେ ହୋମଟିଏ ତ କରିଥାନ୍ତ। ଏକଦଶାହ ଦିନ ତୁମକୁ ତିଥ ଆଉ ତାରିଖର ଟିସ୍ପଣୀଟେ ଲେଖ୍ ଦେଇଥିଲି ପରା। ତଥାପି ଭୁଲିଗଲ କ'ଣ କହିବେ ତୁମକୁ ଲୋକେ !'

ସେ କିଛି ନକହି ବ୍ରାହ୍ମଣକୁ ତଳୁ ଉପର ଯାଏ ଚାହିଁ ରହିଥିଲା।

'କିହୋ କହୁନ। କହିବ ଯଦି ଆଜି ହୋମଟେ କରିଦବା।'

'କାଇଁ . . ପଣ୍ଡିତେ ତମ ଅର୍ଷିରୁ କ'ଣ ହଜାରେ ଏକେ ନିଅଣ୍ଟ ପଡୁଛି ?'

'ମୋର କିଛି ନିଅଣ୍ଟ ହେଉନି। ତୁମର ଆୟୁଷ-ଯଶ ସବୁ ହାନି ହେବ। ଏମିତି ନାସ୍ତିକ ଭଳି କ'ଣ ହେଉଛ ! ସ୍ୱାର ବର୍ଷିକିଆ ବି କରିବନି !'

ସେ ଜୋରେ ହସିଲା ତାଲି ମାରି।

'ମୁଁ କରିଛି ପଣ୍ଡିତେ। ତା'ର ଆମ୍ୟା ଶାନ୍ତି ପାଇଁ ସବୁ କ୍ରିୟା କର୍ମ କରିଛି। ଦୀର୍ଘ ତିନିଶ' ଚଉଷଟି ଦିନ ପରେ କାଲି ରାତିରେ ପେଟେ ପିଇଥିଲି ମନଶାନ୍ତି କରି।'

ବ୍ରାହ୍ମଣ ଭ୍ରୁକୁଞ୍ଚନ କରି ସାମାନ୍ୟ ରାଗିଗଲେ ବୋଧେ।

'ଏଇ ବର୍ଷେ ଭିତରେ ତୁମେ ପାଗଳ ବି ହୋଇଗଲଣି ଭଗବାନ। ବୃଥାରେ ତୁମ ସହ କଥା ହେଉଥିଲି। ମୁଁ ଯାଉଛି ମୋର ପୂଜା ବିଲମ୍ୟ ହେଉଛି।'

ସେ ପାଗଲଙ୍କ ପରି ପୁଣି ଥରେ ହସିଲା। ଜୋରରେ।

'ଭଗବାନ ବେହେରାର ଯଶ ଫଶ କିଛି ନାହିଁ ପଣ୍ଡିତେ। ଆଉ ଆୟୁଷ ! ମୁଁ ନିଜେ ବି ଜାଣିନି ଆଜି ରାତିରେ ଘରକୁ ଫେରିବି ନା ନାହିଁ।'

ସେତେବେଳକୁ ବ୍ରାହ୍ମଣ ଜଣଙ୍କ ଯାଇସାରିଥିଲେ। ହଠାତ୍ ତା'କୁ ଅନୁଭବ ହେଲା, ତା' ଛାତି ଆଉ ପିଠିରେ ଅନେକ ଦରଜ... ।

କାନ୍ତୁ

ସେ ସବୁବେଳେ କାନ୍ତୁ ସେପଟେ ରୁହେ । ଯେବେ ମୋର ଘରେ ପହଞ୍ଚିବା ଡେରିହୁଏ କାନ୍ତୁ ସେପଟୁ ତା'ର କାନ୍ଦିବା ଆରମ୍ଭ ହୋଇଯାଏ । ସେମିତି କାନ୍ଦିବା ଅବସ୍ଥାରେ ମୋତେ ପଚାରେ, 'ଘରକୁ ଫେରିବାକୁ ଏତେ ଡେରି କାହିଁକି ହେଉଛି ? ନା ଜାଣିଶୁଣି ଡେରି କରି ଫେରୁଛୁ ! ସବୁବେଳେ ଠିକ୍ ସମୟରେ ଫେରିବୁ' ।

ମୁଁ ସାମାନ୍ୟ ବିରକ୍ତ ହୋଇ କୁହେ, 'ହଉ ଆଉ ଡେରି କରିବିନି ।'

ମୋ ଉଉରରେ ସେ ଚୁନି ହେଇଯାଏ । ଟାଇଟ୍ ଚୁଡ଼ିଦାରକୁ ଦେହରୁ ଉତାରି ଟିକେ ହାଲ୍କା ହେଲାବେଳକୁ ସେ ପୁଣି ସୁଁ ସୁଁ ହୋଇ କାନ୍ଦିବା ଆରମ୍ଭ କରେ । କୁହେ, 'ଲାଇଟ୍ ଅନ୍ ରଖ୍ ଡ୍ରେସ୍ ଖୋଲିବୁନି କେବେ । ନୂଆ ଜାଗା, କିଏ ଯଦି କୋଉ ସ୍କାଇଲାଇଟ୍ ଫାଙ୍କରେ କ୍ୟାମେରା ରଖ୍ଦେଇଥିବ !'

ତା' କଥା ଶୁଣି ମୁଁ ସାମାନ୍ୟ ଡରିଯାଏ । ଘରସାରା ଭଲରେ ଆଖ୍ ବୁଲେଇ ଆଣେ ଏବଂ ତତକ୍ଷଣାତ୍ ଲାଇଟ୍ ଅଫ୍ କରିଦିଏ ।

ଟିକେ ଥଣ୍ଡାପାଣି ମୁହଁରେ ଛାଟିଦେଇ ଗୋଡ଼ରେ ଥିବା ଖଣ୍ଡିଆରେ ମୁଁ ଯେତେବେଳେ ମଲମ ଲଗେଇବାକୁ ବସେ, ସେପଟୁ ତା' କାନ୍ଦର ଚାପା ସ୍ୱର ଶୁଣାଯାଏ । ସେ କୁହେ, 'କ'ଣ ଦରକାର ଥିଲା ଏମିତି ତରବର ହୋଇ ରାସ୍ତା ପାରକରିବା ! ଯଦି ତୋର କିଛି ହେଇଯାଇଥା'ନ୍ତା ? ଦେଖ୍କି ଯିବା ଆସିବା କରିବୁ ।'

ତାକୁ ମୁଁ ବୁଝେଇ କୁହେ, 'ଏ' ପର୍ଯ୍ୟନ୍ତ ତ କିଛି ହେଇନି ନା', ଏତେ ବ୍ୟସ୍ତ ହେବା କିଛି ଦରକାର ନାହିଁ ।'

•••

ସ୍ପଟିଫାଏ ପ୍ଲେ ଲିଷ୍ଟକୁ ଆଖ୍ ବନ୍ଦ କରି ଶୁଣିବା ଭିତରେ ହଠାତ ମନେପଡ଼େ ଆଗକୁ ପୂଜା ଅଛି । ଡ୍ରେସ୍ ମଗେଇଲେ ଭଲ ହୁଅନ୍ତା । ଯଦି କିଛି ମ୍ୟାଚିଂ ଇଅର ରିଙ୍

ସିଲେକ୍ଟ କରିଦିଅନ୍ତି ତେବେ ଆହୁରି ଭଲ ହୁଅନ୍ତା। ଏଇ ସବୁ କଥା ଭାବିବା ଭିତରେ କେତେବେଳେ ରାତି ଦଶଟା ବାଜିଯାଏ ଜଣାପଡ଼େନି। ରାତି ଟିକେ ବେଶୀ ହେଇଗଲେ ସେ ଜୋରେ କାନ୍ଦେ। କୁହେ, 'ସେ ଲାପଟପକୁ ବନ୍ଦ କର। ରାତି ବହୁତ୍ ହେଲାଣି। ଖାଇକି ଶୋଇବୁ ଯା। ସକାଳୁ ଡେରିରେ ଉଠିଲେ ଅଫିସରେ ପହଞ୍ଚିବାକୁ ସମୟ ଲାଗିବ।'

ମୁଁ ଟିକେ ରାଗିଯାଇ କୁହେ, 'ଏଇ କଥା ଗୁଡ଼ାକ କ'ଣ ଧୀରେ କହିଲେ ହେବନି, ଏତେ ବଡ଼ ପାଟିରେ କହିବା କ'ଣ ଦରକାର ? ଆଉ ସବୁବେଳେ ଏମିତି କାନ୍ଦିବାର ମାନେ କ'ଣ ?'

ସେ ନୀରବି ଯାଏ କିଛି ସମୟ। ମୁଁ ତାକୁ ଯେତେ ଡାକିଲେ ବି ଶୁଣେନି। କେତେ ଘଣ୍ଟା ପରେ ସେଇ କାନ୍ଦ ସେପଟୁ ତା'ର ଚାପା ସ୍ୱର ଶୁଭେ। କୁହେ, 'ଯଦି ମୁଁ ନକାନ୍ଦେ କୋଉଠି ନା କୋଉଠି ତତେ କାନ୍ଦିବାକୁ ପଡ଼ିପାରେ ମୋ ବଦଲରେ।'

ମୋତେ ତା' କଥା ଗୁଡ଼ାକ ଭୟଭୀତ କରାଏ। ମୁଁ ତା'କୁ କିଛି କହିପାରେ ନାହିଁ। ଚୁପଚାପ ଶୋଇଯାଏ।

ସକାଳୁ ଘରୁ ପାଦ କାଢ଼ିଲାବେଳେ ପୁଣି ତା'ର କାନ୍ଦିବାର ଶବ୍ଦ ଶୁଭେ। ମୋତେ ତାଗିଦ୍ କଲାଭଳି କୁହେ, 'ଭ୍ୟାନିଟୀରେ ପିପର ସ୍ପ୍ରେ ରଖିଛୁ?'

ଥରେ ତାକୁ କହିଥିଲି ବାଟରେ କିଛି ଲଫଙ୍ଗା ହଇରାଣ କରୁଛନ୍ତି ବୋଲି, ସେବେଠୁ ପ୍ରତିଦିନ ସେ ପିପର ସ୍ପ୍ରେ କଥା ମନେପକେଇଦିଏ। ଖାଲି ସେତିକି ନୁହେଁ। କୋଉ ସମୟରେ ଖାଇବି, କ'ଣ ସବୁ କରିବି, ଏସବୁର ବିବରଣୀ ଥାଏ ତା' ପାଖରେ। ଯଦି ଠିକ୍ ସମୟରେ ଠିକ୍ କାମ ନହେଲା ତା'ର କାନ୍ଦିବା ଆରମ୍ଭ ହୋଇଯାଏ। ଯେତେବେଳେ ସେ ତୁନିହେଇ ରୁହେ ମୋତେ ଲାଗେ ସବୁ କିଛି ଠିକ୍ ଅଛି।

•••

କାଲି ଲଞ୍ଚବ୍ରେକ୍‌ରେ ସୁରଭି ଘରକୁ ଯାଇଥିଲି। ତା' କାନ୍ଥସାରା ଚିପକି ରହିଥିବା ପେପର ଟ୍ୟାଗ୍ ଗୁଡ଼ାକ ଦେଖିଲି। 'ଘରେ ପହଞ୍ଚି ପ୍ରଥମେ ଫ୍ରେସ୍ ହେବା ଜରୁରୀ', 'ରାତି ୧୦ଟା ପୂର୍ବରୁ ଶୋଇଯିବା ଜରୁରୀ', 'ବେଶୀ ଅଏଲି ଫୁଡ୍ ଦେହ ପାଇଁ ଭଲ ନୁହେଁ', 'ପ୍ରତ୍ୟେକ ମାସର ପହିଲାରେ ବଡ଼ବାପାଙ୍କ ପାଖକୁ ସୁଧ ଟଙ୍କା ପଠାଇବାକୁ ହେବ'। ଏହିପରି ଅନେକ ପେପର ଟ୍ୟାଗ୍ ଏବଂ ସେଥିରେ ଲେଖାଯାଇଥିବା କଥା ଗୁଡ଼ାକ ମୋତେ ମୋ ଘରର ଭ୍ରମ ସୃଷ୍ଟି କଲେ। ସବୁଗୁଡ଼ାକ ଗୋଟେ ଗୋଟେ ରିମାଇଣ୍ଡର ଭଳି ଲାଗିଲେ ମୋତେ। ଠିକ୍ ଯେମିତି ମୋ ଘର କାନ୍ଥରେ ଝୁଲିରହିଥାଏ ପେପର ଟ୍ୟାଗର ରିମାଇଣ୍ଡର୍।

ଫେରିଲାବେଳକୁ ସୁରଭିକୁ ଏତିକି ପଚାରିଲି, 'ତୋ ଘରର କାନ୍ତ ସେପାଖରେ କେହି ଜଣେ କାନ୍ଦେ କି ?'

ସେ କହିଲା, 'ହଁ। ଏଇ ଏବେ ତ କାନ୍ଦିବା ଆରମ୍ଭ କରିଦେଇଥିଲା ସିଏ, ଯେତେବେଳେ ଭିତର ରୁମ୍ ଟା ଲକ୍ କରିବାକୁ ଭୁଲିଯାଇ ଚାଲିଆସୁଥିଲି।'

ମୁଁ ହସିଲି। ସେ ବି ମେନ୍ ଡୋର୍ ଲକ୍ କଲାବେଳେ ମୋ ମୁହଁକୁ ଅନାଇ ସାମାନ୍ୟ ହସିଲା। ଦୁହେଁ ଆଶ୍ୱସ୍ତ ହେଲୁ। ମୋତେ ଲାଗିଲା ବୋଧେ କାନ୍ତ ସେପାଖରେ ସିଏ ବି ହସୁଥିବ!

ହେଲେ ସୁରଭିକୁ ଗୋଟେ କଥା ପଚାରି ପାରିଲିନି, 'ତୋ'ର ମା'ଙ୍କର ବି କ'ଣ ମୃତ୍ୟୁ ହୋଇଛି ଠିକ୍ ଚାରିମାସ ତଳେ !'

ଛୁଆଁ

: କେତେ ହେଲା ସମୟ ?

: ଆଉ ଏଗାର ମିନିଟ୍ ଅଛି । ଏତେ ବ୍ୟସ୍ତ କ'ଣ ପାଇଁ ?

: ସେ ଆସିବ ତ ?

: ହଁ । ନିଶ୍ଚୟ ଆସିବ ସେ ।

: ତାକୁ କ'ଣ କହି ବୁଝେଇବ ବୋଲି ଭାବିଛ ?

: ତାକୁ ବୁଝେଇବା ଦରକାର ପଡ଼ିବନି । ସେ ଆପେ ବୁଝିଯିବ ।

: ଆଚ୍ଛା ! ଏତେ ଭରସା ତା' ଉପରେ ?

: ସେ ସେମିତି ହିଁ । ତାକୁ କେବେ ବୁଝେଇବାକୁ ପଡ଼ିନି ମୋତେ ଆଜିଯାଏଁ ।

: ଯଦି ସେ ପ୍ରତିବାଦ କରେ ? ତେବେ ?

: ସେ ସେମିତି କରିବନି । ବିଶ୍ୱାସ ରଖ ।

: ମୁଁ ଦେଖୁଛି, ମୋ ଠାରୁ ବେଶୀ ବିଶ୍ୱାସ ତମର ତା' ଉପରେ ଅଛି ।

ଚିରାଗ ଚୁପ୍ ରହିଲା । ବାହାରକୁ ଚାହିଁଲା । କେତେ ଭିଡ଼ ସେପାଖରେ ! କେତେ ବ୍ୟସ୍ତ ଏ ସହର ! ସେ ନିଜେ ବି ତ ବ୍ୟସ୍ତ ରୁହେ ସବୁବେଳେ ।

କେତେବେଳେ ଆସିବ ଯେ ସିଏ ? ଆଭା ବିରକ୍ତ ହେଇ ପଚାରିଲା ।

ଆଉ ଚାରି ମିନିଟ୍ ମାତ୍ର । ସେ ଯୋଉ ସମୟରେ କହିଛି, ଠିକ୍ ସେଇ ସମୟରେ ଆସି ପହଞ୍ଜିଯିବ । ଚିରାଗ ସେମିତି ବାହାରକୁ ଚାହିଁ ଆଭାକୁ ଉତ୍ତର ଦେଲା ।

●●●

ଠିକ୍ ଦଶଟା ବାଜି ଦଶ ମିନିଟ୍ । ଗୋଟେ ଅଟୋରୁ ସେ ଓହ୍ଲେଇଲା । ଚିରାଗ ଆଭାକୁ ଚାହିଁ କହିଲା, ସେ ପହଞ୍ଜିଗଲାଣି । ଆଭା, ନିଜର ମୁହଁ ଉପରକୁ ପଡ଼ିଥିବା ଚୁଟିକୁ ଦୁଇ ହାତରେ କାଡ଼ିନେଇ ଦୁଇ କାନ ସେପଟରେ ଜାକିଲା ଆଉ କହିଲା,

ଦେଖ ବେଶୀ ସମୟ ନବନି । ସିଧାସିଧା ସବୁ କଥା କହିଦବ । ସେ ଯଦି କନ୍ଦାକନ୍ଦି କରି ଏଠି ଡ୍ରାମା କରେ ସତ କହୁଛି ମୁଁ ଏଠୁ ପଳେଇବି । ତମେ ମେନ୍ ପଏଣ୍ଟ ଉପରେ ଫୋକସ୍ କର । ସେଇ ଗୁଡ଼ାକ ହିଁ ତାକୁ କହିବ । ସେ ଯଦି ଇମୋସୋନାଲ୍ ହେଇ ତମକୁ କିଛି କହେ ସେସବୁକୁ ଧାନ ଦବନି । ମୁଁ ପଛ ପଟ ଟେବୁଲ୍ ପାଖେ ଅଛି । ସେ ଆସୁଛି, ତମେ ରେଡି ହେଇଯାଅ ।

ଚିରାଗ୍ ଜାଣେ ନକ୍ଷତ୍ରା ବହୁତ ଇମୋସୋନାଲ୍ । ଛୋଟ ଛୋଟ କଥାରେ ଆଖି ଛଳଛଳ ହେଇଯାଏ ତା'ର । ସତରେ ଯଦି ସେ ଏଠି ଡ୍ରାମା କରେ !

ନକ୍ଷତ୍ରା ଆସି ଚିରାଗର ସାମ୍ନା ଚେୟରରେ ବସିଲା । ସମ୍ବୋଧନରେ ହାଲୁକା ହସଟେ ଫେରେଇଲା । ଚିରାଗ୍ ତଳକୁ ମୁହଁ ପୋତି ବସିରହିଥିଲା । ବୋଧହୁଏ ଭାବୁଥିଲା, କୋଉଠୁ କଥା ଆରମ୍ଭ କରିବ । ଆଭା ଖଣ୍ଡେ ଦୂରରେ ଥାଇ ଏସବୁ ଦେଖୁଥିଲା ଆଉ ମନେ ମନେ ବିରକ୍ତ ହେଉଥିଲା ଚିରାଗ୍ ଉପରେ । କାରଣ ନକ୍ଷତ୍ରାକୁ ସେ ବରଦାସ୍ତ କରିପାରୁନଥିଲା ତା' ସାମ୍ନାରେ । କିଛି ଉପାୟ ନପାଇ ସେ ଚିରାଗକୁ ମେସେଜ୍ କଲା । ମେସେଜ୍ ଟୋନ୍ ଆଉ ମୋବାଇଲ୍ ଭାଇବ୍ରେସନରେ ସାମାନ୍ୟ ଚମକି ପଡ଼ିଲା ଚିରାଗ୍ । ନକ୍ଷତ୍ରା ପଚାରିଲା,

: କ'ଣ ହେଲା ?

: ନାଇଁ କିଛି ନାହିଁ ।

: କିଛି କଥା ଥିଲା ବୋଲି କହୁଥିଲ ପରା ।

: ଘରେ ସବୁ କେମିତି ଅଛନ୍ତି ତମର ?

: ତିନିମାସ ତଳେ ଯେମିତି ଥିଲେ, ଠିକ୍ ସେମିତି ।

ଚିରାଗର ମନେପଡ଼ିଲା । ତିନିମାସ ତଳେ ହିଁ ନକ୍ଷତ୍ରାକୁ ସେ ଭେଟିଥିଲା ଶେଷଥର । ତା'ପରଠୁ ଆଉ ଦେଖା ହେଇନି । ତା କଲ୍ ଆସିଲେ ବିରକ୍ତ ଲାଗେ ଚିରାଗ୍‌କୁ । ସେ ଓଭର୍ ପ୍ରୋଟେକ୍ଟିଭ୍, ଓଭର୍ କେୟରିଂ, ଓଭର୍ ରିଆକ୍ଟିଂ ବୋଲି ସେ ତା' ଉପରେ ସବୁବେଳେ ଚିଢ଼େ । ଦିନକୁ ତିନି ଥର ଫୋନ୍ କରି ପଚାରେ, ଖାଇଲଣି ନା ନାହିଁ । ସବୁଦିନ ଅଫିସରେ ପହଞ୍ଚିଲା ବେଳକୁ ଫୋନ୍ କରି ପଚାରେ, ଠିକ୍‌ରେ ଅଫିସ୍ ପହଞ୍ଚିଲଣି ନା ନାହିଁ । ସେପଟେ ପାଗ କେମିତି ଅଛି, ଯଦି ମେଘ ଉଠେଇଛି ସାଥୀରେ ରେନ୍‌କୋଟ୍ ଧରି ଯାଅ, ଆଜି ମୋ ଡାହାଣ ଆଖି ଡେଉଁଚି ସେଥିପାଇଁ ତମେ ଘରୁ ବାହାରିଲେ ପ୍ରଥମେ ଟିକେ ମନ୍ଦିର ଯାଇ ଦର୍ଶନ କରି ଆସିବ, କାଲି ରାତିରେ ତମକୁ ନେଇ ଗୋଟେ ଖରାପ ସ୍ୱପ୍ନ ଦେଖିଲି ତମେ ଆଜି ବାହାରକୁ ନଗଲେ ହବନି, ଏମିତି ସବୁ କଥା କହି ସେ ଚିରାଗ୍‌କୁ ବିରକ୍ତ କରିଦିଏ । କେବେକେବେ

ଚିରାଗ୍ ଚିଢ଼ିଯାଇ କୁହେ, ମଣିଷ ଅତିକମରେ ଦିନକୁ ତିନି ଟାଇମ ତ ଖାଇବ। ଭୋକ ତାକୁ ନିହାତି ଲାଗିବ। ଏସବୁ ପଚାରିକି ମୁଣ୍ଡ ଖରାପ କରନି। ଆଉ ଏ ଅନ୍ଧବିଶ୍ୱାସ ସବୁକୁ ଛାଡ଼। ମୋର ଯଦି ସତରେ କିଛି ଦୁର୍ଘଟଣା ଘଟିବାର ଥିବ, ମୁଁ ଘରେ ବସିରହିଲେ ବି ଘଟିବ। ଆଗରୁ ତ ଏମିତି ନଥିଲ ତମେ। ଦିନକୁ ଦିନ ଏସବୁ ବଢ଼ିଯାଉଚି ତମର। ନକ୍ଷତ୍ରା କେବଳ ଚୁପ୍ ହେଇ ସବୁ ଶୁଣେ।

ଆଭା ପୁଣିଥରେ ମେସେଜ୍ କଲା ଚିରାଗ୍‌କୁ। ଚିରାଗ୍ ମେସେଜ୍ ଚେକ୍ ନକରି ନକ୍ଷତ୍ରାକୁ ପଚାରିଲା,

: ଆଉ ତମେ ଯୋଉ ଜବ୍ ପାଇଁ ଆପ୍ଲାଏ କରିବ ବୋଲି କହୁଥିଲ, କରିଲ ?

: ହଁ, କରିଥିଲି।

ଆଭାକୁ ଏସବୁ ଅସହନୀୟ ଆଉ ଖୁବ୍ ବିରକ୍ତିକର ଲାଗୁଥିଲା। ସେ ଆଉ ଚୁପ୍ ହେଇ ଦୂରରେ ଛିଡ଼ା ହେଇ ପାରିଲା ନାହିଁ। ଆଉ ଗୋଟେ ଚେୟର ଭିଡ଼ିଆଣି ସେ ଦି'ଜଣଙ୍କ ପାଖରେ ଆସି ବସିଗଲା। କହିଲା, ନକ୍ଷତ୍ରା। ମୁଁ ଜାଣିଥିଲି ଚିରାଗ୍ କେବେ ବି କିଛି କହିପାରିବେନି ସହଜରେ। ତେଣୁ ମୁଁ ହିଁ କହିଦେଉଚି। ମୁଁ ଆଭା। ଚିରାଗ୍‌ର ଅଫିସ୍ ସାମ୍ନାରେ ଗୋଟେ କୋଚିଂ ସେଣ୍ଟର ଅଛି। ମୁଁ ସେଠି ପିଲାମାନଙ୍କୁ ପଢ଼ାଏ। ସେଇଠି ଆମର ଦେଖା ହେଇଥିଲା। ସେ ମୋତେ ଭଲ ଲାଗିଲେ। କୋଉଠି ନା କୋଉଠି ମୁଁ ବି ତାଙ୍କୁ ଭଲ ଲାଗିଥିଲି। କଫି ପିଇବା, ଲଞ୍ଚ କରିବା, ଏସବୁ ଭିତରେ ଆମେ ବେଶୀ କ୍ଲୋଜ୍ ହେଇଯାଇଥିଲୁ ଟିକେ। ଦିନେ ମୁଁ ତାଙ୍କୁ ପ୍ରପୋଜ କରିଦେଲି ମୋ ଆଡ଼ୁ। ସେ ସାଙ୍ଗେ ସାଙ୍ଗେ ଆକ୍ସେପ୍ଟ କରିନଥିଲେ। କିନ୍ତୁ କିଛିଦିନ ପରେ କରିନେଲେ। ପରେ ଜାଣିଲି ଯେ, ତମେ ତାଙ୍କ ଲାଇଫ୍‌ରେ ଅଛ। ଭାବିଲି, ସେ ମୋତେ ଧୋକା ଦେଉଛନ୍ତି। କିନ୍ତୁ ସେ ସଫାସଫା କହିଥିଲେ, ତମେ ଅଛ ସତ କିନ୍ତୁ ତମ ପ୍ରତି ତାଙ୍କର ଆଉ କୌଣସି ଇଣ୍ଟେରେଷ୍ଟ ନାହିଁ। ମୋତେ ସେ ବହୁତ ଭଲପାଆନ୍ତି ବୋଲି ଅନୁଭବ ହେଲା। ଆମେ ପାଞ୍ଚମାସ ହେଲାଣି ରିଲେସନସିପରେ ଅଛୁ। ତେଣୁ କଥା ବେଶୀ ଆଗକୁ ବଢୁ ବୋଲି ମୁଁ ଚାହିଁଲିନି। ଶେଷରେ ଆମେ ନିଷ୍ପତି ନେଲୁ ତମକୁ ସବୁ ସତ କଥା ଜଣେଇଦବୁ। ତେଣୁ ଏଇ କଫିଶପ୍ ମିଟିଂ। ନକ୍ଷତ୍ରା ଚିରାଗ୍‌ର ମୁହଁକୁ ଚାହିଁଲା। ସେ ତଳକୁ ମୁହଁ ପୋତି ବସିଥିଲା କେତେବେଲୁ।

ଆଭା ପୁଣିଥରେ ନକ୍ଷତ୍ରାକୁ ଚାହିଁ କହିଲା,

: ମୋତେ ଲାଗୁଚି ତମେ ଏବେ ସବୁ ବୁଝିଯାଇଥିବ। ବୁଝିଗଲ ତ ?

: ହୁଁ।

: ତମର କଲ୍ କି ମେସେଜ୍ ଯେମିତି ଚିରାଗ୍ ପାଖକୁ ଆଉ କେବେ ନଆସେ।

ମୁଁ ଟିକେ ପଜେସିଭ୍ ଏସବୁରେ। କାଲି ବି ତମର ଗୋଟେ ମେସେଜ୍ ଆସିଥିଲା। ତାଙ୍କ ଫୋନ୍‌କୁ ଆଉ ମୁଁ ସେ ମେସେଜ୍‌କୁ ବିଲକୁଲ୍ ବରଦାସ୍ତ କରିପାରିଲି ନାହିଁ। ଏବେ ତ ବୁଝିଗଲ, ଆଉ ଏସବୁ କରିବନି।

: ହୁଁ।

: ଏଗାରଟାରେ ମୋର କ୍ଲାସ୍ ଆଉ ତାଙ୍କର ଅଫିସ୍ ବି। ଆଉ ଯଦି କିଛି କହିବାର ଅଛି ତମର, କହିପାର।

: ନାଃ! କିଛି କହିବାର ନାହିଁ। ମୁଁ ଏବେ ଆସୁଛି।

ନକ୍ଷତ୍ରା ସେଠୁ ଚାଲିଗଲା। ଆଭାର ମୁହଁରେ ଖୁସି ଝଲକୁଥିଲା। ସେ ହସି ହସି ଚିରାଗ୍‌କୁ କହିଲା, ଜାଣିଛ ମୋତେ ଲାଗୁଛି ମୋ ମୁଣ୍ଡରୁ ସବୁତକ ବୋଝ କୁଆଡ଼େ ଉଭେଇଗଲା। ବହୁତ ଶାନ୍ତି ଲାଗୁଛି ଏବେ। ତମେ କାହିଁକି ଚୁପ୍ ହେଇ ବସିଚ ଯେ ସେତେବେଳୁ! ସେ ତ ଚାଲିଗଲାଣି ଆମ ପାଖରୁ, ଆମ ଜୀବନରୁ ବି। ମୁଁ ତ ଭାବିଥିଲି ସେ ଏଠି ଡ୍ରାମା କରିବ। ଥ୍ୟାଙ୍କ୍ ଗଡ୍ ସେମିତି କିଛି ହେଲାନି। ସେ କିଛି ବି ସେମିତି କହିଲାନି।

ଅନେକ ବେଳୁ ଚୁପ୍ ହେଇ ବସିଥିବା ଚିରାଗ୍ ମୁହଁ ଖୋଲି ଅତି ଧୀର ସ୍ୱରରେ କହିଲା,

: ତା'ର କିଛି କହିବା ନିହାତି ଜରୁରୀ ଥିଲା।

: ମାନେ ?

: ତା'ର କିଛି କଥା କହିବା ଜରୁରୀ ଥିଲା। ଡ୍ରାମା କରିବା ବେଶୀ ଜରୁରୀ ଥିଲା। ଏମିତିକି ଆମ ସହ ଝଗଡ଼ା କରିବା ତା'ର ନିହାତି ଜରୁରୀ ଥିଲା।

: କ'ଣ ବାଜେ କଥା କହୁଚ ତମେ ଏସବୁ ?

: ତା'ର ମୋତେ ପଚାରିବାର ଥିଲା, ଚିରାଗ୍ ଏ ଝିଅ ଯାହା ସବୁ କହୁଚି ତାହା କ'ଣ ସତ ? ତା'ର ନିହାତି ପଚାରିବାର ଥିଲା, ତମେ କ'ଣ ଏଇ ଝିଅ ସହିତ ଥିଲ ବୋଲି ମୋତେ ଆଭଏଡ୍ କରୁଥିଲ ଏତେଦିନ ହେଲାଣି ? ମୁଁ କ'ଣ ଏତେ ଖରାପ ହେଇଗଲି ଯେ ମୋ ପ୍ରତି ତମର ଇଣ୍ଟେରେଷ୍ଟ କମିଗଲା ? ତମେ ମୋ ସହ ଛଳନା କରୁଥିଲ ? ମୋ କଲର୍ ଧରି ମୋତେ ଦି'ଚାପୁଡ଼ା ମାରିବା ତା'ର ଜରୁରୀ ଥିଲା। ମୋତେ ତା'ର ଜଣେଇବାର ଥିଲା କି ମୁଁ ଭୁଲ୍ କରିଚି। ହେଲେ ତା'ର ଚୁପ୍ ରହିବା ବିଲକୁଲ୍ ଜରୁରୀ ନଥିଲା। ତମେ ତା'କୁ ଯେତିକି କଥା ଶୁଣେଇଲ, ତମକୁ ଯଦି ସେମିତି କେହି କହିଥାନ୍ତା, ତମେ କ'ଣ ଚୁପ୍ ରହିପାରିଥାନ୍ତ ?

ଆଭା କିଛି ଉତ୍ତର ଦେବା ପୂର୍ବରୁ ଚିରାଗ୍ ହଠାତ୍ ଚେୟରରୁ ଉଠି କଫିଶପ୍ ଛାଡ଼ି ଚାଲିଗଲା । ଆଭା ତାକୁ ଯେତେ ଡାକିଲେ ବି ଶୁଣିଲାନି ।

●●●

ଆଭା ବିଲ୍ ପେ କରିବାକୁ ଗଲା । ହେଲେ ୱେଟର୍ କହିଲା, ଆପଣଙ୍କ ବିଲ୍ ପେଡ୍ ହେଇଯାଇଛି ମ୍ୟାଡାମ୍ ।

: କିଏ କଲା ?

: ଟିକେ ପୂର୍ବରୁ ଯୋଉ ମ୍ୟାଡାମ୍ ଙ୍କ ସହ ଆପଣ କଥା ହଉଥିଲେ ସେ କରିଛନ୍ତି ।

: କେତେବେଲେ ? କଥା ସରିବା ପରେ ସେ ତ ସାଙ୍ଗେ ସାଙ୍ଗେ ବାହାରକୁ ଚାଲିଗଲେ ମୁଁ ନିଜେ ଦେଖିଛି । ତମେ ମୋତେ ମିଛ କାହିଁକି କହୁଛ ?

: ମୁଁ ମିଛ କହୁନି ମ୍ୟାଡାମ୍ । ସେ ଯେତେବେଲେ ଆସିଲେ ସେତେବେଲେ ହିଁ କାର୍ଡ ପେମେଣ୍ଟ କରିଥିଲେ । ଆପଣ ରିସେପସନରେ ପଚାରି ପାରନ୍ତି । ମୁଁ ସେଠି ଥିଲି । ସେ ଆଠ ନମ୍ବର ଟେବୁଲ୍‌ର ବିଲ୍ ଡିଟେଲ୍‌ସ ମାଗିଲେ । ଆଉ କହିଲେ ଆଉ ଗୋଟେ କଫି ଏଥିରେ ଆଡ୍ କର । ତିନିଟା କଫିର ବିଲ୍ ସେ ପେମେଣ୍ଟ କରିସାରିଛନ୍ତି ମ୍ୟାଡାମ୍ ।

ଆଭା ମନେ ମନେ ଭାବିଲା, ସେ କଫି ପିଇଲା କେତେବେଲେ ! ସେ ତ କଥା ହେଲାବେଲେ ତା ପାଖରେ କୌଣସି କଫି କପ୍ ବି ନଥିଲା । ଆମ କଫିର ବିଲ୍ ପେ କରି ସେ କ'ଣ ପ୍ରମାଣ କରିବାକୁ ଚାହୁଁଛି ! ସେ ନିଜକୁ ଭାବୁଛି କ'ଣ ! ଏତେ ଘମଣ୍ଡ ତା'ର ! ତା ମୁଣ୍ଡଟା ଗୋଲେଇଘାଣ୍ଟି ହେଇଗଲା । କିଛି ବୁଝି ପାରୁନଥିଲା ସେ । ୱେଟର୍‌କୁ ଡାକି କହିଲା, ଆଇ ନିଡ୍ ଏ କଫି ।

କଫି ପିଇସାରିଲା ପରେ ସେ ପୁଣି ଯେତେବେଲେ ବିଲ୍ ଦେବାକୁ ଗଲା, ୱେଟର୍ କହିଲା, ଆପଣଙ୍କ ବିଲ୍ ପେଡ୍ ହେଇଯାଇଛି ମ୍ୟାଡାମ୍ ।

ଆଭା ଏଥର ରାଗିଗଲା । ପୁଣି କିଏ ପେମେଣ୍ଟ କଲା ବେ ?

ମ୍ୟାଡାମ୍ ଆପଣ ଠିକ୍‌ରେ ବୁଝି ପାରିଲେନି ବୋଧେ । ମୁଁ ତ କହିଥିଲି, ସେ ମ୍ୟାଡାମ୍ ତିନିଟା କଫିର ବିଲ୍ ପେମେଣ୍ଟ କରିସାରିଛନ୍ତି । ଏଇଟା ଆପଣଙ୍କର ତିନି ନମ୍ବର କଫି ।

ଆଭା ସାଙ୍ଗେ ସାଙ୍ଗେ କଫିଶପ୍ ଛାଡ଼ି ଚାଲି ଆସିଲା ।

▪

ରାସ୍ତା

ଯୋଉଦିନ ମୋ ପ୍ରଶ୍ନ ସବୁର ଉତ୍ତର ନଦେଇ ଆଉ ମୋତେ କିଛି ନକହି ସେ ଚାଲିଯାଇଥିଲା ସେଇଦିନ ଭାବିଥିଲି, ତା ମୁହଁକୁ ଚାହିଁବିନି। ଯେତେବେଳେ ତା କଥା ମନେପଡ଼ିବ ମଦ ପିଇବି, ଦରକାର ପଡ଼ିଲେ ମାତାଲ୍ ହେଇ ରାସ୍ତାରେ ଗଡ଼ିବି; ହେଲେ ତାକୁ ଖୋଜିବିନି କେବେ। କାହିଁକି ଖୋଜିବି ବେ ତାକୁ? ସେ ଭାବୁଚି କ'ଣ ନିଜକୁ? ଅସ୍ତରୀ! ମାସେ ବି ଲାଗିଲାନି ତାକୁ, ଏବେ ଆଉ ଗୋଟେ ପୁଅ ସହ ବୁଲୁଚି। ଘଣ୍ଟା ଘଣ୍ଟା ଧରି ଫୋନ୍‌ରେ ଗପୁଚି ରାତିସାରା। ଝିଅମାନେ ରେପ୍ ହେଲେ ଆମର ଦୋଷ, ସେମାନେ କାନ୍ଦିଲେ ଆମର ଦୋଷ; କ'ଣ ନା ଆମେ ସେମାନଙ୍କୁ ହାରାସ୍ କରୁଚୁ। ଯଦି କୋଉ ଝିଅ ଦେହରେ ଅଜାଣତରେ ହାତ ବି ବାଜିଯାଉଚି ଆଉ ଯଦି ସେ କେସ୍ କରିଦେଉଚି ଏକାଥରେ ଚାର୍ଜସିଟ୍ ଲାଗିଯିବ ଆମ ଉପରେ। ସେମାନେ ଯୋଉ ୟୁଜ୍ କରୁଛନ୍ତି ଆମକୁ; କେତେବେଳେ ଟଙ୍କା ପାଇଁ, କେତେବେଳେ ଇମୋସୋନ୍ ପାଇଁ! ଆମର କ'ଣ ଫିଲିଂସ୍ ବୋଲି କିଛି ନାହିଁ? ଆମେ କାହିଁକି କେସ୍ କରିପାରୁନୁ ତ! ମାସେ ତଳେ ଯିଏ ତମ ବିନା ବଞ୍ଚିପାରିବିନି କହୁଥିଲା ମାସେ ପରେ ସେ ଆଉ କାହାକୁ ଠିକ୍ ସେଇ କଥା ହିଁ କହୁଚ୍ଛି। ଏକା ସମୟରେ ସେମାନେ କେତେ ଜଣଙ୍କୁ ଭଲପାଆନ୍ତି ବେ?

ମୁଁ କହିଲି,

: ଜାଣିନି।

: ଆଉ କ'ଣଟା ଜାଣିଚୁ ବେ ତୁ?

: ରାତି ତିନିଟା ହେଲାଣି। କେତେ ସମୟ ଆଉ ନଦୀ କୂଳରେ ବସିବା! ଗୋଟେ ବୋତଲ ତ ସଫା କରିସାରିଲୁଣି। ମରିବୁ ନା କ'ଣ!

: ମୁଁ ସହି ପାରୁନି ତାକୁ ଆଉ କୋଉ ପୁଅ ସହ ଦେଖିଲେ। ମୋ ମୁଣ୍ଡ କ'ଣ ହେଇଯାଉଛି।

: ସବୁ ଦୋଷ ତାକୁ ଦେଲେ କ'ଣ ହେବ। ଭୁଲ୍ ତ ତୋର ବି ଥିବ।

: ହଁ ଅଛି, ନିହାତି ଅଛି। କିଏ ଭୁଲ୍ ନକରେ ଯେ? ନିଜ ଭୁଲ୍ ସୁଧାରିବାକୁ ଚେଷ୍ଟା କରିଚି। ସବୁବେଳେ ତାକୁ ବୁଝିବାକୁ ଚାହିଁଚି। ହେଲେ ମାସେ ଭିତରେ ଜଣକୁ ଛାଡ଼ି ଆଉ ଜଣକଁ ସହ ରହିବା କ'ଣ ସହଜ! ପ୍ରେମ କ'ଣ ଏତେ ଶସ୍ତା? ସେ କେମିତି କରି ପାରିଲା?

ଅଭିଜିତ୍ ନିଶାରେ କହୁଥିଲା ଏସବୁ କଥା। ମୁଁ କହିଲି,

: ସେ ରହୁ ଖୁସିରେ ଛାଡ଼ିଦେ ତା କଥାକୁ। ବର୍ଷେ ହେଲାଣି ସେ ଚାଲିଗଲାଣି। ସେମିତି ଝିଅ ତୋ ପାଖରେ ଥିଲେ ବି ତୁ କ'ଣ ଖୁସିରେ ରହିପାରିଥାନ୍ତୁ! ତା'ର ଆର ସପ୍ତାହରେ ବାହାଘର। ସେ ବାହା ହେଇଯାଉ। ଖୁସିରେ ରହୁ।

: କ'ଣ! ତା' ବାହାଘର! ଏତେ ସହଜରେ କ'ଣ ଛାଡ଼ିଦେବି ତାକୁ! ମୋ ସମୟ ନଷ୍ଟ କଲା। ମୁଁ ଏବେ ବାଙ୍ଗାଲୋରରେ ଥା'ନ୍ତି। ଡବଲ୍ ସାଲାରି ପାଇଥାଆନ୍ତି। ମୋତେ କହିଲା, ତମେ ଯାଆନି ଏଠି ରୁହ। ମୁଁ ତମ ବିନା ଏକୁଟିଆ ହେଇଯିବି। ଗୋଟେ ଭଲ ଅପରଚୁ୍ନିଟି ହାତଛଡ଼ା କରିଦେଲି ମୁଁ। ଏତେ ସହଜରେ କେମିତି ଛାଡ଼ିଦେବି ମୁଁ ତାକୁ?

: ତୁ କ'ଣ କରିବାକୁ ଚାହୁଁଚୁ କହ ତେବେ।

: ଜାଣିନି। ହେଲେ... ।

: ହେଲେ ପୁଣି କ'ଣ? ହଉ ଛାଡ୍ ଏ ବେକାର କଥା। ଏବେ ଚାଲ୍ ଘରକୁ। ଫୋନ୍ ପରେ ଫୋନ୍ ଆସୁଚି। ଘର ଲୋକ ବ୍ୟସ୍ତ ହଉଥିବେ।

: ତୁ ଯା'। ମୁଁ ଯିବିନି ଏବେ।

: ଆରେ, ଏତେ ରାତିରେ ଏକା କେମିତି ଯିବି। ଡର ଲାଗିବ ମତେ। ତୁ ଆସେ ଯିବା। ମୁଁ ଡ୍ରାଇଭ୍ କରିବି। ତତେ ଘରେ ଛାଡ଼ିଦେଇ ଯିବି।

ଆମେ ସେଠୁ ଚାଲି ଆସିଲୁ। ଫେରିବା ବାଟରେ ମୁଁ ଭାବିଲି, ଅଭିଜିତ୍ ନିଶାରେ କିଛି ଠିକ୍ କହୁନଥାଉପାରେ ହେଲେ ତା' କଥା ଗୁଡ଼ାକ ଭୁଲ୍ ବୋଲି ମନେ ହେଲା ନାହିଁ। ପଚାରିଲି, କଷ୍ଟ ହଉଚି ନା ବହୁତ? ଅଭିଜିତ୍ ନିଶାରେ ବିଳିବିଳି ହଉଥିଲା। ଉତ୍ତର ଦେଲାନି। ମୁଁ ଗାଡ଼ି ଚଲେଇବାରେ ଧ୍ୟାନ ଦେଲି। କେଜାଣି କାହିଁକି ମୋ ସାମ୍ନାରେ କଳା ମଚମଚ ପିଚୁରାସ୍ତାଟା ହଠାତ ଗୋଟେ ଅଶରୀରୀ ପରି ଦିଶିଲା ମୋତେ। ଡରରେ ମୋ ଛାତି ଧଡ଼ଧଡ଼ ହେଲା। ଗାଡ଼ିର ସ୍ପିଡ଼ କମେଇ ଦେଲି ମୁଁ।

ଅଭିଜିତ୍‌କୁ ଡାକିଲି। ହେଲେ ସେ ଘୁମେଇ ପଡ଼ିଥିଲା ପଛ ସିଟ୍‌ରେ। ହାତ ଥରିଲା ମୋର ଡରରେ। ଗାଡ଼ିର ସ୍ଟାର୍ଟ ବନ୍ଦ କରିଦେଲି ଶେଷରେ। କେହି ତ ନାହାନ୍ତି ଏଠି! କାହାକୁ ଡରୁଚି ମୁଁ! ଅନ୍ଧାରକୁ? ଏକେଲାପଣକୁ? ନିଜକୁ? ଅନ୍ୟକୁ? କାହାକୁ? ମନେପକେଇବାକୁ ଚେଷ୍ଟା କଲି, ମୁଁ ଆଜି ମେଡିସିନ୍‌ ଖାଇଚି ତ! କିଛି ମନେ ପଡ଼ିଲାନି ମୋର। ଦି'ଢୋକ ପାଣି ପିଇଲି। କିଛି ସମୟ ପରେ ଗୋଟେ କାର୍ କ୍ରସ୍ କରିବାରୁ ମୁଁ ଗାଡ଼ି ସ୍ଟାର୍ଟ କଲି ଆଉ ସେଇ କାର୍ ସହ ସମାନ୍ତରାଲ ଗତିରେ ଯିବାକୁ ଚେଷ୍ଟା କଲି।

ରାତି ଚାରିଟା ପନ୍ଦର ପାଖାପାଖି ମୁଁ ଅଭିଜିତ୍‌କୁ ତା' ଘରେ ଛାଡ଼ି ଚାଲି ଆସିଲି। ଘରେ ପହଞ୍ଚି ତାକୁ ମେସେଜ୍ କଲି, 'ତୁ ସେ ଝିଅକୁ ଏବେ ବି ଭଲପାଉ ?'

ସକାଳ ଦଶଟା ବେଳକୁ ତା'ର ରିପ୍ଲାଏ ଆସିଲା, 'ହଁ, ହେଲେ ଠିକ୍ ସେତିକି ଯେତିକି ମୁଁ ତାକୁ ଘୃଣା କରେ।'

ମୁଁ ଡ୍ରେସ୍ ସଜାଡ଼ି ରଖୁଥିଲି ସେତେବେଲେ। ରିପ୍ଲାଏ କଲି,

'ସତରେ ସେ ଝିଅ ଶାନ୍ତିରେ ରହୁ ବୋଲି ତୁ ଚାହୁଁନୁ ?'

'ନା।'

'କାହିଁକି ?'

'ମୋତେ କଷ୍ଟ ଦେଇ ସେ ଶାନ୍ତିରେ ରହିଯିବ, ମୁଁ ବରଦାସ୍ତ କରିପାରିବିନି କେବେ।'

'ପାଗଳ ପରି ହଅନା। ତୁ ଘରକୁ ଆସେ, ଆମେ ଏ ବିଷୟରେ କଥା ହବା।'

•••

ଅଭିଜିତ୍ ସନ୍ଧ୍ୟାବେଳକୁ ଘରକୁ ଆସିଲା। ଆମେ ମାତ୍ର ଦଶ ମିନିଟ୍ ବୋଧେ କଥାହେଲୁ। ତା' ଆଖି ଗେରୁଆ ଦିଶୁଥିଲା। ପଚାରିଲି, କାନ୍ଦୁଥିଲୁ? ଏତିକି ପଚାରିଲା ବେଳକୁ ସେ ଛୁଆଙ୍କ ପରି କାନ୍ଦିବାକୁ ଲାଗିଲା। କ'ଣ କରିବି ଜାଣିପାରିଲିନି। ସେତେବେଲେ ତାକୁ ବୁଝେଇବା ପରିବର୍ତ୍ତେ ମୁଁ ନିଜ ହାତମୁଠାକୁ ଶକ୍ତ କରିପାରିଥିଲି କେବଳ।

ପଚାରିଲି, ତୁ କ'ଣ ଚାହୁଁ ଅଭିଜିତ୍?

: ଶାନ୍ତି।

: ଆଉ ତୁ କ'ଣ ଚାହୁଁ?

(ସେ ଲୁହ ପୋଛି ପଚାରିଲା)

: ମୋ କଥା ଛାଡ଼।

: ତଥାପି, କ'ଣ ଚାହୁଁ ତୁ?

: ସାହସ। ନିଜକୁ ସାମ୍ନା କରିବାର ସାହସ।

(ମୁଁ ସନ୍ଧ୍ୟାତାରାକୁ ଚାହିଁ ଉତ୍ତର ଦେଲି)

ବହୁତ ସମୟ ଗୁମ୍ ହେଇ ବସିରହିଲା ପରେ ସେ ପଚାରିଲା, ଯାହା କହିବି କରିବୁ? ମୁଁ ତାକୁ ପଚାରିଲି, ମୁଁ ଯାହା କହିବି କରିବୁ?

•••

ସେ ଝିଅର ବାହାଘର ଦିନ ଠିକ୍ ରବିବାର ସନ୍ଧ୍ୟା ବେଳେ ଆମେ ମଣ୍ଡପରେ ଯାଇ ପହଞ୍ଚିଲୁ। ସାଥୀରେ ଗିଫ୍ଟ ପ୍ୟାକେଟ୍ ଦି'ଟା ନେଇଥିଲୁ। ବାହାଘର ଦିନରେ ହେଇଥିଲା। ଆମେ ଗାଡ଼ି ପାର୍କ କରି ଭିତରେ ପହଞ୍ଚିଲାବେଳକୁ ଗେଷ୍ଟ ମାନେ ଯାଇ ସାରିଥିଲେ। କେବଳ ଅଳ୍ପ କେତେଜଣ ଲୋକ ଏପଟସେପଟ ହେଉଥିଲେ। ଆମର ନଜର ପ୍ରଥମେ ୱେଲ୍କମ୍ ବୋର୍ଡ ଉପରେ ପଡ଼ିଲା। ମୁଁ କହିଲି, ଥାଉ ସେ ନାଆଁ ଦି'ଟାକୁ ଏତେ ନିରେଖି ଦେଖେନା କଷ୍ଟ ହବ ତତେ। ଅଭିଜିତ୍ ମୁହଁ ଶୁଖେଇ ଫୁସଫୁସ କରି ମୋତେ କହିଲା, ସତରେ କ'ଣ ଖାଲି କଂଗ୍ରାଚୁଲେସନ୍ କହି ଚାଲି ଆସିବି! ମୁଁ ଅଳ୍ପ ହସି କହିଲି, ହଁ। ଆଉ ସେ ଗିଫ୍ଟ ଟା ବି ଦବୁ।

ସେ ମୋ ମୁହଁକୁ କିଛି ସମୟ ଚାହିଁଲା। ଆମେ ଗିଫ୍ଟ ପ୍ୟାକେଟ୍ ଧରି ଭିତରକୁ ଗଲୁ। ଅଭିଜିତ୍ ମୋତେ ଚିହ୍ନେଇଦେଲା, ଯୋଉ ଲୋକଟି ବ୍ରାଉନ୍ ସୁଟ୍‌ରେ ଅଛି ସେ ଝିଅର ବାପା। ମୁଁ ସେ ଲୋକକୁ ଯାଇ ନମସ୍କାର କଲି ଏବଂ ରଶ୍ମିର ସାଙ୍ଗ ବୋଲି ପରିଚୟ ଦେଲି। ଆଉ କହିଲି, ଆସିବାକୁ ଟିକେ ଡେରି ହେଇଗଲା। ବାହାଘର ସରିଗଲାଣି ବୋଧେ! ସେ ହସିହସି 'ହଁ' ବୋଲି କହିଲେ। ମୁଁ ପଚାରିଲି, ରଶ୍ମି କୋଉଠି?

ସେ ହାତ ଦେଖେଇ କହିଲେ, ଉପରେ। ଏଇ ସେଇ ରୁମ୍‌ରେ ରେଷ୍ଟ କରୁଚି। ଜ୍ବାଇଁ ପୁଅ ବି ପାଖ ରୁମ୍‌ରେ ରେଷ୍ଟ କରୁଛନ୍ତି। କ'ଣ କରିବା, ଦି'ଜଣ ଯାକ ସକାଳୁ ନଖାଇକି ଥକିଯାଇଛନ୍ତି ବହୁତ୍। ଏବେ ତ ଖାଇସାରି ଉପରକୁ ଗଲେ ଦି'ଜଣ ଯାଅ, ଦେଖାହେଇଯିବ ଯାଅ।

ମୁଁ ଅଳ୍ପ ହସି ଦେଇ ଉପରକୁ ଗଲି। ଅଭିଜିତ୍ ମୋ ସାଥିରେ ଉପରକୁ ଗଲା। ମୁଁ ରଶ୍ମି ରୁମ୍‌କୁ ଗଲି ଆଉ ଅଭିଜିତ୍ ପାଖ ରୁମ୍‌କୁ ଗଲା। ମୁଁ ରୁମ ଭିତରେ ପଶିଲା ବେଳକୁ ରଶ୍ମି ମୋବାଇଲ ଦେଖୁଥିଲା। ମୋତେ ଦେଖି ପଚାରିଲା, କିଏ ତମେ ଚିହ୍ନ ପାରିଲିନି। ମୁଁ ତାକୁ ଗିଫ୍ଟ ଦେଲି ଆଉ କଂଗ୍ରାଚୁଲେସନ୍ କହିଲି। ସେ ପ୍ରତି ବଦଲରେ ଥ୍ୟାଙ୍କ୍ ୟୁ କହିଲା। ତାକୁ ପଚାରିଲି, ମୁଁ କିଛି ସମୟ କଥା ହେଇପାରିବି? ସେ

ସାମାନ୍ୟ ଆଶ୍ଚର୍ଯ୍ୟ ହେଲେ ବି ମୋତେ ବସିବାକୁ କହିଲା। ମୁଁ ବସିଲିନି। ଛିଡ଼ା ହେବା ଅବସ୍ଥାରେ ହିଁ ପଚାରିଲି, ତମେ ତମ ସ୍ୱାମୀଙ୍କୁ ବହୁତ ଭଲପାଅ ନା ?

: ହଁ, ହେଲେ ତମେ ଏ'କଥା କାହିଁକି ପଚାରୁଚ ?

: ତାଙ୍କ କଷ୍ଟ ତମେ ସହିପାରିବନି। ତମ କଷ୍ଟ ସେ ବି ସହିପାରିବେନି। ନୁହେଁ ?

: ତମେ କିଏ ? ଏତେ କଥା କାହିଁକି ପଚାରୁଚ ?

(ସେ ତାଗିଦ୍ କରିବା ପରି କହିଲା)

: ତମେ ତାଙ୍କ ପାଇଁ ବହୁତ ଇମ୍ପର୍ଟାଣ୍ଟ ନା ?

: ତମେ କାହିଁକି ଏସବୁ ପଚାରୁଚ ?

: ଯଦି ସେ ତମକୁ ଇମ୍ପର୍ଟାନ୍ସ ଦେବା ବନ୍ଦ କରିଦିଅନ୍ତି ହଠାତ ?

: ବହୁତ ହେଇଗଲା। ଚିହ୍ନା ନାହିଁ ଜଣା ନାହିଁ, ମୋ ପର୍ସନାଲ ଲାଇଫ୍କୁ ନେଇ ବହୁତ କହିଦେଲ। ତମେ ବାହାରକୁ ଯାଅ। ମୁଁ ରେଷ୍ଟ କରିବି।

: ଯଦି ସେ ତମକୁ ମିଛ କୁହନ୍ତି ?

ମୋ କଥା ଶୁଣି ସେ ମୋତେ ଧକ୍କା ଦେଇ ବାହାରକୁ ଠେଲିବାକୁ ଚେଷ୍ଟା କଲା। କେଜାଣି ସେତେବେଲେ ହଠାତ୍ କ'ଣ ହେଲା ମୋର! ମୁଁ ଭିତରପଟୁ କବାଟ ବନ୍ଦ କରିଦେଲି ଆଉ ପାଖରେ ଥୁଆହେଇଥିବା ଓଢ଼ଣୀକୁ ଆଣି ତା'ହାତକୁ ଟାଣିଟାଣି ନେଇ ଝର୍କା ରେଲିଂରେ ବାନ୍ଧିଲି। ତା'ର ଅନ୍ୟ ହାତର ରିଙ୍ଗ୍ ଫିଙ୍ଗର ଯୋଉଠି ଚକ୍ ଚକ୍ କରୁଥିଲା ଗୋଟେ ଛୋଟିଆ ହୀରା ବସା ମୁଦି ଠିକ୍ ସେଇ ହାତକୁ ଧରିଲି। ସେତେବେଲକୁ ସେ ଚିଲେଇଲାଣି ପ୍ରବଲ ଜୋରେ। କିଏ ତମେ, କ'ଣ କରୁଚ ମୋ ସହ, ଛାଡ଼ ମୋତେ, ବାପା, ବୋଉ, ମାମୁ, ଭାଇ ଇତ୍ୟାଦି... ଇ... ଇତ୍ୟାଦି। କିଛି ଫରକ୍ ପଡୁନଥିଲା ମୋତେ ତା'ର ଚିକ୍ରାରେ। ତାକୁ ପଚାରିଲି, ତମକୁ କେମିତି ଲାଗିବ ଯଦି ତମକୁ ଭଲପାଉଥିବା ଲୋକଟି କିଛି ନକହି ତମଠୁ ଦୂରେଇ ଯିବ ?

ହଠାତ୍ ଅଭିଜିତ୍ର କଲ୍ ଆସିଲା, 'ଶୀଘ୍ର ଆସେ, ମୁଁ ଗାଡ଼ି ଭିତରେ ଅଛି।' ମୁଁ କିଛି ନକହି ଫୋନ୍ କାଟିଦେଲି।

ଏପଟେ ରଶ୍ମି ଚିକ୍ରାର କରୁଥିଲା କାନ୍ଦି କାନ୍ଦି, ଛାଡ଼ିଦିଅ ମୋତେ। କ'ଣ କରିଚି ମୁଁ ତମର ?

ମୁଁ ପୁଣି ପଚାରିଲି, ଯାହା ସହ ରହିଚ ଯଦି ତମେ ତାକୁ ଭଲପାଉନ କିମ୍ବା ତା'ସହ ଖୁସିରେ ରହିପାରୁନ ତେବେ ସିଧା ସିଧା କହିପାରିବ ଆଉ ସଂପର୍କ କାଟି ଦେଇ ପାରିବ; ହେଲେ ଜଣଙ୍କ ସହ ଛଲନା କରି ଆଉ ଜଣଙ୍କ ସହ ପ୍ରେମ କରିବା

ତା'ପରେ ସେପଟୁ କନଫର୍ମ ହେଇଗଲେ ପୁରୁଣାକୁ ଛାଡ଼ିଦେବାର ଅର୍ଥ କ'ଣ? ରଶ୍ମିର ଚିତ୍କାର କ୍ଷୀଣ ହେଇଗଲା ଏ'ପ୍ରଶ୍ନ ଶୁଣି। ଦଳେ ଲୋକ ରୁମର କବାଟ ପିଟୁଥିଲେ। କବାଟ ଭାଙ୍ଗି ସେମାନେ ପଶିଯିବେ ଆଉଟିକେ ପରେ। ଏବେ ମୁଁ ରଶ୍ମିକୁ ପଚାରିଲି, ତମକୁ କେମିତି ଲାଗିବ ଯାହାକୁ ଭଲପାଅ ତା' ଫୋନ୍ ସାରା ରାତି ଯଦି ଏନଗେଜ୍ ଆସୁଥବ? କେମିତି ଲାଗିବ ଦିନକୁ ପଚିସ୍ ଟା କଲ୍ କରି ସାରିବା ପରେ ବି ସେ ଫୋନ୍ ରିସିଭ୍ କରୁନଥବ କି କଲ୍ ବ୍ୟାକ୍ କରୁନଥବ? କେମିତି ଲାଗିବ ମେସେଜ୍ ପରେ ମେସେଜ୍ କରିବା ପରେ ବି ଯଦି ତା'ର ଗୋଟେ ବି ରିପ୍ଲାଏ ଆସୁନଥବ? କେମିତି ଲାଗିବ, ତାକୁ ଦେଖା କରିବାକୁ ବାରମ୍ବାର ତମେ ତା' ଅଫିସ୍ ଯାଇଥବ, ସବୁଥର ପିଅନ୍ ଆସି କହିବ ସାର ଏବେ ବ୍ୟସ୍ତ ଅଛନ୍ତି ଦେଖା କରିପାରିବେନି? କେମିତି ଲାଗିବ, ତମେ ତାକୁ ମାର୍କେଟ୍‌ରେ ଗୋଟେ ଝିଅ ସହ ଦେଖିବ ଆଉ ତାକୁ କଲ୍ କଲାବେଳକୁ ସେ ତମ କଲ୍ କାଟିଦବ? ତମେ ଅନୁଭବ କରିପାରୁଥବ ସେ ତମକୁ ମିଛ କହୁଚି; ହେଲେ ତା'ର ମିଛକୁ ତମେ ପ୍ରମାଣ କରିପାରୁନଥବ, ସେତେବେଳେ କେମିତି ଲାଗିବ? ରଶ୍ମି ଏକଦମ୍ ଚୁପ୍ ହେଇ ରହିଗଲା। ମୋ ମୁହଁକୁ ଚାହିଁ ରହିଲା କେବଳ। ରୁମର କବାଟ ଜୋରେ ଧଡ଼ଧଡ଼ ହେଉଥିଲା। ସେ ଶଦ୍ଦ ଶୁଣି ମୋ ହାତ ଥରିବା ଆରମ୍ଭ ହେଇଗଲା। ମୁଁ ମନେପକାଇବାକୁ ଚେଷ୍ଟା କଲି, ଆଜି ତ ମେଡିସିନ୍ ଖାଇଥିଲି ବୋଧେ ସକାଳେ! ନା ଖାଇନଥିଲି? ରଶ୍ମି ମୁକୁଳିବାକୁ ଚେଷ୍ଟା କଲାବେଳକୁ ମୁଁ ତା' ହାତ ଧରିଲି। ନିଜର ଥରିଲା ହାତକୁ ସମ୍ଭାଳିବାକୁ ଚେଷ୍ଟା କଲି ଆଉ କହିଲି, ତମେ ଜାଣ କି କେତେ କଷ୍ଟ ହୁଏ ଯେତେବେଳେ ତମେ ଜଣଙ୍କ ପାଇଁ ଘଣ୍ଟା ଘଣ୍ଟା ଧରି ଅପେକ୍ଷା କରିଥବ ତା'ର ପଦେ କଥା ଶୁଣିବା ପାଇଁ ତାକୁ ଟିକେ ଦେଖିବା ପାଇଁ ଆଉ ସେ ଖୁବ୍ ସହଜରେ 'ସରି, ଭୁଲିଗଲି' ବୋଲି କହିଦିଏ? ସରି ମାନେ କ'ଣ କୁହ ତ? ଭାଲ୍ୟୁଲେସ୍ ଓ୍ୱାର୍ଡ କେବଳ ଗୋଟେ। ଯୋଉଠି ପାରୁଚ ଚିପକେଇ ଦିଅ, କାମ ଖତମ। ନା କ'ଣ? ଯାହାର ପ୍ରମିସ୍ ପୂରଣ କରିବାର ଔକାତ ନାହିଁ ସେ ପ୍ରମିସ୍ କରେ କାହିଁକି! ତମେ କେବେ କାହା ପାଇଁ କେୟାର କରିଚ ନିଜଠୁ ବି ଅଧିକ? ନିଜକୁ ପଛରେ ରଖ ତାକୁ ସବୁବେଳେ ଆଗରେ ରଖିଛ? ତା'ର ସବୁ ପରିସ୍ଥିତିକୁ ବୁଝିଚ ଆଉ ଶେଷରେ ଶୁଣିଛ କି, 'ତମେ ମୋତେ କେବେ ବି ବୁଝିନି'?

କବାଟ ଧଡ଼ଧଡ଼ ହେଲା ଆହୁରି ଜୋରେ। ମୋତେ ଡର ଲାଗିଲା ପ୍ରବଳ। ମୁଁ ଓଢ଼ଣୀର ଗଣ୍ଠିଟା ଫିଟେଇଦେଲି। ରଶ୍ମି ଲଥ କିନା ତଳେ ବସିଗଲା। ପଚାରିଲା, ତମେ କିଏ? ମୁଁ କହିଲି, ଜୀବନ ସାରା ସମୟ ଅଛି ପଚାରିଦବ ତମ ସ୍ୱାମୀଙ୍କୁ।

ଅଭିଜିତ୍‌କୁ କଲ୍‌ କରି କହିଲି, 'ଗାଡ଼ି ଷ୍ଟାର୍ଟ କର ମୁଁ ଆସୁଚି।'

ମୁଁ ରୁମ୍‌ର କବାଟ ଖୋଲିଦେଲି। ତିନିଚାରିଟା ଲୋକ କଚାଡ଼ି ହେଇ ତଳେ ପଡ଼ିଲେ। ଦି'ଜଣ ପୁଅ ମୋ ସାର୍ଟ ଧରି ଅଟକାଇବାକୁ ଚେଷ୍ଟା କରୁଥିଲେ। ମୁଁ ସେ ଦିଜଣଙ୍କ ମୁହଁକୁ ନଖରେ ଖଣ୍ଡିଆ କରି ଦୌଡ଼ି ପଳେଇ ଆସିଲି। ଗୋଟେ ପଥର ମୋ ଗୋଡ଼ରେ ବାଜିଲା ଆଉ ମୁଣ୍ଡରେ ପାଣି ବୋତଲ ପିଟି ହେଲା। ମୁଁ ତରବର ହେଇ ଗାଡ଼ି ଭିତରେ ପଶିଗଲି। ଅଭିଜିତ୍‌ ପଚାରିଲା, କ'ଣ ହେଲା ଏତେ ଲୋକ କାହିଁକି ତୋ ପଛରେ ଆସୁଥିଲେ? ଆଉ ତୁ ଏମିତି ଥରୁଚୁ କାହିଁକି? ପାଣି ଟିକେ ପିଇବୁ କି? ମୁଁ ଉତ୍ତର ଦେଲିନି। ସେ ନର୍ମାଲ୍‌ ସ୍ପିଡ୍‌ ଠାରୁ ଟିକେ ଅଧିକ ବେଗରେ ଗାଡ଼ି ଚଲେଇଲା। କିଛି ସମୟ ପରେ ସେ ପଚାରିଲା, ଏବେ ଠିକ୍‌ ଲାଗୁଚି ତ ତତେ? ମୁଁ କହିଲି, ତୁ ଚୁପ୍‌ ହେଇ ରହ ଟିକେ ପ୍ଲିଜ୍‌। ପୁଣି କିଛି ମିନିଟ୍‌ ପରେ ସେ ପଚାରିଲା, ତୋ ଗିଫ୍ଟ ପ୍ୟାକେଟ୍‌ରେ କ'ଣ ଥିଲା? ମୁଁ ପଚାରିଲି, ତୋ ଗିଫ୍ଟ ପ୍ୟାକେଟ୍‌ରେ କ'ଣ ଥିଲା? ଆମେ ଦୁହେଁ ହସିଲୁ ଠୋ ଠୋ ହେଇ। କେତେ ଯୁଗ ଧରି ହସିନଥିଲୁ ଆମେ ଏମିତି ମନଖୋଲା ହସ। କିଛି ମିନିଟ୍‌ ପରେ ଅଭିଜିତ୍‌ ପଚାରିଲା, ତୋର ମନେଅଛି ଫ୍ରେଣ୍ଡସିପ୍‌ ବ୍ୟାଣ୍ଡ ଯୋଉ ତିଆରି କରିଥିଲୁ ମୋ ପାଇଁ ଜରି ସୂତାରେ। ମୁଁ ଆଖ୍‌ କୋଣରୁ ଟିପ ବାହାର କରି କହିଲି, ହଁ ରେ ମନେଅଛି।

ଆମେ ହାଇଓ୍ୱେରେ ପହଞ୍ଚି ସାରିଥିଲୁ। ଥଣ୍ଡା ପବନ ମୁହଁରେ ବାଜୁଥିଲା। କେମିତି ଅଲଗା ଅଲଗା ଲାଗୁଥିଲା ସବୁ କିଛି।

ଅଭିଜିତ୍‌ ହଠାତ କହିଲା, ସେ ପୁଅର ହାତରେ ରଶ୍ମି ନାଆଁର ଟାଟୁ ଥିଲା। ସହି ପାରିଲିନି, ଟାଟୁ ଦେଖି ମୁଣ୍ଡ କାମ ଦେଲାନି। କେଜାଣି ମୋର କ'ଣ ହେଲା ହଠାତ୍‌! ଫେରିବା ବେଲକୁ ତା' କହୁଣୀଟା ମୋଡ଼ି ଭାଙ୍ଗିଦେଲି ଆଉ ବାହାରପଟୁ କବାଟ ଦେଇ ଚାଲିଆସିଲି।

ମୁଁ ପାଣିବୋତଲର ଠିପି ବନ୍ଦ କଲାବେଲେ କହିଲି, ଦୁଇବର୍ଷ ତଳେ ମୋ ବାର୍ଥଡେରେ ଅମିତ ଗିଫ୍ଟ କରିଥିଲା ସେଇ ଡାଏମଣ୍ଡ ରିଙ୍ଗଟା, ଯୋଉଟା ଶେଷ ଦେଖାଦିନ ଫିଙ୍ଗି ଦେଇଥିଲି ତା' ମୁହଁକୁ। ରଶ୍ମି ହାତରେ ସେଇ ରିଙ୍ଗଟା ଦେଖିପାରିଲିନି। ତା' ଆଙ୍ଗୁଠିଟା କାଟିଦେଲି।

ଅଭିଜିତ୍‌ ହଠାତ୍‌ ଗାଡ଼ି ଅଟକେଇ ଦେଲା। ମୋତେ ଏମିତି ଚାହିଁଲା ଯେମିତି ସେ ମୋତେ ଏବେ ହଁ ଚିହ୍ନଟ ପ୍ରଥମ କରି। ମୁଁ ଭାବିଲି ସେ ପଚାରିବ, କାହିଁକି? କେମିତି? ଭାବିଲି, କିଛି ପଚାରିବ ମୋତେ ଅମିତ ବିଷୟରେ! ହେଲେ ସେ ପଚାରିଲାନି କିଛି ବି।

ମୁଁ ପଚାରିଲି, ଆଚ୍ଛା ଅଭିଜିତ୍ ଝିଅ ମାନଙ୍କ ନାଆଁରେ ଚାର୍ଜସିଟ୍ ଲାଗେ ତ ? ମୋ ନାଆଁରେ ଲାଗିବ ନା ?

ସେ ଉତ୍ତର ଦେଲାନି । ଗାଡ଼ି ଷ୍ଟାର୍ଟ କରି ଡାହାଣକୁ ମୋଡ଼ିଲା । ଗାଡ଼ିର ସ୍ପିଡ୍ ଆଗ ଅପେକ୍ଷା ଅଧିକ ଥିଲା । ଅନ୍ଧାର ବି ବେଶୀ ବହଳ ଥିଲା ଆଜି । ମୋତେ ଲାଗିଲା, ଏଇ କଳା ମଟମଟ ପିଚୁରାସ୍ତାଟା ମୁଁ । ସବୁ ଗାଡ଼ିର ହେଡ୍ ଲାଇଟ୍ ଅମିତର ଆଖି ପରି; ଭେଦିଯାଉଛି ମୋ ନଗ୍ନତାକୁ । ଡିଭାଇଡର ମୋ ମେରୁଦଣ୍ଡ, ଦୁଇପଟେ ଥିବା ଗଛ ମୋ ଶରୀରରୁ ଅଲଗା ହେଇଯାଇଥିବା ରକ୍ତମାଂସ । ବାରମ୍ବାର ମୋ ପଞ୍ଜରା ହାଡ଼ ଉପର ଦେଇ ଚାଲିଯାଉଛି ପଥର ଭର୍ତ୍ତି ଟ୍ରକ୍, ଲୋକ ଭର୍ତ୍ତି ବସ୍ ଆଉ ଟେମ୍ପୋ; ଚାଲିଯାଉଛନ୍ତି ରଶ୍ମି ପରି ହାଇହିଲ୍ ପିନ୍ଧା କେତେଟା ଝିଅ ମୋ ହାଡ଼ ଫଟେଇ ।

ଦର୍ପଣ

ସେ, ଚିପ୍ସ ପ୍ୟାକେଟ୍‌ରୁ ଗୋଟେ ଚିପ୍ସ କାଢ଼ି ଖାଉଥିଲା ଆଉ ଗୋଟେ ଚିପ୍ସ କାଢ଼ି ରାସ୍ତା ଉପରେ ସୁଅ କାଟୁଥିବା ବର୍ଷା ପାଣିକୁ ଫିଙ୍ଗୁଥିଲା। ତା' ପାଖରେ ଜଣେ ଲୋକ ଛିଡ଼ାହୋଇ ମୋବାଇଲ ଦେଖୁଥିଲା। ଭାବିଲି, ଇଏ ଲୋକଟା ସେ ଝିଅର ବାପା ହେଇଥିବ ବୋଧହୁଏ। ସେ ଆଡ଼କୁ ବେଶୀ ଧ୍ୟାନ ନଦେଇ ମୁଁ ବାହାରକୁ ଚାହିଁ ଭାବିଲି, କେତେବେଲେ ଏ ବର୍ଷା ଛାଡ଼ିବ ଆଉ ମୁଁ ଘରକୁ ଯିବି।

ସେ ଝିଅଟା ଏଥର ଗୋଟେ ପରେ ଗୋଟେ ଚିପ୍ସ ବର୍ଷା ପାଣି ସୁଅକୁ ଫିଙ୍ଗିବାକୁ ଲାଗିଲା। କିଛି ବି ଖାଇବା ଜିନିଷ କେହି ନଷ୍ଟ କଲେ ମୁଁ ସହିପାରେନି। ଏ ଝିଅ ଅଧାରୁ ଅଧିକ ଚିପ୍ସ ଫିଙ୍ଗିସାରିଲାଣି। ମନେମନେ ସେଇ ଲୋକଟା ଉପରେ ବିରକ୍ତ ହେଲି, କେମିତିକା ବାପା ହେଇଛି କେଜାଣି ପିଲାଟା ଖାଇବା ନଷ୍ଟ କରୁଚି କିଛି କହୁନି ତାକୁ। ଖାଇବା ଜିନିଷ ନଷ୍ଟ କରିବା ଉଚିତ୍ ନୁହେଁ ବୋଲି ଏଇ ସାମାନ୍ୟ କଥା କ'ଣ ଘରେ ଶିଖେଇ ନାହାନ୍ତି ପିଲାଟାକୁ!

ପୁରା ପ୍ୟାକେଟ୍ ଖାଲି କରିଦେଲା ସେ ଝିଅ। ଶେଷରେ ପ୍ୟାକେଟ୍‌କୁ ମୋଡ଼ିମାଡ଼ି ବ୍ୟାଗ୍ ଭିତରେ ରଖିଲା। ତା' ବାପା ଏଯାଏଁ ସେମିତି ମୋବାଇଲକୁ ଦେଖୁଥିଲା। ମୁଁ ବାଧ ହେଲ ସେ ଝିଅକୁ ପଚାରିଲି, କାହିଁକି ନଷ୍ଟ କଲ ଖାଇବା ଜିନିଷ ଗୁଡ଼ାକ? ଯଦି ଇଚ୍ଛା ନଥିଲା ରଖିଦେଇଥାନ୍ତ ପରେ ଖାଇଥାନ୍ତ!

ସେ ମୋ ମୁହଁକୁ ଚାହିଁ କହିଲା, ମୁଁ ନଷ୍ଟ କରିନି ତ।

ମୁଁ ବିରକ୍ତ ହେଲି ତା' କଥା ଶୁଣି। ପଚାରିଲି, ଆଉ କ'ଣ କରୁଥିଲ ତେବେ?

: ମାଛ ମାନଙ୍କୁ ଖାଇବାକୁ ଦଉଥିଲି।

: ଏଇ ରାସ୍ତା ଉପରେ ପାଦେ ପାଣିରେ ମାଛ ଅଛନ୍ତି?

ମୁଁ ଅଳ୍ପ ହସି ତାକୁ ପଚାରିଲି

: ନା ଏଠି ନାହାନ୍ତି । ଏଇ ରାସ୍ତା ସେପଟେ ଯୋଉ ପୋଖରୀ ଅଛି, ସେଠି ଅଛନ୍ତି ।

: ତାହେଲେ ତମେ ସେମାନଙ୍କୁ କେମିତି ଖାଇବାକୁ ଦେଲ ?

: ବର୍ଷା ପାଣି ସବୁ ସେଇ ପୋଖରୀ ଭିତରକୁ ଯାଉଛି ।

ଆରେ ସତରେ ତ ! ପାଣି ସୁଅ କାଟି ପୋଖରୀ ଭିତରକୁ ଯାଉଚି । ଚିସ୍ ଗୁଡ଼ାକ ପାଣିରେ ଭାସି ଭାସି ସେଇ ପୋଖରୀ ଭିତରକୁ ଯାଉଚି । ଗୋଟେ ଦିଟା ବତୁରି ଯାଇ ରାସ୍ତା ଉପରେ ପଡ଼ି ରହିଯାଇଛି ଅବଶ୍ୟ । ମୁଁ ସେଇ ଝିଅକୁ ଭଲରେ ଚାହିଁଲି । ସ୍କୁଲ୍ ୟୁନିଫର୍ମ ଆଉ ଆଇକାର୍ଡ ବେକରେ ଝୁଲେଇଥିବା ଗୋଟେ କଣ୍ଢେଇ ପରି ଦିଶିଲା ସେ ମୋତେ । ମୁଁ ଖୁସିହେଇ ପଚାରିଲି,

: ତମେ ପୋଖରୀରେ ରହୁଥିବା ମାଛଙ୍କୁ ଦେଖିଚ ?

: ନା

: ନଦୀ ମାଛ ?

: ନା

: ସମୁଦ୍ର ମାଛ ?

: ନା

: ଆଉ କ’ଣ ଦେଖିଚ ତେବେ ?

ସେ କିଛି ଉତ୍ତର ଦେଲାନି । ମୁଁ ସାମାନ୍ୟ ହସିଲି ଆଉ ଚୁପ୍ ରହିଲି । ସାତ ଆଠ ବର୍ଷର ଛୁଆ ହେବ ବୋଧେ । କ’ଣ ବା ସେ ଉତ୍ତର ଦେବ ! ଭାବିଲି, କେତେବେଳେ କେଜାଣି ଛାଡ଼ିବ ଏ ବର୍ଷା !

ସେ ଝିଅ ମୋତେ ହଠାତ୍ ପଚାରିଲା, ତମେ ମଣିଷ ଦେଖିଚ ?

ମୁଁ ସାମାନ୍ୟ ଅନ୍ୟମନସ୍କ ଥିଲି । ପଚାରିଲି, କ’ଣ କହିଲ ଆଉଥରେ କୁହ ତ ଟିକେ ।

ସେ କହିଲା, କାଲି ମାମା ଫୋନରେ କାହାକୁ କହୁଥିଲା ଯେ ଆଜି ଯାଏଁ ମଣିଷ ଦେଖି ପାରିଲିନି ଗୋଟେ । ତମେ ମଣିଷ ଦେଖିଚ ?

ମୁଁ କିଛି କହିବା ପୂର୍ବରୁ ଜଣେ ମହିଲା ଓଦା ଚୁଟୁବୁଟୁ ହେଇ ଆସି ସ୍କୁଟର ଅଟକେଇଲେ ଆଉ ସେଇ ଝିଅକୁ କହିଲେ, ତୁ ଡରିନୁ ତ ମାମା ! ଚାଲ୍ ଘରକୁ ପଳେଇବା । ଏ ବର୍ଷା ଏବେ ଆଉ ଛାଡ଼ିବନି ।

ସେ ଡିକିରୁ ରେନ୍ କୋଟ୍ କାଢ଼ି ଝିଅକୁ ପିନ୍ଧେଇଦେଲେ ଆଉ ସେମାନେ ଦୁଇଜଣ ଦୁଇମିନିଟ୍‌ରେ ଚାଲିଗଲେ ମୋ ଆଖି ସାମ୍ନାରୁ ।

ବର୍ଷା ଛାଡୁନଥିଲା । ପଛରେ ସେ ଲୋକଟାକୁ ଦେଖି ମୁଁ ଚମକି ପଡ଼ିଲି ହଠାତ୍ । ବର୍ଷାରେ ତିନ୍ତିତିନ୍ତି ଘରକୁ ଫେରିଲା ବେଳେ ମୋ ପାଟିରୁ ବାହାରି ଆସିଲା, ମଣିଷ ମାନେ କେମିତି ଦେଖାଯାଆନ୍ତି ?

କଟ୍‌ଲେଟ୍‌

ତା' ଦେହରେ ଅଧାମଇଲା ଧଲାଗଞ୍ଜିଟା ରକ୍ତଛିଟା ପଡ଼ି ଆଂଶିକ ନାଲି ଓ ଅଧିକ ଗେରୁଆ ଦିଶୁଥିଲା। ରାସ୍ତା ସେପାଖରେ ଷ୍ଟପେଜ୍‌ରେ ଛିଡ଼ା ହୋଇଥିବା ଝିଅଟି ଗୋଲାପୀ କୁର୍ତି ଆଉ ଖୋଲାଚୁଟିରେ ତା'କୁ ଦେବୀ ପରି ଦିଶୁଥିଲା ଦୂରରୁ। ସେ କାଠବେଞ୍ଚ ଲାଗିଥିବା ବଡ଼ ଛୁରୀଟିକୁ କାଠଗଣ୍ଡି ଉପରେ ଠକ୍ ଠକ୍ କଲାବେଳେ ପଚାରିଲା, 'ଓ . . ବାବୁ ପଛ ଗୋଡ଼ ଦି'ଟା ଦେବି କି'?

ହେଲେ ଲୋକଟା ନିଜର ଫୋନରେ ଏତେ ବ୍ୟସ୍ତ ଥିଲା ଯେ ତାକୁ ଶୁଣାଗଲାନି ବୋଧେ। ସେ କଲା ପଲିଥିନ୍‌ରେ ମାଂସ ଟୁକୁଡ଼ା ସବୁ ଭର୍ତ୍ତି କରି ଓଜନ କଲା। ରସକୁଣ୍ଡରେ ଥିବା ମଇଲା ପାଣିରେ ହାତ ବୁଡ଼ାଇ ଓଦା ହାତକୁ ଟେରିକଟ୍ ଲୁଙ୍ଗିରେ ପୋଛିବା ବେଳେ ଲୋକଟା ତା' ହାତକୁ ଗୋଟେ ପାଂଶ' ଟଙ୍କିଆ ନୋଟ ବଢ଼େଇ ଦେଇ କହିଲା, 'ଟିକେ ପଛପଟେ ଟଙ୍କେଇ ଦେ' ହାତଟା ଅସନା ହେଇଯିବ ମୋର'। ସେ ମନେମନେ ଭାବୁଥିଲା, ଶ୍ୟ . .ହାଡ଼ମାଂସକୁ ଚୋବେଇ ଖାଇବେ ପଲିଥିନ୍ ଧରିବାକୁ ଏତେ ଘୃଣା !

କିନ୍ତୁ, ଏଇ ବଡ଼ବଡ଼ିଆ ବାବୁମାନଙ୍କୁ ଦେଖିଲେ ତା' ଆଖି ଦି'ଟା ଖୁସିରେ ଚିକ୍ ଚିକ୍ କରେ। ଏମାନେ ମୋଟା ଅଙ୍କର ମାଲ୍ ନିଅନ୍ତି। ଶହେ-ପଚାଶ ଅଧିକ ବି ଦିଅନ୍ତି।

ଏଇ ପଇସାପତ୍ର କାରବାର ଭିତରେ ହଳଦିଆ ବସ୍‌ଟା ଷ୍ଟପେଜ୍‌ରେ ପହଞ୍ଚି ସାରିଥିଲା। ଆଉ ସେ ଝିଅ ବସ୍ ଭିଡ଼ ଭିତରେ ଅଦୃଶ୍ୟ ବି ହୋଇସାରିଥିଲା।

•••

ଠିକ୍ ଦଶଟା ବାଜିଲେ ଷ୍ଟପେଜ୍‌ରେ ଛିଡ଼ା ହୁଏ ଝିଅଟି। ତାକୁ ଦେଖିବା ମାତ୍ରେ ତା'ର ମାଂସ କାଟୁଥିବା ଛୁରୀଟା ଧିମେଇ ଯାଏ। ବେଳେବେଳେ ଅଜାଣତରେ କଲିଜା

ବି ଦି'ଫାଳ ହେଇଯାଏ। ପାଖ ଗ୍ୟାରେଜ୍‌ରେ କାମକରୁଥିବା ମେକାନିକ୍ ଟୋକା ଏସବୁ ଦେଖି ତା'ର ପାନଖିଆ ଦାନ୍ତ ନେଫେଡ଼େଇ ଥରେ ପଚାରିଲା, 'କ'ଣ ଭାଇ, ମନଟା ଲାଖି ଯାଇଛି କି'?

ସେ କିଛି ନକହି ତେରେଛା ହସିଲା ଆଉ ମାଂସଖଣ୍ଡରେ ଚୋଟ ପକାଇଲା। ମେକାନିକ୍ ଟୋକା କୋଉ ଛାଡ଼ିବାର ପିଲା ! ନିଜ କାମ ଅଧାରେ ଛାଡ଼ିଦେଇ ତା' ପାଖରେ ଆସି ବସିପଡ଼ିଲା। ତା'ରି ଦୋକାନ ସାମ୍ନାରେ ପାନଛେପ ପକାଇଲା ବେଳେ କହିଲା, 'ଯଦି ସେ' ଝିଅକୁ ଭଲପାଉଛୁ କହିଦିଅନୁ। କେତେଦିନ ଏମିତି ଦେଖିଦେଖି ମନ ପୁରେଇବୁ ! ତୁ ଜାଣିନୁ କଲେଜ୍ ପଢ଼ୁଆ ଝିଅଙ୍କର ବେଶୀ ଲଫଡ଼ା। ଆଜି ଏଇ ବସ୍‌ରେ ଉଠୁଛି। କାଲି ଦେଖିଲାବେଳକୁ କାହା ବାଇକ୍ ପଛରେ ବୁଲୁଥିବ'।

ସେ ସେମିତି ତଳକୁ ମୁହଁ ପୋତି କହିଲା, 'ଇଏ ସେମିତିକା ଝିଅ ନୁହେଁ। ଖୁବ୍ ସରଳିଆ ମନେହେଉଛି'।

ମେକାନିକ୍ ଟୋକା ନିଜ ଜାଗାକୁ ଫେରି ଆସି ନଟ୍ କସିଲା ବେଳେ କୁନ୍ଛୁଇ କୁନ୍ଛୁଇ କହିଲା, 'କେତେ ସରଳ ଆମେ ଜାଣୁ ଯେ'। ଏମାନଙ୍କର ସବୁ ଭିତିରିଆ ଷ୍ଟୋରୀ। ତୁ ଆଜି ସନ୍ଧ୍ୟାବେଳେ ଚା'ଖଟିକୁ ଆ'। ତତେ ଦେଖେଇବି କେତେ ରକମର ଝିଅ'।

ସେ ମୁଣ୍ଡ ଟୁଙ୍ଗାରି 'ହଁ' କହିଲା ବେଳେ କଳା ଛେଲିର ବେକକୁ ଦୋଲା ଚୋଟେ।

•••

ସନ୍ଧ୍ୟାବେଳର ରଙ୍ଗୀନ୍ ଟ୍ରାଫିକ୍ ଜାମ୍‌କୁ ଅନେଇ ମେକାନିକ୍ ଟୋକା ରାଜୁ ସିଗାରେଟ୍ ଲଗେଇଲା। ଦି' ସୋଡ଼କା ଧୂଆଁ ଭିତରକୁ ନେବାପରେ ଅଧାଜଳା ସିଗାରେଟ୍ ଟା ତା ହାତକୁ ବଢ଼େଇ ଦେଇ ପଚାରିଲା,

: କିରେ ବାବୁଭାଇ ଦୋକାନ କେତେବେଳେ ବନ୍ଦ କଲୁ ?

: ଦି'ଟାରେ।

: ସିଗାରେଟ୍ ଜଳିଯାଉଛି ଜଳଦି ଟାଣେ।

: ନା, ଆଜି ମୁଡ୍ ନାହିଁ। ଏମିତିରେ ଦି'ମାସ ହେବ ଛାଡ଼ିଦେଇଛି। ମା'ର ଦେହଟା ଭଲ ରହୁନି। କିଏ ପଇସା ଗୁଡ଼ାକ ଧୂଆଁ କରିବ !

: ଛାଡ୍ ସେସବୁ। ଟିକେ ମଉଜ କରିବା ଶିଖ୍।

ଏତିକି କହିବା ଭିତରେ ସେଇ ଟେଙ୍ଗୀ ଝିଅ ଆଡ଼କୁ ଚାହିଁ ସେ ଦି'ଥର ସିଟି

ମାରି ସାରିଲାଣି। ପୁଣି କହୁଛି, 'ଆ . . ଟିକେ ଦେଖ୍‍କି ଯାଉନ। ବେଳକାଳ ଭଲ ନାହିଁ। ଧକ୍କା ହେଇଯିବ'।

ବାବୁ ବିରକ୍ତ ହେଲା,

: ସେ ତୋ' ସାନଭଉଣୀ ବୟସର ହେବ। ଏମିତି କ'ଣ କହୁଛୁ !

: ଦେଖ୍‍, ଭଉଣୀ ଜାଗାରେ ଭଉଣୀ। ସଂସାରଯାକର ସବୁ ଝିଅକୁ ମୁଁ ଭଉଣୀ କରିବି ନା' କ'ଣ !

ସେତେବେଳକୁ କାଠ ବେଞ୍ଚ ଉପରେ ଥୁଆ ସରିଥୁଲା ଦି'ଟା ଚା'। ବାବୁ ଚା' ପିଇଲାବେଳେ ରାଜୁ ମୋବାଇଲ୍ ଟା ତା' ଆଡ଼କୁ ବୁଲେଇ କହିଲା, 'ଦେଖ୍‍ ଝିଅ ମାନଙ୍କର କାର୍ଡି'। ବାବୁ ବିରକ୍ତିରେ ମୁହଁ ଫେରେଇ ନେଲା,

: ଆରେ ଏସବୁ କ'ଣ ଦେଖୁଛୁ। ଛିଃ !

: ଆରେ ଯାକୁ ଚିହ୍ନି ପାରୁନୁ ! ଇଏ ସେ ଅଗ୍ରୱାଲର ଝିଅ। ବି-କମ୍ ଫାଇନାଲ୍ ଇଅର୍। ଏମିତିଆ ପାଠ ପଢ଼ୁଛି। ତୋ'ର ସେ ମୌନମୁହଁ ପ୍ରେମିକାର ଭିଡିଓ ବି ଏମିତି ଦିନେ ଘୂରି ବୁଲିବ। ଦେଖୁବୁ ରହ।

ବାବୁ ତା'ର କାନମୁଣ୍ଡାକୁ ଚଟକଣିଟେ ପକେଇଲା ଏସବୁ ଶୁଣି। ଅଧା ପିଇଥୁବା ଚା' ଗ୍ଲାସ୍ ଟା ବେଞ୍ଚ ଉପରେ କଟିଦେଇ ଚାଲିଆସିଲା ସେଠାରୁ।

ବାଟରେ ଆସିବା ବେଳେ ଭାବୁଥୁଲା, ସେ ସେମିତିକା ଝିଅ ନୁହଁ। ଖୁବ୍ ଭଦ୍ର ଆଉ ସରଳ। ଏତେଦିନ ହେଲାଣି ତାକୁ କାହା ସହ କଥା ପଦେ ହେବାର ମୁଁ ଦେଖୁନି। ଏ ରାଜୁଟା ବଡ଼ ଅଭଦ୍ର, ଯାଡୁସାଡୁ କଥା ମୋ ମୁଣ୍ଡରେ ପୁରଉଚି।

ଘରେ ଆସି ଧୁଆଧୁଇ ହୋଇ ଖାଇବାକୁ ବସିଲା। ରୁଟିଖଣ୍ଡଟା ତଣ୍ଡି ଭିତରକୁ ନଯିବାରୁ ଅଧାଗ୍ଲାସ୍ ପାଣି ଗୋଟେ ନିଃଶ୍ୱାସରେ ପିଇଗଲା। ମା' କହିଲେ ଏଇ ରବିବାର ବାପାଙ୍କର ଶ୍ରାଦ୍ଧ। ମନେ ଅଛି ତ ?

: ହଁ ହଁ। ମନେଅଛି।

ସେ ଅନ୍ୟମନସ୍କ ହୋଇ ଉତ୍ତର ଦେଲା। ପୁଣି ଥରେ କଣ୍ଠଟା ରୁଦ୍ଧି ହେଇଗଲା ତା'ର। ରୁଟି ଖଣ୍ଡକ ପାଟି ଭିତରେ ଦରଚୋବେଇବା ଅବସ୍ଥାରେ ରହିଗଲା। ବହୁତ୍ କଷ୍ଟରେ ସେତକ ଗିଲିଦେଇ ମା'କୁ ପଚାରିଲା,

: ଆଖ୍ କେମିତି ଅଛି ତୋର ?

: ଟିକେ ଭଲ ଅଛି। ଔଷଧ ଖାଇଲେ ଭଲ। ଛାଡ଼ିଦେଲେ ଯାହାକୁ ସେଇଆ।

•••

ରାତିରେ ଶୋଇପାରିଲାନି ସେ। ମେକାନିକ୍ ଟୋକା କହିଥୁବା କଥା ଗୁଡ଼ାକ

ତା' କାନରେ ବାରମ୍ବାର ପିଟି ହେଉଥିଲା। ହଠାତ୍ ସେ ଝିଅର ମୁହଁଟା କେମିତି ବିକୃତ ମନେହେଲା ତାକୁ। ପୁଣି ନିଜକୁ ସାନ୍ତ୍ୱନା ଦେଇ କହିଲା, ନା ସେ ସେମିତିକା ଝିଅ ନୁହେଁ। ଆଖି ଦି'ଟା ଜକେଇ ଆସିଲା। ଭାବିଲା, ମଣିଷଟା କେତେ ଏକା ! କେହିଜଣେ ଏମିତି ଥା'ନ୍ତା, ଘରକୁ ଫେରିବା କ୍ଷଣି ଖୁବ୍ ଜୋରରେ ଛାତିରେ ଜଡ଼େଇ ଧରନ୍ତା। ଶୋଇବା ବେଳକୁ ମଥାରେ ହାଲୁକା ଚୁମାଟେ ଦିଅନ୍ତା। ଦିନଯାକର କଷ୍ଟ ଆରାମରେ ଭୁଲି ହେଇଯା'ନ୍ତା। ଏଇ ଝିଅଟାକୁ ଦେଖିବା ଦିନଠୁ କେତେ କ'ଣ ଭାବିଦେଇଛି ତାକୁ ନେଇ। ଯଦି ସେ ତାକୁ ଭଲପାଏ ବୋଲି କୁହେ, ଝିଅଟା କ'ଣ ମନା କରିଦବ ? ହେଲେ ଯଦି 'ହଁ' କହିଦିଏ ସେ ଖୁସିହେଇ ପାଞ୍ଚଜଣ ଗରାଖଙ୍କୁ ମାଗଣା ବାଣ୍ଟିଦେବ ପାଞ୍ଚକିଲ ମାଂସ।

●●●

ଚାପୁଡ଼ାଟେ ଖାଇଛି ବୋଲି ଟୋକାଟା ଗୁମ୍ ମାରି ରହିଲାଣି ଆଜିକୁ ପନ୍ଦର ଦିନ ହେବ। ନହେଲେ କେତେ ଫେଚକାମି କରନ୍ତାଣି ତା' ଦୋକାନ ସାମ୍ନାରେ ବସି। ବାବୁର ମନଟା ଆଉଟୁପାଉଟୁ ହେଲା। ମାଂସ କଟା ଅଧାରୁ ଛାଡ଼ି ଦେଇ ତା' ପାଖକୁ ଗଲା। ସେ ସେତେବେଳକୁ ଗୋଟେ ସ୍କୁଟରରୁ ଇଞ୍ଜିନ୍ ଅୟେଲ କାଢ଼ୁଥିଲା।

: କିରେ କ'ଣ କଥା ହଉନୁ ! ଏତେ ରାଗ !

ସେ ଜବାବ୍ ଦେଲାନି ହଠାତ୍। ବାବୁ ପୁଣି ଥରେ ଦୋହରେଇ ପଚାରିଲାରୁ କହିଲା,

: ଆଉ ହବନି ! ଛାର ଝିଅଟା ପାଇଁ ତୁ ମୋତେ ଚଟକଣିଟେ ପକେଇଲୁ !

: ମୁଁ ତାକୁ ଭଲପାଏରେ। ତା ନାଁ ରେ ବାଜେ କଥା ଗୁଡ଼ାକ କହିଲେ ବାଧିବନି !

: ଖାଲି ପାଇଲେ କ'ଣ ହେବ ! କେବେ କହିଛୁ ତା'କୁ ? ଏମିତି ହତାସିଆ ପ୍ରେମିକ ମୁଁ ବହୁତ ଦେଖିଛି। ତୋର ଅବସ୍ଥା ବି ସେଇଆ ହବ ଦେଖିବୁ।

ବାବୁ ହଠାତ୍ ଗମ୍ଭୀର ଦିଶିଲା। ନିଜ ଜାଗାକୁ ଫେରି ଆସି ଛୁରୀଟିକୁ କାଠଗଣ୍ଡି ଉପରେ ଜୋରେ ପିଟିବାକୁ ଲାଗିଲା। ହିସାବ କରୁଥିଲା ଏଇ ମାଂସ ଟୁକୁଡ଼ା ପରି ସେ ନିଜକୁ କେତେଥର କାଟିଛି। କେମିତି କାଟିଛି ନୂଆ ନୂଆ କଲେଜ୍ ମାଟି ଛୁଇଁଥିବା ତା'ର ପାଦ ଦୁଇଟିକୁ ! ବାପାଙ୍କୁ ମୁଖାଗ୍ନି ଦେବାବେଳେ ଯେମିତି ଆପେ କଟିଯାଇଥିଲା ତା'ର କଅଁଳ ହାତ ! ପ୍ରତିଦିନ ମାଂସ କାଟିବା ସହ ସେ ଯେମିତି ନିଜକୁ ଖଣ୍ଡ ଖଣ୍ଡ କରି କାଟି ବଢ଼େଇ ଦେଉଛି ଅନ୍ୟମାନଙ୍କ ହାତକୁ ! ଗୋଟେ ଖଣ୍ଡ ଦୋକାନ ଭଡ଼ା ଦେଇଥିବା ମାଲିକର ହାତକୁ, ଆଉ ଖଣ୍ଡେ ଟଙ୍କା ସୁଧ ଦେଇଥିବା ଦଲାଲ ହାତକୁ,

ଆଉ କିଛି ଖଣ୍ଡ ବନ୍ଧୁବାନ୍ଧବଙ୍କ ହାତକୁ। ସମସ୍ତଙ୍କୁ ବାଣ୍ଟି ଦେବାପରେ ଯାହା ବଳିପଡ଼େ ମା' ହାତରେ ଧରେଇବା ବେଳେ ସେ କ୍ଲାନ୍ତ ପାଲଟିଯାଏ।

ତା'କୁ ସ୍ୱପ୍ନ ଦେଖିବା ମନା। କାରଣ ସେ ଜାଣିଛି, ସକାଳ ହେଲେ ସବୁ ସ୍ୱପ୍ନ ଖଣ୍ଡଖଣ୍ଡ ହୋଇ କଟିବେ ଛୁରୀ ଧାରରେ, ଶିଝିବେ କାହାର ତେଲକଡ଼େଇରେ, ଭାଜିହେବେ କାହାର ନନ୍‌ଷ୍ଟିକ୍ ତାୱାରେ। କିନ୍ତୁ ଏ ଝିଅକୁ ଦେଖିବା ପରଠୁ କେମିତି ବଦଳିବା ପରି ଲାଗେ ସିଏ। 'ଦୋକାନୀ ବାବୁ' ନୁହଁ 'ଦିବ୍ୟଜ୍ୟୋତି' ନାମରେ ଗୋଟେ ମଣିଷ ଅଛି ବୋଲି ଅନୁଭବ ହୁଏ ତା'କୁ। ହେଲେ ତା'ର ସାହସ ନାହିଁ ଝିଅଟିକୁ ସାମ୍ନା କରିବାକୁ।

ମେକାନିକ୍ ଟୋକାର କଥା ଗୁଡ଼ାକ ଅବାଗିଆ ହେଲେ ବି ଭୁଲ୍ ଲାଗୁନଥିଲା ତା'କୁ। ଭାବୁଥିଲା, ଏମିତି ଲୁଚିଛପି କେତେଦିନ ମନେମନେ ଭଲପାଇବ ମଣିଷ ! କହିଦେବା ଜରୁରୀ। ଅଧରାତି ଯାଏଁ ଏସବୁ ଭାବିଭାବି ସେ ଶୋଇଗଲା।

ପରଦିନ ସେ ସକାଳୁ ଉଠିଲା। ଚୁଟି ସାମ୍ପୁ କଲା। ଡ୍ରେସ୍‌ରେ ଆଇରନ୍ ଦେଲା। ଦେହରେ ପର୍‌ଫ୍ୟୁମ୍ ମାରିଲା। ଯଦିଓ ସେ ଜାଣେ ସେଦିନ ବୁଧବାର, ବେପାର ଭଲ ହୋଇଥା'ନ୍ତା, ଉପୁରି ଅଧିକ ତିନିଶ' ଚାରିଶ' ହାତକୁ ଆସିଥା'ନ୍ତା। ତଥାପି ସେ ନିଷ୍ପତ୍ତି ନେଲା ଦୋକାନ ବନ୍ଦ ରଖିବ । ସେ ପଠାଣକୁ ଫୋନରେ ମନାକଲା, ଆଜିପାଇଁ ପଠେଇବାକୁ ଥିବା ଦି'ଟା ଖାସି କ୍ୟାନସଲ୍ କରିଦିଅ।

ଆଜି ସେ ଝିଅକୁ ସାମ୍ନାରେ ଭେଟିବ। ସେଥିପାଇଁ ନିଜକୁ ସଜେଇ ସାରିଲାଣି ସକାଳ ପହରୁ। ଘଣ୍ଟାଦେଖି ଶୀଘ୍ର ବାହାରିପଡ଼ିଲା। ତରବରରେ ଘରୁ ବାହାରି ପହଞ୍ଚିଲା ବେଳକୁ ଦେଖେତ' ଝିଅଟା ସ୍ଥପେଜ୍‌ରେ ଛିଡ଼ାହୋଇଛି ଆଗରୁ। ଟିକେ ଛାନିଆ ହେଇଗଲା ତାକୁ ଦେଖି। କିଛି ସମୟ ଏପଟ ସେପଟ ହେଲା। କିଛି ନଜାଣିବା ପରି ତାକୁ ଯାଇ ପଚାରିଲା,

: ବସ୍ ଆଜି ଟିକେ ଲେଟ୍ ଥିବା ପରି ଜଣା ପଡ଼ୁଛି ! ନାଇଁ ?

ଝିଅଟା ଘଣ୍ଟା ଦେଖିଲା।

: ନା' ତ। ବସ୍ ଆସିବାକୁ ଆହୁରି ଦଶମିନିଟ୍ ବାକି ଅଛି।

ବାବୁ ଟିକେ ଶଙ୍କିଗଲା। ପୁଣି ଭାବିଲା କ'ଣ କହିବ !

: ମୋତେ ଚିହ୍ନି ପାରୁଚ ! ମୋ ନାଁ ଦିବ୍ୟଜ୍ୟୋତି। ଏଠି ଯେଉ ନନ୍‌'ଭେଜ୍ ସେଣ୍ଟର୍ ଟା ଅଛି, ସେଇଟା ମୋର।

ଝିଅଟାକୁ ଟିକେ ଅଡୁଆ ଲାଗିଲା ବୋଧେ।

: ଓ଼ ଆଚ୍ଛା।

ସେ ପୁଣି ଥଙ୍ଗ ଥଙ୍ଗ ହେଲା। କ'ଣ ଗୁଡ଼େ ଯାଉସାଉ ଭାବି କହିଲା,

: ମୁଁ ସିଗାରେଟ୍ ପିଏନି। ମଦ ତ' ବିଲକୁଲ୍ ନୁହେଁ। ଘରେ କେବଳ ମା' ଆଉ ମୁଁ ରହୁ।

: ଭଲ କଥା।

: ମୁଁ ବି କଲେଜ୍ ଯାଉଥିଲି। ମାତ୍ର ଦି'ମାସ ଯାଇଛି। ହଠାତ୍ ବାପା ଚାଲିଯିବାରୁ ମୁଁ ପାଠ ଛାଡ଼ି ଏଇ ଦୋକାନ୍‌ରେ ବସିଲି।

ଝିଅଟା ଯାର କଥା ଶୁଣି ବିରକ୍ତ ହେଉଥିଲା। ବୋଧହୁଏ ଭାବୁଥିଲା, ଏସବୁ କଥା ସେ ତା'ଆଗରେ କାହିଁକି କହୁଚି! ସେପଟେ ମେକାନିକ୍ ଟୋକା ଯେ ଦୁଇଜଣଙ୍କୁ ନିରେଖି ଚାହୁଁଚି। ବାବୁ ତା' ଆଡ଼କୁ ଚାହିଁଲାରୁ ସେ ଖିଁ ଖିଁ ହୋଇ ହସିଲା। ହଠାତ୍ ବାବୁ ହଡ଼ବଡ଼େଇ ଯାଇ କହିଲା,

: ମୁଁ ଆଡଲ୍‌ ସିନେମା ଦେଖେନି। ପ୍ରକୃତରେ ମୁଁ ଜମାରୁ ସିନେମା ଦେଖେନି।

ଝିଅଟା ଏଥର ପ୍ରଚଣ୍ଡ ରାଗିଗଲା। ଭଲକି ଦି'ପଦ ଶୁଣେଇଥା'ନ୍ତା। ହେଲେ ଠିକ୍ ସମୟକୁ ବସ୍ ପଲେଇ ଆସିଲା।

ମେକାନିକ୍ ଟୋକା ଏଥର ଜୋରେ ହସିଲା ଯାର ଅବସ୍ଥା ଠଉରେଇପାରି। ବାବୁ କିନ୍ତୁ ଉଦାସ ଦିଶୁଥିଲା।

ବାବୁର ମୁଣ୍ଡରେ ଭୂତ ସବାର ହେଇଥିଲା ସେତେବେଳେ। ତେଣୁ ଠିକ୍ ପରଦିନ ସେ ଝିଅର ପଛେ ପଛେ ବସ୍‌ରେ ଚଢ଼ିଗଲା। ଭାବିଲା ଫାଙ୍କା ସମୟ ଦେଖି ଡାଇରେକ୍ଟ ଆଇ ଲଭ୍ ୟୁ କହିଦେବ। କିନ୍ତୁ ସେ ଝିଅ ଏତେ ଗହଳି ଭିତରେ ଦେଖି ବି ପାରିଲାନି ତାକୁ। ଏପଟେ ଦି' ଦିନହେଲା ଦୋକାନ ବନ୍ଦ। ସେ ଝିଅଟା ସହ ଭଲରେ କଥା ବି ହେଇପାରୁନି ପଦେ। ସେପଟେ ପଠାଣଟା କେରେ କେରେ ହେଲାଣି, 'ପଦର କିଲିଆ ଖାସି ଦି'ଟା ତୁ ନବାକୁ କହିଥିଲୁ ବୋଲି କାହାକୁ ଦଉନି। କେତେଦିନ ଅପେକ୍ଷା କରିବି'!

ବାବୁ ଆଖି ଆଗରେ ହଠାତ୍ ମା'ର ଶୁଖିଲା ମୁହଁଟା ଚାଲିଆସିଲା। କେତେ ହିସାବ ପୁଣି ବାକିଅଛି। ସେ ଝିଅ ପଛରେ ନ ଦୌଡ଼ି ବେପାରରେ ମନେ ଦେଲା ପୁଣି। ହେଲେ ପ୍ରତିଦିନ ସ୍ବପେଜ୍‌ରେ ଝିଅଟିକୁ ଦେଖି ଦେଖି ହତାଶ ହଉଥିଲା।

ପେଟ୍ ଥିଲେ ପ୍ରେମ। ଖାଲି ପେଟରେ କି' ପ୍ରେମ ! ପାଣି ଗ୍ଲାସ‌ଟେ ପିଇ କେବେ କିଏ ମାତାଲ୍ ହେଲାଣି ! ମାତାଲ୍ ହେବାକୁ ନିଶାପାଣି ଦରକାର। ତା' ଦୋକାନ୍ ସାମ୍ନାରେ କେତେ ପ୍ରେମୀଯୁଗଲ ବାଇକ୍ ଛୁଟେଇ ଚାଲିଯା'ନ୍ତି। ସେମାନଙ୍କୁ ଦେଖି ସେ ଖୁସି ହୁଏ। ତା'ର ବି ଇଚ୍ଛା ହୁଏ ବାଇକ୍‌ରେ ଦି'ଘେରା ବୁଲି ଆସିବାକୁ।

ହେଲେ ଇଚ୍ଛା ଅନୁସାରେ କ'ଣ ଘଟେ ସବୁକିଛି ! ହେଲେ ଯେତେବେଲେ ଇଚ୍ଛା ସବୁକୁ ଆୟତ୍ତ କରିବା ଅସମ୍ଭବ ହୋଇଯାଏ, ସବୁ ନିୟମ ଭାଙ୍ଗିବାର ସାହସ ମଧ୍ୟ ଠୁଲ ହୋଇଯାଏ । ଏତେ ସହଜରେ ହାର୍ ମାନିପାରିଲାନି ସେ । ପୁଣିଥରେ ସେ ଝିଅ ସହ ଦେଖା କରିବ ବୋଲି ମନସ୍ଥିର କଲା ।

•••

ସେ ଥରେ ସୋମବାର ଦେଖି ସ୍ୱାଣ୍ଠରୁ ବସ୍ ଧରିଲା । ଗୋଟେସିଟ୍ ରିଜର୍ଭ କଲା । ଗୋଟେ ଫାଳରେ ସେ ଅନ୍ୟ ଫାଲଟିରେ ରୁମାଲ୍ । ଭାବିଲା, ଝିଅଟା ବସ ଚଢ଼ିଲେ ସିଟ୍ ଖାଲି ନଥିଲେ ବଲେ ତା' ପାଖରେ ବସିବ । ହେଲେ ଭାଗ୍ୟକୁ ସେଦିନ ଧୋକଡ଼ି ବୁଢ଼ୀଟେ ବସରେ ଉଠିଲା ଯେ ବାଧ୍ୟ ହୋଇ ସିଟ୍ଟା ତାକୁ ଦେଲା । ଗହଳି ଭିତରେ ସେ କେବଲ ଝିଅଟିକୁ ଚାହିଁ ଚାହିଁ ପଲେଇ ଆସିଥିଲା । ହେଲେ କୋଉ ଶାନ୍ତିରେ ରହି ପାରିଲା ଯେ !

ନା ବେପାରରେ ମନ ଲାଗିଲା ନା ଖାଇବାରେ !

ମେକାନିକ୍ ଟୋକା ବାରମ୍ବାର ତା' କଟା ଘା'ରେ ଚୂନ ଦେଉଥିଲା ଖାଲି । 'ତୋ ଦେଇ ଖଡ଼ା ସିଝିବନିରେ ଟୋକା' ।

କେବଲ ତା'ରି କଥାକୁ ଭୁଲ୍ ପ୍ରମାଣିତ କରିବା ପାଇଁ ପୁଣି ଥରେ ସେ ବସର ଗୋଟେ ସିଟ୍ ରିଜର୍ଭ କଲା । ମନେମନେ ଡାକିଲା, ହେ ପ୍ରଭୁ ବସ ପୁରା ଗହଳି ହେଉ । ସେ ସିଟ୍ ନପାଇ ମୋରି ପାଖରେ ବସୁ । ତା ଭାଗ୍ୟ ସେଦିନ ଚାଙ୍ଗ ଥିଲା ବୋଧେ ! ସେଇଆ ହିଁ ଘଟିଲା । ବସ୍ ସେଦିନ ପୁରା ଜାମ୍ । ଝିଅଟି ବାଧ୍ୟ ହୋଇ ତା' ପାଖେ ବସିଲା । ବାବୁ ତା'କୁ ଢେର୍ ସମୟ ଯାଏଁ ଚାହିଁ ରହିଲା । ହେଲେ କିଛି କହିପାରିଲାନି । ଝିଅଟା ବି କିଛି କହୁନି ତାକୁ, ସେ କଥା ଆରମ୍ଭ କଲା ନିଜ ଆଡୁ,

: ସେଦିନ ଗୁଡ଼ାଏ ଯାଡୁସାଡୁ ଗପିଦେଲି । ସେଥିପାଇଁ ମୁଁ ଦୁଃଖିତ ।

ଝିଅଟା ପ୍ରଥମେ ଦ୍ୱନ୍ଦରେ ଥିବା ପରି କହିଲା,

: କୋଉଦିନ !

: ସେଦିନ ସ୍ଟେଜ୍ରେ ।

: ଓଃ, ହଁ ଚଲିବ । ଏମିତି ହେଇଯାଏ ।

: ପ୍ରକୃତରେ ମୁଁ ସେଦିନ ଆଉକିଛି କହିବାକୁ ଚାହୁଁଥିଲି । ହେଲେ କହିପାରିଲିନି । ଝିଅଟିର ମୁହଁରେ ବିରକ୍ତିର ଛାପ ଦିଶିଲା ।

: ଆଚ୍ଛା ! କ'ଣ କହିବାକୁ ଚାହୁଁଥିଲ ?

: ମୁଁ... ମୁଁ ତୁମକୁ ଭଲପାଏ । ବାହା ହେବାକୁ ବି ଚାହେଁ ।

ଏତିକି କହିଲା ବେଳକୁ ତା' ପାଟି ଅଠା-ଅଠା ହେଇଗଲା। କିନ୍ତୁ ଝିଅଟା ହଠାତ୍ ଠୋ ଠୋ ହୋଇ ହସିଲା। ସେମିତି ହସି ହସି କହିଲା,

: ମୁଁ ଠିକ୍ ଏଆଆ ଅନୁମାନ କରୁଥିଲି। ଆଉ ସେଥିପାଇଁ ମୋତେ ଲଗାତାର ଫଲୋ କରୁଛ। ଆଜି ସିଟ୍ ବି ରିଜର୍ଭ କରିଚ। ଏମିତି ଫାଲତୁ ଆଇଡିଆ କୁଆଡୁ ଆସିଲା ତମ ମୁଣ୍ଡକୁ ! ପ୍ରକୃତରେ ତମ ସ୍ଟାଣ୍ଡାର୍ଡ ସେଇଆ। ଭଲକଥା ଆସିବ କୁଆଡୁ ! ଟିକେ ସୁନ୍ଦରୀ ଝିଅ ଦେଖ‍ିଲେ ପ୍ରେମ କରିବାକୁ ଇଚ୍ଛା। ପୁଣି ବାହାଘର ! ତମ ସ୍ଟାଣ୍ଡାର୍ଡର ଝିଅଟେ ଖୋଜି ବାହା ହେଇ ଯାଉନ।

ତା କଥା ଗୁଡ଼ାକ ଫୁଙ୍କୁଲା ପିଠିରେ ଚାବୁକ୍ ମାରିଲା ଭଲି ଲାଗିଲା। ବାବୁକୁ ବହୁତ୍ ଖରାପ ଲାଗିଲା ଏସବୁ। ସେ ପର ଷ୍ଟେଜ୍‍ରେ ଓହ୍ଲେଇଗଲା।

●●●

କିଛିଦିନ ହେବ ବେପାରଟା ମାନ୍ଦା ପଡ଼ିଯାଇଥିଲା ତା'ର। ମନ ବି ଭଲ ରହୁନଥିଲା। ମେକାନିକ୍ ଟୋକା ସେଦିନ ପଚାରୁଥିଲା, କିରେ କ'ଣ ହେଇଛି, କିଛିଦିନ ହେବ ଦେଖୁଛି ଉଦାସିଆ ଦିଶୁଚୁ ?

ସେ ତା' ଆଗରେ ସବୁ ବଖାଣିଦେଲା। ମେକାନିକ୍ ଟୋକା ଏସବୁ ଶୁଣି ରାଗରେ ନିଆଁ। କହିଲା, 'ସେ ଟୋକି କ'ଣ ଆମକୁ ସ୍ଟାଣ୍ଡାର୍ଡ ଦେଖାଉଛି ! ତୁ ଖାଲି ଥରେ କହ, ତା' ଘରୁ ଉଠେଇ ଆଣିବି ତା'କୁ। ବରବାଦ୍ କରିଦେବି ତା'କୁ। ଦେଖୁବା କିଏ କ'ଣ କରିବ ମୋର'।

ବାବୁ ସାମାନ୍ୟ ହସିଲା।

: ଆରେ ନାଃ। ଝିଅଟା ଟିକେ ରାଗୀ। ହଠାତ୍ କ'ଣ ସେ ମୋ କଥାରେ ରାଜି ହବ !

ଏତିକି କହିବା ବେଳକୁ ବାବୁର ମୁହଁ ପାଣିଚିଆ ହେଇଗଲା।

ହେଲେ ସେ ଧୈର୍ଯ୍ୟହରା ହେଲା ନାହିଁ। ସେ ଏବେ ଛ' ସାତଦିନ ବ୍ୟବଧାନରେ ବସ୍ ଧରେ। ସେମିତି ସିଟ୍ ରିଜର୍ଭ କରି ରଖେ। ଝିଅଟିର ମନ ହେଲେ ବେଲେବେଲେ ତା' ପାଖରେ ବସେ। ଆଉ ବେଲେବେଲେ ବାବୁର ମୁହଁକୁ ବି ଚାହେଁନି। ବାବୁ ତା' ପାଇଁ ଚକଲେଟ୍ ନିଏ। ବେଲେବେଲେ ଆଇସ୍‍କ୍ରିମ୍ ବି ନିଏ। ସେ କିନ୍ତୁ ସେସବୁ ନିଏ ନାହିଁ ତା' ଠାରୁ। ଯା ଭିତରେ ତିନି-ଚାରି ମାସ ହେଇଗଲାଣି। ଝିଅଟିକୁ ଏସବୁ ଖୁବ୍ ଅସହ୍ୟ ଆଉ ବିରକ୍ତିକର ମନେହେଉଥିଲା କିଛିଦିନ ପର୍ଯ୍ୟନ୍ତ। ହେଲେ ଏବେ ତା'ର ବି ଦେହସୁହା ହେଇଗଲାଣି। କେତେ ଦାମୀ ଚକଲେଟ୍‍କୁ ସେ ଫେରକା ସେପଟେ ଫିଙ୍ଗିଛି। କେତେ ଅଧାଫୁଟା ଗୋଲାପକୁ ପାଦରେ ଦଲି ଦେଇଛି।

କିନ୍ତୁ ନିତିଦିନ ବସ୍‌ରେ ଯା'ଆସ କରୁଥିବା ଲୋକ ଗୁଡ଼ାକ ଝିଅଟିର ନାଁରେ ଯାଡୁସାଡୁ ଗପିବାକୁ ଲାଗିଲେଣି ଏଥର। ଥରେ ତା' କାନରେ ପଡ଼ିଗଲା ଏସବୁ। ଖରାପ ଲାଗିଲା ତାକୁ। ତା'ର ସବୁ ରାଗ ଠୁଲ ହେଲା ସେଇ ବାବୁ ଉପରେ। କାହିଁକି ତା' ପିଛା କରୁଛି କେଜାଣି ! ପୁଣି କିଛିଦିନର ବ୍ୟବଧାନରେ ବାବୁକୁ ବସ୍‌ ଭିତରେ ଦେଖି ସେ ପ୍ରଚଣ୍ଡ ଭାବେ ରାଗିଗଲା ଏଥର।

: ତମେ କାହିଁକି ବାରମ୍ବାର ପିଛା କରୁଛ ? ମୁଁ ଏତେ କଥା କହୁଛି, ତମକୁ ଖରାପ ଲାଗୁନି ?

: ହଁ, ଲାଗିଥାନ୍ତା ଯଦି ମୁଁ ତମକୁ ଭଲପାଉନଥା'ନ୍ତି।

ବାବୁ ଖୁବ୍‌ ଶାନ୍ତ ଭାବେ ଉତ୍ତର ଦେଲା। ଝିଅଟା ଗମ୍ଭୀର ଦିଶିଲା ଟିକେ। କହିଲା,

: ତମେ ସତରେ ମୋତେ ଭଲପାଅ ?

: ହଁ, ବହୁତ।

: ମୋତେ ବିଶ୍ୱାସ ବି କର ?

: ହ୍ଁ ହ୍ଁ ହ୍ଁ।

: ତେବେ ଆସ ମୋ ସହ।

ପର ଷ୍ଟେପେଜ୍‌ରେ ସେମାନେ ଓହ୍ଲେଇ ଗଲେ। ବାବୁକୁ ସେ ଟାଣିଟାଣି ନେଇ ଗୋଟେ ଅଟୋରେ ବସେଇଲା ଆଉ ନିଜେ ତା'ପାଖରେ ବସିଲା। ଅଟୋଟା ଅଟକିଲା ଗୋଟେ ଦୁଇ ମହଲା କୋଠାଘର ସାମ୍ନାରେ। ବାବୁ ଟିକେ ଭୟ ପାଇଲା। କୁଆଡ଼େ ଆଣିଲା ତାକୁ ଏ' ଝିଅ ! ସେ ଆଗୁଆ ମାଡ଼ି ଚାଲିଛି। ପଛେ ପଛେ ଯିବା ବ୍ୟତୀତ ବାବୁର ଅନ୍ୟକିଛି ଉପାୟ ନାହିଁ। ବାବୁକୁ ଏସବୁ ଅଡୁଆ ଲାଗୁଥିଲା। ସେ ପଚାରିଲା,

: କାହା ଘର ଏଇଟା ? ଆମେ ଏଠି କ'ଣ ପାଇଁ ?

: ମୋ ସାଙ୍ଗ ଘର। ତା' ମା ନାହାନ୍ତି। ତା ବାପା ଓଡ଼ିଶା ବାହାରେ ରୁହନ୍ତି। ଆମେ ଦି'ଜଣ ଏଠି ରହି ପଢ଼ୁଛୁ। ଏଠୁ କଲେଜ୍‌ଟା ପାଖ। ଉପର ଘରେ ଗୋଟେ ଫ୍ୟାମିଲି ଭଡ଼ା ରହୁଛନ୍ତି, ହେଲେ କିଛିଦିନ ହେବ ସେମାନେ ତାଙ୍କ ଗାଁକୁ ଯାଇଛନ୍ତି।

ବାବୁର ଦମ୍ଭ ଅଠା ଅଠା ହେଲା। ଘରଟା ଏକଦମ୍‌ ଶୂନ୍‌ଶାନ୍‌। ଝିଅଟା ତାକୁ ବସେଇ ଦେଇ ଭିତରକୁ ଗଲା। ସେ ଘର ଭିତରକୁ ଦେଖିବାକୁ ଚେଷ୍ଟା କଲା। ହେଲେ ଖାଲି କାନ୍ଥ କବାଟ ଆଉ ପେଣ୍ଟିଂ ବ୍ୟତୀତ କିଛି ଦିଶିଲାନି ତା'କୁ।

କିଛି ସମୟ ପରେ ଝିଅଟି ହାତରେ ସର୍ବତ ଗ୍ଲାସ୍‌ ଧରି ଫେରିଲା। ବାବୁକୁ ସେତେବେଳେ ଝିଅଟା ରହସ୍ୟମୟୀ ମନେ ହେଲା ହଠାତ୍‌। ଏ ଘର ବି ରହସ୍ୟମୟ।

ଗୋଟେ ଲୋକ ଥିବା ପରି ମନେହେଉନି । ସେ ମନେ ମନେ ଖୋଜୁଥିଲା କୁଆଡ଼େ ଗଲା ଯାର ସାଙ୍ଗ ! ଝିଅଟା ବି ପ୍ରବଳ ରାଗିଛି ତା' ଉପରେ । ଭାବିଲା, ଏ ଝିଅ ମୋତେ ଆଉ ମାରି ଦବନି ତ ! ଯଦି ସର୍ବତରେ ବିଷ ମିଶେଇ ମାରିଦିଏ ଆଉ ଘୋଷାରି ଘୋଷାରି ନେଇ ପାଣିଟାଙ୍କିରେ ଗଲେଇଦିଏ ! ହଠାତ୍ ତାର ପ୍ରଚଣ୍ଡ ଅବିଶ୍ୱାସ ଆସିଲା ଝିଅଟି ଉପରେ । ସେ ନିଷ୍ପତି ନେଲା, ଯାହା ବି ହେଇଯାଉ ଏ ସର୍ବତ ସେ ବିଲକୁଲ୍ ପି'ବନି । ପି'ଲାନି ମଧ୍ୟ । କିନ୍ତୁ ସେ ଝିଅ ହଠାତ୍ ତା' ହାତ ଧରି ଟାଣି ଟାଣି ଭିତରକୁ ନେଲା । କୁଆଡ଼େ ନଉଛି କେଜାଣି ! ବାବୁ ତା' ହାତ ସ୍ପର୍ଶରେ ରୋମାଞ୍ଚିତ ହେଉଥିଲା ପ୍ରଥମ ଥର । ଆପେ ଟାଣି ହେଇ ଯାଉଥିଲା । କିଛି ମିନିଟ ପରେ ଗୋଟେ ଅନ୍ଧାରୁଆ କୋଠରୀ ଭିତରେ ସେ ଆବିଷ୍କାର କଲା ନିଜକୁ । ଝିଅଟି କୋଠରୀର ଲାଇଟ୍ ଅନ୍ କଲା । କିଛି ସମୟ ନୀରବ ହୋଇ ଚାହିଁଲେ ଦୁହେଁ ଦୁହିଁଙ୍କର ମୁହଁକୁ । ପୁଣି ସେ ପଚାରିଲା,

: ତୁମେ ସତରେ ମୋତେ ଭଲପାଅ ?

: ହଁ । ତୁମେ ଏତେଥର କାଇଁ ପଚାରୁଛ ?

ସେ ନୀରବ ରହିଲା । ବୋଧେ ବାବୁ ପଚାରି ଥିବା ପ୍ରଶ୍ନର ଉତ୍ତର ତା' ପାଖେ ନଥିଲା । ସେ ଲାଇଟ୍ ଅଫ୍ କଲା ଏବଂ ବାବୁର ଖୁବ୍ ନିକଟକୁ ଘୁଞ୍ଚି ଆସିଲା । ତା' ସାର୍ଟର ଛାତି ବୋତାମ ଦୁଇଟି ଖୋଲିବାକୁ ଚେଷ୍ଟା କରିବାରୁ ବାବୁ ଦୂରେଇ ଗଲା ତା'ଠୁ । ସେ ନିଜ ଦେହରୁ ଯେତେବେଳେ ଡ୍ରେସ୍ ଓହ୍ଲେଇଲା ବାବୁକୁ ସେତେବେଳେ ଲାଗିଲା, ଗୋଟେ ନିରୀହ ପଶୁ ନିଜ ନଖରେ ନିଜ ଚମଡ଼ାକୁ ଉଭାରୁଛି । ପୁଣି ଆମନ୍ତ୍ରଣ କରି କହୁଛି, ଆ' ମୋତେ ଖଣ୍ଡ ଖଣ୍ଡ କରି କାଟେ । ତା'ର ମନେ ପଡ଼ିଗଲା, ସେ ଯେତେବେଳେ ପ୍ରଥମେ ହତିଆର ଧରିଥିଲା କେମିତି ଥରିଥିଲା ତା'ର ହାତ ! ତାକୁ ଏବେ ଅନୁଭବ ହେଉଥିଲା, କେହିଜଣେ ତାକୁ ବାରମ୍ବାର କହୁଛି, ଦେଖ୍ ତୋ ଦାନ୍ତକୁ, କୌଣସି ଧାରୁଆ ଛୁରୀଠାରୁ ତାହା କମ୍ ନୁହେଁ । ଦେଖ୍ ତୋ ଜିଭ, ସବୁ ରକ୍ତ ଶୋଷିନେବ ଗୋଟେ ଥରରେ । ଠିକ୍ ସେଇ ସମୟରେ ବାବୁକୁ ଲାଗିଲା ସେ ସତରେ ଗୋଟେ ଶିକାରୀ । ତା' ଦେହ ଥରିବାକୁ ଲାଗିଲା । ସେ ନିଜର ସାର୍ଟ ବୋତାମ ଲଗାଇଲା ତରବରରେ । ଆଉ ସେଠୁ ଖସି ଆସିବାକୁ ଚେଷ୍ଟା କଲାବେଲକୁ ଝିଅଟି ତାକୁ ଖୁବ୍ ଜୋରେ ଜାବୁଡ଼ି ଧରିଲା । ତା ମୁନିଆ ନଖ ସାର୍ଟ ଉପରଦେଇ ବାବୁର ପିଠିସାରା ପହଁରି ଚାଲିଥିଲା । ବାବୁ ପଚାରିଲା,

: ଏ... ସବୁ କ'ଣ କରୁଛ ତୁମେ ?

: ପ୍ରେମ ! ଚାରିକାନ୍ଥର ଅନ୍ଧାର ଭିତରେ କ'ଣ କରାଯାଇ ପାରିବ ଆଉ ! ତୁମେ ଏଇଆ ତ ଚାହଁ ମୋ ଠାରୁ । ସେଥିପାଇଁ ଲଗାତାର ପିଛା କରିଚାଲିଛ ।

ବାବୁକୁ ସେତେବେଳେ ଲାଗିଲା ମେକାନିକ୍ ଟୋକାଟା ଏଇଠି କୋଉଠି ଅଛି ଆଉ ଖୋଁ ଖୋଁ ହେଇ ହସୁଛି । ତାକୁ ଲାଗିଲା, କେହିଜଣେ ସେଇ କାଠ ବେଣ୍ଟ ଲଗା ଧାରୁଆ ଛୁରୀରେ ତା' ବେକକୁ ଯେମିତି ଚୋଟ ପକଉଚି । ଆଉ କିଛି ମୁହୂର୍ତ ପରେ ସେ ମଣିଷରୁ ପାଲଟିଯିବ ଗୋଟେ 'କଟ୍‌ଲେଟ୍' ।

ଆଉ ଜଣେ ଅନାମିକା

ଲୁହାର ଶିଡ଼ି ପରି ମାଟିରେ ଶୋଇରହିଥିବା ଟ୍ରାକ୍ ଉପରେ ଧଡ୍ ଧଡ୍ ହୋଇ ଚାଲିଗଲା ଟ୍ରେନ୍‌ଟି। ଅମ୍ମାନର ମୁହଁ ଆଗରେ ଭାସି ବୁଲୁଥିବା ସିଗାରେଟ୍ ଧୂଆଁ ଯୋଗୁଁ ସେ ଜାଣି ପାରିଲା ନାହିଁ ଟ୍ରେନ୍‌ଟି କେଉଁ ଏକ୍ସପ୍ରେସ୍ ଥିଲା।

ସେ ସବୁବେଳେ ଏଇ ପରିତ୍ୟକ୍ତ ଅଞ୍ଚଳକୁ ଚାଲିଆସେ। ନିଜ ଘର ଅପେକ୍ଷା ଏଇ ଭଙ୍ଗା ଦଦରା ଘରଗୁଡ଼ାକ ତାକୁ ବେଶୀ ଶାନ୍ତି ଦିଅନ୍ତି। କାରଣ ଏଠି ତାରିଖ ଉପରେ ରାଉଣ୍ଡ ବୁଲା ଯାଇଥିବା କ୍ୟାଲେଣ୍ଡର ନଥାଏ। କେଉଁ ତାରିଖରେ କେତେ ଟଙ୍କା ଖର୍ଚ୍ଚ କରାଯିବ ସେ ସବୁର ସମ୍ୟକ ବିବରଣୀ ମଧ ନଥାଏ। ଭଙ୍ଗା କାନ୍ଥ ଉପରେ ବସି ସେ ଦୂରକୁ ଚାହେଁ। ଶୋଇ ରହିଥିବା ତିନୋଟି ଟ୍ରାକ୍ ପରେ ସେପଟେ ଦିଶେ ବିସ୍ତୀର୍ଣ୍ଣ ପଡ଼ିଆ। ପଡ଼ିଆ ସେପାଖର ଇଲାକା ତାକୁ ଧୂଆଁମୟ ଦେଖାଯାଏ। ସତେକି ସେଇଠି ମିଶି ଯାଇଛି ମାଟି ସହ ଆକାଶ। ସତରେ କ'ଣ ଆକାଶ ମାଟି ଛୁଏଁ! ଦୁହିଁଙ୍କ ଭିତରେ ତ ଯୋଜନ ଯୋଜନ ଦୂରତା। କିନ୍ତୁ ସେଇ ମାଟି ମୁହାଁ ଆକାଶ ଭିତରେ ସେ ନିଜକୁ ଖୋଜେ। ସେଥିପାଇଁ ଅଫିସ୍ ପରେ ପ୍ରତି ଅପରାହ୍ନରେ ବାଇକ୍ ଛୁଟାଇ ସେ ଏଠାକୁ ଚାଲିଆସେ। ମୁଖ୍ୟ ରାସ୍ତାରୁ ଏକ ସରୁ ମାଟି ରାସ୍ତା ଦେଇ ସେ ପହଞ୍ଚେ ଏଇ ପରିତ୍ୟକ୍ତ ଜାଗାରେ। ଥକ୍କା ମାରି ବସେ। ଅନେକ ବେଳୁ ବେକରେ ଗୁଡ଼େଇ ହୋଇ ରହିଥିବା ଟାଏକୁ ହୁଗୁଲା କରେ। ସାର୍ଟର ଛାତି ବୋତାମ୍ ଦୁଇଟି ଖୋଲେ। ତା' ପରେ ଏକ ଲମ୍ବା ଦୀର୍ଘଶ୍ୱାସ ଛାଡ଼େ। ଓଃ.....! ସତେକି ଟାଏର ସର୍କଲ୍ ଭିତରେ ଚାପି ହୋଇ ରହିଥିଲା ସବୁତକ ନିଃଶ୍ୱାସ। ସିଗାରେଟ୍‌ର ନିଆଁ ଧରେଇ ଓଠ ପାଖକୁ ଆଣେ ଏବଂ ଚାହିଁ ରହେ ସେଇ ଧୂମ୍ରାଭ ଦିଗନ୍ତ ଆଡ଼କୁ। ସେତେବେଳେ ସେ ଠିକ୍ ଜଣେ ଦାର୍ଶନିକ ଭଳି ମନେ ହୁଏ।

କିନ୍ତୁ ଆଜି ଏକ ପ୍ରକାର ବ୍ୟତିକ୍ରମ। ତା'ର ବସିବା ଜାଗା ଠାରୁ ଅଳ୍ପ ଦୂରରେ

ଥିବା ଗୋଟେ ମୁଣ୍ଡା ପଥର ଉପରେ ଝିଅଟିଏ ଆସି ବସି ରହିଛି। ଠିକ୍ ତା' ଭଳି ଝିଅଟି ଚାହିଁ ରହିଛି ସେଇ ମାଟି ମୁହାଁ ଆକାଶ ଆଡ଼କୁ। ସେ ଆଶ୍ଚର୍ଯ୍ୟ ହେଲା। ଏମିତି ଜନଶୂନ୍ୟ ଜାଗାରେ ଏ ଝିଅର କି କାମ ! ଈଏ ଲୁଟେରା ନୁହେଁ ତ ! ସବୁ ଲୁଣ୍ଠନ ସାମଗ୍ରୀକୁ ଏକତ୍ର କରି ପରଖିବା ପାଇଁ ଏପରି ନିର୍ଜନ ଜାଗାଟିଏ ବାଛି ନେଇଛି କି ଆଉ ! ଆଜିକାଲି ସହରରେ ସୁନ୍ଦରୀ ଲୁଟେରା ମାନଙ୍କର ସଂଖ୍ୟା ବି କିଛି କମ୍ ନୁହେଁ। ହେଲେ ଝିଅଟି ସେପରି ଲାଗୁ ନାହିଁ। ତା' ପାଖରେ କୌଣସି ଭାରୀ ବସ୍ତାନୀ ବି ନାହିଁ।

ସେ ଝିଅଟି ପାଖକୁ ଗଲା। ସାଧାରଣ ସୁନ୍ଦରୀ ମନେ ହେଉଥିବା ଝିଅଟି ପାଖରୁ ଅସାଧାରଣ ମନେ ହେଲା। ତା' ଅଫିସ୍ ଷ୍ଟାଫ୍ ଅନାମିକା ଚୌଧୁରୀ ଠାରୁ ବି ବେଶୀ ସୁନ୍ଦରୀ। ଝିଅଟିର ଆଖିରେ ଅନେକ ହତାଶବୋଧ। ମୁହଁକୁ ଦେଖିଲେ ଗୁଡ଼ାଏ ଜଟିଳ ପ୍ରଶ୍ନବାଚୀ ସବୁ ଦୃଶ୍ୟମାନ ହେଉଛି। ସେ ଝିଅଟିକୁ ହଠାତ ପଚାରିଲା,

: କ'ଣ ଆତ୍ମହତ୍ୟା କରିବାକୁ ଆସିଛ ?

: ହଁ।

ଝିଅଟି କ୍ଷୀଣ କଣ୍ଠରେ ଉତ୍ତର ଦେଲା।

ସେ ଏବେ ଜୋର୍‌ରେ ହସି ଉଠିଲା। ଝିଅ ଆଖିର ହତାଶବୋଧରୁ ଠଉରେଇ ଥିବା କଥାଟି ତେବେ ସତ। ହେଲେ ଝିଅଟି ଆତ୍ମହତ୍ୟା କରିବାକୁ କାହିଁକି ଆସିଛି ! ସେ କ'ଣ ବିଫଳ ପ୍ରେମିକା, ଅବିଶ୍ୱସ୍ତ ପତ୍ନୀ ନା ଅମାନ୍ୟ କନ୍ୟା ! ଜୀବନକୁ ଡରି ଆତ୍ମହତ୍ୟାର ପନ୍ଥା ଅନୁକରଣ କରୁଥିବା ପୁରୁଷକୁ କାପୁରୁଷ ବୋଲି କୁହାଯାଏ। ଏ ପରିପ୍ରେକ୍ଷୀରେ ନାରୀକୁ କ'ଣ କୁହାଯିବ 'କାନାରୀ' ! ସେ ପୁଣି ହସି ଉଠିଲା। ଏପରି ଏକ ନୂତନ ଅଥବା ଅଭୂତ ଶବ୍ଦକୁ ଉଭାବନ କରିବା ଖୁସିରେ ସେ ହସିବାରେ ଲାଗିଲା। ଝିଅଟି କିନ୍ତୁ ତା' ଆଡ଼କୁ ଧ୍ୟାନ ନଦେଇ ଚୁପଚାପ ବସି ରହିଛି। ଝିଅଟି ତାକୁ ପାଗଳ ବୋଲି ଭାବୁନାହିଁ ତ ! ସେ ନିଜକୁ ସହଜ କଲା ଏବଂ ଝିଅଟିକୁ କହିଲା,

: ଏଇ ପନ୍ଦର ମିନିଟ୍ ଆଗରୁ ଏକ୍ସପ୍ରେସ୍ ଟ୍ରେନ୍‌ଟା ଚାଲିଗଲା। ଯଦି ଟିକେ ଆଗରୁ ଆସିଥାନ୍ତ, ଏତେ ବେଳକୁ ତୁମେ ମରିସାରନ୍ତଣି। ଏବେ ଏ ଟ୍ରାକ୍‌ରେ କୌଣସି ଟ୍ରେନ୍ ଯିବ ନାହିଁ। ନେକ୍‌ଷ୍ଟ୍ ଟ୍ରେନ୍ ସଂଧ୍ୟା ଛ'ଟା ପାଖାପାଖି ଆସିବ। ସଂଧ୍ୟା ହେଲେ ତୁମକୁ ଡର ଲାଗିବ ନାହିଁ ତ ! ନା...ନିହାତି ଲାଗି ନପାରେ। ମରିବାକୁ ଆସିଛ ମାନେ ଡରକୁ କୋଉଠି ନିଷ୍ଠେ ହ‌ଜେଇ ଦେଇ ଆସିଥିବ।

ଝିଅଟି ପୂର୍ବ ପରି ନୀରବ ଥିଲା। ତା' କଥାର କୌଣସି ଉତ୍ତର ଦେଲା ନାହିଁ।

ସେ ଭାବିଲା ସତରେ ସେ କେଡ଼େ ଅଭଦ୍ର ଲୋକଟେ। ଝିଅଟିକୁ ଏ ପ୍ରକାର କଥା ସବୁ କହିବା ବିଲ୍‌କୁଲ୍ ଭଦ୍ରାମିର ପରିଚୟ ଦେଉନାହିଁ। ହେଲେ ସେ କ'ଣ କରିବ! ଡିପ୍ରେସନ୍ ଆଉ ଫ୍ରଷ୍ଟ୍ରେସନ୍‌ର ଶିକାର ହେଲେ ମଣିଷ ଏଭଳି ବ୍ୟବହାର କରିବାକୁ ବାଧ୍ୟ ହୁଏ। ଘରୋଇ ବିଭାଗରେ ତା'ର ଖଣ୍ଡେ ଚାକିରୀ, ତା' ସାଙ୍ଗକୁ ଚାରି ଅଙ୍କର ଦରମା ଏବଂ ସହରଠୁ ଦୂରରେ ଗୋଟେ ଛୋଟ ଭଡ଼ା ଘର। ବୋଉର ଡାଇବେଟିସ୍ ଏବଂ ବାପାଙ୍କର ଆର୍ଥ୍ରାଇଟିସ୍ ଭଳି ରୋଗ ପାଇଁ ଚାରିଅଙ୍କର ରୋଜଗାର ନିଅଣ୍ଟ ପଡ଼ିଯାଏ। ଚିନ୍ତାରେ ମୁଣ୍ଡର ଅଧା ଚୁଟି ଝଡ଼ି ଗଲାଣି। ସେଥ୍‌ରେ ବୋଉ ପୁଣି ତା'ର ବାହାଘର ପାଇଁ ଜିଦ୍ ଧରି ବସିଛି। କିଏ ବାହାହବ ଏମିତି ଅପାରଗ ପୁଅକୁ! ତା'ପରେ ଝିଅ ବି ପୁଣି ପସନ୍ଦର ମିଳିବା ଦରକାର ନା ! ଅନାମିକା ଚୌଧୁରୀ କ'ଣ ତାକୁ ବାହା ହେବା ପାଇଁ ରାଜି ହେବ ! ସେ ତ ତା'କୁ ଆଡ଼ ଆଖ୍‌ରେ ବି ଚାହେଁ ନାହିଁ। ସବୁବେଳେ କମ୍ପ୍ୟୁଟର ସ୍କ୍ରିନ୍‌କୁ ଚାହିଁ ରହିଥାଏ।

ସେ କିନ୍ତୁ ସ୍ୱପ୍ନ ଦେଖେ। ଆଖ୍ ବନ୍ଦ କରି ଅନାମିକା ଚୌଧୁରୀକୁ ସ୍ୱପ୍ନ ଦେଖେ। ଖୋଲା ଆଖ୍‌ରେ ମଧ୍ୟ ସେ ଅନାମିକା ଚୌଧୁରୀକୁ ହିଁ ସ୍ୱପ୍ନ ଦେଖେ। ସ୍ୱପ୍ନରେ ତା' ସହ ଖୁବ୍ ଗପେ। ଅନାମିକାର ଆଖ୍ ଉପରେ ଝୁଙ୍କି ପଡ଼ିଥିବା କେଇ କେରା କେଶକୁ ସଜାଡ଼ୁ ସଜାଡ଼ୁ କୁହେ, ତୁମେ ଜାଣ ମିସ୍ ଚୌଧୁରୀ ମୋର ସମଗ୍ର ସଭାକୁ ତୁମେ ଆବୋରି ବସିଛ। ମୋର ଚାରିପାଖର ପୃଥ୍‌ବୀ ତୁମେମୟ। ତୁମର ଏଇ ଆଖ୍ ହଲକରେ ମୁଁ ଆଜୀବନ କଏଦ୍ ହୋଇ ରହିପାରେ। ତା' କଥା ଶୁଣି ଅନାମିକା ହସେ। ତା'ର ଧାରୁଆ ହସରେ ଅଣତିରିଶ ବର୍ଷୀୟ ଅମ୍ଲାନ ମହାନ୍ତି ସମ୍ମୋହିତ ହୋଇଯାଏ। କ'ଣ ଗୋଟେ ଧଡ଼୍ କରି ଶବ୍ଦ ହେଲେ ଭାଙ୍ଗି ଯାଏ ତା'ର କଞ୍ଚା ସ୍ୱପ୍ନଟା।

ଅନାମିକା ସ୍ୱପ୍ନରେ ଯେତିକି ନିଜର ଲାଗେ ବାସ୍ତବରେ ସେତିକି ଲାଗେ ନାହିଁ। ସେ ତାକୁ ଗୋଟେ ଦାମୀ ବସ୍ତୁ ଭଳି ଲାଗେ; ଯାହା ପାଇଁ ଅମ୍ଲାନ ସମ୍ପୂର୍ଣ୍ଣ ଅଯୋଗ୍ୟ।

•••

ସେ ଏବେ ଟିକେ ସହଜ ହେଲା। ସଂଧ୍ୟା ହେବାକୁ ବସିଲାଣି। ଅଚିହ୍ନା ଝିଅ ସହ ତା'ର ଏ ପ୍ରକାରର ବ୍ୟବହାର ଆଦୌ ଠିକ୍ ନଥିଲା। ସେଥ୍‌ପାଇଁ ସେ ଅନୁତପ୍ତ। କ୍ଷମା ମାଗିବ କି ! ନାଃ.. ଥାଉ। ଝିଅଟା ମୁହଁରୁ ଇନୋସେଣ୍ଟ୍ ମନେ ହେଉଥିଲେ ମଧ୍ୟ ବିଶ୍ୱାସଯୋଗ୍ୟ ମନେ ହେଉ ନାହିଁ। ଝିଅ ମାନଙ୍କର ଅନ୍ତର ପଢ଼ିବା ବହୁତ୍ ମୁସ୍କିଲ। ଚୁପ୍‌ଚାପ୍ ରହୁଥିବା ଝିଅମାନେ ତା'କୁ ସାଇଲେଣ୍ଟ୍ କିଲର୍ ଭଳି ଲାଗନ୍ତି। ତେଣୁ ଏ ଝିଅକୁ କ୍ଷମା ମାଗିବାର ପ୍ରଶ୍ନ ଉଠୁନି। ହେଲେ, ସଂଧ୍ୟା ହେଲାଣି ତଥାପି ଝିଅଟା

ଟ୍ରେନ୍‌କୁ ଅପେକ୍ଷା କରି ବସି ରହିଛି । ସତରେ କ'ଣ ଏ ଝିଅ ଆମ୍ଭହତ୍ୟା କରିବାକୁ ଆସିଛି ! କୌଣସି ନଦୀକୁ ଡେଇଁ ଆରାମରେ ଆମ୍ଭହତ୍ୟା କରି ପାରିଥାନ୍ତା କିମ୍ବା ନିଜ ରୁମ୍‌ର ସିଲିଂ ଫ୍ୟାନ୍‌ ତ ଆମ୍ଭହତ୍ୟା କରିବା ପାଇଁ ଉପଯୁକ୍ତ ମାଧ୍ୟମଟିଏ । ମୃତ୍ୟୁ ପରେ ଖବରକାଗଜର ହେଡ୍ ଲାଇନ୍‌ରେ ସ୍ଥାନ ପାଇବାର ଅଦମ୍ୟ ଇଚ୍ଛାଟେ ବୋଧେ ଏ ଝିଅର ଅଛି ! ସେଥିପାଇଁ ଯୋଜନାବଦ୍ଧ ଭାବେ ସେ ମୃତ୍ୟୁକୁ ଅପେକ୍ଷା କରିଛି ।

ଅନ୍ଧାର ଗାଢ଼ ହେବାକୁ ଲାଗିଲାଣି । ଅଥଚ ସେ ଝିଅର କୌଣସି ପ୍ରତିକ୍ରିୟା ନାହିଁ । ଝିଅଟି ଏବେ ତାକୁ ଅଧିକ ରହସ୍ୟମୟୀ ମନେ ହେଉଛି । ତା'ର ଛୋଟ ଭ୍ୟାନିଟୀ ବ୍ୟାଗ୍‌ ଭିତରେ କିଛି ବେହୋସକାରୀ ଉପାଦାନ ଥାଇପାରେ ଏବଂ ଥାଇପାରନ୍ତି ତା'ସହ କିଛି ସାଥୀ ! ହୁଏତ ଏମାନେ କୌଣସି ଗ୍ୟାଂଗ୍‌ର ହୋଇଥାଇପାରନ୍ତି, ସୁନ୍ଦରୀ ଝିଅମାନଙ୍କ ଦ୍ୱାରା ପୁଅ ମାନଙ୍କୁ ପ୍ରଲୋଭିତ କରାଇ କିଡନାପ୍ କରି ନେଇଯାନ୍ତି ଏବଂ ତାଙ୍କର କିଡନୀ କାଢ଼ି ନିଅନ୍ତି ।

୬୪.......ମୁଣ୍ଡ ଭିତରଟା କ'ଣ ହେଇଯାଉଛି । ଅଣତିରିଶ ବର୍ଷ ବୟସରେ ସେ ଚିନ୍ତିତ ଏବଂ ହତାଶ ଥିଲେ ମଧ ମରିବା କଥା କେବେ ଭାବିନାହିଁ । କିନ୍ତୁ ଏ ଝିଅ କଥା ଭାବିଲେ ଅଜଣା ଭୟଟା ତାକୁ ପଞ୍ଝା ଉଠାଇ ମାଡ଼ି ବସୁଛି । ସେ ବେଶୀ କିଛି ଭାବିପାରିଲାନି ଆଉ । ବାଇକ୍‌ ଷ୍ଟାର୍ଟ କଲା । ନିଜ ଧନ୍ଦା ତ ନିଜକୁ ନିଅନ୍ତ ଆଉ କାହା କଥା କାହିଁକି ସେ ଭାବିବ !

ସେଦିନ ରାତିରେ ଅନେକ ବେଳ ପର୍ଯ୍ୟନ୍ତ ନିଦ ହେଲାନି ତାକୁ । ବାରବାର ସେ ଝିଅର ଚେହେରା ତାକୁ ଘାରିଲା । ଭାବିଲା, ସେ ଝିଅ ବୋଧେ ଏବେ ମରି ଯାଇଥିବ ! ତିନିଖଣ୍ଡ ହୋଇଯାଇଥିବ ତା' ଶରୀର । ହେଲେ ଅଚାନକ ଝିଅଟୀ ତାକୁ ପୁଣି ନୀରିହ ବୋଲି ମନେହେଲା । ପୁଣି ଭାବିଲା, ଝିଅଟିକୁ ଲୁଟେରା ଗୋଷ୍ଠୀରେ ଅନ୍ତର୍ଭୁକ୍ତ କରାଯାଇ ନ'ପାରେ ।

•••

ପରଦିନ ଅଫିସ୍ ସାରି ସେ ଠିକ୍ ସେଇ ଜାଗାରେ ପହଞ୍ଚିଲା । ଭଲରେ ଯାଞ୍ଚ କଲା । ମୃତ ଶରୀରର ତ ନାହିଁ । ଟ୍ରାକ୍‌ରେ ମଧ ରକ୍ତର କୌଣସି ଚିହ୍ନବର୍ଣ ନାହିଁ । ତେବେ ଝିଅଟି କ'ଣ ଆମ୍ଭହତ୍ୟା କରିନାହିଁ ନା ଅନ୍ୟ କୌଣସି ଜାଗା ଦେଖ୍....! ୬୪.....! ମୁଣ୍ଡ ଭିତରଟା ଗୋଲମାଲ ହେଲା ତା'ର । ହଜାରେ ପ୍ରଶ୍ନ ମନକୁ ଆସିଲା । ସେ ତୁରନ୍ତ ଫେରିଆସିଲା ସେଠାରୁ ।

ଘରେ ପହଞ୍ଚିଲା ପରେ ତା'ର ମନେପଡ଼ିଲା, ଆଜି ବୋଉ ଫୋନ୍‌ କରି କହିଥିଲା ଝିଅ ଦେଖ୍ ଯିବା ପାଇଁ । କି ଜଟିଳ ସମସ୍ୟା !

ସମସ୍ୟାସବୁ ବୋଧେ ଏମିତି ଆସନ୍ତି; ମସ୍ତିଷ୍କକୁ ବୁଦ୍ଧିଶୂନ୍ୟ କରିବା ପାଇଁ।

●●●

କିଛିଦିନ ହେବ ରାତିରେ ବିଲ୍‌କୁଲ୍‌ ନିଦ ହଉନି ତାକୁ। ମୁଣ୍ଡ ଆଗପଟୁ ଚାରିପାଞ୍ଚଟା ଚୁଟି ଧଳା ପଡ଼ିବାକୁ ଲାଗିଲାଣି। ସେଇ ଧଳା ଚୁଟିକୁ ଦେଖିଲେ ସେ ଅନୁଭବ କରେ ବାହା ହୋଇଯିବାଟା ନିହାତି ଜରୁରୀ।

ଅଚାନକ ସେ ଝିଅ କଥା ତାର ମନେ ପଡ଼ିଲା। ଏଇ କିଛିଦିନ ହେବ ସେ ଅନାମିକା ଚୌଧୁରୀ କଥା ଭାବିବା ବନ୍ଦ କରିଦେଇଛି। ଏବେ ତା’ର ସମଗ୍ର ସତ୍ତାକୁ ଆବୋରି ବସିଛି ସେଇ ଝିଅ। ସେ ଭାବିଲା, ଇଏ କ’ଣ ଆଉ ଜଣେ ଅନାମିକା! ପ୍ରକୃତରେ ତା’ ନାଁ ତ ସେ ଜାଣିନାହିଁ; ତେଣୁ ସେ ତା’ ପାଇଁ ଦ୍ୱିତୀୟ ଅନାମିକା। ସେ ଚାହିଁଥିଲେ ଅଟକାଇ ପାରିଥାନ୍ତା ସେଇ ଝିଅକୁ ଆମ୍ଭହତ୍ୟା କରିବାର ଉଦ୍ୟମରୁ ଏବଂ କହିପାରିଥାନ୍ତା, ତୁମେ କ’ଣ ଜାଣ ଅନାମିକା! ଜୀବନ ଏବଂ ମୃତ୍ୟୁର ମଝିରେ ଝୁଲି ରହିଥାଏ ଜୀଇଁବାର ଅଦ୍ଭୁତ ଉନ୍ମାଦନା; ଯେଉଁଠି ଜୀବନ ମୃତ୍ୟୁ ଠାରୁ ବେଶୀ ଅନ୍ତରଙ୍ଗ ମନେ ହୁଏ। ତୁମେ ମୃତ୍ୟୁର ଦ୍ୱାର ଦେଶରୁ ମୋ ସହ ଦୁଇପାଦ ପଛକୁ ଫେରି ପାରିବ କି! ମୁଁ ତୁମକୁ ଦେଖାଇ ପାରେ କେମିତି ତାରାଭର୍ତ୍ତି ନିଃସଙ୍ଗ ଆକାଶର ଦୁଃଖକୁ ଅକ୍ଲେଶରେ ପିଇ ଯାଇପାରେ ମାଟି! କେମିତି ବର୍ବର ଭୂମିକୁ ଦେଖି କୃଷକଟିଏ ହସିପାରେ ଆମ୍ଭତୃପ୍ତିର ହସ! ବିନା କୌଣସି ପ୍ରାପ୍ତିରେ କେମିତି ଜୀବନ ସହ ସାଲିସ୍‌ କରି ବଞ୍ଚିବାକୁ ହୁଏ, ସେ କଳା ମୁଁ ତୁମକୁ ଶିଖାଇ ପାରେ। ଆଚ୍ଛା ତୁମେ ଜାଣ କି, ମୋ ବାଲକୋନୀରୁ ଦୂର ସହରଟା ଠିକ୍‌ ଗୋଟେ ସୁନ୍ଦରୀ ଝିଅ ଭଲି ଲାଗେ; ସେଠାରେ ଥିବା ଗଦାଏ ଅନ୍ଧାର ତା’ ଅଣ୍ଟା ପାଖର କଳାଜାଇ ଭଲି ଦିଶେ, ତାକୁ ଦେଖି ମୁଁ ସମ୍ମୋହିତ ହୁଏ। ତୁମକୁ ମଧ ମୁଁ ଦେଖାଇ ପାରେ ମୋ ଘରଠାରୁ ଅଳ୍ପ ଦୂରରେ ଥିବା ମୁଣ୍ଡିଆ ପାହାଡ଼ର ଲୋମଶ ଛାତି; ଯେଉଁଠି ମଥାପିଟି କାନ୍ଦେ ଅଦିନିଆ ବର୍ଷା। ସତ କହୁଛି ତୁମେ ବି ଭଲପାଇ ବସିବ ତା’ର ପୁରୁଷପଣକୁ। ମୁଁ କଥା ଦଉଛି, ପ୍ରତ୍ୟାଶିତ ମୃତ୍ୟୁ ଅପେକ୍ଷା ଅପ୍ରତ୍ୟାଶିତ ଯନ୍ତଣା ଭିତରେ ମୁଁ ମଧୁରତାର ସବୁ ଖୋରାକ୍‌ ଭରିଦେବି। ଦେଖ ମତେ, ମୁଁ ବି ଠିକ୍‌ ଏମିତି ବଞ୍ଚି ଆସିଛି। ଆସ ଆମେ ବଞ୍ଚିବା ଶିଖିବା।’

ହୁଏତ ତା’ କଥା ଶୁଣି ସେ ଝିଅ ବସିବା ଜାଗାରୁ ଉଠି ପଡ଼ିଥାନ୍ତା ଏବଂ ପ୍ରଶ୍ନ କରିଥାନ୍ତା, ତୁମ ସହ ମୁଁ ବଞ୍ଚିବା ହୁଏତ ଶିଖି ଯାଇପାରେ ହେଲେ ଆମ ଭିତରେ କେଉଁ ପ୍ରକାର ସଂପର୍କ ଗଢ଼ା ଯାଇପାରିବ ?

ତା ପ୍ରଶ୍ନ ଶୁଣି ସେ ଉପରକୁ ମୁହଁ ଟେକି ଚାହିଁଥାନ୍ତା ଏବଂ ଠିକ୍‌ ଜଣେ ପ୍ରଖାତ

ଦାର୍ଶନିକ ଭଳି କହିଥାନ୍ତା, ସମସ୍ତ ସଂପର୍କର ପରିସମାପ୍ତି ପରେ ଅଛି ଏକ ନାମହୀନ ସଂପର୍କ; ପାରିବ ଯଦି ଗଢ଼ିପାର।

ଅନାମିକା ତା'କଥା ଶୁଣି ହସିଥାନ୍ତା ଏବଂ କହିଥାନ୍ତା, ଖୁବ୍ ଭୟଙ୍କର ଦାର୍ଶନିକ ତୁମେ।

ଓଃ....! ସେ ପିନ୍ଧିଥିବା ଟିସାର୍ଟ ଝାଲରେ ଜୁଡୁବୁଡୁ ହେଇଯାଇଛି ଯାଭିତରେ। କରେଣ୍ଟ ତ ଅଛି ହେଲେ ପଙ୍ଖା ଲଗାଇବାକୁ ଭୁଲି ଯାଇଛି। ସେ ଝିଅର ଭାବନାରେ ସେ ଏତେ ମଗ୍ନ କାହିଁକି ହେଉଛି ! ସେ ତ କେହି ନୁହେଁ ତା'ର। ମାତ୍ର କେଇ ମିନିଟ୍‌ର ଦେଖାରେ ଏତେ ଜଟିଳତା !

ସେ କବାଟ ଖୋଲି ବାଲକୋନୀକୁ ଆସିଲା। ତା' କଅଁଳ ସ୍ୱପ୍ନ ସବୁ ପକ୍ଷାଘାତ ହୋଇ ପଡ଼ି ରହିଲେ ହଳଦି ରଙ୍ଗର ବେଡସିଟ୍ ଉପରେ। ହେଲେ ସୁନ୍ଦରୀ ସହର ନିଘୋଡ଼ ନିଦରେ ଶୋଇଛି। କେଶ ମୁକୁଳା କରି ଶୋଇଛି ବୋଧେ; ସେଥିପାଇଁ ଆଉ ମେଘ‌ାଏ ଅନ୍ଧାର ସ୍ୱସ୍ତ ବାରିହେଇ ପଡୁଛି।

•••

ଏହା ଭିତରେ ବିତିଗଲା କିଛି ନିଦହୀନ ରାତି। ବୋଉର ବାରମ୍ବାର ଫୋନ୍ କଲ; ସେଇ ଗୋଟିଏ କଥା ବାହା ହେଇଯା। ସେ ଏବେ ତାକୁ ସନ୍ଦେହ ବି କଲାଣି। କହେ, ଯଦି କାହାକୁ ଭଲ ପାଇଛୁ ତେବେ କହ, ସେଇଟି ତୋ ବାହାଘର କରିଦେବି। ସେ ବୋଉକୁ କହେ, ମୋ ଭଳି ଅପଦାର୍ଥର ପ୍ରେମ କରିବାର ଯୋଗ୍ୟତା ନାହିଁ। ଏଇ ସରଳ କଥାକୁ ବୋଉ ବୁଝିନପାରି କହେ, ତୋର ଯାହା ଇଚ୍ଛା ତୁ କର।

ସକାଳ ହେଲେ ସେ ଯନ୍ତ୍ରବତ୍ ଅଫିସ୍ ଯିବା ପାଇଁ ପ୍ରସ୍ତୁତ ହୁଏ। ସେ କଂପ୍ୟୁଟର କମ୍ ଅନାମିକା ଚୌଧୁରୀକୁ ବେଶୀ ଚାହେଁ। ହେଲେ ଅନାମିକା ତାକୁ ଆଢ଼ ଆଖିରେ ଚାହେଁ ନାହିଁ। ସେ ଥରେ ସାହସ ଜୁଟାଇ ଅନାମିକାକୁ ପ୍ରେମ ନିବେଦନ କରିଥିଲା। କିନ୍ତୁ ଅନାମିକା ଡାଇରେକ୍ଟ କହିଲା,

: ମୁଁ ତୁମକୁ ପ୍ରେମ କରି ପାରିବି ନାହିଁ ଅମ୍ଲାନ।

: କାହିଁକି ? ତୁମେ କ'ଣ ଆଉ କାହାକୁ ପସନ୍ଦ କର !

: ମତେ ଲଭ୍ ଫଭରେ ଇଂଟ୍ରେଷ୍ଟ ନାହିଁ। ଆଉ ଏଇ ଅଢେଇ ଦିନିଆ ରିଲେସନ୍‌ସିପକୁ ମୁଁ ଆଦୌ ପସନ୍ଦ କରେନି। ପୁଅ ମାନେ ଆଦୌ ଭଲ ଲାଗନ୍ତିନି ମତେ। ସେମାନଙ୍କ ସହ ମିଳାମିଶା କରିବା ମୋତେ ଖୁବ୍ ଅସହଜ ଲାଗେ। ସବୁ ଟିପକୁ ଚାଇପ। ତୁମେ କାମରେ ଫୋକସ୍ କର ପ୍ଲିଜ୍।

: ମୁଁ ତୁମକୁ ବାହା ହେବାକୁ ଚାହେଁ ଅନାମିକା।

: ଯେଉଁଠି ପ୍ରେମ ନାହିଁ ସେଠି ବାହାଘର କଥା କେଉଁଠୁ ଆସିବ! ପ୍ଲିଜ୍ ମୋତେ ହଇରାଣ କରନି।

ସେବେଠୁ ସେ ଅନାମିକା ଚୈଧୁରୀ ସହ ବେଶୀ କଥା ହୁଏ ନାହିଁ। ହେଲେ ତାକୁ ଦେଖିଲେ ଖୁବ୍ ଅସହଜ ହୋଇପଡ଼େ ଅମ୍ଲାନ। କିଛି ଦିନ ହେବ ସେ ତାକୁ ଭାବିବା ବି ବନ୍ଦ କରି ଦେଇଛି। ଏବେ ତ ସେ ଦ୍ୱିତୀୟ ଅନାମିକାର କବ୍ଜାରେ।

ନା୫... ସେ ଆଉ କାହା କଥା ଭାବିବନି। ବୋଉ ଯେଉଁଠି କହୁଛି ସେଇଠି ବାହା ହୋଇଯିବ। ବାହାଘର ନିହାତି ଜରୁରୀ ତା' ପାଇଁ। ଅତିକମ୍‌ରେ ଏଇ ସୁନ୍ଦରୀ ମାନଙ୍କୁ ଭୁଲାଇବା ପାଇଁ ବାହାଘର ବାହାନାଟା ତାକୁ ବେଶୀ ପ୍ରଯୁଜ୍ୟ ମନେ ହେଲା। ଚାରୋଟି ପ୍ରସ୍ତାବ ମଧରୁ ଗୋଟିଏ ପ୍ରସ୍ତାବକୁ ବାଛି ତା ସାଙ୍ଗ ଅସିତ୍ ସହ ଝିଅ ଦେଖିବାକୁ ଗଲା। କିଛି ଅଶୋଭନୀୟ ବାର୍ତ୍ତାଳାପ ଏବଂ ସ୍ୱାକ୍ଷର ସମ୍ମିଶ୍ରିତ ଚର୍ଚ୍ଚା ପରେ ଫେଡେଡ୍ ବ୍ଲୁ ରଙ୍ଗର ଶାଡ଼ୀ ପିନ୍ଧି ଝିଅଟି ଆସିଲା। ଅମ୍ଲାନର ଏକଦମ ସ୍ତମ୍ଭୀଭୂତ ହେବା ଭଳି ଅବସ୍ଥା। ଆରେ ଇଏ ତ ସେଇ ଝିଅ! ସେଦିନ ତେବେ ସେ ଆମ୍ୱହତ୍ୟା କରି ନଥିଲା! ଝିଅଟି ବି ତାକୁ ବଡ଼ ବଡ଼ ଆଖିରେ ଚାହିଁ ରହିଛି। ତାଙ୍କ ଘର ସଦସ୍ୟଙ୍କ ଠାରୁ ଅନୁମତି ନେଇ ସେ ଝିଅଟି ସହ ବାଲ୍କୋନିକୁ ଗଲା। ଅସିତ୍ ବିନା ଇଚ୍ଛାରେ ତା'ଙ୍କ ଘର ଲୋକଙ୍କ ସହ ଗପ ଚାଲିଥିଲା। ବମିଖାଲ୍ ଓଭର ବ୍ରିଜ୍ ଭୁଷୁଡ଼ିବା ପଛର ରହସ୍ୟ, ଓଡ଼ିଶାର ରାଜନୀତିର ଦୁର୍ବଳ ମୂଳଦୁଆ, ଇତ୍ୟାଦି ଇତ୍ୟାଦି।

ଅମ୍ଲାନ କୌଣସି ପ୍ରହସନ ନକରି ସିଧା ପଚାରିଲା,

: ସେଦିନ ତେବେ ଆମ୍ୱହତ୍ୟା କରିନଥିଲ ?

: ନା।

: କିଏ ଅଟକେଇଲା ?

: ଠିକ୍ ସେଇ ଦିନ ବୋଧେ ଜାଣିଲି ମୃତ୍ୟୁଟା ଅପ୍ରିୟ କାହିଁକି ! ତୁମେ ଚାଲିଯିବା ପରେ ମୁଁ ଫେରି ଆସିଲି ସେଠାରୁ।

: ଆମ୍ୱହତ୍ୟା ପଛର କାରଣଟା କ'ଣ ଥିଲା ? ଯଦି ତୁମର ଆପତ୍ତି ନଥାଏ ତେବେ ମୋତେ କହିପାର।

: କାରଣ ଥିଲା ତୁମେ, କିମ୍ୱା ତୁମ ଭଳି ଗୋଟେ ପୁଅ କିମ୍ୱା ଆଉ କେହି ଜଣେ ପୁଅ।

ଅମ୍ଲାନ ଚମକି ପଡ଼ି ପ୍ରଶ୍ନ କଲା,

: ମାନେ...! ମୁଁ କ'ଣ କଲି !

: ମାନେ ମୁଁ ବିବାହ କରିବାକୁ ଚାହେଁନି।

: ଓ୫... ତୁମେ ତେବେ ଆଉ କାହାକୁ ପ୍ରେମ କର! କିମ୍ବା ତୁମେ ବୋଧେ ପ୍ରେମରେ ଧୋକା ଖାଇଛ, ଠିକ୍ ନା! ସେଥିପାଇଁ ବିବାହ ପ୍ରତି ଏତେ ବିରକ୍ତି ଭାବ।

: ନା, ଏମିତି କିଛି ବି ନୁହେଁ। ମୁଁ ଏଯାଏଁ କାହାକୁ ପ୍ରେମ କରିନାହିଁ। ପ୍ରକୃତରେ ପୁଅମାନେ ମୋତେ ଭଲ ଲାଗନ୍ତି ନାହିଁ। ତାଙ୍କ ସହ ମିଳାମିଶା କରିବାରେ ମୁଁ ଖୁବ୍ ଅସହଜ ଅନୁଭବ କରେ। ମୁଁ ବାସ୍ତବରେ କ'ଣ କହିବାକୁ ଚାହୁଁଛି ଟିକେ ବୁଝିବାକୁ ଚେଷ୍ଟା କର।

ଅମ୍ଲାନ କ'ଣ ବୁଝିବ କିଛି ଜାଣିପାରିଲା ନାହିଁ। ପୁଅ ମାନଙ୍କ ପ୍ରତି ଝିଅଟିର କାହିଁକି ଏପରି ବିରକ୍ତିକର ଭାବ ! ସେ ନର୍ଭସ୍ ହେବା ପରି କହିଲା,

: ତୁମେ...

ଅମ୍ଲାନ କଥାଟା କହୁକହୁ ଅଟକିଗଲା। କିଛି ସମୟ ନୀରବ ରହିଲା। ହଠାତ୍ ତା' ନୀରବତା ଭିତରକୁ ଧସେଇ ପଶିଲା ଅନାମିକା ଚୌଧୁରୀ। ସେ ବି ଠିକ୍ ଏପରି ମନ୍ତବ୍ୟ ରଖିଥିଲା। ଅଫିସ୍ ଭିତରେ ସବୁଠୁ ୟଂଗ୍ ଆଉ ହ୍ୟାଂଡସମ୍ ଥିଲା ଅମ୍ଲାନ। ସେ ଏବେ ବୁଝୁଛି ଅନାମିକା କାହିଁକି ତାକୁ ଆଢ଼ ଆଖିରେ ଚାହେଁ ନାହିଁ ! କାହିଁକି ତା' ନିକଟତର ହେଲା ବେଳକୁ ସେ ଚିଡ଼ି ଉଠେ !

ସେ ଭାବୁଥିଲା ଅନାମିକାକୁ ଆଉ ସାମ୍ନାରେ ଦେଖୁଥିଲା ଆଉ ଜଣେ ଅନାମିକାକୁ। କେଜାଣି କ'ଣ ସବୁ ଗୁଡ଼ାଏ ଭାବିଲା। ଆଉ କହିଲା, ମୋତେ ଗୋଟେ ଭୟଙ୍କର ମିଛ କହିବାକୁ ପଡ଼ିବ।

: କ'ଣ ସେ ମିଛ ?

ଝିଅଟି ପଚାରିଲା।

: ଯେ ତୁମେ ମୋର ପସନ୍ଦ ଆସିଲନି।

ସ୍ୱାତୀ

ସ୍ୱାତୀ ଘର ଭିତରକୁ ଆସିଲା ବେଳକୁ ମହୁମାଛିଟେ ଗୁଣ୍ଗୁଣ୍ ହେଇ ବାଡ଼େଇ ହେଇଗଲା ତା ଦେହରେ। ମନେମନେ ଭାବିଲା ଆଜି ସେ ବସାଟା ଭାଙ୍ଗିଦେବି। ବୋଉ ଯେତେ ଯାହା କହିଲେ ବି ଶୁଣିବିନି ଆଜି। ଆଜି ଗୋଟେ ମହୁମାଛି ଆସୁଚି। କାଲି ଦଳଦଳ ହେଇକି ଆସିବେ। ଏଇଟା ଘର ନା ଫୁଲ ବଗିଚା!

'ଯାହା ତମ ଖୁସି ସେତିକି ଦବ। ମୁଁ କ'ଣ ଦରଦାମ୍ ବିଷୟରେ ଜାଣିଚି! ଘରେ ପଡ଼ିକି ରହୁଚି, ଜାଗା ମାଡ଼ି ବସୁଚି। ଦିନେ କାଲେ ତ କେହି ତାକୁ ହାତ ଲଗେଇବାର ନାହିଁ। ବରଂ ତମେ ନେଇଯାଅ, ତମ କାମରେ ଆସିବ।'

ସ୍ୱାତୀ ରୋଷେଇ ଘର ପାଖେ ପହଞ୍ଚିଲା ବେଳକୁ ବୋଉର ଏତିକି କଥା ତା କାନରେ ପଡ଼ିଲା। ବୋଉ ଫୋନ୍ ରଖି ରୋଷେଇ ଘର ଭିତରକୁ ଯାଇ ପଚାରିଲେ, 'ଏବେ ଖାଇବୁ ନା ଆଉ ଟିକେ ପରେ?'

'ଭୋକ ହେଲାଣି ପ୍ରବଳ, ଶୀଘ୍ର ବାଢ଼େ।'

ସେ ଗୋଡ଼ ହାତ ଧୋଇ ହେଇ ବୋଉ ପାଖକୁ ଆସି ପଚାରିଲା, 'କ'ଣ କିଣାବିକା କଥା ଚାଲିଥିଲା ଫୋନ୍‌ରେ। କିଏ ଫୋନ୍ କରିଥିଲା କି?'

'ଭବାନୀ ଅଙ୍କଲ ଫୋନ୍ କରିଥିଲେ।'

'କ'ଣ କହୁଥିଲେ?'

'ଏଇ ତୋ କଥା, ଘର କଥା ପଚାରୁଥିଲେ।'

'କ'ଣ ପୁଣି ଗୋଟେ ନୂଆ ପ୍ରସ୍ତାବ?'

'ନାଇଁ।'

'ଆଉ କ'ଣ! ତାହେଲେ ମୁହଁ ଶୁଖେଇରୁ କାହିଁକି ତୁ ସେତେବେଲୁ!'

'କିଛି କଥା ମନେପଡ଼ିଗଲାରେ ମାଆ?'

'ବାପାଙ୍କ କଥା ?'

'ନାଇଁ। ତୁ ଖାଇଲୁ ଆଗ ଚୁପଚାପ୍। ଖାଇଲା ବେଳେ ବଜର ବଜର ନହେଲେ କ'ଣ ହବନି !'

ସ୍ୱାତୀ ହସିଲା। କହିଲା,

'ଆଉ କ'ଣ କେତେବେଳେ ସମୟ ମିଳୁଚି ବଜର ବଜର ହବାକୁ ! ଏମିତିରେ ବି ଆଳୁଦମ୍ ଆଜି ଟିକେ ଲୁଣିଆ ଲାଗୁଚି। ଫୋନ୍‌ରେ ଗପି ଗପି ଆଉ ଗୋଟେ ଚାମଚ୍ ଅଧିକା ଲୁଣ ପକେଇ ଦେଇଚୁ ବୋଧେ !'

'ସତରେ ଲୁଣିଆ ହେଇଯାଇଚି ! କାଇଁ ଦେଖ୍ !'

ସେ ଚାମଚ୍‌ରେ ଖଣ୍ଡେ ଆଲୁ ଆଣି ପାଟିରେ ପୁରେଇଛନ୍ତି ତ ସାଙ୍ଗେ ସାଙ୍ଗେ ଥୁ ଥୁ କରି ତଳକୁ କାଢ଼ିଦେଲେ। ଟିକେ ପାଣି ପିଇ ଦେଇ କହିଲେ,

'ଏହେ ଏତେ ଲୁଣିଆ ହେଇଚି, ତୁ ଖାଉଚୁ କେମିତି ! ଥାଉ ଖାଆନା। ମୁଁ ଆଉ କ'ଣ ଟିକେ କରିଦଉଚି।'

'ଥାଉ। ଉପମାରେ ମଡ଼େଇ ଖାଇଲେ ଜଣାପଡୁନି। ଖାଇହେଇଯାଉଚି।'

'ବିକିଲେ କେତେ ଟଙ୍କା ହବ ସେଇ ଜିନିଷଟା ?'

'କୋଉ ଜିନିଷଟା ?'

'ଯୋଉଟା ସିଢ଼ି ତଳେ ଥୁଆହେଇଚି।'

'ସିଢ଼ିତଳେ ତ କେତେ କ'ଣ ଥୁଆହେଇଚି। ଖୋଲିକି କହିଲେ ସିନା ଜାଣିବି।'

'ଯା' ନିଜେ ଦେଖ୍ ଆସିବୁ।'

ସ୍ୱାତୀ ହାତଧୋଇ ସିଢ଼ି ପାଖକୁ ଗଲା। ନଇଁ ପଡ଼ି ସିଢ଼ିତଳକୁ ଚାହିଁ ଦେଇ ଚାଲି ଆସିଲା। ବୋଉ ପୁଣି ଥରେ ପଚାରିଲେ,

'କେତେ ଟଙ୍କା ହବ ସେଇଟା ବିକିଲେ ? ଭବାନୀ ଅଙ୍କଲ କହୁଥିଲେ ତାଙ୍କ ଝିଅ ପାଇଁ ନେଇଯିବେ।'

'ମୁଁ ଜାଣିନି।'

ସ୍ୱାତୀ, କାହିଁକି କେଜାଣି ସାମାନ୍ୟ ଉଦାସ ଦିଶିଲା।

ବୋଉକୁ କହିଲା, 'କାହିଁକି ତୁ ସେ ଜିନିଷଟା ପଛରେ ପଡ଼ିଚୁ। ଥାଉ ସେଇଟା। କେତେ ଜାଗା ଏମିତି ମାଡ଼ି ବସୁଚି ଯେ ?'

'ଗୁଡ଼ାଏ ଜାଗା ମାଡ଼ି ବସିଚି।'

ସ୍ୱାତୀ ଚାଉଳଟା କାନ୍ଧରେ ପକେଇ ବାଥ୍‌ରୁମ୍ ଆଡ଼କୁ ଗଲାବେଳକୁ ଅଟକିଗଲା। ଫେରିଆସି କହିଲା,

'ଯାହାକୁ ତୁ ସାମାନ୍ୟ ଜିନିଷଟେ ବୋଲି କହୁଚୁ, ସେଇଟା କେବଳ ଜିନିଷଟେ ନୁହେଁ ବୋଉ । ସେତେବେଳେ ସେଇ ଜିନିଷଟିକୁ ପାଇବାକୁ ବହୁତ ଇଚ୍ଛା ଥିଲା ମୋର । ହେଲେ ତାକୁ ପାଇବାକୁ ମୁଁ କେବେ ଜିଦି କରିନଥିଲି ।'

ପୁଣି ଗୋଟେ ମହୁମାଛି ତା ମୁହଁ ସାମ୍ନାରେ ଗୁଣ୍ଗୁଣ୍ ହେଲା । ଚାଉଁଳରେ ଘଉଡ଼େଇବାକୁ ଚେଷ୍ଟା କଲା ସେ । କହିଲା, 'ତୋର ମନେଅଛି, ଦିନେ ମୁଁ ସ୍କୁଲରୁ ଆସି ହାଲିଆ ହେଇ ବସିଯାଇଥିଲି ଦାଣ୍ଡପଟ ପାହାଚ ଉପରେ । ବାପା ଆସି ପଚାରିଥିଲେ, କ'ଣ ହେଲା କି ଏଠି ଏମିତି ବସିଯାଇଚୁ? କିଛି ହେଇନି କହି ମୁଁ ଘରଭିତରକୁ ଚାଲି ଆସିଥିଲି । ସେଦିନ ରାତିରେ ଶୋଇବାକୁ ଗଲାବେଳେ ମୋ ଗୋଡ଼ ଆଉଁସି କହିଥିଲେ, ଗୋଡ଼ ଜୋରେ ବିନ୍ଦୁଚି କି ମାଆ! ମୁଁ କିଛି ନକହି ଶୋଇବାର ନାଟକ କରିଥିଲି । ସତରେ ସେଦିନ ମୋ ଗୋଡ଼ ଭାରି ଜୋରେ ବିନ୍ଧା ହେଉଥିଲା । ମୁଁ ଶୋଇପାରୁନଥିଲି । ସେତେବେଳେ ଘର ଭାଗବଣ୍ଟା ହଉଥିଲା । ବଡ଼ବଡ଼ ହାଣ୍ଡି, ପିତ୍ତଳ ବାସନ, ପଞ୍ଚମୁଖୀ ଦୀପ, ଗମ୍ଭାରୀ କାଠର ସିନ୍ଦୁକ, ଆହୁରି କେତେଟା ବାକ୍ସ ବାଛି ବାଛି ନେଇଯାଇଥିଲେ ଖୁଡ଼ି । ମୁଁ ବୁଝି ପାରୁନଥିଲି ଚାରିପାଞ୍ଚଦିନ ତଳେ ହସଖୁସିରେ ରହୁଥିବା ଘର ଲୋକମାନେ କାହିଁକି ପରସ୍ପରଠାରୁ ମୁହଁ ବୁଲେଇ ଚାଲିଯାଉଛନ୍ତି । ଖୁଡ଼ିଙ୍କୁ କିଛି ପଚାରିଲେ ସେ ନଶୁଣିଲା ଭଳି ହଉଥିଲେ । ତତେ ପଚାରିଲେ ତୁ କିଛି କହୁନଥିଲୁ । ଦାଦା ଧମକ ଦେଲା ଭଳି ବାପାଙ୍କୁ କହୁଥିଲେ, ପୂର୍ବପଟ ନବାକୁ ଚାହୁଁଚ ତ ନିଅ । ହେଲେ ଘର ବାଟ ରହିପାରିବନି । ଦାଣ୍ଡକୁ ବାଟ ଫିଟେଇ ପାରିବନି । ସେତକ ଜାଗା ମୋ ଭାଗରେ ପଡୁଚି । ଯଦି ବାଟ କରିବାକୁ ଚାହୁଁଚ ମୋତେ ସତୁରୀ ହଜାର ଦେଇଦିଅ । ମୁଁ ମୋ ଜାଗାରୁ ବାଟ ଛାଡ଼ିଦେବି । ପୂର୍ବପଟେ ଇଷାଣ, ଠାକୁର ଘର, ସବୁକିଛି ଥିଲା । ବାପା କେମିତି କାନ୍ଦକାନ୍ଦ ହେଇଯାଇଥିଲେ ସେଦିନ! ତୁ ବି ତ କାନ୍ଦିଥିଲୁ କେତେ । ନଡ଼ିଆ ବଗିଚା ନେଲା, ଗାଡ଼ିଆ ନେଲା, ଦିଏକର ବିଲ ନେଲା । ତଥାପି ଏ ତିନି ବଖରା ଘରକୁ ତା'ର ଲୋଭ! ବଡ଼ବୋହୂ ହେଇ ଇଷାଣ ଘର ଛାଡ଼ିଦେବି କେତେଟା ଟଙ୍କା ପାଇଁ! ଏଇକଥା କାନ୍ଦିକାନ୍ଦି ବାପାଙ୍କୁ କହିଥିଲୁ । ସେଦିନ ରାତିରେ ଆଲମାରୀରୁ ସୁନାହାର କାଢ଼ି ବାପାଙ୍କୁ ଦେଇ କହିଥିଲୁ, ଯାଆ ଏଇଟା ବନ୍ଧା ପକେଇଦବ । ଯଦି ନିଅଣ୍ଟ ହେଲା ପେଣ୍ଟିଫୁଲ ହଲଟା ନେଇଯିବ । ମୋ ଇଷାଣ ଘର ମୁଁ ଛାଡ଼ିବିନି । ଦେଇଦିଅ ତାକୁ ପଇସା । କାଲି ସକାଲେ ଅମିନକୁ ଡାକି ଆମ ଘର ବାଟଟା ମାପିଦବ । ତା ପରଦିନ ମୁଁ ସ୍କୁଲ ପଳେଇଥିଲି । ସକାଲେ ସେଦିନ ଅମିନ ଆସିଥିଲା କି ନାହିଁ ଜାଣିନି । ହେଲେ ସ୍କୁଲରୁ ଫେରିଲା ବେଲକୁ ନୂଆ ନାଲିରଙ୍ଗର ଲେଡିବାର୍ଡ ଟେ ଥୁଆହେଇଥିଲା ଆମ ଘର

ସାମ୍ନାରେ । ମୁଁ ତତେ ଯେତେବେଳେ ପଚାରିଥିଲି, ବୋଉ ଏ ସାଇକେଲ୍ କାହାର ? ବାପା ମୋ ପିଠି ଥାପୁଡ଼େଇ ମୋ ହାତରେ ଚାବି ଧରେଇଦେଇ କହିଥିଲେ, ତୋର ।'

ବୋଉର ଆଖି ଜକେଇ ଆସିଲା । ପଚାରିଲେ,

'ତୋର ଏତେ କଥା ମନେ ଅଛି ?'

'ହାଁ । ସବୁ ମନେଅଛି ।

ଥାଉ ବୋଉ । ସେ ସାଇକେଲ୍ ଟା ବିକ୍ରି କରନା । ଚାରି କିଲୋମିଟର ବାଟ ଚାରି ସେକେଣ୍ଡ ପରି ମୋତେ ଲାଗୁଥିଲା, ଯେତେବେଳେ ମୁଁ ସାଇକେଲ୍ ନେଇ ସ୍କୁଲ୍ ଯାଉଥିଲି । ମୋ ଡିବେଟ୍ କମ୍ପିଟିସନ୍, ଡ୍ରଇଂ କମ୍ପିଟିସନ୍ ବେଳେ ମୁଁ ଏତେ ଶୀଘ୍ର ପେଡାଲ୍ ମାରି ଯାଉଥିଲି ଯେ ମୋତେ ଲାଗୁଥିଲା ମୁଁ ଯେମିତି ପକ୍ଷୀ ପାଲଟିଯାଉଚି । ବ୍ୟାଗ୍‌ରେ ଜାଗା ଧରେନି ବୋଲି ସେଇ ସାଇକେଲ୍ ବାସ୍କେଟ୍‌ରେ କେତେ ଡ୍ରଇଂସିଟ୍, ଚାଟ୍ ପେପର୍, ରଙ୍ଗଡବା, ତୂଳୀ ସବୁ ସଜେଇ ରଖି ମୁଁ ପହଞ୍ଚି ଯାଉଥିଲି ଠିକ୍ ସମୟରେ । ନୂଆ ନୂଆ କଲେଜ ଯିବାବେଳେ ବାଟରୁ ମେଞ୍ଝେ ଅନାବନା ଫୁଲ ବାସ୍କେଟ୍ ଫୁଲ୍ କରି ନେଇଆସୁଥିଲି । ଗୁଡ଼ାଏ ଗାଲି କରୁଥିଲୁ ତୁ ମୋତେ ଆଉ ସବୁଟିକ ଫୁଲ ନେଇ ଡଷ୍ଟବିନ୍‌ରେ ପକେଇଦଉଥିଲୁ । ଥାଉ ସେଇଟା । କେତେ ଟଙ୍କା । ଏମିତି ହବ ଯେ ବିକ୍ରି କରିଦେଲେ ! କ'ଣ କରିବୁ ସେତିକି ଟଙ୍କା ଆଣି ?

ସ୍ୱାତୀ ବୋଉକୁ କୁଞ୍ଜେଇଧରିଲା କିଛି ସମୟ । ଟାଓ୍ୱେଲ୍‌କୁ ଏକାନ୍ଧରୁ କାଢ଼ି ଆର ପଟ କାନ୍ଧରେ ପକେଇଲା । କହିଲା, କାହିଁକି ଏତେ ଚିନ୍ତା ତୋର ସେଇ ସାଇକେଲ୍ ପାଇଁ ? ମୁଁ ଯାଉଛି ଗାଧୋଇବି । ଦଶଟା ବାଜିବ ।

'ସେଇ ସାଇକେଲର ପଛ ମଡ଼ଗାର୍ଡ ଏବେ ବି ବଙ୍କା ହେଇ ଅଛି । ବାସ୍କେଟର ବାଁପଟ, ରାସ୍ତାରେ ଘସିହେଇ ତାର ଛାଡ଼ିଯାଇଚି । ଓଢ଼ଣାର ସବୁଜ ଟୁକୁଡ଼ା ଖଣ୍ଡେ ଏବେ ବି ଚେନ୍ ଭିତରେ ଲାଖି ରହିଥିବା ଭଳି ମୋତେ ଲାଗେ । ତୋ ଗୋଡ଼ର ଖଣ୍ଡିଆରୁ ଝରିଥିବା ରକ୍ତ ବୁନ୍ଦାର ଶୁଖିଲା ଦାଗ ପେଡାଲ୍ ଉପରେ ଏବେ ବି ଅଛି ବୋଲି ଲାଗେ ମୋତେ । ସେଇ ଚାରିଟା ରାକ୍ଷସ ମାନଙ୍କର ହାତ ଚିହ୍ନ ପଛ କ୍ୟାରିଅରରେ ଏବେ ବି ଅଛି । ମୁଁ ସେଥିପାଇଁ ସିଡ଼ିତଳେ ରଖିଦେଇଥିଲି ତାକୁ; ଯେମିତି ମୋ ନଜର ପଡିବନି ସେ ଜିନିଷଟା ଉପରେ । ସେପଟକୁ ମୁଁ ଯାଏନି । ସେଇଟାକୁ ଦେଖିଲେ ଛାତି ଭିତରଟା ଭୟରେ ଥରିଉଠେ ମୋର । ଡ୍ରଇଂସିଟ୍‌କୁ ଚିରି ଜାକିଜୁକି ପାଟି ଭିତରେ ପୁରେଇଥିବା କାଗଜଗୁଲାଟା ଏବେ ବି ସେ ବାସ୍କେଟ୍ ଭିତରେ ପଡ଼ିଥିବା ପରି ମୋତେ ଦିଶେ, ଯାହାକୁ ମୁଁ ନିଜେ ବାହାର କରିଥିଲି ତୋ ପାଟି ଭିତରୁ । ଯୋଉ ଗଲି ବାଟଦେଇ ସମସ୍ତଙ୍କଠାରୁ ଲୁଚି ଲୁଚି ତତେ ଧରି ଧରି ଆଣିଥିଲି ଘରଯାଏଁ ସେ

ବାଟରେ ମୁଁ ଆଉ କେବେ ଯାଇନି । ସେ ଜିନିଷଟା ଭୂତ ଭଳି ମାଡ଼ିବସିଚି ଘରର ସମସ୍ତ ଜାଗା । ସବୁଦିନ ତୁ ଅଫିସ ବାହାରିଯାଉ । ତୁ ଘରେ ନପହଞ୍ଚିବା ଯାଏଁ ସେ ଜିନିଷଟା ଭୂତ ଭଳି ଡରାଏ ମୋତେ ।

ସ୍ୱାତୀ କିଛି ନକହି ଗୋଟେ ବାଡ଼ି ଆଣି ବାଟଘର ତାକା ଉପରେ ଥିବା ମହୁଫେଣାକୁ କେଞ୍ଚିବାକୁ ଲାଗିଲା । ମହୁମାଛି ଗୁଡ଼ାକ ଏଣେତେଣେ ଉଡ଼ିବାକୁ ଲାଗିଲେ ।

ସ୍ୱାତୀ ବୋଉ ତରବର ହେଇ ଛୋଟିଆ ନିଆଁ ହୁଲାଟେ ତିଆରି କରି ମହୁମାଛି ଗୁଡ଼ାକୁ ଘଉଡ଼େଇବାକୁ ଲାଗିଲେ । ଏ କ'ଣ କଲୁ ତୁ !

ସ୍ୱାତୀର ବେକ ତଳ ଆଉ କହୁଣୀ ପାଖ ନାଲି ପଡ଼ିବାର ଦେଖି ସେ କହିଲେ, କାଇଁ ଏମିତି ଅମାନିଆ କାମ ଗୁଡ଼ାକ କରୁ ! କେତେ ଜୋର ବିନ୍ଧିବ ଏବେ ଜାଣିବୁ ! ଚାଲ୍ ଉଷୁମ ଗୁଆଘିଅ ଟିକେ ମାରିଦେବି ।

ସ୍ୱାତୀ ଟେବୁଲ୍ ଉପରେ ପଡ଼ିଥିବା ମହୁଫେଣାର ଟୁକୁଡ଼ା ସବୁକୁ ସଫା କରୁଥିଲା । ପଚାରିଲା, ଭୂତ କୋଉଠି ନାହିଁ କହ ତ ! ଘରୁ ବାହାରିଲା ବେଳକୁ ପଡ଼ିଶା ଘର ମାଉସୀ ଆଉ ତାଙ୍କ ଝିଅ ଦାଣ୍ଡଦୁଆରେ ଛିଡ଼ା ହେଇ ଫୁସଫୁସ ହେଇ କହନ୍ତି, ଦେଖୁନ କେମିତି ଜାଣିଜାଣି ବ୍ରା ସ୍ଲାଯ଼ ଦେଖେଇକି ଯାଉଛି । ଭବାନୀ ଅଙ୍କଲଙ୍କ ପୁଅ, ଯିଏ ମୋ ଠାରୁ ଦୁଇବର୍ଷ ସାନ, ରାତି ଅଧରେ ମେସେଜ୍ କରିବ, ଆମେ ଟିକେ ପର୍ସନାଲ୍ କଥା ହେଇପାରିବା ! ତା ନମ୍ବର ବ୍ଲକ୍ କରିବା ପରେ ବି ସେ ଅନ୍ୟ ନମ୍ବରରୁ ସେଇ ସମାନ ମେସେଜ୍ କରିବ, ପୁଣି ପଚାରିବ ତମର ଯଦି ବଯ଼ଫ୍ରେଣ୍ଡ ଅଛି ତା ସହ ତମେ ରୁହ ହେଲେ ରାତିରେ ଟାଇମପାସ୍ ପାଇଁ ମୋ ସହ ଟିକେ କଥା ହୁଅ । ଆଗରୁ ଯୋଉ ଦୋକାନରୁ ଆମର ରେଗୁଲାର ସଉଦା ଆସୁଥିଲା ସେଇ ତପନ ମଉସା ଝିଅ ମାନଙ୍କ ହାତରେ ହାତ ଗୁଞ୍ଜି ସଉଦା ବ୍ୟାଗ୍ ବଢ଼େଇବାର ଦେଖିଲା ପରେ ସେଠିକୁ ଆଉ କେବେ ଯାଇନି । ଏତେ ସବୁ ଛାଡ଼, ପିଇସାଙ୍କ ପାଦ ଛୁଇଁ ମୁଣ୍ଡିଆ ମାରିଲା ବେଳେ ସେ ବି ପିଠିରେ ହାତ ବୁଲେଇ ଆଣନ୍ତି । ମୋତେ ସେ ପ୍ରଶ୍ନ ଆଉ କେବେ ପଚାରିବୁନି ମୁଁ ତାଙ୍କୁ ସମ୍ମାନ ଦିଏନି କାହିଁକି ! ଆଉ କେବେ ପଚାରିବୁନି ଭବାନୀ ଅଙ୍କଲଙ୍କ ପୁଅ ହାତରେ ରାକ୍ଷୀ ବାନ୍ଧିବାକୁ ଯାଉନୁ କାହିଁକି ! ଘରେ ବାହାରେ ଏମିତି ଅନେକ ଭୂତ ଆମକୁ ଡରାନ୍ତି । ଏମିତି ଭୂତମାନଙ୍କୁ ବଶ କରିବା ପାଇଁ କୌଣସି ମନ୍ତ୍ର ନାହିଁ । କେବଳ ତାଙ୍କଠୁ ଦୂରେଇ ରହିବାର ଅଛି ।

ମହୁମାଛି ଉଡ଼ିଗଲେ କିଛି ସମଯ଼ ଭିତରେ । ସ୍ୱାତୀ ଅଫିସ୍ ବାହାରିଲା । ସବୁଦିନ ଭଳି ଆଜି ବି ତା' ବୋଉ ଦାଣ୍ଡ ଦୁଆରେ ଛିଡ଼ା ହେଇ ରହିଥିଲେ ସ୍ୱାତୀ ତାଙ୍କ ଆଖି ସାମ୍ନାରୁ ଅଦୃଶ୍ୟ ହେବା ଯାଏଁ ।

ଫେବୃଆରୀ

ଉଚ୍ଚା ଉଚ୍ଚା ପାହାଡ଼, ଘଞ୍ଚ ଜଙ୍ଗଲ, ଜଙ୍ଗଲ ଭିତରେ ଗୋଟେ ଫୁଲଗଛ, ସବୁଠୁ ସୁନ୍ଦର ଫୁଲଗଛ, ଏଇ ଥର ପ୍ରଥମ କରି ଫୁଲ ଫୁଟିଛି ସେ ଗଛରେ। ଫୁଲ ଗଛ ମୂଳରେ ପୋତାହେଇଛି ଗୋଟେ ମାଟି ଘଡ଼ି, ମାଟିଘଡ଼ି ଭିତରେ ଚାରିଚଉତା ହେଇ ରହିଛି ଗୋଟେ ଚିଠି। ଆଉ ତା ପରେ...

ମୋ ନିଦ ଭାଙ୍ଗିଗଲା ହଠାତ। ନିଦୁଆ ଆଖିରେ ଦୌଡ଼ିଗଲି କାଠବାକ୍ସ ପାଖକୁ। ଯେଉଁ ଲଫାପାଟିକୁ ମୁଁ ସମସ୍ତଙ୍କଠାରୁ ଲୁଚେଇ ରଖିଥିଲି ବହିଭିତରେ ସେଇଟିକୁ କାଢ଼ିଲି। କେତେଦିନ ହେଇଗଲାଣି। ମୁଁ ଭୁଲିଯାଇଛି ଏ ଲଫାପା କଥା। ଭାବିଲି ଏବେ ଖୋଲିବି। ହେଲେ ଏବେ ତ ସମସ୍ତେ ଘରେ ଅଛନ୍ତି। ଯଦି କେହି ପଚାରିଦିଏ କାହାର ଚିଠି? କିଏ ଦେଇଚି? କାହିଁକି ଦେଇଚି? ଛାତି ଧଡ଼ଧଡ଼ ହେଲା। ବହିଟିକୁ ବାକ୍ସ ଭିତରେ ରଖିଦେଲି ପୂର୍ବ ପରି।

ଅଳସ ଭାଙ୍ଗି ଅଗଣା ଆଡ଼କୁ ଗଲି। କାନ୍ଥରେ ଟଙ୍ଗାହେଇଥିବା ଆଇନାରେ ମୁହଁ ଦେଖିଲି। ବୋଉ ଦାଣ୍ଡ ଦୁଆର ଓଲଉଥିଲା ସେତେବେଳେ। ବାପା ଠାକୁରଘର ଖୋଲି କ'ଣ ଗୋଟେ ଖୋଜୁଥିଲେ ବ୍ୟସ୍ତ ହୋଇ। ମୁଁ ବେଣୀ ଫିଟେଇଲି ମୁଣ୍ଡରେ ତେଲ ଲଗେଇ ଆଉଥରେ ବେଣୀ କଲି। ଯେତେବେଳେ ପୁଣି ଥରେ ଆଇନାରେ ମୁହଁ ଦେଖିଲି ତମ ଚେହେରା ହଠାତ ସାମ୍ନାକୁ ଚାଲି ଆସିଲା। ଭାବିଲି କ'ଣ ଲେଖିଥିବ ତମେ ସେ ଚିଠିରେ! ଆମ ସ୍କୁଲ କଥା ନା ଆମ ଗାଁ କଥା! ନା ଆଉ କିଛି?

ଏତିକିବେଳେ ବୋଉ ହଠାତ ଆସି ମୋତେ ଭିଡ଼ିଭିଡ଼ି କୁଅମୂଳକୁ ନେଇଗଲା। କହିଲା ଶୀଘ୍ର ମୁଣ୍ଡ ଧୋଇ ଗାଧୋଇପଡ଼। ଯୋଉ ସାର୍ଟ ପିନ୍ଧିଚୁ ତାକୁ ଅଣଆଡ଼ିଆ କରି ରଖ୍‌ବୁ। ଏଇ ଭାଲରେ ଗୋବରପାଣି ଅଛି ଛିଞ୍ଚିହେଇ ଘର ଭିତରକୁ ଯିବୁ। ଏତେ ସକାଳୁ ମୁଁ କାହିଁକି ଗାଧୋଇବି ଯେ! ମୁଁ ମନାକଲି।

ହେଲେ ବୋଉ ମୋତେ ରାଗିକି ଆଖ୍ ଦେଖେଇବାରୁ ବାଧ୍‌ହୋଇ ଗାଧେଇ ପଡ଼ିଲି। ସେ ମୋତେ ଡ୍ରେସ୍‌ ପିନ୍ଧିବାକୁ ଦେଲା। ତା ସହ ଆଉ କିଛି ପିନ୍ଧିବାକୁ ଦେଲା, ଯାହାକୁ ମୁଁ ଆଗରୁ କେବେ ପିନ୍ଧିନଥିଲି। ମୋତେ ସେଇ ଘରେ ବସିବାକୁ କହିଦେଇ ବାହାରପଟୁ କବାଟ ଦେଇ ଚାଲିଗଲା। ମୁଁ ଝର୍କା ବାଟେ ଦେଖୁଥିଲି, ସେ ବାପାଙ୍କ ସହ କ'ଣ କଥାହେଲା। ତାପରେ ମୁଁ ଶୋଇଥିବା ଶେଯ ସବୁ ଆଣି ଅଲଗା ଜାଗାରେ ରଖିଲା। ଶେଯରେ କିଛି ନାଲିରଙ୍ଗ ଲାଗିଥିବାର ଦେଖାଗଲା ମୋତେ। ରକ୍ତର ରଙ୍ଗ ଭଲି କିଛି। କୋଉଠୁ ଆସିଲା ? କାହିଁକି କେଜାଣି ଆଜି ସକାଳୁ ବି ଭାରି ଅସହଜ ଲାଗୁଛି ମୋତେ। ଦେହ ହାତ ମାନ୍ଦା ଲାଗୁଛି। ବୋଉକୁ ଡାକିଲି ବଡ଼ପାଟିରେ। ସେ ଶୁଣିଲାନି। ଘର ଭିତରେ ସେମିତି ବସିରହିଲି। ମନେପଡ଼ିଲା ଭୋରୁ ଦେଖ୍‌ଥିବା ସ୍ୱପ୍ନ କଥା, ତମ କଥା, ଲଫାପା ଭିତରେ ଆଜିଯାଏଁ ଅପଢ଼ା ରହିଥିବା ଚିଠି କଥା। ବୋଉ ମୋତେ ସେପଟ ଘରେ ରଖିଦେଇଥାନ୍ତା କି ! କାଠବାକ୍ସଟା ସେପଟ ଘରେ ରହିଗଲା ଯେ। କିଛି ସମୟ ପରେ ସେ ପରଟା ଆଣି ଖାଇବାକୁ ଦେଲା। ତାକୁ ପଚାରିଲି, କ'ଣ ହେଇଚି ମୋର ତୁ ମୋତେ ଏ ଘରେ ବନ୍ଦ କରି କାଇଁ ରଖିଚୁ? ବୋଉ କିଛି କହିଲାନି। କବାଟ ବନ୍ଦ କଲାବେଳେ ଏତିକି କହିଲା, ସାତଦିନ ପାଇଁ ଏ ଘର ହିଁ ତୋ ଦୁନିଆ। ଏଘରୁ ବାହାରକୁ ବାହାରିବୁନି। ଭୋରୁ ଗାଧେଇପଡ଼ିବୁ। ଦିନବେଳେ ଭୁଲ୍‌ରେ ବି କାହା ସାମ୍ନାକୁ ଆସିବୁନି। ସନ୍ଧ୍ୟା ପରେ ଧୁଆଧୁଇ ହେଇଯିବୁ। ମୁଁ ଖାଇବାକୁ ଆଣି ଦେଇଦେବି। ମୋ ମନରେ ଅନେକ ପ୍ରଶ୍ନ ତିଆରି ହେଇ ସାରିଥିଲା ତା'କଥା ଶୁଣି। ପଚାରିଲି, ହେଲେ କାହିଁକି ? କ'ଣ ଏମିତି ହେଇଚି ଯେ ମୋର, ଦେବୀ ଭଲି ସକାଳୁ ଗାଧେଇପାଧେଇ ଦେଇ ଗୋଟେ ଘର ଭିତରେ ରଖି ସକାଳେ ଖରାବେଳେ ସନ୍ଧ୍ୟାରେ ରାତିରେ ଭୋଗ ଦେବା ଭଲି ଖାଇବାକୁ ଦବୁ ! ବୋଉ ହସିଲା ଆଉ କହିଲା, ତୁ ଠିକ କହୁଚୁରେ ମା' ସବୁ ଝିଅ ଗୋଟେ ନିର୍ଦ୍ଦିଷ୍ଟ ବୟସରେ ଦେବୀ ପାଲଟିଯାଆନ୍ତି। ଏମିତି ଅନ୍ଧାର ଘର ଭିତରେ ନିଜ ଶକ୍ତିକୁ ଠୁଳ କରିବାକୁ ଲାଗନ୍ତି। ପରିବର୍ତ୍ତନ ଖୋଜନ୍ତି। ଏଇଟା ତୋର ଭାବିବାର ସମୟ, ଶକ୍ତି ସଞ୍ଚୟ କରିବାର ସମୟ। ଏହାପରେ ବଦଲିଯିବ ତୋର ପୃଥିବୀ।

ବୋଉ ଆମ ଗାଁ ପଣ୍ଡିତଙ୍କ ଭଲି ଏକାଥରେ ଏତେ କଥା କହିଦେଇ କବାଟକୁ ଆଉଜେଇ ଚାଲିଗଲା। ହେଲେ କ'ଣ ଭାବିବି ମୁଁ? କୋଉ ପରିବର୍ତ୍ତନ ଖୋଜିବି? ସଞ୍ଜ ଗଡ଼ି ରାତିହେଲା। ମୋତେ ଏ'ଘରେ ନିଦ ହେଉନି ଆଦୌ। ଝରକା ବାଟେ ଅଗଣାକୁ ଚାହିଁଲି। ଜହ୍ନ ଆଲୁଅ ପଡ଼ିଥିଲା। କବାଟ ଖୋଲି ବାହାରକୁ ଆସିଲି। ପିନ୍ଧା

ଉପରେ ବସିଲି । ଜହ୍ନକୁ ଚାହିଁ ଭାବିଲି କ’ଣ ବଦଳିଯିବ ଏଇ କିଛି ଦିନ ଭିତରେ !
ଆକାଶର ରଙ୍ଗ ବଦଳିଯିବ ନା ପୃଥିବୀ ଓଲଟା ଘୂରିବ ନା ମୁଁ ଶୂନ୍ୟରେ ପହଁରି
ପାରିବି ? ଏମିତି ତ ହେବନି କେବେ । ତେବେ କ’ଣ ବଦଳିବ ?

ତମେ ବି କାହିଁକି ଏତେ ମନେପଡୁଛ ଯେ ଆଜି ! ମୁଁ କାହିଁକି ଭୁଲିଗଲି ତମ
ଚିଠି ପଢ଼ିବାକୁ । ବଉଳ ଯେତେବେଳେ ଚିଠିଟା ଆଣି ମୋତେ ଲୁଚେଇକି ଦେଇଥିଲା
ପାଖରେ ବୋଉଥିଲା । ବହି ଭିତରେ ପୁରେଇକି ସେବେଠାରୁ ରଖିଦେଇଛି ଯେ ଆଉ
ଖୋଲିବାକୁ ମନେ ନଥିଲା । ଭାବିଲି, ତମ ଘର ଅଗଣାରେ ବି ତ ଏଇ ଜହ୍ନ ଥିବ
ଏବେ । ତମେ ବି କ’ଣ ମୋ ଭଳି ଜହ୍ନ ଦେଖୁଥିବ ! ଯଦି ବି ଦେଖୁଥାଅ ମୋ କଥା
କ’ଣ ଭାବୁଥିବ ! ଖେଳଛୁଟିରେ ଗାଁ ପୋଖରୀରେ ପାଦରେ ପାଦ ଘସିବା କଥା
ମନେ ପଡୁଥିବ ତମର ? ଆମର ପ୍ରଥମ ଦେଖାରେ ତମ ସହ ମୋର ଧକ୍କା ହେବା
କଥା ମନେ ପଡୁଥିବ ? ମୋତେ ପଚାରି ପଚାରି ମୋ ରଫ୍ ଖାତାରେ ଆମ ଗାଁର
ନକ୍ସା ବନେଇବା କଥା ମନେ ପଡୁଥିବ କି ?

ସ୍କୁଲରୁ ଫେରିବା ବେଳେ ଯେବେ ଆମ ଗାଁ ନଈ ଆଡ଼କୁ ହାତ ବଢ଼େଇ ମୁଁ
କହିଥିଲି ଏ ନଈ ବହୁତ ଗଭୀର, ତମେ କହିଥିଲ ତୋ ଆଖି ଯୋଡ଼ିକ ତା’ଠାରୁ
ବେଶୀ ଗଭୀର ।

ବାପା ହିଁ ନେଇ ଆସିଥିଲେ ତମକୁ ଆମ ଘରକୁ । କ’ଣ ଗୋଟେ ରିସର୍ଚ
କରିବାର ଥିଲା ତମର ଆମ ଗାଁ କୁ ନେଇ । ଡାକ ପିଅନ ମଉସାଙ୍କୁ କହି ମେଞ୍ଚେ
ପୁରୁଣା ବହି ଆଣିଦେଇଥିଲେ ତମ ପାଇଁ । ତମେ ବି ସେଇ ବହିଗୁଡ଼ାକ ଘଣ୍ଟା ଘଣ୍ଟା
ଧରି ପଢୁଥିଲ ଏଇ ପିଣ୍ଡାରେ ବସି । ମୁଁ ଠିକ ତମ ସାମ୍ନାରେ ବସି ଇତିହାସ ଆଉ
ସାହିତ୍ୟ ବହି ପଢୁଥିଲି । ହେଲେ ତମେ ସବୁବେଳେ ମୋତେ ଗଣିତ ପଢ଼େଇବାକୁ
ଜିଦ୍ କରୁଥିଲ । ଏସବୁ କଥା ମନେପଡୁଥିବ ତମର ?

ବଉଳକୁ ତମେ ସହରରେ ଦେଖିଲ ବୋଲି ସିନା ଚିଠିଟା ଦେଇଦେଲ ।
ହେଲେ ଯଦି ଦେଖିନଥାନ୍ତ ?

●●●

ତିନିଦିନ ବିତିଗଲାଣି ଏଇ ଘରେ, ଯୋଉ ଘରେ ତମେ ଦିନେ ରହୁଥିଲ
ଅତିଥ ହୋଇ । ତମେ ଶୋଇଥିବା ଖଟରେ ଶୋଇ ତକିଆକୁ ମୁଁ ଜାବୁଡ଼ି ଧରି
ଶୋଇଯାଉଛି । ବୋଉର କଥାକୁ ମଝିରେ ମଝିରେ ଭାବୁଛି । ଏଇଟା ମୋର ଭାବିବାର
ସମୟ । ଭାବୁଛି, ତମ ସହର କେମିତି ଦିଶେ ! ଆଲୁଅରେ ଚକ୍ ଚକ୍ ଆଉ ସଫାସୁତୁରା
ହେଇଥିବ ତ ? ସେଠି କ’ଣ ଆମ ଗାଁ ଭଳି ନଈଟେ ଥିବ ? ତମର ତ ପକ୍କା ଘର

ଅଗଣାରେ ଫୁଲ ଗଛ ଥିବ ? ଆମ ଚାଳରେ ଯେମିତି କଖାରୁ ଲତା ମାଡେ ତମ ପକ୍କା ଘରେ ସେମିତି ମାଡ଼ୁଥିବ ?

ଅଜବ କଥା ସବୁ ମନକୁ ଆସୁଛି । ଏବେ ଜାଣିପାରୁଛି ମୁଁ ଯୋଉମାନେ ଜେଲରେ ବନ୍ଦୀ ହୋଇ ରୁହନ୍ତି ତାଙ୍କୁ କେମିତି ଲାଗୁଥିବ ! ପଞ୍ଜୁରୀ ଭିତରେ ଥିବା ଆମ ଲାଲିକୁ ବି ଏମିତି ହିଁ ଲାଗୁଥିବ । ସେ ସବୁବେଳେ ଆକାଶକୁ ଦେଖୁଥାଏ ହେଲେ.... । ମୋ ଆଖି ଓଦା ହେଇଗଲା । ସେ କ'ଣ କେବେ ପରିବର୍ତ୍ତନ ଚାହିଁନଥିବ ? ବୋଉ ତା' କଥା ତ କେବେ ଭାବିନି । ପରଦିନ ଯେତେବେଳେ ବୋଉ ଖାଇବାକୁ ନେଇକି ଆସିଲା, ତାକୁ କହିଲି, ମୁଁ ଆଜି ଜାଣିପାରୁଛି ବେଳେବେଳେ ଲାଲିର ମନଦୁଃଖ କାହିଁକି ହୁଏ ! ବୋଉ ପଚାରିଲା, କାହିଁକି ? ତୁ ତାକୁ ସବୁବେଳେ ବନ୍ଦୀ କରି ରଖୁଛୁ ପଞ୍ଜୁରୀ ଭିତରେ, ସେଥିପାଇଁ ।

ବୋଉ ସେଠୁ ଉଠି ଚାଲିଗଲା । ବାଆଁରେ ଟଙ୍ଗା ହେଇଥିବା ପଞ୍ଜୁରୀଟିକୁ ଆଣି ମଝି ଅଗଣାରେ ଥୋଇଲା । ପଞ୍ଜୁରୀ କବାଟ ଖୋଲି କହିଲା, ଯା' ଲାଲି ଉଡ଼ିଯାଆ । ଲାଲି ପଞ୍ଜୁରୀ ଭିତରେ ଡେଣା ବାଡ଼େଇଲା । ଖନେଇ ଖନେଇ ବୋଉକୁ ଡାକିଲା । ହେଲେ ଉଡ଼ିକି ଗଲାନି । ମୁଁ ଝର୍କା ବାଟେ ଦେଖୁଥିଲି ଲାଲିକୁ । ବୋଉ ସେମିତି ପଞ୍ଜୁରୀ କବାଟ ଖୋଲା ରଖିଦେଇ ମୋ ପାଖକୁ ଆସିଲା । ମୋତେ ଖୁଆଇଦେଲା । ମୋତେ ପଚାରିଲା, ଯଦି ମୁଁ ତାକୁ ବନ୍ଦୀ କରି ରଖିଛି ସେ ତ ଏତେବେଳକୁ ଉଡ଼ିଯିବାର କଥା ହେଲେ ଯାଉନି କାହିଁକି ? ଜାଣିପାରିଲିନି ସେ କାହିଁକି ଉଡ଼ିକି ଯାଉନି । କବାଟ ଆଉଜେଇଦେଇ ଗଲାବେଳେ ବୋଉ କହିଲା, ଭଲପାଇବା ଠାରୁ ବଡ଼ ପୃଥିବୀଟେ ଆଉ କୋଉଠି ନାହିଁ । ଏ ବାହାରର ପୃଥିବୀ ବି ଚାରିକାନ୍ଥରେ ତିଆରି ଗୋଟେ ଘର ହେଲେ ବଖରାଟା ଟିକେ ବଡ଼ । ତତେ କ'ଣ ଦରକାର ? ଭଲପାଇବାର ଛୋଟିଆ ପୃଥିବୀଟେ ଦରକାର ନା ବଡ଼ ବଖରାର ପୃଥିବୀଟେ ଦରକାର ଯୋଉଠି ଭଲ ପାଇବା ନଥିବ ?

ବୋଉର ପ୍ରଶ୍ନ ବିଚଳିତ କଲା ମୋତେ । ଆଶ୍ଚର୍ଯ୍ୟ ବି ଲାଗିଲା, ମୋ ବୋଉ ଏତେ କଥା ଜାଣେ ! ହେଲେ ସବୁବେଳେ ଚୁପଚାପ କାହିଁକି ରୁହେ !

●●●

ଆଜିକୁ ଛ' ଦିନ ହେଲାଣି ଏ ଘରେ । ତମେ ଛାଡ଼ିଯାଇଥିବା ଗୋଟେ ଡାଏରୀ ପାଇଲି ବାକ୍ସ ଭିତରୁ ଆଉ କେତେଟା ବହି ବି ପାଇଲି । ଗୋଟେ ବହି ପଢ଼ିବାକୁ ଆରମ୍ଭ କଲି ଯେ ମୋ ମୁଣ୍ଡରେ କିଛି ପଶିଲାନି । ଥୋଇଦେଲି । ତମ ଡାଏରୀ ଖୋଲିଲି । ପ୍ରଥମ ପୃଷ୍ଠାରେ ଲେଖା ଥିଲା, "ଆଇ ଆମ୍ ଫ୍ରି ଦ୍ୟାଟ୍ ଇଜ୍ ହ୍ୱାଏ ଆଇ ଆମ୍ ଲଷ୍ଟ"

ସେଇ ଧାଡ଼ି ଦୁଇଟି ତଳେ ଲେଖାଥିଲା, ବାଇ ଫ୍ରାଞ୍ଜ କାଫକା। ଅର୍ଥ ଖୋଜିବାକୁ ଚେଷ୍ଟା କଲି। ହେଲେ ପାଇଲିନି। ତମେ ହିଁ ଲେଖିଛ ତମେ ହିଁ ଜାଣିଥିବ ୟାର ଅର୍ଥ କ'ଣ! ସେ ଡାଏରୀ ଭିତରେ କଲମରେ ଅଙ୍କା ଯାଇଥିବା ଅନେକ ଗୁଡ଼ାଏ ଚିତ୍ର ଦେଖିଲି। ଟ୍ରେନ୍ ଚିତ୍ର, ପକ୍ଷୀ ଚିତ୍ର, ବିଧାନସୌଧର ଚିତ୍ର ଅବିକଳ ସେମିତି ଯେମିତି ଇତିହାସ ବହିରେ ଥାଏ। ଶେଷ ପୃଷ୍ଠା ଆଡ଼କୁ ଅଛି ମୋ ଆଖର ଚିତ୍ର। କେତେ ସୁନ୍ଦରଭାବେ ଆଙ୍କିଛ ତମେ ମୋ ଆଖିକୁ! ଆମ ଗାଁ ସ୍କୁଲର ଚିତ୍ର, ବାପାଙ୍କ ସାଇକେଲର ଚିତ୍ର। ଆମ ଗାଁ ମନ୍ଦିରର ଚିତ୍ର। ମୁଁ ଡାଏରୀଟା ବନ୍ଦ କଲାବେଳକୁ ହଠାତ ନଜର ପଡ଼ିଲା ମଝି ପୃଷ୍ଠାରେ ଥିବା ଗୋଟେ ଚିତ୍ର ଉପରେ। ଚମକି ପଡ଼ିଲି ମୁଁ। ଛାତି ଭିତର ସ୍ପନ୍ଦନର ବେଗ ବଢ଼ିଗଲା। ଚିତ୍ରଟି ମୋର ହିଁ ଥିଲା। ମୁଁ ନିଜକୁ ନିଜେ ନୂଆ ରୂପରେ ଦେଖିଲି। ଏ କି ରୂପ ମୋର! ଆଖିରେ ଢଳଢଳ ହେଲା ଲାଜ। ନିଜ ଓଠକୁ ନିଜେ କାମୁଡ଼ିଲି। ଅଜଣା ଶିହରଣରେ ଚମକିଲି ମୁଁ ପ୍ରଥମ ଥର। ତକିଆ ଜାବୁଡ଼ି ଶୋଇଗଲି।

ସକାଳ ହେଲା। ହେଲେ ଏ ସକାଳ କିଛି ଅଲଗା ଥିଲା। ହଠାତ ସେ ଘର ଭିତରଟା ସୁନ୍ଦର ଲାଗିଲା ମୋତେ ଠିକ ମନ୍ଦିରର ଗର୍ଭଗୃହ ଭଳି। ମୁଁ ପ୍ରଥମ ଥର ଗାଧୋଇଲା ବେଳେ ନିଜକୁ ନିରେଖି ଦେଖିଲି। ନିଜକୁ ଛୁଇଁଲି। ସଜ ହେଲି। ବୋଉ ମୋ ପାଦରେ ଅଲତା ଲଗେଇଦେଲା। ପାଉଁଜି ପିନ୍ଧେଇଦେଲା। ହାତରେ ଚୁଡ଼ି ପିନ୍ଧେଇଦେଲା। ମଥାରେ ବିନ୍ଦି ଲଗେଇବା ପରେ ଯେବେ ଆଇନା ଦେଖିଲି ଲାଗିଲା ଯେମିତି ନିଜକୁ ଏତେ ସୁନ୍ଦର କରି ପ୍ରଥମ ଥର ଦେଖିଲି। ବୋଉ କହିଲା, ସତରେ ମୋ ଝିଅ ତ ଦେବୀ ଭଳି ଦିଶୁଛି।

ବାପା ନୂଆ ଡ୍ରେସ୍ ଆଣିଥିଲେ ମୋ ପାଇଁ। ବୋଉ ସକାଳୁ ପିଠା କରିଥିଲା। ରୋଷେଇ ଚାଳିଆର ଶିକାରେ ଏବେ ବି ଟିଫିନ୍‌ରେ ମୋ ପାଇଁ ପିଠା ରଖିଛି ସେ। ଆରିସା ପିଠା ମୋର ପ୍ରିୟ। ଲୋଭରେ ଆଉ ଗୋଟେ ଖାଇବି ବୋଲି ରୋଷେଇ ଚାଳିଆକୁ ଯାଇ ଦେଖେ ତ ଚୁଲି ଉପରେ କଡ଼େଇରେ ମାଛ ତରକାରୀ ଫୁଟୁଥିଲା। ତତ୍କା ନଈମାଛ ବାପା କିଶି ଆଣିଥିବେ ନିଶ୍ଚୟ। ତାଙ୍କର ପ୍ରିୟ। ବୋଉ କହିଲା, ଜାଲ ଟିକେ କମେଇକି ତରକାରୀଟା ଘାଣ୍ଟିଦେଲୁ। ତରକାରୀ ଘାଣ୍ଟିଲାବେଳେ ମନେ ପଡ଼ିଲା ମାଛ ତରକାରୀ ତମର ବି ଖୁବ ପ୍ରିୟ। ଜାଲ କମେଇ ଦେଇ ଦୌଡ଼ିଲି ଆରପଟ ଘରକୁ। କାଠବାକ୍ସରୁ ଲଫାପା କାଢ଼ିଲି। ସେ ଘର କବାଟ ବନ୍ଦ କରି ଚିଠିଟା ପଢ଼ିଲି। ଯାହା ଭାବିଥିଲି ତାହା ହିଁ ଲେଖିଛ। ୦ ଧାରରେ ସରୁ ହସ୍ତେ ଆପେ ଉକୁଟି ଆସିଲା। ଚିଠିର ଶେଷ ଧାଡ଼ି ଥିଲା, "ଆସନ୍ତା ମାସ ଚଉଦ ତାରିଖ ଦିନ ଶେଷ ବସ୍‌ରେ ମୁଁ ତୋ ଗାଁକୁ ଆସୁଛି"। ଆଜି ତ ସେଇ ତାରିଖ। ଆମ ଗାଁର ଶେଷ ବସ୍

ଚାରିଟାରେ ପହଞ୍ଚିବ ଗାଁ ମୁଣ୍ଡ ଛକରେ। ସମୟ ଗଣିବା ଆରମ୍ଭ କରିଦେଲି ମୁଁ। ଘରସାରା ଡେଇଁ ବୁଲିଲି। ବୋଉ ପଚାରିଲା, କ'ଣ ହେଇଛି କାଇଁ ଏମିତି ନାଚକୁଦ? ତୁ କହିଥିଲୁ ନା ପରିବର୍ତ୍ତନ ହେବ। ମୁଁ ବଦଳିଯାଇଛି। ବହୁତ ବଦଳିଯାଇଛି। ମୋ ପାଇଁ ମାଛ ତରକାରୀ ରଖିଦେବୁ ମୁଁ ପରେ ଖାଇବି।

ସାଢ଼େତିନିଟା ବେଳେ ଘରୁ ବାହାରିଗଲି। ଆମ ବାରିପଟ ଦେଇ ନଡ଼ିଆ ବଗିଚାଦେଇ ପହଞ୍ଚିଲି ଗାଁ ମୁଣ୍ଡରେ। ବାଟରେ କାଗଜ ଫୁଲ ଡାଳରୁ ମେଞ୍ଚାଏ ଫୁଲ ଛିଡ଼େଇ ନେଇଥିଲି ସାଥିରେ। ବସ୍‍କୁ ଅପେକ୍ଷା କରି ରହିଥିଲି। ବସ୍ ଅଟକିଲା। ତଥାପି ମନରେ ଡର ଥିଲା ସତରେ ତମେ ଆଜି ଆସିଥିବ ତ!

ତମେ ବସ୍‍ରୁ ଓହ୍ଲେଇଲ। କାନ୍ଧରେ ବ୍ୟାଗ୍ ଆଉ ହାତରେ ଗୋଟେ ବହି ଥିଲା ତମର। କିଛି ବାଟ ଚାଲି ଆସିଲା ପରେ ମୁଁ ଦୌଡ଼ିଗଲି ତମ ପାଖକୁ। ହାତଧରି ଭିଡ଼ିଭିଡ଼ି ନେଇଆସିଲି ବଗିଚା ରାସ୍ତାରେ। ତମେ ଅବାକ ହେଇ ଚାହିଁ ଥିଲ ମୋତେ। ପଚାରିଲ, ଏଠି କେମିତି? ମୁଁ କିଛି କହିପାରିଲିନି। କେବଳ କାଗଜ ଫୁଲକୁ ତମ ହାତକୁ ବଢ଼େଇ ପାରିଲି ଯାହା। ତମେ ଫୁଲ ନେଇ ମୋତେ ଚାହିଁ ରହିଲ।

କ'ଣ ହେଇଛି ତୋର? ଆଜି କେମିତି ଗୋଟେ ଅଲଗା ଦିଶୁଚୁ?

ତମେ ମୋର ହାତ ଧରିଲ ଆଉ ପଚାରିଲ।

କିଛି କହୁନୁ ଯେ!

ମୁଁ ତମ ସହ ପାଦ ମିଶେଇ ଚାଲୁଥିଲି। କେଜାଣି କ'ଣ ସବୁ ଭାବୁଥିଲି! ତମ ଆଡ଼କୁ ଚାହିଁ କହିଲି,

ଏ ରାସ୍ତା ଆଉ ଟିକେ ଲମ୍ବ ହେଇଯାଆନ୍ତାନି!

ପ୍ରଶ୍ନ

ରାତି ବାରଟା ହେବା ପରେ ମଧ୍ୟ ଯଦି ନିଦ ନହୁଏ! ଠିକ୍ ସେହି ସମୟରେ କେହି ଜଣେ ଯଦି ମେସେଜ୍ କରେ, ହାଏ, କ'ଣ କରୁଛ? ସେତେବେଳେ କ'ଣ ଉତ୍ତର ଦେବାକୁ ଇଚ୍ଛା ହୁଏ? ମୋତେ ଗୁଲି କରିଦେବାକୁ ଇଚ୍ଛା ହୁଏ। ତାକୁ ଛଟପଟ ହୋଇ ମରିଯାଉଥିବାର ଦେଖିବାକୁ ଇଚ୍ଛା ହୁଏ।

ତୁମେ ମେସେଜ୍‌ରେ ଏମିତି କାହିଁକି ଲେଖନି ଯେ', 'ଜାଣିଛ, ଅନ୍ଧାର ଆଉ ତୁମେ ଠିକ୍ ଏକା ପରି।'

ମୁଁ ପଚାରନ୍ତି, 'ଏମିତି କାହିଁକି?'

ତୁମେ ଅନ୍ତ ଭାବି ଉତ୍ତର ଦିଅନ୍ତ, 'ଅନ୍ଧାରରେ ତୁମେ ବେଶୀ ସ୍ପଷ୍ଟ ଦିଶ ମୋ ଆଖିକୁ। ତୁମ ନିଃଶ୍ୱାସ-ପ୍ରଶ୍ୱାସକୁ ବି ସ୍ପଷ୍ଟ ଶୁଣିପାରେ ମୁଁ।'

ମୁଁ ପଚାରନ୍ତି, 'ଅନ୍ଧାର ମୋ ପରି ନା' ମୁଁ ଅନ୍ଧାର ପରି?'

ତୁମେ କୁହନ୍ତ, 'ପରିପୂରକ। ଦୁଇଟାଯାକରେ ତ ନିଶା ଭରପୁର।'

ଏତିକି ଶୁଣିବା ପରେ ମୁଁ କ'ଣ ଲାଜ କରନ୍ତି! କରିବା ଜରୁରୀ କି?

କିନ୍ତୁ ଏମିତି ଘଟେନି। ତୁମର ସେଇ ବେକାର ମେସେଜ୍ ସିନ୍ କରି ମୁଁ ଉତ୍ତର ନଫେରେଇ ଶୋଇବାକୁ ଚେଷ୍ଟା କରେ। କିଛି ସମୟ ପରେ ପୁଣି ଫୋନ ଭାଇବ୍ରେଟ ହୁଏ। ମେସେଜ୍ ଆସେ, ' କଥା ହେବନି! ରାଗିଛ? '

ମୁଁ ଉତ୍ତର ଫେରାଏ, ' ମୋତେ ନିଦ ଲାଗିଲାଣି। ରହୁଛି। ବାଏ। '

ତୁମେ କାହିଁକି ମୋତେ ପଚାରନି ଯେ, 'ତୁମ ହ୍ୱାଟ୍‌ଆପ୍ ଡିପିରେ ଏ ଅବୁଝା ପେଣ୍ଟିଂ କାହିଁକି ରଖିଛ? ତୁମ ନିଜ ଫୋଟୋ କାହିଁ?'

ମୁଁ ଉତ୍ତର ଦିଅନ୍ତି, 'ସେ ଫୋଟୋ ଭିତରେ ମୁଁ ବନ୍ଦୀ ହୋଇ ରହିବାକୁ ଚାହେଁନି। କେତେ ଆଜାଦ ଅଛି ମୁଁ, ତୁମେ ଜାଣ! ବିନା ଫୋଟୋରେ ମଣିଷ ସତରେ ସୁରକ୍ଷିତ।

କେହିଁ ଆଖିକୁ ଜୁମ୍ କରି ଦେଖିବେନି। ଓଠକୁ ଜୁମ୍ କରି... ! ଆଛା ତୁମେ ମୋ ଓଠକୁ ଜୁମ୍ କରି କେବେ ଚୁମା ଦେଇଛ ?'

ଯଦି ତୁମେ 'ହଁ' ବୋଲି କୁହନ୍ତ, ତେବେ ମୁଁ କ'ଣ ପୁଣି ଲାଜ କରନ୍ତି ? କେଜାଣି !

ଫୋନ ଭାଇବ୍ରେଟ ହୁଏ। ପୁଣି ଗୋଟେ ମେସେଜ୍, 'ଗୋଟେ ସେମିଷ୍ଟର ସରିଯାଇଛି ବୋଲି ଭାବନି ଯେ ଖାଲି ଶୋଇ ରହିବ ! ପଢ଼ାପଢ଼ି ବି କର।'

ତୁମେ ଏମିତି କାହିଁକି କୁହ ଉପଦେଶ ଦେବା ପରି ! ଗୋଟେ ଇଟା କିମ୍ଵ ପଥରକୁ ତୁମ ଉପରକୁ ଫିଙ୍ଗିଦେବାକୁ ଇଛା ହୁଏ ସେତେବେଲେ। ସତ କହୁଛି, ମୁଁ ତୁମକୁ ରକ୍ତାକ୍ତ ଅବସ୍ଥାରେ ଦେଖିବାକୁ ଚାହେଁ ସେତେବେଲେ। ମୋ ବହିର ଇଷ୍ଵରନାସନାଲ ପଲିଟିକ୍ସଠାରୁ ତୁମେ ବେଶି ବୋରିଂ। ଧେତ୍!

ତୁମେ ଏମିତି କାହିଁକି କୁହନି ଯେ, 'ଶ୍ରୀ, ତୁମ ପିଠିର ବାମ ପାର୍ଶ୍ଵରେ ଯେଉଁ ଗୀଟାର ର ଟାଟୁ ଅଛି ତା'କୁ କଣ ବଜେଇ ହବ ?

ମୁଁ କୁହନ୍ତି, 'କୋଉ ଟାଟୁ! ମୋର ତ ନାହିଁ।'

ତୁମେ କୁହନ୍ତ, 'ଭାବିନିଅ ଅଛି ଏବଂ ଧୀରେ ଧୀରେ ମୁଁ ଗୀଟାର ର ତାରରେ ଆଙ୍ଗୁଠି ଚଲଉଛି।'

ଏସବୁ ଶୁଣି ମୁଁ କ'ଣ ଶିହରି ଉଠିଥାନ୍ତି ! ବୋଧହୁଏ ହଁ !

ତୁମେ ଯଦି ଏମିତି କୁହନ୍ତ, 'ଶ୍ରୀ..., ତୁମେ ଅନ୍ୟମନସ୍କ ହୋଇ ବସିରହିଥିବ ଆଉ ମୁଁ ଅଚାନକ ତୁମ ବାମପଟ ଛାତିକୁ ଚୁମିଦେଇ ଚାଲି ଆସିବି। ମାତ୍ର ଦୁଇ ସେକେଣ୍ଡର ଅବଧି। ତୁମେ କ'ଣ ବସିବା ଜାଗାରୁ ଉଠିଯାଇ ପଛ ଆଡୁ ମୋତେ ଜାବୁଡ଼ି ଧରିବ ?'

ଏ ପ୍ରଶ୍ନର ଉତ୍ତର କ'ଣ ମୁଁ ତୁମକୁ ସତରେ ଦେଇପାରିଥାନ୍ତି ? କେଜାଣି !

ହେଲେ ଏମିତି ତ ବିଲକୁଲ ଘଟେନି। ଘଟିବାର ନାହିଁ ବୋଧେ! ଏଥର ମୁଁ ଫୋନ ସ୍ଵିଚ ଅଫ କରେ। ତୁମେ ବି ଶୋଇଯାଅ। ସ୍ଵପ୍ନ ଦେଖ। କିମ୍ଵ ଅନ୍ୟ କୋଉ ଝିଅ ମାନଙ୍କ କଥା ଭାବ। ଯାହା ଇଛା କରୁଛ କର। ମୁଁ ବାଧା ଦେବିନି ଆଦୌ।

ମୁଁ ସେ ଷ୍ଟେରିଓଟାଇପ ଝିଅ ମାନଙ୍କ ପରି ସନ୍ଦେହ କରିପାରିବିନି। ଆଛା . . ମୁଁ କାହିଁକି ଅନ୍ୟ ମାନଙ୍କ ପରି ହେଇପାରିଲିନି ! ଗୋଟେ ଚିରାଚରିତ ରୁଟିନ୍ ଜୀବନକୁ କାହିଁକି ଆଦରି ପାରିଲିନି ? ସମସ୍ତଙ୍କ ଆଦେଶ ଉପଦେଶକୁ ମୁଁ କାହିଁକି ନାକଚ କରେ ? ମୁଁ କାହିଁକି ଚୁଟକୁଲା ପଢ଼ି ହସି ପାରେନି ? ତୁମେ ପଠେଇଥିବା ସେଇ ଗଦା ଗଦା ଚୁମ୍ଵନର ଇମୋଜି ଦେଖି ମୁଁ କାହିଁକି ରୋମାଞ୍ଚିତ ହୋଇପାରେନି ? ମୁଁ ଜାଣେ

ତୁମେ ମୋତେ ଖୁବ୍ ପ୍ରେମ କର; ତଥାପି ତୁମ ଇମୋସନ ଗୁଡ଼ାକ ଯାନ୍ତିକ ଲାଗେ କାହିଁକି ? ତୁମେ ସେଇ ରାସ୍ତାକୁ ଦେଖ, ମୁଁ ବି ସେଇ ରାସ୍ତାକୁ ଦେଖେ। ହେଲେ ତୁମକୁ ପିଚୁ ଆଉ ଡିଭାଇଡର ଦେଖାଯାଏ, ମୋତେ କାହିଁକି ଗଛମାନଙ୍କର ଶବ ଦେଖାଯାଏ ? କୁହ। ମଣିଷ ମାନଙ୍କର ଲୁହ ତୁମେ ଦେଖ, ମୁଁ ବି ଦେଖେ। ତୁମେ ଲୁହ ପୋଛିବାକୁ ହାତ ବଢ଼େଇଲା ବେଳେ ମୁଁ କାହିଁକି ଅଟକାଏ ତୁମକୁ ? କାହିଁକି କୁହେ ଯେ' ସେମାନଙ୍କୁ କାନ୍ଦିବାକୁ ଦିଅ, ଚିକ୍କାର କରିବାକୁ ଦିଅ, ଅଭିନୟର ଖୋଲପାକୁ ତାଙ୍କ ମୁହଁରୁ ହଟେଇବାକୁ ଦିଅ ? ଶୃଙ୍ଖଲା ସବୁ ଗୋଟେ ଗୋଟେ ହସର ମୁଖା ପିନ୍ଧି ବୁଲୁଛନ୍ତି ! କିଏ ରଖିଲା ମୋ ଛାତିରେ ଏମିତି ଉଦ୍ଭଟ ଅନୁଭବ ? ତୁମେ ଜାଣ ? ତୁମେ ଜାଣ କି ରାତି ଅଧରେ ମୁଁ ନିଜେ ନିଜକୁ କଷ୍ଟ ଦିଏ ! ମୋ ବାମପଟ ହାତ (କେବେ ଦିନେ କହୁଣୀ ଠାରୁ ଦୁଇଖଣ୍ଡ ହୋଇ ଭାଙ୍ଗିଯାଇଥିଲା; ଛାତରୁ ଖସିପଡ଼ିଥିବାରୁ)କୁ କାନ୍ଥରେ ପିଟେ,ଯେ ପର୍ଯ୍ୟନ୍ତ ହାତ ନବିନ୍ଧିଛି; ଯେ ପର୍ଯ୍ୟନ୍ତ ଛାତିର କଷ୍ଟ ଠାରୁ ହାତର କଷ୍ଟ ବଳିନଯାଇଛି।

ଯଦି କମ ପଡ଼ିଯାଏ, ଗୋଟେ ବ୍ରୁଶ୍ ଆଣି ବାରମ୍ବାର ଆଘାତ କରିଚାଲେ ହାତ ପାପୁଲିକୁ, ତଳିପାଦକୁ... କେବେକେବେ ଓଠକୁ। କାକର ପରି ଦିଶେ ରକ୍ତବୁନ୍ଦା ସବୁ। ଜିଭ ବୁଲେଇ ଓଠରୁ ପୋଛିଆଣେ ରକ୍ତ। ସ୍ୱାଦ, ଏକଦମ ବେକାର।

ତଥାପି ଯଦି କଷ୍ଟ କମ ପଡ଼େ ତେବେ ବହିଥାକରୁ ଖୋଜେ ସ୍ଟାପଲର୍, ଆଉ ପିନ୍ ସେଟ୍ କରି ବୁଢ଼ା ଆଙ୍ଗୁଳିକୁ ମଝିରେ ରଖି ଅନ୍ୟହାତରେ ଜୋରରେ ଦବାଏ। ଆଃ, କଷ୍ଟ। ଖୁବ୍ କଷ୍ଟ। ଠିକ୍ ଏତିକିବେଳେ ହଠାତ ମୋ ଭିତରୁ କେହି ଜଣେ କୁହେ, ଏବେ ହସ୍... ମନଖୋଲି ହସ୍। ଯଦି ଏବେ ହସିପାରିବୁ ତେବେ ଆଗାମୀ ସକାଳ ପାଇଁ ତୁ ଯୋଗ୍ୟ। ଯଦି ନହସିପାରିବୁ ତେବେ ଛଟପଟ ହଅ। ରାତି ମାତ୍ର ସାଢ଼େଗୋଟେ। ତୋ ପାଖରେ ବହୁତ ସମୟ ଅଛି ତୁ ହସିବାର ପ୍ରାକ୍ଟିସ୍ ଜାରି ରଖ। ଯାଃ, ଦର୍ପଣ ସାମ୍ନାରେ ଦେଖେ କେମିତି ହସିଲେ ସୁନ୍ଦର ଦିଶିବୁ। କୋଉ ଆଙ୍ଗେଲ ରୁ ତୋ ହସ ଦେଖିଲେ ସେ ଖୁସି ହେବ !

ତୁମେ କୁହ, କେମିତି ହସ ତୁମର ପସନ୍ଦ ? ସ୍ନିତ ହସ ନା ଶିଘ୍ର କରୁଥିବା ହସ ! ନା ଲାଜ ମିଶା ହସ ! ଛାଡ଼, ତୁମେ ତ ଶୋଇଯାଇଥିବ।

ସତରେ ତୁମେ କ'ଣ ଆଉ କୋଉ ଝିଅ କଥା ଭାବ ? କାହିଁକି ଭାବ ? ମୁଁ କ'ଣ କାଫି ନୁହେଁ ? ନାଃ, ଏଇଟା ମୋର ସନ୍ଦେହ ନୁହେଁ, ଜିଜ୍ଞାସା କେବଳ। ତୁମେ ମୋ ପାଇଁ କେବେ ଲୁହ ଝରେଇଛ ? ମୋ ପାଇଁ ଅନିଦ୍ରା ରହିଛ ? କେବଳ ମୋ ପାଇଁ ଘର ଲୋକଙ୍କ ଠାରୁ କେବେ ଗାଳି ଶୁଣିଛ ? ସିଗାରେଟ୍ ଛାଡ଼ି ପାରିଛ ? କେବେ

ମୋ ଭାବନାରେ ଅନ୍ୟମନସ୍କ ହୋଇ କାନ୍ତୁରେ ଧକ୍କା ହେଇଛ ? ବାଇକ ଚଲେଇବା ବେଳେ କେବଳ ମୋ କଥା ଭାବିଭାବି କେବେ ରାସ୍ତା ଭୁଲିଛ ? ସାଙ୍ଗମାନଙ୍କ ମେଳରେ ଯଦି କେହି ମୋ ନାଆଁ ନିଏ, ତା' କଲାର ଧରି କେବେ କହିଛ, 'ଶ୍ରୀ କେବଳ ମୋର, ତା ନାଆଁ ପାଟିରେ ଧରିବାକୁ ସାହସ କଲୁ କେମିତି' ? ତୁମ ଫୋନର ୱାଲପେପରରେ ମୋ ଫୋଟୋ ରଖିଛ ? କେବେ ଘରେ କହିଛ, 'ମୁଁ ଶ୍ରୀକୁ ଭଲପାଏ, ମୁଁ କେବଳ ତା'ର' ? ଯ଼ା ଭିତରୁ କୌଣସି ବି ତିନିଟା କାମ କେବେ କରିଛ କି ? ମୁଁ ଜାଣେ ଉତ୍ତର 'ନାଥ' ହିଁ ଆସିବ। ତେଣୁ ମୁଁ ପ୍ରଶ୍ନ କରେନି। ତୁମେ ସାମ୍ନା କରିପାରିବନି ମୋତେ। ହାରିଯିବ।

ଡର ! ମୁଁ ତ ଡରେ ତୁମକୁ ହରେଇବାକୁ। ତୁମେ ବି କ'ଣ ଡର ? ମୁଁ ଯଦି ତୁମ ପାଇଁ ଏତେ କଷ୍ଟ ସହେ, ତୁମ ଆଗରେ ହସିବା ପାଇଁ ସାରା ରାତି ନିଜକୁ ସଜାଏ, ତୁମେ କ'ଣ କର ମୋ ପାଇଁ ? କୁହ କ'ଣ କର। କିଛି ନାହିଁ ! କିଛି ବି ନାହିଁ ! ତେବେ... ! ତେବେ ତୁମେ ମୋର ବରାବର ହୋଇପାରିବନି ତ ଆଦୌ। ତୁମେ ଆରାମରେ ପାଇଯାଇଛ ମୋତେ। ଭାବିନିଅ ତୁମ ଲକ୍। ଦେଖାହେଲେ ମୋ ହାତକୁ ଛୁଇଁବାର ଇଚ୍ଛା କାହିଁକି ହୁଏ ? ଉତ୍ତେଜନା ! କ୍ଷଣିକ ତ। ଦେହରେ କାହିଁକି ଘସି ହୁଅ ? ଆଦିମତା ! ପ୍ରକୃତରେ କ'ଣ ଚାହଁ ତୁମେ ? ଟାଇମପାସ !

ମୁଁ କ'ଣ ଯନ୍ତ !

ପୁଣି ଭାଇବ୍ରେଟ ହୁଏ ଫୋନ୍। ମେସେଜ୍ 'ଗୁଡ୍ ମର୍ଣିଂ'। ଜାଣିନି କେତେବେଳେ ସୁଇଚ୍ ଅନ୍ କରିସାରିଥିଲି ଫୋନର। ତୁମ ଖ୍ୟାଲରେ ବୁଡ଼ି ରହିଲେ ଏମିତି ଅନ୍ୟମନସ୍କ ହୋଇ କ'ଣ ସବୁ କରିପକାଏ। ମୁଁ ସମୟ ଦେଖେ। ଚାରିଟା ପଇଁଚାଳିଶ। ଭୋର ହୋଇ ଆସୁଥାଏ ମୁଁ ମେସେଜ୍‌ର ଉତ୍ତର ଫେରାଏ, ' ଆଜି ଦେଖାହେଇ ପାରିବ ?'

ତୁମ ଉତ୍ତର କୁ ଅପେକ୍ଷା ନକରି ଡାଟା ଅଫ୍ କରେ।

•••

ସମୟ ସନ୍ଧ୍ୟା ଛ'ଟା ପାଖାପାଖି ହବ ବୋଧେ। ତୁମେ ବାଇକ ପାର୍କ କରି ମୋ ପାଖକୁ ଆସିଲ। ହାତରେ ସେଇଟା କ'ଣ ? ଗୋଲାପ ! ଲମ୍ବ ଡେଙ୍ଗ ବାଲା। ଏଇଟା ଦେଖିବା ପରେ ବି ମୁଁ ରୋମାଣ୍ଟିକ୍ ହେଇପାରିଲିନି। କାହିଁକି ! ସେଇ ବେକାର ଉପହାର, ଗୋଟେ ଦିନ ପରେ ଡଷ୍ଟବିନରେ ପଡ଼ିବ। ବିରକ୍ତ ହୋଇ ତୁମ ହାତରୁ ଛଡ଼େଇ ଆଣିଲି ଗୋଲାପକୁ। କଣ୍ଟା ଉପରେ ଘୋଡ଼ାଯାଇଥିବା ସିଲଭର କଲର ର ଆବରଣକୁ କାଢ଼ି ଫିଙ୍ଗିଦେଲି। ତୁମକୁ ଅଜ଼ ଚାହିଁଲି। ତୁମ ହାତକୁ ବଢ଼େଇ କହିଲି,

ଏଥର ଏଇ ଡେଙ୍କୁ ଜୋରରେ ଜାବୁଡ଼ି ଧର। ମୋ କଥା ଶୁଣି ତୁମେ ଆଷ୍ଚର୍ଯ୍ୟ ହେଲ। ହେବା ବି ସ୍ୱାଭାବିକ। ମୁଁ ପୁଣି କହିଲି, ଆରେ କହୁଛି ପରା ଧର ବୋଲି। ତୁମେ ଅସହଜ ହୋଇ ଧରିଲ। ମୁଁ ଟାଇମର ଅନ୍ କରି କହିଲି, ମୋଟ ସାତ ମିନିଟ ସେମିତି ଧରିକି ରୁହ। ତୁମେ ଅସ୍ତବ୍ୟସ୍ତ ହୋଇ କହିଲ, ଶ୍ରୀ ମୋତେ କଷ୍ଟ ହଉଛି। ହଉ କଷ୍ଟ। ମୁଁ ଯୋଉ ସାରା ରାତି କଷ୍ଟ ଭୋଗୁଛି! ତୁମ ଆଖିରେ ଲୁହ! ଲୁହ ଝରୁ। ଆହୁରି ପାଞ୍ଚ ମିନିଟ ବାକି ଅଛି। ଆହାଃ କେତେ ନିରୀହ ଲାଗୁଥିଲ ତୁମେ! 'ତୁମେ' ତ ସବୁବେଳେ ନିରୀହ, 'ମୁଁ' ହିଁ ସୈତାନ।

ମୁଁ ପଚାରିଲି, 'ସାରା ଜୀବନ ଏମିତି କଷ୍ଟ ଦେବି ତୁମକୁ, ସହି ପାରିବ?'

ତୁମେ ତତକ୍ଷଣାତ 'ହଁ' କହିଲ।

ମୁଁ ପୁଣି ପଚାରିଲି, 'ଏଇ କଷ୍ଟ ଠାରୁ ଶହେଗୁଣ ଅଧିକ ହେଇପାରେ ଯନ୍ତ୍ରଣା, ସହି ପାରିବ?'

ତୁମେ ଏଥର ବି 'ହଁ' କହିଲ।

ସାତମିନିଟ ଶେଷ। ଏବେ ଛାଡ଼। ତୁମେ ତତକ୍ଷଣାତ ଛାଡ଼ିଦେଲ। ତୁମ କପାଳରେ ଝାଳ। ଆଖି ବି ନାଲି ଦିଶୁଛି। ସତରେ, ଏତେ କଷ୍ଟ ହେଲା! ହଉ କଷ୍ଟ।

ମୁଁ ପୁଣି ପଚାରିଲି, ତୁମେ 'ନାଃ' ବୋଲି କାହିଁକି କହିଲନି ସେତେବେଳେ? ମିଛ କାହିଁକି କହିଲ?

: ମୁଁ ମିଛ କହିନି ତ!

: ତେବେ ଏତେ ଶୀଘ୍ର ହଁ କହିଲ କାହିଁକି? ଭାବିଚିନ୍ତି କହିଥାନ୍ତ। ଅନ୍ଦାଜ ଲଗେଇଥାନ୍ତ ପ୍ରକୃତରେ କେଉଁ ପ୍ରକାର କଷ୍ଟ କଥା ମୁଁ କହୁଛି। ହେଲେ ତୁମେ ଆରାମରେ ଗୋଟେ ଶସ୍ତାମିଛ କହିଦେଲ।

(ତୁମେ ଯଦି 'ନାଃ' କହିଥାନ୍ତ, ସତ କହୁଛି ଆହୁରି ବେଶୀ ପ୍ରେମ କରିଥାନ୍ତି ତୁମକୁ ସେଇ ମୁହୂର୍ତ୍ତରୁ)

: ନାଃ ମୁଁ ମିଛ କହିନି?

: ତେବେ ଆଖିରେ ଲୁହ ଆସିଲା କାହିଁକି? ତୁମେ କେବଳ କଷ୍ଟରୁ ବର୍ତ୍ତିବା ପାଇଁ ମିଛ କହିଲ ମୋତେ।

: କଷ୍ଟ ହେଲେ ଲୁହ ଆସେ ଆଖିରେ, ଏଇଟା ତ ସ୍ୱାଭାବିକ।

: ଲୁହ ସ୍ୱାଭାବିକ, କିନ୍ତୁ ତୁମ ଉତ୍ତର ତ ଅସ୍ୱାଭାବିକ।

(କଷ୍ଟ ହେଲେ ଲୁହ ଆସିବା ଯଦି ସ୍ୱାଭାବିକ, ତେବେ ମୁଁ କ'ଣ ପଥର!)

: ମାନେ!

ମାନେ! ଏଇ ମାନେର ଅର୍ଥ କ'ଣ ହେଇପାରେ ମୁଁ ବୋଧହୁଏ ଜାଣେ, କିନ୍ତୁ କହିବାକୁ ଚାହେଁ ନାହିଁ ସମ୍ଭବତଃ। ମୁଁ ତଳେ ପଡ଼ିଥିବା ଗୋଲାପକୁ ଉଠେଇଲି। ତା'ଦେହର ପ୍ରତି ରକ୍ତବୁନ୍ଦାରେ ତୁମେ। ଏଥର ମୁଁ ଜାବୁଡ଼ି ଧରିଲି କଣ୍ଠା ଭର୍ତ୍ତି ଡେଙ୍କୁ। ଜୋରରେ। ଖୁବ୍ ଜୋରରେ। ତୁମେ ବିଚଳିତ ହୋଇ କହିଲ, କ'ଣ ହଉଛି ଏସବୁ? ମୁଁ କିଛି ଶୁଣିଲିନି। ତୁମର ବୀପରିତ ଦିଗରେ ପାଦ ବଢ଼େଇଲି। ପଛକୁ ଚାହିଁବାକୁ ଟିକେ ବି ଇଚ୍ଛା ହେଲାନି ମୋର। ତୁମର 'ଶ୍ରୀ' ଡାକ ଧୀରେ ଧୀରେ ଅସ୍ପଷ୍ଟ ଶୁଣାଗଲା ମୋତେ। ସତ କହୁଛି, ମୋ ଆଖ଼ରୁ ଟିକେ ବି ଲୁହ ଝରିଲାନି। ହାତରୁ ରକ୍ତ ଝରିଛି କି ନାହିଁ ମୁଁ ଦେଖ଼ିନି। ହେଲେ ଯନ୍ତ୍ରଣା ତ ଅନ୍ୟ କୋଉଠି। ଛାତିରେ! କିଏ ଗଢ଼ିଛି ଏ ଛାତି? କୋଉ ଉପାଦାନରେ?

•••

ମୁଁ ସେ ଡେଙ୍କୁ ଆଜିଯାଏଁ ଜାବୁଡ଼ି ଧରିରଖ଼ିଛି କାହିଁକି? ଗୋଲାପ ତ ମଉଳି ଗଲାଣି କେଉଁ ଦିନରୁ। କାହା ନିର୍ଦ୍ଦେଶରେ ତାକୁ ଧରି ରଖ଼ିଛି? କିଏ ଲଗେଇଥିଲା ଟାଇମର ମୋ ପାଇଁ! ତୁମେ?

କେତେ ଥିଲା ତା'ର ଅବଧି? ସାତ ମିନିଟ୍! ସାତ ମାସ! ନା' ସାତ ବର୍ଷ! ନା' ସାରା ଜୀବନ?

ଉତ୍ତର

ଯଦି ମୁଁ ଦୁଇଟା ଖଣ୍ଡିକାଶ ମାରେ, ତେବେ ଜାଣିବ ମୋ ପାଖରେ କେହି ଜଣେ ଅଛି। ଏବଂ ତୁମେ ହଠାତ କଥାର ମୋଡ଼ ବଦଳେଇ ଦେବ, ଯେମିତିକି... ଆଜି ଏପଟେ ଖୁବ୍ ବର୍ଷା। ମୁଁ କହିବି, ହଁ . . ଏ ଅଦିନିଆ ବର୍ଷା ମୋତେ ବେକାର ଲାଗେ। କିଛି ସେକେଣ୍ଡ ପରେ ହଠାତ ମୁଁ ତୁମକୁ ଚମକେଇ ଦେବା ପରି କହିବି, ଜାଣିଛ . . ବ୍ଲାକ୍ ସାର୍ଟରେ ତୁମେ ବେଶୀ ହଟ୍ ଲାଗ। ସେତେବେଳେ ତୁମେ ପାଣି ପିଉଥିବ କିମ୍ବା ଖାଉଥିବ, ମୋ କଥା ଶୁଣି ତୁମ ତଣ୍ଡିରେ କ'ଣତେ ଲାଖିଯିବ। ତୁମେ ସେମିତି କାଶିକାଶି କହିବ, ଆରେ ତୁମ ପାଖରେ କିଏ ଅଛନ୍ତି ପରା ଏମିତି କ'ଣ କହୁଛ! ମୁଁ ଜୋରରେ ହସି ଉଠିବି। ତୁମେ ଅଜ୍ଞ ହସି କହିବ, ବଦମାସ୍ . . !

ଯଦି ତୁମେ ଲଗାତାର ମେସେଜ୍ କରିଚାଲିଛ, ମୁଁ ଦେଖିବା ପରେ ମଧ ଉତ୍ତର ଦେଉନାହିଁ... ତେବେ ମନେ ପକାଅ, ମୋତେ ଏମିତି କିଛି କହିଛ ଯାହାକୁ ମୁଁ ଏବେ ଯାଏଁ ଭୁଲି ପାରିନାହିଁ। କି' ଆଗକୁ ମଧ ଭୁଲିବି ନାହିଁ। ତୁମେ ଭଲରେ ଜାଣ! ମୁଁ କିଛି ବି ଭୁଲେ ନାହିଁ।

ଯଦି ତୁମର ଆଠ ଦଶଟା ମିସ୍‌କଲ ଦେଖିବା ପରେ ମଧ ମୁଁ କଲବ୍ୟାକ କରୁନାହିଁ, ତେବେ ଅତିକମରେ ମୋର ପାଞ୍ଚଟା ପ୍ରଶ୍ନର ଉତ୍ତର ଦେବାକୁ ପ୍ରସ୍ତୁତ ରୁହ। ପ୍ରଶ୍ନ କିଛି ବି ହେଇପାରେ। ଆଉ ମୋର ସଠିକ ଉତ୍ତର ବି ଦରକାର। ଯଦି ମିଛ କହି ଖସିଯିବ ବୋଲି ଭାବୁଥାଅ, ତେବେ ଏମିତି ଭାବନାକୁ ଅଟକାଅ। ଆଉ ମୋ ମୁଡ୍ ଭଲହେବା ପର୍ଯ୍ୟନ୍ତ ମୋ କଲକୁ ଅପେକ୍ଷା କର।

ଯଦି ମୋର ମୁଡ୍ ଭଲ ନଥାଏ, ତେବେ ମୋତେ ତା'ର କାରଣ କେବେ ପଚାରିବ ନାହିଁ। ସେତେବେଳେ ଶଘଟିଏ ମଧ ମୁଁ ଶୁଣିବାକୁ ଚାହେଁନି। ଯଦି ପାରିବ, ତୁମେ କେବଳ ମୋ ପାଖକୁ ଚାଲିଆସ ବାସ୍। ମୋ ହାତକୁ ନିଜ ପାପୁଲି ଭିତରେ

ରଖ। କିଛି ସମୟ ତୁମ ଛାତିରେ ମୋତେ ମୁଣ୍ଡ ରଖିବାକୁ ଦିଅ। ଯଦି ମୁଁ ନିଦେଇଯାଏ ତେବେ ଜାଣିବ ସବୁ ଠିକ୍ ଠାକ୍ ଏବେ। ଯଦି ନିଦ ନଆସେ ତେବେ ଜାଣିବ ମୁଁ ତୁମକୁ ପାଖରୁ ଛାଡ଼ିବାକୁ ଚାହେଁ ନାହିଁ ଆଦୋ...।

ଯଦି ମୋ କଥା କେବେ ତୁମକୁ ଆଘାତ ଦିଏ, ତେବେ ନୀରବ ହୋଇ ରହିବନି କେବେ। ମୋତେ ଜଣେଇବ ମୋର ଭୁଲ୍ କେଉଁଠି ରହିଲା। ସବୁ ଶୁଣିବା ପରେ ମୁଁ ଉଦାସ ହେଇ ବସି ରହିବି। ହୁଏତ ମୁଁ ଅନୁତାପ କରିପାରେ; କିନ୍ତୁ ଭିତରେ। ଶେଷରେ ତୁମେ ହିଁ କହିବ, 'ସରି... ମୁଁ ଜାଣିଛି ତୁମେ ଏମିତି ଆଉ କେବେ କରିବନି। କେତେ ସମୟ ଆଉ ସମୁଦ୍ର କୂଳରେ ବସି ରହିବ, ଏବେ ଚାଲ ଘରକୁ ସନ୍ଧ୍ୟା ହେଲାଣି।'

ମୁଁ କାହିଁକି ସରି କହିବି! ହୁଁ!

ଆରେ... ହସିଲ ଯେ! ଆହୁରି ବି ବାକି ଅଛି ଶୁଣ।

ଯଦି ମୁଁ କେବେ ଦୁଃଖରେ ଥାଏ, କାନ୍ଦୁଥାଏ..., ମୋ ଲୁହ ପୋଛିବାକୁ ଚେଷ୍ଟା କରିବନି ଆଦୋ। ମୋ ଦୁଃଖ ମୋର। ସେଥିରେ ମୁଁ କାହାକୁ ବି ଭାଗୀଦାର କରିବାକୁ ଚାହେଁ ନାହିଁ। ତୁମକୁ ବି ନୁହେଁ।

: ତା'ମାନେ ମୁଁ ତୁମକୁ କାଦିବାର ଦେଖ ଚୁପ୍ ରହିବି!

(ତୁମ ଆଖିରେ ଝଟକୁଥିଲା ଅଜସ୍ର ପ୍ରେମ। ଆଉ ମୋ ଆଖିର ଡରକୁ ମୁଁ ଲୁଚେଇବାକୁ ଚେଷ୍ଟା କରୁଥିଲି ସମ୍ଭବତଃ)

: ତ! କ'ଣ ହେଲା ସେଠୁ? ହସିବାର ଦେଖ ଚୁପ୍ ରହୁଛ କାଦିବାର ଦେଖିଲେ କାହିଁକି ରହିପାରିବନି?

ତୁମେ ଉଦାସ ଦିଶିଲ ହଠାତ। ମୁଁ ତୁମ ଆଡ଼କୁ ଆଉ ଟିକେ ପାଖେଇ ଆସିଲି। ଏବେ ଖୁବ୍ ଧୀର ସ୍ୱରରେ କହିଲି, ଆଚ୍ଛା . . ଯଦି ମୁଁ କେବେ ତୁମଠାରୁ ଦୂରେଇଯାଏ ତେବେ କ'ଣ କରିବ?

ତୁମେ ମୁହଁ ବୁଲେଇ ଘୁଞ୍ଚି ଆସିଲ ମୋ ପାଖରୁ।

ମୁଁ ପୁଣି ତୁମ ପାଖକୁ ପାଖେଇ ଆସିଲି; ଏବେ ଆଉ ଟିକେ ବେଶୀ ପାଖକୁ ଯେପରି ମୋ ଗାଲରେ ବାରମ୍ବାର ପିଟିହବ ତୁମ ନିଃଶ୍ୱାସ। ମୁଁ ଓଠରେ ଛୁଇଁଲି ତୁମ ଆଖି ନାକ ଏବଂ ଚିବୁକ। କିଛି ସମୟ ତୁମକୁ ଖୁବ୍ ପାଖରୁ ଅନୁଭବ କରିବାକୁ ଚାହିଁଲି। ବୋଧହୁଏ ଶେଷଥର ପାଇଁ!

ମୋ ହାତରେ ସମୟ କମ୍। ହାତଘଣ୍ଟାରୁ ଧୂଳି ପୋଛିବା ବେଳେ କହିଲି, ଯଦି କେବେ ମୁଁ ମୋର ସୋସିଆଲ ମିଡିଆର ସବୁ ଆକାଉଣ୍ଟ ଡିଲିଟ୍ କରିଦିଏ, ମୋ

ଫୋନକୁ ଆସୁଥିବା ଇନକମିଂ କଲ୍ ଗୁଡ଼ାକୁ ବନ୍ଦ କରିଦିଏ, ତେବେ ଜାଣିବ ମୁଁ ମୃତ; ତୁମ ପାଇଁ ଏବଂ ମୋ ସହ ଜଡ଼ିତ ଅନ୍ୟମାନଙ୍କ ପାଇଁ ମଧ ।

: ମାନେ !

(ତୁମ ମୁହଁରେ ଦୁଃଖମିଶା ଆଶ୍ଚର୍ଯ୍ୟ । ହେଲେ ତୁମେ ପଚାରିନଥିବା ପ୍ରଶ୍ନର ମୁଁ ଉଉର ଦେବାକୁ ଚାହିଁଲି)

: ମାନେ... ମୁଁ ନୂଆ ହେଇ ବଞ୍ଚିବାକୁ ଚାହେଁ । କିଛି ନୂଆ କରିବାକୁ ଚାହେଁ । ହୁଏତ... ମୁଁ ହଜିଯିବାକୁ ଚାହେଁ ସବୁଦିନ ପାଇଁ । ମୋତେ କେହି ଚିହ୍ନିବେନି, କେହି ଜାଣିବେନି । ମୁଁ କେବଳ ‘ମୋର’ ହେଇ ରହିବାକୁ ଚାହେଁ । କୌଣସି ସଂପର୍କର ସାହାରା ଦରକାର ନାହିଁ ମୋତେ ।

: ଏପରିକି ତୁମେ ମୋ ପ୍ରେମିକା ହେଇ ରହିବାକୁ ମଧ ଚାହିଁବନି ?

(ଏବେ ତୁମ ଆଖିରେ ଦେଖିପାରିଲି, ମୋତେ ହରେଇବାର ଡରକୁ)

: ନାଃ ।

ମୋ କଥା ଶୁଣି ତୁମେ ନୀରବ ହୋଇ ବସି ରହିଲ । ସମୁଦ୍ର ଆଡ଼କୁ ଚାହିଁଲ । ପଚାରିଲ,

: ତେବେ ଭୁଲ୍ କାହାର ରହିବ ଏଠି ? ମୋର !

(ତୁମ ଆଖିରେ ଲୁହ ଜକେଇ ଆସିଲାନି କାହିଁକି ଏତିକି ପଚାରିବା ପୂର୍ବରୁ !)

: ଭୁଲ୍ କାହାର ବି ନୁହେଁ । ଯଦି ଚାହଁ, ସବୁ ଦୋଷ ମୋ ମୁଣ୍ଡରେ ଲଦିଦେଇ ତୁମେ ଯାଇପାରିବ । ମୋର ଆପଉି ନାହିଁ ଆଦୌ ।

: ଆଉ... ତା’ପରେ କ’ଣ କରିବି ମୁଁ ?

(ଏବେ ତୁମେ ବିଚଳିତ ଜଣାପଡ଼ିଲ)

: କିଛି ବି କର । କିଛି ବି ! କିନ୍ତୁ ମୋତେ ମନେପକେଇବାକୁ ଟିକେ ବି ଚେଷ୍ଟା କରିବନି । କାହାର ଭାବନାରେ ବି ଆସିବାକୁ ଚାହେଁନି ମୁଁ ।

: ଯଦି ଅକସ୍ମାତ କେବେ ଦେଖା ହୋଇଯାଏ ତେବେ ?

: ତେବେ... ମୁହଁ ବୁଲେଇ ଚାଲିଯିବ କିମ୍ବା ଅନୁତାପ କରିପାରିବ ଯେ, ଛିଃ, କାଇଁ ଏ ଝିଅ ସହ ଦେଖା ହେଉଥିଲା !

: ଏତେ ସହଜରେ ଏସବୁରୁ ଦୂରେଇ ଯାଇ ପାରିବ ତୁମେ ?

: ପ୍ରେମ ବି ତ ଅସହଜ ଥିଲା ମୋ ପାଇଁ ।

: ତୁମେ କ’ଣ ଆଜି ଯାଏଁ ସତରେ ମୋତେ କେବେ ପ୍ରେମ କରିଛ ?

(ପ୍ରଶ୍ନ! ଏଇଟା ପ୍ରଶ୍ନ ନା ମୋ ଠାରୁ ବାଧ୍ୟତାମୂଳକ ଭାବେ ଛଡ଼େଇ ନିଆଯାଉଥିବା କୈଫିୟତ!)

: ତୁମଠୁ ବି ଅଧିକ କରିଛି… ଯଥେଷ୍ଟ ଅଧିକ…

: କେମିତି ବିଶ୍ୱାସ କରିବି?

(ତୁମ ଆଖିରେ ଏବେ ପ୍ରେମ କମ୍ ଦିଶିଲା ମୋ ପାଇଁ)

: କରନି। କିଏ କହୁଛି କରିବାକୁ? ମୁଁ ତ ଯୋଗ୍ୟ ନୁହେଁ କାହା ବିଶ୍ୱାସର।

(ମୁଁ ଗର୍ବରେ ନିଜକୁ ଧିକ୍କାର କରିପାରିବି ଶହେ ଥର। ହେଲେ ତୁମେ, ପ୍ରେମରେ ମୋତେ ମୁଣ୍ଡ ନୁଆଁଇବାକୁ ଥରୁଟିଏ ବାଧ୍ୟ କରିପାରିବନି ଆଦୌ)

: ତେବେ…?

(ଏ ପ୍ରଶ୍ନ ଏବେ ନିରର୍ଥକ)

●●●

ସେଦିନ ମୁଁ ତୁମ ପ୍ରଶ୍ନର ଉତ୍ତର ନଦେଇ ଚାଲିଆସିଥିଲି ସେଠାରୁ। ଯଦି ତୁମ ସହ ସତରେ କେବେ ଦେଖା ହୁଏ, ପଚାରିବ କି ବାକି ରହିଯାଇଥିବା ଯେତେ ସବୁ ପ୍ରଶ୍ନ!

କେବେକେବେ ସେଇ ସମାନ ପ୍ରଶ୍ନ ମୁଁ ନିଜକୁ ବି ପଚାରେ, ନିଜକୁ ନିଜେ କୈଫିୟତ ମାଗେ,

'ମୁଁ କ'ଣ ସତରେ ତୁମକୁ ପ୍ରେମ କରୁଥିଲି?'

'ଏବେ ବି ତ କରୁଛି।'

(ଏ ନୀରବ ଉତ୍ତର ବି କ'ଣ ନିରର୍ଥକ…!)

ପ୍ରେମିକା

ଯଦି ମୋତେ କେହି ହତ୍ୟା କରେ ! ଶରୀରର ପ୍ରତ୍ୟେକଟି ଅଙ୍ଗକୁ ସମାନ ମାପରେ କାଟିଦେଇ ଏକ ସୁସଜ୍ଜିତ ବାକ୍ସ ଭିତରେ ରଖି ତା'ଉପରେ ଟିକମିକ ଜରି ଗୁଡ଼ାଇ ଦିଏ ! ବାକ୍ସର ଗୋଟିଏ ପାର୍ଶ୍ୱରେ ଡାହାଣପଟ କୋଣକୁ ଏକ ସଫେଦ କାଗଜରେ 'ଶ୍ରେଷ୍ଠ ଉପହାର' ବୋଲି ଲେଖି ମୋ ଶତ୍ରୁର ଠିକଣାରେ ପଠାଇଦିଏ !

ତେବେ ! ତେବେ... ଦୁର୍ଭାଗ୍ୟକୁ ସକାଳୁ ସକାଳୁ ଶତ୍ରୁର ଘରର କଲିଂବେଲ ବାଜିବ । ଆଉ ସେ ଆଖି ମଲିମଲି ଦରଜା ଖୋଲିବ । କୋରିୟର ବୟ ଧରିଥିବା ରେଜିଷ୍ଟର ଖାତାରେ ଅନ୍ୟମନସ୍କ ଭାବେ ସେ ଗୋଟେ ଦସ୍ତଖଟ କରିବ । ହୁଏତ ଆଶ୍ଚର୍ଯ୍ୟ ବି ହୋଇପାରେ ନାମବିହୀନ ଉପହାରକୁ ଦେଖି । ତା'ପରେ ସେ ଭାବିବ ସେଇ ବାକ୍ସ ଭିତରେ ନିଶ୍ଚିତ ତାକୁ ଖୁସି କରିପାରିବା ଭଳି କିଛି ଥିବ । ହେଲେ ବେଶୀ କିଛି ନଭାବି ସେ ଯନ୍ତ୍ରର ସହ ଟିକମିକ ଜରିରୁ ପ୍ୟାକ୍ ଓପାଡ଼ିବ ଏବଂ ବାକ୍ସକୁ ଖୋଲିବ । ହେଲେ ପାଇବ କ'ଣ ? ତାଜା ରକ୍ତ, ତାଜା ମାଂସ ଆଉ ମଞ୍ଜିରେ ରକ୍ତ ଜୁଡୁବୁଡୁ ମୋର ମୁହଁ । ହେଲେ ଏସବୁ ଦେଖିଲା ପରେ ସେ କ'ଣ ସତରେ ଖୁସି ହେବ ? ମୁଁ ରିପିଟ କଲି, ସେ କ'ଣ ସତରେ ଖୁସି ହେବ ?

ମୋ ପ୍ରେମିକ ଅନ୍ୟମନସ୍କ ହୋଇ ଉତ୍ତର ଦେଲା, ସଠିକ୍ କହି ହେଉନାହିଁ । ହୁଏତ ସେ ଟିକେ ଇମୋସୋନାଲ ହୋଇଯାଇପାରେ !

ମୁଁ କହିଲି, ଇମୋସୋନାଲ ହୋଇଯାଉଥିବା ଲୋକମାନଙ୍କୁ ମୁଁ ଶତ୍ରୁ ତାଲିକାରେ ରଖେନାହିଁ । ଇମୋସୋନକୁ ବାଦ ଦିଆଯାଉ ଏଠାରେ । ପ୍ରଥମେ ତା'ର ଉପସ୍ଥିତ ବୁଦ୍ଧିକୁ ନଜରକୁ ଆଣାଯାଉ । ସେ ପ୍ରଥମେ କରିବ କ'ଣ ? ସେ ହୁଏତ ପୋଲିସ କଣ୍ଟ୍ରୋଲ ରୁମ ନମ୍ବର ଡାଏଲ କରିପାରେ କିମ୍ବା ଚିତ୍କାର କରି ପାଖ ପଡ଼ୋଶୀଙ୍କୁ ଡାକି ପାରେ ! ମୁଁ ନିଶ୍ଚିତ, ଏହା ଭିତରୁ ସେ କୌଣସିଟି କରିବ ନାହିଁ । ଏତେ ଶୀଘ୍ର

ଦମ୍ଭ ହରେଇବା ମୋ ଶତ୍ରୁର ଲକ୍ଷଣ ନୁହେଁ। ସେ ଧଡ଼ପଡ଼ ହୋଇ ଆଗ ଖୋଜିବ ନିଜର ମୋବାଇଲ ଫୋନ। କଣ୍ଟାକ୍ଟ ଲିଷ୍ଟରୁ ଖୋଜିବ ମୋର ଅନ୍ୟ ଶତ୍ରୁ ମାନଙ୍କୁ।

●●●

ଏବେ ସେ, ପ୍ରଥମ ଶତ୍ରୁକୁ ଫୋନ୍ କରିବ ଏବଂ କହିବ, 'ମୁଁ ଏବେ ଗୋଟେ ପାର୍ସଲ ପାଇଲି। ସେଥିରେ ଶ୍ରୀ'ର କଟାମୁଣ୍ଡ ଆଉ ଦେହ..।'

ସେପଟୁ ପ୍ରଥମ ଶତ୍ରୁ ତତକ୍ଷଣାତ ଉତ୍ତର ଫେରେଇବ, 'ଦେହ ମାନେ... ନଗ୍ନ ଦେହ ନା ପୋଷାକପିନ୍ଧା ଦେହ ?'

(ସେ କାହିଁକି ପଚାରିଲାନି, ମୁଣ୍ଡ ମାନେ... ବୁଦ୍ଧିଥିବା ମୁଣ୍ଡ ନା ବୁଦ୍ଧିହୀନ ମୁଣ୍ଡ! ବୁଦ୍ଧି କ'ଣ ମୁଣ୍ଡର ପୋଷାକ ନୁହେଁ କି ?)

ପ୍ରଥମ ଶତ୍ରୁର ମନରେ କେବଳ ପ୍ରଶ୍ନ ପରେ ପ୍ରଶ୍ନ ତିଆରି ହେଉଥିବ। କିନ୍ତୁ ହଠାତ୍ ସେ ପଚାରିବ, 'କ'ଣ ସନ୍ଦେହ! ବଲାକ୍...'

ତା'କଥା ସରିନଥିବ, ଏପଟୁ ମୋ ଶତ୍ରୁ ଫୋନ ରଖିଦେବ।

ପ୍ରେମିକ ପଚାରିଲା, 'କାହିଁକି ? ସେ ଫୋନ କାହିଁକି ରଖିବ ?'

(ମୁଁ ଉତ୍ତର ଦେଲିନି। ଏମିତି ବେକାର ପ୍ରଶ୍ନର ଉତ୍ତର ମୁଁ ଦିଏ ନାହିଁ।)

ମୁଁ ତା'ପ୍ରଶ୍ନକୁ ଶୁଣିନାହିଁ ବୋଲି ନିଶ୍ଚିତ କରିବା ପରି ମୋର ଅଧା ରଖିଥିବା କଥାକୁ ଆରମ୍ଭ କଲି।

...ତା'ପରେ ଗୋଟେ ମିନିଟ୍ କିମ୍ବା ଅଧ ମିନିଟ୍ ସେ ଟିକେ ଭାବିବ ଏବଂ ପୁଣି କଣ୍ଟାକ୍ଟ ଲିଷ୍ଟକୁ ଯିବ। ଡାଏଲ କରିବ ଅନ୍ୟ ଏକ ଶତ୍ରୁର ନମ୍ବର। ପୁନଃ ସେଇ କଥା ତା'କୁ ମଧ କହିବ, 'ମୁଁ ଏବେ ଗୋଟେ ପାର୍ସଲ ପାଇଲି। ସେଥିରେ ଶ୍ରୀ'ର କଟାମୁଣ୍ଡ ଆଉ ଦେହ..।'

ସେପଟୁ ଉତ୍ତର ଫେରିବ, 'ତୁ ସତ କହୁଛୁ! ଓଃ ଏତେ ଅହଙ୍କାର ସେ ଝିଅର! ଶେଷରେ ଈଶ୍ୱର ମଧ ସହିପାରିଲେ ନାହିଁ।'

(ସେ କାହିଁକି କହିପାରିଲା ନାହିଁ ଯେ, ଓଃ ଏତେ ଅହଙ୍କାର ଈଶ୍ୱରଙ୍କର! ଏ ଝିଅର ସାମାନ୍ୟ ଅହଙ୍କାରକୁ ମଧ ସହିପାରିଲେ ନାହିଁ!)

ମୋ ଶତ୍ରୁ ଏହି କଥାରେ ଶତପ୍ରତିଶତ ସହମତି ଜଣେଇବା ପୂର୍ବକ ଚୁପ୍ ରହିବ। ସେପଟୁ ପ୍ରଶ୍ନ ଆସିବ, 'ଆଛା ମାମଲାଟା କ'ଣ ? ବଲାତ୍...'

ତା'ବାକ୍ୟ ଶେଷ ହେବା ପୂର୍ବରୁ ମୋ ଶତ୍ରୁ ଫୋନ ରଖିବ।

(ପ୍ରେମିକଟି ପ୍ରଶ୍ନିଳ ଦୃଷ୍ଟିରେ ପୁଣି ମୋ ଆଡ଼କୁ ଚାହିଁଲା। ମୁଁ ତା'ଆଡ଼କୁ ଆଦୌ ଧ୍ୟାନ ଦେଲି ନାହିଁ। କେବଳ ମୋ କହୁଥିବା କଥା ଉପରେ ଗୁରୁତ୍ୱ ଦେଲି।)

...କିଛି ସମୟ ସେ ଏପଟ ସେପଟ ହେବ ।

ଏବେ ସେ ଶତ୍ରୁ ମାନଙ୍କୁ ବାଦ ଦେବ । ବୋଧହୁଏ ସେ ଶୁଣିବା ମୁତାବକ କଥା ଗୁଡ଼ାକ ଶତ୍ରୁମାନେ କହିପାରିବେ ନାହିଁ ।

ସେ କ'ଣ ଶୁଣିବାକୁ ଚାହେଁ ପ୍ରକୃତରେ ? ଏମିତି ଚାହେଁ କି, 'ଆରେ କି ଖବର ଶୁଣେଇଲୁ ବେ ସକାଳୁ ସକାଳୁ । ମାହୋଲ ବନିଗଲା ଆଜିର । ଚାଲ୍ ଯିବା ଖଟିକୁ । ଆଜି ତୁ ଯେତେ ପିଇବୁ ତା'ର ସବୁ ଟଙ୍କା ମୁଁ ଦେବି ।' କିୟା... 'ଓଃ ମରିଗଲା । ଏତେ ସହଜରେ! ଅବଶୋଷ, ତା'କୁ ମରିବା ବେଳେ ଛଟପଟ ହେବାର ଦେଖି ପାରିଲିନି ।' କିୟା... 'ଯିଏ ବି ତା'କୁ ମାରିଛି ନା, ଆଜି ତାକୁ ଖୋଜିବି । ଯଦି ପାଇଯାଏ , ସେ ଯାହା ଚାହିଁବ ଯାହା ବି ଚାହିଁବ ସବୁ ଦେବି ତାକୁ ।' କିୟା... . 'ତା'କୁ ଦ୍ୱିତୀୟ ଥର ମାରି ହେବନି ଆଉ! ତା'କୁ ବାରୟାର ହତ୍ୟା କରିବାକୁ ବି ମୁଁ ପ୍ରସ୍ତୁତ ।'

ଏମିତି ସବୁ ଉତ୍ତର ଚାହେଁ ବୋଧେ! ନା ୟା ଠାରୁ ବି ଭୟଙ୍କର କିଛି ଚାହେଁ! ଉଫ୍.. ଦୃଦ! କ'ଣ କରିବ ସେ ଏବେ ? କ'ଣ... ଅ କରିବ ସେ ଏବେ...!

ସେ ଏବେ ଖୋଜିବ ମୋର ବନ୍ଧୁ ମାନଙ୍କୁ । ହଁ... ।

ଏବେ ସେ ପ୍ରଥମେ ଡାଏଲ କରିବ ମୋ ପ୍ରିୟ ବନ୍ଧୁର ନମ୍ବର । ସେପଟୁ ପ୍ରିୟ ବନ୍ଧୁ କଲ ରିସିଭ କରିବ ନାହିଁ । ସେ ପୁଣି ଥରେ ଡାଏଲ କରିବ । ଏଥର କଲ ରିସିଭ ହେବ । ପୁନଃ ଶତ୍ରୁ କହିବ, 'ମୁଁ ଏବେ ଗୋଟେ ପାର୍ସଲ ପାଇଲି । ସେଥିରେ ଶ୍ରୀ'ର କଟାମୁଣ୍ଡ ଆଉ ଦେହ..।'

ଉତ୍ତର ଫେରିବ, 'ହାଁ ...! ଓଃ କି ଦୁଃଖଦ ଏ ଖବର! ମୋ ଛାତିରେ ଏବେ ଖୁବ୍ ଆଘାତ ହେଉଛି ଏ କଥା ଶୁଣି । ହେଲେ ଏମିତି କେମିତି ଘଟିଲା!'

(ବାସ୍...! ଏତିକି ? ସେ କାହିଁକି କହିଲା ନାହିଁ, ଏମିତି ଘଟିବା ଅସମ୍ଭବ । ଶ୍ରୀ ଅନେକ ଥର ଆତ୍ମହତ୍ୟା କରିବାକୁ ଚେଷ୍ଟା କରିଛି । ହେଲେ ପ୍ରତିଥର ମୃତ୍ୟୁକୁ ଝଟକା ଦେଇ ଫେରି ଆସିଛି । ସେ ଲଢ଼ିବାରେ ଓସ୍ତାଦ ।)

ପୁଣି ସେ ପଚାରିବ, 'ଆଚ୍ଛା ଏଇଟା କ'ଣ ଆତ୍ମହତ୍ୟା! ନା ଶ୍ରୀ କୁ କେହି ବଲା...'

ଶତ୍ରୁ ଏଥର ବି ବାକ୍ୟ ଅଧାରୁ ଫୋନ ରଖିଦେବ । ଏବଂ ତତକ୍ଷଣାତ ଅନ୍ୟ ଏକ ବନ୍ଧୁକୁ ଫୋନ କରିବ । ପୁଣି ସେଇ କଥା ରିପିଟ କରିବ ।

କହିବ, 'ମୁଁ ଏବେ ଗୋଟେ ପାର୍ସଲ ପାଇଲି । ସେଥିରେ ଶ୍ରୀ'ର କଟାମୁଣ୍ଡ ଆଉ ଦେହ...।'

ସେପଟୁ ଶୁଣାଯିବ, 'ଓଃ ଗଡ୍! ଏମିତି ହେବା ଠିକ୍ ହେଲାନି। ଏତେ କମ ବୟସରେ ମୃତ୍ୟୁ! ଏ କଥା ଶୁଣିବା ପରେ ପାଦ ତଳୁ ମାଟି ଖସିଯିବା ପରି ଲାଗୁଛି।'

(ସେ କାହିଁକି କହିଲାନି, ଏ ସାମାନ୍ୟ ମୃତ୍ୟୁ କେବେ ହେଲେ ଲିଭାଇ ପାରିବ ନାହିଁ ଶ୍ରୀର ଅସ୍ତିତ୍ୱ। ସେ ଉସ୍ୱାହ ହୋଇ ରହିବ କାହାର ଘୃଣାରେ, ବାହାନା ହୋଇ ରହିବ କାହାର ପ୍ରେମରେ, ଏପରିକି... ମିଛ ଧାଡ଼ିଟିଏ ହୋଇ ରହିଯିବ କାହା କବିତାରେ।)

ସେ ପୁଣି ପଚାରିବ, 'ହେଲେ ସେ କ'ଣ ବ...'

'ପ୍ରିୟଶତ୍ରୁ' ଏଥର ବି ଫୋନ ରଖିଦେବ କଥା ନସରିବା ପୂର୍ବରୁ।

ଏତେ ସମୟ ଧରି ଚୁପ ହୋଇ ବସିଥିବା ପ୍ରେମିକ ଟି ହଠାତ ପ୍ରଶ୍ନ କଲା, 'ପ୍ରିୟ ଶତ୍ରୁ! ଶତ୍ରୁଟି ତତକ୍ଷଣାତ ପ୍ରିୟ ହୋଇଗଲା କେମିତି?'

ମୁଁ ଚୁପ ରହିଲି। କାରଣ ଉତ୍ତର ତା' ସାମ୍ନାରେ ଥିଲା।

•••

ପ୍ରେମିକ ସେମିତି ଦ୍ୱନ୍ଦରେ ଘାଣ୍ଟି ହେଉଥାଏ। ମୁଁ ପୁଣି ଆରମ୍ଭ କଲି।

ଏ ସବୁ କିଛି ଘଟିବା ପରେ ପ୍ରିୟଶତ୍ରୁ କିଛି ସମୟ ନୀରବରେ ବସି ରହିବ। କାହିଁକି କେଜାଣି ମନେମନେ ଖୁବ୍ ଖୁସି ହେବ। ଖୁବ୍ ହସିବ ମଧ୍ୟ। ମୋର ରକ୍ତ ଜୁଡୁବୁଡୁ ମୁହଁକୁ ଧରି ମନ ଇଚ୍ଛା ଚାପୁଡ଼ା ପରେ ଚାପୁଡ଼ା ମାରିଚାଲିବ; ଯେ ପର୍ଯ୍ୟନ୍ତ ତା'ହାତକୁ କଷ୍ଟ ନହୋଇଛି। ତାପରେ ତା'ପାଟିକୁ ଯାହା ଆସିବ, ଉଭୟ ଭଦ୍ର ଏବଂ ଅଭଦ୍ର ଭାଷାରେ ଗାଳି କରି ଯିବ। ଶେଷରେ ମୋର ରକ୍ତାକ୍ତ ମୁହଁକୁ ଚାହିଁ କହିବ, 'ଇଏ ଏମିତି ଗୋଟେ ମଣିଷ! ଯାକୁ କେହିବି ଭଲପାନ୍ତି ନାହିଁ। କେହି ଜଣେ ବି ନୁହେଁ। ସମସ୍ତେ ଛଳନା କରି ଆସିଛନ୍ତି ୟା ସହ।... ଠିକ୍ କରିଛନ୍ତି ସମସ୍ତେ। ଇଏ ଯୋଗ୍ୟ ହିଁ ନୁହେଁ କାହାର ଭଲପାଇବା ପାଇବା ପାଇଁ।'

•••

ଏଥର ସେ ଟିକେ ରିଲାକ୍ସ ହେବ। ଶତ୍ରୁ ର ମୃତ୍ୟୁ ନୁହେଁ; ଆମ୍ମୟ ମାନଙ୍କ ପାଖରେ ଶତ୍ରୁର ପରାଜୟ ବେଶୀ ଖୁସି ଦେବ ତାକୁ। ତାକୁ ଖୁବ୍ ଭୋକ ଲାଗୁଥିବ। ସକାଳଠୁ ସେ ଭୋକିଲା। ଏବେ ସେ ଶୀଘ୍ରଯାଇ ବ୍ରସ କରିବ। ପ୍ୟାନ ରେ ଦରସିଝା ଅଣ୍ଡା ଅମଲେଟ ବନେଇବ। ଖାଇସାରିବା ପରେ ଗୋଟେ ଗ୍ଲାସ ପାଣି ଏକା ନିଃଶ୍ୱାସରେ ପିଇଯିବ।

ମୋ ପାଖରେ ବସିଥିବା ପ୍ରେମିକଟି ହଠାତ ଟୋ ଟୋ ହୋଇ ହସିଲା। କହିଲା, 'ମୁଁ ଜାଣିଥିଲି ଶତ୍ରୁ ନିଶ୍ଚୟ ଖୁସି ହେବ। ହେଲେ ଏତେ ଖୁସି ହେଲା ଯେ

ଘରେ ଶବ ଥିବା ସତ୍ତ୍ୱେ ସେ ରନ୍ଧା ଖାଦ୍ୟ ମଧ୍ୟ ଖାଇଲା। ପୁଣି ଆମିଷ!'

(ଶବ...! ହାହାହାହାହା। ପ୍ରେମିକର ଓଠରେ ଓଠ ଥୋଇ ଗୋଟେ ଲମ୍ବା ଚୁମା ଦେବାକୁ ଇଚ୍ଛା ହେଲା। କେବଳ ଏତିକି ପ୍ରମାଣ କରିବା ପାଇଁ, 'ଦେଖ ମୋତେ ମୁଁ ଜୀବିତ। ତୋ ଓଠରେ ଲାଗିଥିବା ବୁନ୍ଦାଏ ରକ୍ତ ତା'ର ପ୍ରମାଣ।')

ହେଲେ, ମୁଁ କିଛି ନକହି ପୁଣି ଆରମ୍ଭ କଲି...। ପ୍ରିୟଶତ୍ରୁ ଏବେ ପୁଣିଥରେ ମୋବାଇଲ ର କଣ୍ଟାକ୍ଟ ଲିଷ୍ଟକୁ ଯିବ। ଡାଏଲ କରିବ ମୋ ପ୍ରେମିକର ନମ୍ବର . .।

(ପାଖରେ ବସିଥିବା ପ୍ରେମିକଟି ସାମାନ୍ୟ ବିଚଳିତ ଦିଶିଲା। ତା'ର ଦୃଷ୍ଟି ହଠାତ ଚାରିଆଡ଼େ ବୁଲିଯାଇ ମୋ ମୁହଁ ଉପରେ ସ୍ଥିର ହୋଇ ରହିଲା। ହେଲେ ମୁଁ କହି ଚାଲିଥାଏ।)

ସେପଟୁ ପ୍ରେମିକ କଲ୍ ରିସିଭ କରିବ। ପ୍ରିୟ ଶତ୍ରୁ ଏଥର କହିବ, 'ମୁଁ ଏବେ ଗୋଟେ ପାର୍ସଲ ପାଇଲି। ସେଥିରେ ଶ୍ରୀର ମୃତଦେହ।'

ପ୍ରେମିକ ଅସ୍ତବ୍ୟସ୍ତ ହୋଇ କହିବ : ମାନେ! କିଏ ଆପଣ? କ'ଣ ସବୁ ଆଜେବାଜେ ଗପୁଛନ୍ତି!

ପ୍ରିୟଶତ୍ରୁ ଏଥର ଜୋରରେ ହସିବ। କହିବ, 'ତୁ ହିଁ ତ ପ୍ରକୃତ ଦୋଷୀ।'

ପ୍ରେମିକ କହିବ, 'କେ... .ମିତି? ମୁଁ କ'ଣ କଲି? କିଛି ତ କରିନି ମୁଁ।'

ପ୍ରେମିକର କଥା ଶୁଣି ପ୍ରିୟଶତ୍ରୁ ଏବେ ଖୁବ୍ ଜୋରରେ ହସିବ। ପ୍ରେମିକ ଟିକେ ନର୍ଭସ ଲାଗିବ। ପ୍ରିୟଶତ୍ରୁ ସେମିତି ହସି ହସି କହିବ,'ଆବେ ହାରାମୀ! ତୁ ହିଁ ଶ୍ରୀର ହତ୍ୟାକାରୀ। ତୁ ତା'ର ପ୍ରତ୍ୟେକ ଅଙ୍ଗକୁ ସମାନ ମାପରେ କାଟି ବାକ୍ସରେ ରଖ୍ଲୁ। ମୋ ଠିକଣାରେ ପଠାଇଲୁ। ସେଇ ସଫେଦ କାଗଜରେ ତୋର ହିଁ ହସ୍ତାକ୍ଷର ଥିଲା।'

ପ୍ରେମିକ କହିବ, 'ଆରେ ନା। ନା। ମୁଁ ଏସବୁ କିଛି ବି କରିନି। ମୁଁ ତାକୁ ଭଲପାଏ। ବହୁତ ଭଲପାଏ।'

ପ୍ରିୟଶତ୍ରୁ କହିବ, 'ହଁ ନିଶ୍ଚୟ। ଏଥିରେ କ'ଣ ଆଉ ସନ୍ଦେହ ଅଛି! ଭଲପାଉ ବୋଲି ତ ତା'କୁ ନଗ୍ନ ହେବାକୁ ଛାଡ଼ିଦେଲୁ।ତା'କୁ ଅପମାନ କରାଗଲା। ଏସବୁ ପରେ ବି ତୁ ତାକୁ ଆଗକୁ ଯିବାପାଇଁ ଦେଲୁ! ଅଟକାଇଥିଲେ ତୋର ଭୁଲ ହୋଇଥାନ୍ତା ନିଶ୍ଚେ! ତଥାପି ତାକୁ ଆଗକୁ ବଢ଼ିବାକୁ ଦେଲୁ। ବର୍ତ୍ତମାନେ ଯେତେବେଳେ ମିଠା ମିଠା କଥା କହି ଚରିତ୍ର ଲୁଟିବାକୁ ଚାହିଁଲେ, ସେତେବେଳେ ତୁ ହିଁ ତା'କୁ ସବୁଠାରୁ ଅଧିକ ଭଲ ପାଉଥିଲୁ। ଠିକ୍ ନା! କିନ୍ତୁ ସବୁ ଉଦ୍ୟମ ନିଷ୍ଫଳ ହେବା ପରେ ଶେଷରେ ତତେ ଲାଗିଲା, ତାକୁ ଏତେ ଭଲପାଇବା ପରେ ବି ସେ ନଷ୍ଟ ହେଉନି କାହିଁକି?

ବରଂ ବେଶୀରୁ ବେଶୀ ଶକ୍ତ ହୋଇ ଛିଡ଼ା ହେଉଛି। କାହିଁକି ? ତେଣୁ ଶେଷରେ ତୁ ହିଁ ଥାକୁ…

(ପାଖରେ ଜାକି ହେଇ ବସିଥିବା ପ୍ରେମିକର କପାଳରେ ଢାଲ ସବୁ ଏମିତି ଉକୁଟି ଆସିଲା, ଯେମିତି ତା କପାଳର ଅଭ୍ୟନ୍ତରରେ ପାଣିରେ ବତୁରିଯାଇଥିବା ଖଣ୍ଡେ ସ୍ପଞ୍ଜ ଅଛି ଆଉ କେହି ଜଣେ ତା'ର କପାଳକୁ ଛୁଞ୍ଚିମୁନରେ ଟୁକ୍ ଟୁକ୍ କରି ଫୋଡ଼ିଦେଇଛି। ମୁଁ କିନ୍ତୁ କହି ଚାଲିଲି… ।)

ସବୁ ଶୁଣିବା ପରେ ଏଥର… . ପ୍ରେମିକ ଫୋନ୍ କାଟିବ। ନିଜ ଫୋନରୁ ସିମକାର୍ଡ କାଢ଼ିବ। ସିମକାର୍ଡକୁ ଦୁଇଖଣ୍ଡ କରି ପକେଟରେ ରଖିବ। ଫୋନରେ ଥିବା ଯେତେସବୁ ଫୋଟୋ, ମେସେଜ୍ ସବୁ ଡିଲିଟ୍ କରିବ ଏବଂ ଲୁଚେଇବ ସେଇ ସବୁ ପ୍ରମାଣ ଯାହା ସବୁ ମୋ ସହ ଜଡ଼ିତ। ବାସ୍… .

'ବାସ୍… । ଏଇ ଦେଖ ମୋ ଫୋନ। ମୁଁ ଡିଲିଟ୍ କରିସାରିଛି ସବୁ ଫୋଟୋ ଆଉ ମେସେଜ୍। ଏଇ ଏବେ ଭାଙ୍ଗିଦେଉଛି ସିମକାର୍ଡ ଟା।'

ପ୍ରେମିକ ଏତିକି କହି ସିମକାର୍ଡ ଦୁଇଖଣ୍ଡ କରି ପକେଟରେ ରଖିଲା। ତା'ଆଖିରେ ମୋ ପାଇଁ ଘୃଣା-କ୍ରୋଧ-ଅନୁତାପ-ପ୍ରତିଶୋଧର ଏକ ମିଶ୍ରିତ ଅନୁଭବର ଝଲକ୍।

ମୁଁ ପଚାରିଲି, 'କିଛି କହିବ ?'

ତା'କଣ୍ଠ ଥରୁଥିଲା, ତଥାପି ସେ ପଚାରିଲା, 'ଶତ୍ରୁ! ପୁଣି ପ୍ରିୟ! କେମିତି ?

(ହାହାହାହା। ବୋଧହୁଏ ତା'ଘୃଣାରେ ଟିକେ ହେଲେ ବି ଛଳନା ନାହିଁ।)

ମୁଁ ତା'ପ୍ରଶ୍ନର ଏକଦମ ସଠିକ ଉତ୍ତରଟିଏ ଦେବାକୁ ଯାଉଥିଲି, ହେଲେ ହଠାତ ମୋର ଫୋନ୍ ରିଂ ହେଲା।

ମୁଁ… ଫୋନ ରିସିଭ କଲି, ସେପଟୁ ଶୁଣାଗଲା, ' ମୁଁ ଏବେ ଗୋଟେ ପାର୍ସଲ ପାଇଲି। ସେଥିରେ ଶ୍ରୀ'ର କଟାମୁଣ୍ଡ ଆଉ ଦେହ..।'

ମହମ

ମୁଁ ଯେତେବେଳେ ତାକୁ ଛୁଇଁବାକୁ ଚାହିଁଲି, ସେ ନିଜ ଦୁଇହାତରେ ମୋ ହାତ ପାପୁଲିକୁ ଜାବୁଡ଼ି ଧରି ମୋତେ ପଚାରିଲା, ତୁମେ ମୋତେ କେବେ ବୁଝିବାକୁ ଚେଷ୍ଟା କରିଚ ? ମୁଁ ନୀରବ ରହିଲି। ଭାବିଲି, ମୁଁ ତାକୁ ବୁଝିବି କାହିଁକି ? ଏଠି କିଏ କାହାକୁ ବୁଝେ ? ଶେଷରେ ନିରୁତ୍ତର ରହିଲି। କିନ୍ତୁ; ତାକୁ ଛୁଇଁବାର ନିଶାକୁ ଅଟକାଇ ପାରିଲି ନାହିଁ। ତା' ଅଣ୍ଟାକୁ ଭିଡ଼ିଧରି ତାକୁ ପାଖକୁ ଟାଣିବାକୁ ଚେଷ୍ଟା କଲି। ତା' ଦେହର ବାସ୍ନା ବାରମ୍ବାର ପହଞ୍ଚୁଥିଲା ମୋ ନାକ ପାଖରେ। ବନ୍ଧାଥିବା ଖୋସାକୁ ଫିଟାଇ ସେ ଚୁଟି ମୁକୁଲା କଲା ଏବଂ ନିଜ କାନ୍ଧରୁ ଶାଢ଼ୀ ଖସାଇବା ବେଳେ ପଚାରିଲା, ମୁଁ ତୁମଠାରୁ କ'ଣ ଚାହେଁ ଜାଣ ? ଏଥର ବି ମୁଁ ଉତ୍ତରଶୂନ୍ୟ। ତା'ର ଏମିତି ଫାଲତୁ ପ୍ରଶ୍ନରେ ବିରକ୍ତ ହୋଇ ତାକୁ ଗୋଟେ ହାଲକା ଧକ୍କା ଦେଲି। ତା'ପରେ ଲାଇଟ୍ ଅଫ୍।

ବେଳେବେଳେ ଏ ରୋମାଣ୍ଟିକ ଗୀତ ଗୁଡ଼ାକ ବି ବାଜେ ଲାଗେ ଶୁଣିବାକୁ; ଠିକ୍ ଆଜି ପରି। ଆଖି ଖୋଲିଲି। ସେ ପଢ଼ା ଟେବୁଲ ଉପରେ କହୁଣୀ ରଖି କିଛି ଗୋଟେ ପଢ଼ୁଥିଲା। ମୁଁ ଆସ୍ତେଆାଇ ତା ଡାହାଣ ପଟ କାନ୍ଧକୁ ଓଠରେ ଛୁଇଁଲି। ସେ, କାନ୍ଧ ଘୁଞ୍ଚାଇ ନେଲା। ମୁଁ ଆଉ ଟିକେ ପାଖକୁ ଘୁଞ୍ଚିଯାଇ ଆଉ ଥରେ ଛୁଇଁଲି। ସେ ଏଥର ବହି ବନ୍ଦ କରିଦେଲା ଆଉ ମୋତେ ପଚାରିଲା, ତୁମେ ଜାଣ ମୋର ପ୍ରିୟ ବହି କ'ଣ ? ମୁଁ ବହି ପଢ଼ିବାକୁ ପସନ୍ଦ କରେନି ଏମିତିରେ। ମୁଁ କହିଲି, ନା ଜାଣିନି। ଜାଣି କରି କ'ଣ ବା କରିବି ! ତା' କଥାକୁ ଏଡ଼ାଇଦେଇ ଏବେ ମୁଁ ଆଉ ଥରେ ତା କାନ୍ଧରେ ଓଠ ଛୁଆଁଇବା ପୂର୍ବରୁ ସେ, ନାଇଟ୍ ଗାଉନ୍‌ର ଫିତା ଢିଲା କଲା ଆଉ

ପଚାରିଲା, ତୁମକୁ ମୁଁ ବିଶ୍ୱାସ କରିପାରେ ନାହିଁ କାହିଁକି ? ମୁଁ ରାଗରେ ଟେବୁଲ ଉପରୁ ବହିଟାକୁ ଉଠେଇ ତଳେ ଫିଙ୍ଗିଦେଲି । ତା'ପରେ ଲାଇଟ୍ ଅଫ୍ ।

ରାତି ୧୨:୧୨

ମୁଁ ତଥାପି ଶୋଇନାହିଁ ଏଯାଏଁ । ସେ ଫ୍ରକ୍ ବାହାରକୁ ଚାହିଁ ଛିଡ଼ା ହୋଇଥିଲା । କେଉଁ ଗୋଟେ ଚିହ୍ନା ସ୍ୱରକୁ ଗୁଣୁଗୁଣାଉଥିଲା । ତା ପାଖକୁ ଗଲି । ତାକୁ ପଛଆଡ଼ୁ ଜାବୁଡ଼ି ଧରିଲି ଏଥର । ସେ ଆଲିଙ୍ଗନ ଢିଲା କରି ପଚାରିଲା, ଏମିତି ଏକ ଜହ୍ନରାତିରେ ତୁମେ ମୋ ଠାରୁ କ'ଣ ଚାହଁ ? ମୁଁ ଅତି ସହଜରେ କହିଦେଲି, ମୋ ପାଖରେ କେବଳ ତୁମକୁ ଚାହେଁ ବାସ୍ । ମୋ କଥା ଶୁଣି ସେ ନାଇଟ୍ ଗାଉନ୍ ଦେହରୁ ଖସେଇଲା ଆଉ ମୋ ନଜର ତା ଛାତି ଉପରେ ଅଟକି ରହିଗଲା । ସେ କହିଲା, ମୋ ଅନୁପସ୍ଥିତିରେ ଯଦି ମୋତେ ତୁମ ପାଖରେ ଚାହଁ ତେବେ ଠିକ୍ ଅଛି । ତା ଅନୁପସ୍ଥିତି ! ମୁଁ ଉତ୍ତେଜିତ ହୋଇ ତା ହାତକୁ ମୁଠେଇ ଧରିଲି । ଗୋଟେ ଚୁଡ଼ି ତିନିଖଣ୍ଡ ହେଲା ପରେ ଦୁଇଖଣ୍ଡ ଚଟାଣରେ ଆଉ ଖଣ୍ଡେ ତା ମଣିବନ୍ଧରେ ଲାଖି ରହିଲା । ସେ, କାଚ ଟୁକୁଡ଼ା ବାହାର କଲା ବେଳେ କିଛି ବୁନ୍ଦା ରକ୍ତ ଉକୁଟି ଆସିଲା । ଏସବୁ ଦେଖି ମୁଁ ଗୋଟେପଟ ଫ୍ରକ୍‌କୁ ହାତରେ ଆଘାତ ଦେଇ ଚାଲିଆସିଲି । ତା'ପରେ ଲାଇଟ୍ ଅଫ୍ ।

ରାତି ୦୧:୦୧

ମୁଁ ଏକଡ଼ସେକଡ଼ ହେଉଥାଏ । ସେ, ମୋ ପାଖରେ ବସି ରହିଥିଲା । ତା'ଆଡ଼କୁ ସାମାନ୍ୟ ଢଳି ମୁଁ ତା'କୁ ଏକ ଲୟରେ ଚାହିଁ ରହିଥିଲି । ତା'ର ପୋଷାକ ବିହୀନ ଦେହରେ ମଙ୍ଗଳସୂତ୍ର ଟିଏ ଲାଖି ରହିଥିଲା କେବଳ । ଏଥର ମୁଁ ତାକୁ ପ୍ରଶ୍ନ କଲି, ତୁମେ ସବୁ ବସ୍ତ୍ର ଏବଂ ଅଳଙ୍କାର ଖୋଲିଦେଇ ପାରିଚ; ହେଲେ ଏ ମଙ୍ଗଳସୂତ୍ର କାହିଁକି ନୁହେଁ ? ମୋ କଥା ଶୁଣି ସେ ଅସ୍ୱାଭାବିକ ଭାବରେ ହସିଲା । ତତ୍‌କ୍ଷଣାତ ବେକରୁ ମଙ୍ଗଳସୂତ୍ରକୁ ଭିଡ଼ି ଛିଣ୍ଡେଇଦେଲା ଆଉ ପଚାରିଲା, ଏବେ ତୁମର ପ୍ରଶ୍ନ କ'ଣ ରହିବ ମୋ ପାଇଁ ? ମୁଁ ତା'ର ଦୁଇହାତକୁ ବିପରୀତ ଦିଗରେ ମୋଡ଼ି ଧରିଲି । ସେ ଚିତ୍କାର କଲା । ତା' ଚିତ୍କାର ବି ମୋତେ ଅଟ୍ଟହାସ୍ୟ ପରି ଲାଗିଲା । ମୁଁ ପୂର୍ବାପେକ୍ଷା ଜୋରରେ ତା'ହାତ ଦୁଇଟିକୁ ମୋଡ଼ିଲି । ସେ, ସେମିତି ଚିତ୍କାର କରୁଥାଏ । କିଛି ମୁହୂର୍ତ ପରେ ସେ ନିଷ୍ତେଜ ହୋଇ ପଡ଼ିରହିଲା ମୋ ଛାତି ଉପରେ । ତା'କୁ ଚୁପ୍ କରିବା ଖୁସିରେ ଏଥର ମୁଁ ହସିଲି । ଖୁବ୍ ହସିଲି । ତା' କେଶକୁ ଟାଣି ଧରି ମୋ ଦେହ ଉପରୁ ତା ମୁହଁକୁ ଯେତେବେଳେ ଉଠେଇଲି ତା' ଅଧାମେଲା ଆଖି ମୋତେ କେବଳ ପ୍ରଶ୍ନ ପରେ ପ୍ରଶ୍ନ ପଚାରି ଚାଲିଥିଲା । ତା'ପରେ ଲାଇଟ୍ ଅଫ୍ ।

ରାତି ! : !

ଜଣାନାହିଁ ଏବେ ସମୟ କେତେ। ଏ ଘରେ ଏବେ ମୁଁ ଘଣ୍ଟା ବି ରଖିନାହିଁ। ଏ ଘରେ ପଢ଼ା ଟେବୁଲ ନାହିଁ, ବାହାର ଦୃଶ୍ୟ ଦେଖିବା ପାଇଁ ଝରୋକାଟିଏ ମଧ ଖୋଲା ନାହିଁ। ଅଛି କେବଳ ପଏଜନ ମାର୍କ ଥିବା ଗୋଟେ ଛୋଟ କାଚ ଶିଶି; ଯାହାର ଠିପି ମୁଁ ଆଜିୟାଏଁ ପାଉନାହିଁ। ମୁଁ ଖୋଜିଚି, ବହୁତ ଖୋଜିଚି। ଏବେ ବି ଖୋଜୁଚି। କେଜାଣି ଏବେ ରାତି କେତେ ହେବ! ୦୨:୦୨ ନା ୦୩:୦୩ ନା ୦୪:୦୪! ମୋ ନିଜ ଦେହ ନିଜକୁ ଏତେ ଓଜନିଆ ମନେ ହେଉଛି କାହିଁକି! ଶୋଇବା ଅବସ୍ଥାରୁ ଉଠି ପଡ଼ି ଦେଖେ ତ ମୋ ଦେହ ଉପରେ ଗୁଡ଼େଇହେଇ ପଡ଼ିଚି ଗୋଟେ ଶାଢ଼ୀ। ଏ ଶାଢ଼ୀର ଓଜନ କେତେ! କେତେ!

ଝଲକ୍

ମେଘକୁ କେବଳ ମୋର ବୋଲି କହୁଥିବା ଝିଅ ଏବଂ ବର୍ଷାରେ ଭିଜିବାକୁ ଭଲପାଉଥିବା ପୁଅକୁ ଥରେ ପଚାରିଲି, 'ପ୍ରେମ ମାନେ କ'ଣ ?'

ଝିଅଟି ଅଳ୍ପ ହସି ଉତ୍ତର ଦେଲା, 'ଗୋଟିଏ ରାତି ବାସ୍; ଯେଉଁ ରାତିସାରା ମୁଁ ଝର୍କା ବାହାରକୁ ଚାହିଁ ସକାଳ ହେଇଯାଏ।'

ମୁଁ ଏବେ ଉତ୍ତର ଆଶାରେ ପୁଅଟି ଆଡ଼କୁ ଚାହିଁଲି। ସେ ଉଦାସ ଦିଶିଲା। କହିଲା, 'ମୁଁ ଜାଣେନାହିଁ ପ୍ରେମର ମାନେ।'

ମୁଁ ସେମାନଙ୍କ ପାଖରୁ ମୁହଁ ଫେରେଇ ଆସିଲା ବେଳେ ପୁଅଟି ଅଚାନକ ମୋତେ ପଚାରିଲା, 'ଆଉ ତମେ ? ତମ ପାଇଁ ପ୍ରେମ କ'ଣ ?'

ମୁଁ ଦୂରରେ ଥିବା ଅଧା ଜଳିଯାଇଥିବା ତାଳଗଛକୁ ଦେଖେଇଲି। ସେ ଟିକେ ଆଶ୍ଚର୍ଯ୍ୟ ହେବା ପରି କହିଲା, 'ବଜ୍ରପାତ !'

ମୁଁ ମନେମନେ ହସିଲି। ଭାବିଲି, ମେଘର ଦେହ ଛୁଇଁ ବର୍ଷାରେ ଭିଜିବା ପରେ ମୁଁ ନିଆଁ ପାଲଟି ଗଲି କେମିତି ! ଯଦି ସେ ପ୍ରେମ କ'ଣ ବୋଲି ବୁଝିନଥାନ୍ତା ତେବେ ବଜ୍ରପାତ ବୋଲି ଆଦୌ କହିନଥାନ୍ତା।

ମୁଁ ଏବେ ତାକୁ କହିଲି, 'ମୁଁ ଜଳାଇପାରେ ଖୁବ୍, କିନ୍ତୁ ଅଙ୍ଗାର ହୁଏନାହିଁ।'

ସେ ଅଳ୍ପ ହସି କହିଲା, 'ବିଜୁଳି।'

ମୁଁ କହିଲି, 'ଛଳନା।'

ସେ କହିଲା, 'ମୁଁ ବିଜୁଳିର ଛୁଆଁରେ ଅଙ୍ଗାର ହେବାକୁ ପସନ୍ଦ କରିବି।'

(ଚୁପ୍ ରହି ସେଠୁ ଫେରିଲା ବେଳେ ମୁଁ ଲାଜ କରିଥିଲି ପ୍ରଥମ ଥର)

ଥରେ ଚନ୍ଦ୍ରଭାଗାର ସୂର୍ଯ୍ୟାସ୍ତରେ ଦେହ ଭିଜେଇବା ବେଳେ ପଛରୁ ଶୁଭିଥିଲା, ବିଜୁଳି କ'ଣ ସୂର୍ଯ୍ୟ କିରଣରେ ଜଳିପାରେ ?

ମୁଁ କହିଲି, ବର୍ଷାକୁ ଭଲପାଉଥିବା ପୃଥ୍‌ କ'ଣ ବିଜୁଳିଠୁ ଦୂରେଇ ରହିପାରେ !

ସେ ଚୁପ୍‌ ରହିଲା । କିଛି ସମୟ ପରେ କହିଲା, 'ଶିହରଣ ।'

ମୁଁ କହିଲି, 'କ୍ଷଣିକ ।'

ସେ କହିଲା, 'ମୁଁ ସାରା ଜୀବନ ଅଙ୍ଗାର ହୋଇ ରହିବାକୁ ଯଦି ଚାହେଁ !'

ମୁଁ ତା'କୁ ଅନ୍ୟ କିଛି କହିବାକୁ ଚାହୁଁଥିଲି ସମ୍ଭବତଃ । କିନ୍ତୁ ପଚାରିଲି, 'ପ୍ରେମ ମାନେ କ'ଣ ?'

ସେ ନିରୁତ୍ତର ରହିଲା । ସନ୍ଧ୍ୟାହେବାରୁ ମୁଁ ଫେରି ଆସିଲି । ସେ ସମୁଦ୍ର ଆଡ଼କୁ ମୁହଁ କରି ସେମିତି ଛିଡ଼ାହେଇଥିଲା ।

•••

ଗୋଟେ ଶୀତୁଆ ସନ୍ଧ୍ୟାରେ ମୋ ଗାଁ ନଦୀରୁ ମାଛଧରି ଫେରୁଥିବା ଧୀବର ଆଉ ଗାଈଗୋଠ ନେଇ ଗାଁ ମୁହାଁ ହେଉଥିବା ଗଉଡ଼କୁ ପଚାରିଲି, ପ୍ରେମ ମାନେ କ'ଣ ?

ଧୀବରଟି ଜାଲକୁ କାନ୍ଧରେ ପକାଇବା ବେଳେ ଉତ୍ତର ଦେଲା, ଦାମିନୀକୁ ଯେବେ ପ୍ରଥମେ ଦେଖିବାକୁ ଯାଇଥିଲି ତା'ଘରକୁ, ତା'ହସ ଦେଖ ମୋ ଦେହ ଶିର ଶିର ହେଇଯାଇଥିଲା । ସେଇଟା ବୋଧେ ପ୍ରେମ ଥିଲା । ଏବେ କୋଉ ଦିନ ଟିକେ ଅଧିକ ପିଇଦେଲେ ବେଶୀ ରାତିରେ ଘରକୁ ଫେରେ । ତା'ର ବାଡ଼ିପଡ଼ା, ଅଲକ୍ଷଣା, ଲକ୍ଷ୍ମୀଛଡ଼ା ଗାଳି ଶୁଣିବା ପରେ ମୋର ଅଧା ନିଶା ଉତୁରି ଯାଏ । ଏଇଟା ବି ବୋଧେ ପ୍ରେମ !

ମୁଁ ଏବେ ଗଉଡ଼ ମୁହଁକୁ ଚାହିଁଲି । ସେ କହିଲା, ଯୋଉଦିନ ସେ ଅହ୍ୟରେ ଚାଲିଗଲା, ତା'ର ଗୋରା ଦେହଟା ମଶାଣିରେ ଧୂଆଁ ହେଇ ମିଶିଗଲା; ମୁଁ ସେବେଠାରୁ ଚିଲମକୁ ହାତ ଲଗେଇନି । ଗାଁରେ ତ୍ରିନାଥ ମେଲା ହେଲେ ତାଳି ମାରେ ସତ ହେଲେ ଚିଲମରେ ହାତ ଦିଏନି । ମୁଁ ଏବେ ଧୂଆଁକୁ ଖୁବ୍‌ ଡରେ । ଏଇଟା କ'ଣ ପ୍ରେମ ! କେଜାଣି !

ମୁଁ ସେ ଦୁହେଁକୁ ପଛ କରି ଆଗକୁ ବଢ଼ିଲି । ମୋ ପାଖରେ ହୁତୁହୁତୁ ହୋଇ ଜଳୁଥିଲା ନିଆଁ । ନଦୀପଠାର ଶୁଖିଲା କାଶତଣ୍ଡୀ ବୁଦାରେ କେହିଜଣେ ନିଆଁ ଧରେଇ ଚାଲିଯାଇଛି ବୋଧେ । କିଏ ସେ ଦୁର୍ବୁଦ୍ଧି ! ପାଉଁଶ ପାଲଟିଯାଇଥିବା କାଶତଣ୍ଡୀକୁ ହାତରେ ଧରିଲି । ଭାବିଲି, ମୁଁ ସେ ପୃଥ୍‌କୁ ସେଦିନ କାହିଁକି କହିପାରିଲିନି, 'ମୁଁ ଯଦି ସାରା ଜୀବନ ପାଉଁଶ ହେବାକୁ ପସନ୍ଦ କରିବି !'

ଜଳୁଥିଲା କାଶତଣ୍ଡୀ । ନଦୀ ପାଣିରେ କାଶତଣ୍ଡୀ ନିଆଁ ହୋଇ ଭାସୁଥିଲା ।

ଆକାଶରେ କେତେଟା ମେଘଖଣ୍ଡ ମୋ ଆଖିକୁ ଛୁଇଁଲେ। ଆହାଃ, ମନେପଡ଼ିଗଲା ସେ ଝିଅ। ସେ ଝିଅ କ'ଣ ପ୍ରତି ରାତିରେ ଶୋଇଯାଉଥିବ! କେଜାଣି!

ଅଦିନିଆ ମେଘ ବର୍ଷିବା ଆଗରୁ ମୁଁ ଘରମୁହାଁ ହେଲି। ବର୍ଷାରେ ଭିଜିବାକୁ ମୁଁ ଘୃଣା କରେ। ନିଜ ଘରେ ପହଞ୍ଚି ଯେବେ ଦର୍ପଣ ସାମ୍ନାରେ ଛିଡ଼ାହୋଇ ନିଜକୁ ପଚାରିଲି, ପ୍ରେମ ମାନେ କ'ଣ ଶ୍ରୀ ?

ହଠାତ ଦର୍ପଣଟି ଜ୍ଵଳିଉଠିଲା। ଜଳିଗଲା ପ୍ରତିବିମ୍ବ। ଜଳିଗଲା ଉତ୍ତର। ଓଃ, ବାହାରେ ଏବେ ଖୁବ୍ ବର୍ଷା। କେହି ଜାଣନ୍ତିନି ଏକଥା, ମୁଁ ବିଜୁଳିକୁ ବହୁତ ଭୟ କରେ, ବହୁତ।

ଆଠ ସେକେଣ୍ଡ

ଆଠ ସେକେଣ୍ଡରେ... ସନ୍ଧ୍ୟାବେଳେ ସେଇ ଟ୍ୟୁସନ୍ ଫେରନ୍ତା ଝିଅଟିର ପାଦର ଗତି ବଦଳିଯାଏ ଯେତେବେଳେ ଚିହ୍ନାମୁହଁଟି ସାଇକେଲ୍ ଚଢ଼ି ତା'ପାଖ ଦେଇ ଚାଲିଯାଏ। ପବନରେ ଲେଉଟିଯାଏ ତା'ଡାଏରୀର ଚାରୋଟି ଫର୍ଦ୍ଦ ଟର୍କି ବନ୍ଦ କଲାବେଳେ। ସେ ନିଜ ଦେହକୁ ନିଜେ ଛୁଇଁ ଚମକିଯାଏ ଡ୍ରେସ୍ ବଦଳେଇବା ବେଳେ ମାତ୍ର ଆଠ ସେକେଣ୍ଡରେ। ଅଦିନିଆ ବର୍ଷା, ଜହ୍ନ ରାତି, ସଞ୍ଜର ମହକ ଆଉ ନୂଆନୂଆ ରୋମାଞ୍ଚକୁ ବେଶ୍ ଭଲ ଭାବରେ ପଢ଼ିନିଅନ୍ତି ଚାରିଟା ବୟସ୍କ ଆଖି। ଆଠ ସେକେଣ୍ଡରେ ବଦଳିଯାଏ ତା'ଆଖିର ଧଳାଡୋଲାର ରଙ୍ଗ ବୋଉର ସରୁ ଚଟକଣିରେ। ଚିହ୍ନା ସମୟରେ ଆସିପାରେ ଗୋଟେ ଫୋନ୍ କଲ୍ ଏବଂ ସେ ଝିଅ ଅତି ସହଜରେ କହିଦେଇପାରେ, 'ସରି ରଂ ନମ୍ବର'। ଆଠ ସେକେଣ୍ଡରେ ଦୁଇଟି ନାଆଁ ମଝିରେ ଥିବା ଯୁକ୍ତ ଚିହ୍ନକୁ ଦୁଇଟୋପା ଲୁହ ଓଦା କରିଦେଇପାରେ ଆଉ ଲିଭେଇଦେଇପାରେ ସବୁ ସଂପର୍କ।

ଆଠ ବର୍ଷ ବି ବେଳେବେଳେ ଆଠ ସେକେଣ୍ଡ ପରି ଲାଗେ ଯଦି ମନେରହିବା ପରି ସେମିତି କୌଣସି ଘଟଣା ଘଟିନାହିଁ। ଆଠ ସେକେଣ୍ଡରେ ହଠାତ୍ ଘରର କଲିଂବେଲ୍ ବାଜେ। ବୋଉ ଖାଇବା ପାଖରୁ ଉଠି କବାଟ ଖୋଲନ୍ତି। ପଡ଼ୋଶୀ ଘରର ଆଖି ମାତ୍ର ଆଠ ସେକେଣ୍ଡରେ ଘରଯାକ ଆଖି ବୁଲେଇଆଣି ସେଇ ଝିଅପାଖେ ଅଟକିଯାଇଥାନ୍ତି। ତା'ବୋଉ ପାଖେ ବସି କଲାଜୀରାର ସ୍ୱାଦଠାରୁ ଆରମ୍ଭ କରି ଟିଭି ସିରିଏଲ୍ ବାଟ ଦେଇ ଇଉରୋପର ରାସ୍ତାଘାଟ କଥା ଗପି ସାରିଲା ପରେ ଶେଷରେ କୁହନ୍ତି, ତମ ଝିଅ ଅପଲୋଡ୍ କରିଥିବା ନୂଆ ଫଟରେ ତା ଡାହାଣପଟ ଛାତି ଟିକେ ଛୋଟ ଦିଶୁନି ? ତାଙ୍କ କଥା ସରିବା କ୍ଷଣି ଦୁଇଟା କାଚଗ୍ଲାସ୍ ଏକାସାଙ୍ଗେ ଭାଙ୍ଗେ ଆଉ ଗୋଟେ ଷ୍ଟିଲ୍

କଣ୍ଢା ଚାମଚ୍ ସେଇ ଝିଅ ହାତରେ ଥାଇ ମାତ୍ର ଆଠ ସେକେଣ୍ଡରେ ତାଙ୍କୁ ପ୍ରଶ୍ନ କରେ, ଆଣ୍ଟି ଡଟେଡ୍ କଣ୍ଟୋମ୍ ପ୍ୟାକେଟ୍ର ଦାମ୍ କେତେ ?

ଛ'ଟା ଆଖିରେ ଲଜ୍ଜା, ରାଗ ଏବଂ ସଂଶୟର ଚିତ୍ରପଟ ଟିକ୍ ଟିକ୍ କରେ ମାତ୍ର ଆଠ ସେକେଣ୍ଡରେ।

•••

ଆଠ ସେକେଣ୍ଡରେ ମୁଁ ଭୁଲିଯାଏ ସେଇ ଝିଅକୁ। ଭୁଲିଯାଏ ଓଠର କଳାଦାଗକୁ ଲୁଚେଇବା ପାଇଁ ମେଞ୍ଚାଏ ଲିପ୍ଷ୍ଟିକ୍ ଘସୁଥିବା ଆଉ ସପ୍ତାହକୁ ଦୁଇଥର ନାଇଟ୍ ଆଉଟ୍ରେ ଯାଉଥିବା ସେଇ ପଡୋଶୀଙ୍କୁ। ଭୁଲିଯାଏ ନିଜର ଖାଇବା ଶେଷ କରିପାରିନଥିବା ନୀରିହ ଅଥଚ ପ୍ରଶ୍ନିଳ ଆଖ ଦୁଇଟିକୁ। ଝିଅ କ'ଣ କହୁଚି କ'ଣ କରୁଚି କ'ଣ ଶିଖୁଚିର ଦ୍ୱନ୍ଦ୍ୱ ଭିତରେ ଛଟପଟ ହେଉଥିବା ଗୋଟେ ମଣିଷକୁ ମୁଁ ସଂପୂର୍ଣ୍ଣ ଭାବେ ଭୁଲିଯାଏ ମାତ୍ର ଆଠ ସେକେଣ୍ଡରେ।

ଆଠ ସେକେଣ୍ଡରେ ମୁଁ ମନେ ପକାଇ ପାରେ ନାହିଁ ଶେଷ ଥର କେବେ ଶୋଇଯାଇଥିଲି ସାରା ରାତି, ମନେ ପକାଇ ପାରେ ନାହିଁ ଶେଷଥର କିଏ ଆଉଁସିଦେଇ ଥିଲା ମୋର ମୁଣ୍ଡ। କିଏ ମୋତେ ବୁଝିଥିଲା ଶେଷଥର ଆଉ କିଏ ମିଛ କହିଥିଲା ଶେଷଥର ପାଇଁ। ସଦ୍ୟ ନିଗିଡ଼ିଯାଇଥିବା ଲୁହକୁ ପୋଛି ସାରି ମୁଁ ଭାବି ବସେ କେବେ କାନ୍ଦିଥିଲି ଶେଷଥର। କିନ୍ତୁ ଆଠ ସେକେଣ୍ଡରେ ଖୁବ୍ ସହଜରେ ମନେପଡ଼ିଯାଅ ତୁମେ।

ତୁମେ ଆଠ ସେକେଣ୍ଡରେ କ'ଣ କରିପାର ! କୁହ, କ'ଣ କରିପାର ! କେବେ ମୋତେ ଚମକାଇବା ପରି ରାତିର ଶେଷ ପ୍ରହରରେ କଲ୍ କରି ପଚାରନ୍ତନି, ତୁମେ ଠିକ୍ ଅଛ ? ମୁଁ ଉତ୍ତର ଦିଅନ୍ତି, ତୁମ କଥା ମନେପଡୁଥିଲା ବହୁତ। ବାସ୍, ଆଠ ସେକେଣ୍ଡର ନୀରବତା ପରେ କଟିଯାଆନ୍ତା ଫୋନ୍ କଲ୍। ତୁମର ସେଇ ଆଠ ସେକେଣ୍ଡର ଭଏସ୍ ନୋଟ୍; ଯେଉଁଥିରେ ଚାରିଥର ଆଇ ଲଭ୍ ୟୁ ଆଉ ଦିଟା ଚୁମା ଭିତରେ କ୍ଷୀପ୍ର ହେଉଥିଲା ତୁମ ନିଃଶ୍ୱାସ, ତାକୁ ମୁଁ ବାରମ୍ବାର ଶୁଣେ କାହିଁକି ! କୌଣସି ଗୀତର ଅନ୍ତରାର ଆଠ ସେକେଣ୍ଡରେ ତୁମେ ଚାଲିଆସ ହଠାତ୍। ମୋ ଆଖ ଜକେଇ ଆସେ। ନିଜକୁ ପ୍ରଶ୍ନ କରେ, ତୁମେ ସତରେ ମୋର ନା ?

ଯଦି କେବେ ମୁଁ ଏମିତି ଗପେ, 'ଜାଣିଛ, କେବଳ ଆଠ ସେକେଣ୍ଡରେ ଆଜି ଗୁପଚୁପ ଖାଇବା ବେଳେ ଚୋବେଇଦେଇଚି ଗୋଟାକଞ୍ଚାଲଙ୍କା, ନୋଟ୍ ଖାତାରେ ଗୋଟିଏ ଧାଡ଼ିକୁ ଚାରିଥର ଲେଖିଚି, ଗୁରୁବାର ଦିନ ବୋଉର ପାଦରେ ଅଳତା ଲଗେଇବା ବେଳେ ତା'ପାଦରେ ଅନ୍ୟମନସ୍କ ଭାବେ ଆଙ୍କିଥିଲି ଦୁଇଟି ପାନପତ୍ର, ଜାଣ... ବିନା ଲିପ୍ଷ୍ଟିକ୍‌ରେ ବି ଦର୍ପଣରେ ଥାପିହୋଇଯାଏ ଓଠଚିହ୍ନ; ଯାହା

ରୁମାଲରେ ଆଦୌ ହୁଏନି । ତୁମେ ଏସବୁ ଶୁଣି କ'ଣ ଆଠ ସେକେଣ୍ଡରେ ଉତ୍ତର ଫେରାଇ କହିଥାନ୍ତ, 'ବାସ୍ ଏତିକିରେ ସରିଗଲା... ଆଉ କିଛି କୁହନା' ।

ନାଃ ସବୁ କଥା କହି ହୁଏନାହିଁ । ଆଠ ସେକେଣ୍ଡରେ ତ ବିଲକୁଲ୍ ନୁହେଁ । ତୁମେ ପଚାରନ୍ତ, 'ଆଉ କେତେ ସମୟ ?'

ମୁଁ ଉତ୍ତର ଦିଅନ୍ତି, ଆଠ ସେକେଣ୍ଡ ଇଂଟୁ ଇନ୍‌ଫିନିଟି ।

ସହୃଦୟ

୧.

ସେ ଅପେକ୍ଷାକୃତ ଉଚ୍ଚ ସ୍ୱରରେ କହୁଥିଲା। ତିରିଶ। ମୋଟ ଉପରେ ତିରିଶ ଜଣ। ସେମାନଙ୍କୁ କେଉଁ ପ୍ରକାର ଦଣ୍ଡ ମିଳିବା ଉଚିତ୍? ଆଉ ତୁମେ! ତୁମେ ନିଜେ ନିଜକୁ ଦଣ୍ଡ ଦେଇପାରିବ? ଅପରାଧ ତୁମେ ବି କରିଚ।

ପୂଜାରୀ ଜଣଙ୍କ ମନ୍ଦିରର ମୁଖ୍ୟ ଫାଟକ ବନ୍ଦ କରିବା ପାଇଁ ଆସିଲା ବେଳେ ସେ ଆଣ୍ଠୁ ମାଡ଼ି ଦୁଇହାତ ଯୋଡ଼ି ବସି ରହିଥିଲା। ପୂଜାରୀ ଜଣଙ୍କ ତାକୁ କହିଲେ, 'ଚିନ୍ତା କରନାହିଁ, ଈଶ୍ୱର ସବୁ ଠିକ୍ କରିଦେବେ।'

ସେ ପୁଣି ଆଣ୍ଠୁ ବନ୍ଦ କରିଲା। ହାତ ଯୋଡ଼ିଲା। ପୁଣି ଥରେ ଉଚ୍ଚ ସ୍ୱରରେ ଏଥର କହିଲା, ଏକତିରିଶ... ଏକତିରିଶ... ଏକତିରିଶ।

୨.

ସେ ନଈକୂଳରେ ବସିରହିଥିଲା ଅନେକ ବେଳୁ। ଖୁବ୍ ଗଭୀର ଭାବରେ ଦୃଷ୍ଟି ନିକ୍ଷେପ କରିଥିଲା ବନ୍ଧାଯାଇଥିବା ଜାଲ ଗୁଡ଼ାକ ଉପରେ। ଜାଲୁଆ ଗୋଟେ ପରସ୍ତ ଜାଲ ଫିଟଉଥିଲା ସେତେବେଳକୁ। ଠିକ୍ ସେତିକିବେଳେ ଜଣେ ଆସି ତା' କାନ୍ଧ ଉପରେ ହାତ ରଖିଲା। ଆଉ କହିଲା, ତୁମକୁ ଜଣେ ଖୋଜୁଚି। ସେ ଜାଲ ଉପରୁ ଦୃଷ୍ଟି ଫେରେଇ ଆଣି ପଛକୁ ଚାହିଁଲା। କହିଲା, କାଇଁ? କିଏ? କୋଉଠି?

କିଛି ସମୟ ପରେ ସେଇ ଲୋକଟି ତାକୁ ଆଉଥରେ କହିଲା, ସେ ତୁମକୁ ବହୁତ ଖୋଜୁଚି।

ସେ ଆଉଥରେ ପଛକୁ ଚାହିଁଲା, କେହି ତ ଦେଖାଯାଉନାହାନ୍ତି। ଏବଂ ପୁନର୍ଶ୍ଚ ଜାଲ ଆଡ଼କୁ ସେ ଚାହିଁଲା। ଜାଲୁଆ ତିନି ପରସ୍ତ ଜାଲ ଫିଟେଇ ସାରିଥିଲା ସେତେବେଳକୁ।

ସେଇ ଲୋକଟି ଏଥର ପୁଣି କହିଲା, ସେ କେବଳ ତୁମକୁ ହିଁ ଖୋଜୁଚି। ଏଥର ସେ ବିରକ୍ତ ହୋଇଯାଇ କହିଲା, ତାକୁ କହିଦିଅ ମୋତେ ଖୋଜିବନି। ଏତିକି କହି ପୁନଶ୍ଚ ଜାଲ ଆଡ଼କୁ ସେ ଚାହିଁଲା। ହେଲେ, ଜାଲୁଆ ସେଠି ନଥିଲା। ଜାଲ ଗୁଡ଼ାକ ବନ୍ଧାହୋଇ ରହିଥିଲା ପୂର୍ବ ପରି, ଯେମିତି ପବନ ବ୍ୟତୀତ କେହି ଛୁଇଁନାହିଁ ସେଗୁଡ଼ାକୁ। ତା' ଆଖି ପାଇବା ଯାଏଁ ସେ ନଈ ସେପାଖକୁ ଚାହିଁ ଅନେକ ଖୋଜିଲା। ପାଇଲାନି। ସେ ଏବେ ପଛକୁ ଚାହିଁଲା। ତାକୁ ବାରମ୍ବାର ଅନ୍ୟମନସ୍କ କରୁଥିବା ସେ ଲୋକଟି ବି ନଥିଲା।

ଣ.

ସେ ଶେଷଥର ପାଇଁ ଶେଷ ପାହାଚ ଉପରେ ହାତରେ ଭରାଦେଇ ମଥା ଛୁଆଁଇଲା। ତା' ଆଖିରୁ ଝରି ଆସିଥିବା ଶେଷ ଅଶ୍ରୁବୁଦାକୁ ଚିବୁକରୁ ପୋଛିଆଣିଲା ଏବଂ ଶେଷଥର ପାଇଁ କହିଲା, 'ମୋତେ ଅନ୍ୟ ମାନଙ୍କ ପରି କରିଦିଅ ଈଶ୍ୱର।'

ନୀଳ

ରାସ୍ତା ! ଶେଷରେ ତୁ ହିଁ ଥାଉ । ତୋ ସହ ଚାଲିବା ବ୍ୟତୀତ ଅନ୍ୟ କିଛି ଉପାୟ ନାହିଁ । ବିଶ୍ରାମ ନାହିଁ । ଅବସର ନାହିଁ । ମୁଁ ଦେଖେ, ମୋ ଆଗରେ ଏବେ ତିନିଛକ । ତୁ ଏମିତିରେ ନିଜ ରଙ୍ଗ ବଦଳାଉ ଅନେକ ସମୟରେ । ମୁଁ ତ ବର୍ଣ୍ଣାନ୍ଧ ।? ତୁ କହ, ଏବେ କେଉଁ ଆଡେ ଯିବି ? ତୁ କ'ଣ ମୋତେ ସଠିକ୍ ଠିକଣାରେ ନେଇପାରିବୁ ? ତୋ ସହ ତ ଅନେକ ଚାଲନ୍ତି । ସେ ଭିଡ଼ରେ ମୁଁ ତତେ ଦିଶେ ? ତୁ ଦେଖିପାରୁ କି' ମସୃଣତା ହରେଇଥିବା ଦୁଇଟି ପାଦକୁ, ଅନେକ ମାସ ଧରି ଦର୍ପଣ ଦେଖିନଥିବା ଗୋଟେ ମୁଁହ ! ବାମପଟ ଆଖି କୋଣରୁ ଧୀରେ ଧୀରେ ନିଗିଡ଼ି ଆସୁଥିବା ଲୁହର ସରୁ ଧାର ! କାନ୍ଧରେ ଯେଉଁ ବ୍ୟାଗ୍ ଝୁଲୁଛି, ସେଥିରେ କ'ଣ ଥାଏ ଜାଣୁ ?? ବୋଝ । କିଛି ଅଧାଜଳା, କିଛି ଅଙ୍ଗାର ଆଉ କିଛି ପାଉଁଶ ହୋଇଯାଇଥିବା ବୋଝ । ଏତେ ଓଜନିଆ ଯେ କାନ୍ଧ କାଟେ । ପିଠି ପୋଡ଼ିଯାଏ ନିଆଁ ? ଧାସରେ । ତୁ ନିଜେ ତ ଉତାରି ଆଣୁ ସେଇ ପରସ୍ତେ ଚମଡ଼ାକୁ । ହାଲକା ପବନର ଚୁମା ଦେଉ । ପୁଣି ଥରେ ଚାଲିବାକୁ ବାଧ୍ୟ କରୁ । ହେଲେ ତୁ କାହିଁକି ମୋ କାନ୍ଧରୁ ଉତାରି ପାରୁନା ସେଇ ବୋଝ ମାନଙ୍କୁ ? କାହିଁକି ଫିଙ୍ଗିଦେଇ ପାରୁନା ନଦୀ କିମ୍ବା ସମୁଦ୍ରରେ ? ହୁଏତ ମୋକ୍ଷ ପାଇଯାଆନ୍ତେ କିଛି ସ୍ବପ୍ନ ! ତୁ ମୋ ସାଥୀରେ ଛଳନା କରୁ କେବଳ ! ତୁ ମୋର ନୁହେଁ ଆଦୋ ? । ତୁ କାହାର ବି ନୁହଁ ।

ଆଃ ! ଦେଖ୍ ତତେ ଗାଳିଦେଲି ବୋଲି ଝୁଣ୍ଟିଲି । ମୁଁ ଝୁଣ୍ଟିଲି ନା ତୁ ଜାଣିଶୁଣି ମତେ ଝୁଣ୍ଟେଇଲୁ ! ଏବେ ଦେଖ, ମୁଁ ଛକର ଠିକ୍ ମଝିରେ । ମୋ ଚାରିପଟେ ତିନିଟା ବାଟ । ଏବେ କହ କୋଉଟା ବାଛିବି ? ତୁ ଉତ୍ତର ଦେଲୁ, ନୀଳ ସବୁଜ ଏବଂ ସୁନେଲି । ମୁଁ ପୁଣି ଦୋହରେଇଲି, 'ମୁଁ ବର୍ଣ୍ଣାନ୍ଧ ।' ତୁ ଗୋଟେ ଦୀର୍ଘଶ୍ଵାସ ନେଲୁ । ଓଃ ଏତେ ଉତ୍ତପ୍ତ ! ପାଦ ତାତିଗଲା ମୋର । ତୁ ଏବେ ଉତ୍ତର ଦେଇ କହିଲୁ, ସମୁଦ୍ର

ଜଙ୍ଗଲ ଆଉ ମରୁଭୂମି; ଏଇ ତିନିଟି ବାଟ। କିନ୍ତୁ କେଉଁ ଦିଗରେ କେଉଁଟା ଅଛି ଜଣାଇଲୁ ନାହିଁ ତ।

ମୁଁ ନିରୁପାୟ ହୋଇ ମୋ ଆଖି ଯେଉଁ ଦିଗକୁ ଥିଲା ସେଇ ଆଡ଼କୁ ପାଦ ବଢ଼େଇଲି। ତୁ ମୋ ହାତରେ ଧରେଇଲୁ ଗୋଟେ ଥଲି। ଓଃ ଉପହାର! ମୁଁ ସାମାନ୍ୟ ହସିଲି। ହେଲେ ଏ କ'ଣ ତୁ ହଠାତ୍ ଅଦୃଶ୍ୟ ହୋଇଗଲୁ କୁଆଡେ! ତତେ ପଛରେ ଛାଡ଼ି ଆଗକୁ ବଢ଼ିଲି।

•••

ଏବେ ନୂଆ ରାସ୍ତାରେ ମୋ ପାଦ। ଜାଣେନା ଏହାର ରଙ୍ଗ କ'ଣ ? ଏ ରାସ୍ତା ଖୁବ୍ ନୀରବ। କେବେ ଶୁଷ୍କ, କେବେ ଶୀତଳ ତ କେବେ ଆର୍ଦ୍ର। ଇଏ ରାସ୍ତା ନା ଭ୍ରମ! ମୁଁ ତାକୁ ଅନେକ ପ୍ରଶ୍ନ ପଚାରି ଚାଲିଛି। ତଥାପି ସେ ନୀରବ ନିରୁତ୍ତର। ମୋତେ ଏକା ଲାଗିଲା ହଠାତ୍। ଅନେକ ସମୟ ଧରି ହାତରେ ମୁଠେଇ ଧରିଥିବା ଥଲିଟିକୁ ଖୋଲିଲି। ସେଥରୁ ଛିଟିକି ପଡିଲା ଗୋଟେ କଟା ହୋଇଥିବା ଜିଭ। ମୁଁ ଏବେ ଶେଷଥର ପାଇଁ ରାସ୍ତାକୁ ପଚାରିଲି, ତୁ ମନଖୋଲି କାନ୍ଦିପାରିବୁ ? ମୋ ପାଦତଳ ଭିଜାଭିଜା ଲାଗିଲା। ଏଇଟା ତା' ଲୁହ ନା ଉତ୍ତର! ନା ସମୁଦ୍ର! ମୁଁ ତେବେ କ'ଣ ସମୁଦ୍ରର ବାଟରେ! ଆଗକୁ ଚାହିଁଲି। ଅନ୍ଧାର ଆଉ ଅନ୍ଧାର। କଳାରଙ୍ଗ କେବଳ। ଅନ୍ଧାରର ରଙ୍ଗ ତ ନୀଳ ବି ହୋଇପାରେ! ତେବେ ସମୁଦ୍ର କ'ଣ ମୋର ଭ୍ରମ କେବଳ!

ଭୟ

ସେ ଆଙ୍ଗୁଠି ଦେଖେଇ କହିଲା, ନିଆଁ।

ମୁଁ ପଚାରିଲି, କାଇଁ କୋଉଠି ?

ସେ କେବଳ ସ୍ଥିରହେଇ ରହିଲା।

କିଛି ସମୟ ପରେ ପୁଣି ଥରେ ଆଙ୍ଗୁଠି ଦେଖେଇ କହିଲା, ନିଆଁ। ମୁଁ ଜାଣିପାରୁନଥିଲି କୋଉଠି ନିଆଁ ଅଛି। ସେ ଭ୍ରମରେ ଅଛି ନା ମୁଁ! ଆମ ପାଖରେ କେହି ନଥିଲେ। ତଥାପି ଭଲରେ ଟିକେ ଆଖି ବୁଲେଇ ଆଣିଲି। ଖଣ୍ଡେ ଦୂରରେ ଗୋଟେ ଖବରକାଗଜ ବ୍ୟତୀତ ଅନ୍ୟ କିଛି ନଥିଲା। ସେ ପୁଣି କହିଲା, ନିଆଁ।

ମୁଁ ଖବର କାଗଜଟାକୁ ଉଠେଇ ଆଣିଲି। ଦୁଇବର୍ଷ ତଳର ଖବର କାଗଜର କେତେଟା ଚିରା ଫର୍ଦ ଥିଲା। ହେଡ୍ ଲାଇନ୍ ପଢ଼ିବା ପୂର୍ବରୁ ନଜର ପଡ଼ିଗଲା ଗୋଟେ ଫଟ ଉପରେ। ମୋ ଚେହେରା !

ସବୁ ବଳ ପ୍ରୟୋଗ କରି ମୋଡ଼ିମାଡ଼ି ଫିଙ୍ଗିଦେଲି ଖବରକାଗଜଟାକୁ। କହିଲି, ଏଇ ଦେଖ୍ ଅଙ୍ଗାର।

ମୋ କଥା ଶୁଣିବାକୁ ସେ ଆଉ ସେଠି ନଥିଲା।

ସିନେମା

ବିଶି ଆଙ୍ଗୁଠିରେ ପାଉଁଶକୁ ଆସ୍ତେ ଉପରେ ଝାଡ଼ିଦେଇ ସେ ପଚାରିଲା ସେଇ ଚରିତ୍ର ମାନଙ୍କ ବିଷୟରେ ।

ମଧୁମାଲତୀ :

ଡୁଷ୍ଟବିନ୍ କଡ଼ରୁ ସ୍ୱେଚ୍ଛାସେବୀ ମାନେ ଉଠେଇ ନେଇ ଆସିଥିଲେ । ମେଡିକାଲରେ ପହଞ୍ଚିଲା ବେଳକୁ ସୁନା କଙ୍କଣ ସୁନାର କାନଫୁମକା ଆଉ ମଙ୍ଗଳସୂତ୍ରକୁ ହଜେଇ ସାରିଥିଲା ମଧୁମାଲତୀ । ତା'ର ଅସହ୍ୟ ଯନ୍ତ୍ରଣାର ଚିତ୍କାର ସହ ତାଳ ଦେଇ ସେ ପାଦରେ ପିନ୍ଧିଥିବା ରୂପା ପାଉଁଜିର ଘୁଙ୍ଗୁର ଶବ୍ଦରେ ଗୁଞ୍ଜରିତ ହେଉଥିଲା ଲେବର ରୁମ୍ ।

ରକ୍ତଜବା :

ନାଲି ଚୁଡ଼ିଦାର ଦେହରେ କିଛି କାଦୁଅ ଛିଟା ଆଉ କଳାରଙ୍ଗର ଗୋଟେ ରବର ବ୍ୟାଣ୍ଡକୁ ମର୍ଚୁଏରୀରେ ଛାଡ଼ିଦେଇ ନିଜ ଶବ ସହ ଫେରାର ହେଇଯାଇଥିଲା ରକ୍ତଜବା । ରିପୋର୍ଟରେ କ'ଣ ଲେଖାଯିବ ବୋଲି ଏଯାଏଁ ବି କାରଣ ମିଳିପାରୁନାହିଁ ।

ମଲ୍ଲୀ :

ପ୍ଲସ୍ ଟୁ ରେଜଲ୍ଟ ବାହାରିଥିଲା ତା'ର । ସାରା ରାଜ୍ୟରେ ପ୍ରଥମ ସ୍ଥାନ ଅଧିକାର କରିଥିଲା ସେ । ଖବରଟି ସବୁ ଟିଭି ଚ୍ୟାନେଲ୍‌ର ହେଡ୍ ଲାଇନ୍ ପାଲଟି ସାରିଥିଲା । ତା' ମୁହଁକୁ ସାମାନ୍ୟ ଝାପ୍ସା କରିଦେଇ ଟିଭି ପରଦାରେ ବଡ଼ ବଡ଼ ଅକ୍ଷରରେ ଲେଖା ଆସୁଥିଲା, 'ଯୁବତୀଙ୍କ ଭିଡିଓ ଭାଇରାଲ୍' ।

ଶେଫାଲି :

ତାକୁ ଅଧରାତିରେ ଅପହରଣ କରାଯାଇଥିଲା । ଅନେକ କ୍ଷତ ଥିଲା ତା ଶରୀରରେ । ଭୋର୍ ହେବା ପୂର୍ବରୁ ସେମାନେ ତାକୁ ଛାଡ଼ିଦେଇ ଆସିଥିଲେ ତା'ଘରେ

ସକାଳ ହେଲା ବେଳକୁ ସେ ଚଟାଣ ଉପରେ ଶୋଇରହିଥିଲା। ବିକଟ ଗନ୍ଧରେ ଫାଟି ପଡୁଥିଲା ସାରା ଘରଟା। ନାକରେ ରୁମାଲ ଦେଲା ବେଳେ ପୋଲିସ୍ ପଚାରିଲା, ଏ ଗନ୍ଧ ମଦର ନା ରକ୍ତର !

ହେନା :

ତାକୁ ଉଦ୍ଧାର କଲାବେଳେ ଅଧା ଜଳିଯାଇଥିଲା ତା'ର ଦେହ। ଧଳା ଚଦରରେ ଗୁଡ଼େଇ ନେଇ ଆସିଥିଲେ ପଡ଼ୋଶୀ ମାନେ। ଏବେ ଜଣାପଡୁନି ତାର ଅସଲ ରଙ୍ଗ କ'ଣ !

ବିଶି ଆଙ୍ଗୁଠିରେ ପାଉଁଶକୁ ଆସ୍ତେ ଉପରେ ଝାଡ଼ିଦେଇ ଏଥର ସେ ପଚାରିଲା, ସେମାନଙ୍କ କାହାଣୀ ?

ଉତ୍ତର ଆସିଲା, 'ସେମାନେ ସମସ୍ତେ ପ୍ରେମ କରୁଥିଲେ।'

ତା ହାତରୁ ଖସିପଡ଼ିଲା ଜଳନ୍ତା ସିଗାରେଟ୍। ପଡ଼ିଲା ଚଟାଣ ଉପରେ। ସେ ଚୌକିରୁ ଉଠି ଛିଡ଼ା ହେଲା। ବୁଟ୍‌ରେ ସିଗାରେଟ ଦଳିଲା। କିଛି ବାଟ ଯାଇ ପଛକୁ ଚାହିଁଲା। କହିଲା... . ଫୁପ୍ ।

ରିମୋଟ୍

ତା' ପାଖରେ ଗୋଟେ କାଚର ଡବା ଥିଲା। ଯୋଉଠୁ ଯାହା ପାଉଥିଲା ସେ ଡବାରେ ଆଣି ରଖୁଥିଲା। ଶାମୁକା, ସିପ, କୋଲିମଞ୍ଜି, ପକ୍ଷୀର ପର, ୫ଡ଼ା ପତ୍ର, ଶୁଖିଲା ଫୁଲ, ପଥର ବାଟି, ଏପରି ଅନେକ ଜିନିଷ। ଦିନେ ସେ ଆଖୁଲାଏ ପାଣି ଭରିଦେଲା ସେଇ ଡବାରେ। ନଦୀ ପାଲଟିଗଲା ତା'ଘର।

ତା' ବାଁ ପଟ ଛାତିରେ ଗୋଟେ ଚିହ୍ନ ଥିଲା, ଜାମୁକୋଲି ରଙ୍ଗର। ହେଲେ ସେ ନୀଲ ରଙ୍ଗ ବ୍ୟତୀତ କୌଣସି ରଙ୍ଗକୁ ଚିହ୍ନିପାରୁନଥିଲା। ବୁଦାଏ ମେଘ ଖସିପଡ଼ିଲା ସେ ଚିହ୍ନ ଉପରେ। ତା ଛାତି ପାଲଟିଗଲା ଆକାଶ।

ସେ ଚାଲୁଥିଲା ଗୋଟେ ନକ୍ସା ଧରି। ନିହାତି ଏକ ଅଜଣା ଜାଗାରେ ଘୁରିବୁଲୁଥିଲା। କେହି ତା'ର ପରିଚୟ ଜାଣିବାକୁ ଚେଷ୍ଟା କଲେ ଛଦ୍ମନାମରେ ନାମିତ କରୁଥିଲା ନିଜକୁ। କେବେକେବେ ସେ ନିଜର ପରିଚୟ ଦେଇ କହୁଥିଲା ବାରୁଦ, ଆଉ ସଙ୍ଗେ ସଙ୍ଗେ ହାତ ପାପୁଲିରେ ତିଆରି କରୁଥିଲା ନିଆଁ। ଯେବେ କେହି ପଚାରୁଥିଲା, କ'ଣ ଖୋଜୁଚ ? ସେ ନକ୍ସାକୁ ମୋଡ଼ିମାଡ଼ି ଫୋପାଡ଼ିଦେଉଥିଲା। କିଛି ରଙ୍ଗୀନ ରେଖାକୁ ଏଣେତେଣେ ଗାରେଇ ଦେଇ ପୁଣିଥରେ ନୂଆ ନକ୍ସାଟେ ତିଆରି କରୁଥିଲା। ପୁରୁଣା ଜାଗା ଛାଡ଼ି ନୂଆ ଜାଗାକୁ ଯାଉଥିଲା; ଯାହା ତା ପାଇଁ ଏକଦମ ଅଚିହ୍ନା।

ଥରେ ଜଣେ ଆସି ପ୍ରଶ୍ନ କଲା, ଏ ସହରର ନାଁ କ'ଣ ?

ସେ ନକ୍ସାଟି ଧରେଇଦେଲା ତା' ହାତରେ। ଆଉ ନିଜର ପରିଚୟ ଦେଇ କହିଲା, ମୁଁ ହିଁ ସହର।

ଝରୋକା

'ଏ ଝରୋକାକୁ ଝରୋକା ବୋଲି କାହିଁକି କୁହାଯାଏ, ଆକାଶ କାହିଁକି ନୁହେଁ! ମୁଁ ଚାହେଁ କେବଳ ମୋ ଝରୋକା ମାପର ଚାରିକୋଣିଆ ଛୋଟିଆ ଆକାଶଟିଏ। ଯାହାକୁ ମୋ ଆଖି ସଜେଇ ପାରିବ ନିଜ ଇଚ୍ଛାରେ।'

'ଏ ଆକାଶକୁ ଆକାଶ ବୋଲି କାହିଁକି କୁହାଯାଏ, ଝରୋକା କାହିଁକି ନୁହେଁ! ମୁଁ ଚାହେଁ ଆକାଶ ମାପର ଗୋଟେ ଝରୋକା। ପ୍ରତ୍ୟେକଟି ଦୃଶ୍ୟ ବଦଳୁଥିବ କେବଳ ମୋ ଝରୋକା ଦେଇ। ଗୋଟେ କଳାପରଦା ଝାଙ୍କିଦେଇ ମୁଁ ବଦଳେଇ ଦେବି ଦିନକୁ ରାତିରେ। ତୋ ଆଖିକୁ କେଉଁଠି ରଖିବୁ କହ? ଠିକ୍ ମୋ ଆଖି ସାମ୍ନାରେ ତ!'

ପ୍ରଥମ ପାରାଗ୍ରାଫଟି ମୁଁ ଲେଖିଥିଲି। ଦ୍ୱିତୀୟଟି ଯିଏ ଲେଖିଥିଲା ହୁଏତ ସେ ସଂପୂର୍ଣ୍ଣ ଭୁଲିସାରି ଥିବ କିମ୍ବା ଖୁବ୍ ମନେପକାଉଥିବ ଏ ଧାଡ଼ି ଗୁଡ଼ିକୁ।

ମୁଁ ସେଇ ଅକ୍ଷର ଗୁଡ଼ିକୁ ଧୀରେ ଛୁଆଁଲି। ଖାତାର କଭର ପେଜ୍ ଉପରେ ଲାଗିଥିବା ଧୂଳିକୁ ଝାଡ଼ି ଦେଇ ଖାତାଟି ଯେଉଁ ସ୍ଥାନରେ ଥିଲା ସେଇଠି ରଖିଦେଲି।

ଭାବିଲି..., ଅଙ୍କ ଖାତାକୁ କେବଳ ଅଙ୍କ ଖାତା ହିଁ କୁହାଯାଉ; ଅନ୍ୟ କିଛି ନୁହେଁ। କାହିଁକି! ବାସ୍ କୁହାଯାଉ।

ପ୍ରଜାପତି

ବନ୍ଦଥିବା ଗୋଟେ ପୁରୁଣା ଘର, ଘର ଭିତରେ କାଠ ଆଲମାରୀ, ଆଲମାରୀ ଭିତରେ ଶୋଇରହିଚି ଗୋଟେ ପ୍ରଜାପତି। ଘରର ଦରଜାରେ ସର୍ତ୍ତ ଲେଖାଅଛି, 'ଯଦି କେହି ଭିତରେ ପ୍ରବେଶ କରେ ତେବେ ପ୍ରଜାପତିର ମୃତ୍ୟୁ ହେବ।'

ସର୍ତ୍ତ ଦେଖି ସମସ୍ତେ ଫେରିଗଲେ ନିଜ ନିଜର ଜାଗାକୁ। କେବଳ ଥୁଣ୍ଟା ଦରଜ ଧରି ଜଣେ ଦରଜା ପାଖେ ବସିରହିଲା। ବର୍ଷାର ଥଣ୍ଡାପଣ, ଶରତର ଶୁଷ୍କତା, ଶୀତର କଠୋରତା, ବସନ୍ତର ବେପରୁଆମିକୁ ବେଖାତିର କରି ସେ ବସିରହିଲା। ପ୍ରଜାପତି ଯେବେ ଦରଜା ଖୋଲି ଦେଖିଲା, ତାକୁ ପଚାରିଲା, ସର୍ତ୍ତ ପଢ଼ିନଥିଲ ତୁମେ? ସେ ଉତ୍ତର ଦେଲା, ହଁ ପଢ଼ିଥିଲି।

ପ୍ରଜାପତି ତା ହାତଧରି ବାଟ କଢ଼େଇନେଲା। ସେମାନେ ଯେଉଁ ବାଟଦେଇ ଗଲେ ସେ ବାଟ ବଗିଚା ପାଲଟିଲା ଆଉ ଅତର ବାସ୍ନାରେ ଭରିଗଲା।

ଅତର

ସେ ପଚାରିଲା, ମୁଁ ବହୁତ ଏକା ଏ ପୃଥିବୀରେ । ଜାଣ ?

ମୋ ଆଖ୍ କୋଣରେ ଅଚାନକ ଚାଲି ଆସୁଥିବା ଲୁହକୁ ଅଟକେଇ ତା' ପାଖରୁ ଟିକେ ଦୂରକୁ ଘୁଞ୍ଚିଯାଇ କହିଲି, ହଁ ଜାଣେ ।

ସେ ପୁଣି ପଚାରିଲା, ମୁଁ କହିବାକୁ ଚାହୁଁଥିବା ଅନେକ କଥା ତୁମକୁ କହିପାରେନି । ଜାଣ ?

ମୁଁ ନୀରବ ରହିଲି । ମନେମନେ କହିଲି , ହଁ ଏକଥା ବି ଜାଣେ ।

ସେ ପୁଣି ପଚାରିଲା, ତୁମେ ବି ବହୁତ ଏକା ଏ ପୃଥିବୀରେ । ଜାଣ ?

ମୁଁ ନୀରବ ରହିଲି ପୂର୍ବ ପରି ।

ସେ ପୁଣି ପଚାରିଲା, ତୁମେ ବି କହିବାକୁ ଚାହୁଁଥିବା ଅନେକ କଥା କହିପାରନି ମୋତେ । ଜାଣ ?

ମୁଁ ନୀରବ ରହିଲି ଏଥର ବି ।

ସେ ପୁଣି ପଚାରିଲା ଏଥର ଟିକେ ଗମ୍ଭୀର ହୋଇ, ଆମେ କେହି କାହାକୁ ବୁଝି ପାରୁନା ଅନେକ ବେଳେ । ଜାଣ ?

ମୁଁ ତା'ପାଖକୁ ଆସିଲି । ସେ କାଠ ଚୌକି ଉପରେ ଗୋଡ଼ରେ ଗୋଡ଼ ଛନ୍ଦି ବସିଥିଲା ସେତେବେଳୁ । ତା' ଗୋଡ଼କୁ ପିଠି ଆଉଜେଇ ଚଟାଣରେ ବସିଗଲି ମୁଁ । କହିଲି, ତୋର ଏତିକି କଥା ବୁଝିବା ବି ମୋ ପାଇଁ କାଫି ସାରା ଜୀବନ କାଟିଦେବା ପାଇଁ ।

ଚୁପ୍

ଚୁପ୍... !

ତୁମ ଚୁପ୍ ରହିବାର ଅର୍ଥ ମୁଁ ବୁଝେ । ହେଲେ ମୋ ଚୁପ୍ ରହିବାର ଅର୍ଥ ତୁମେ କ'ଣ ବୁଝ ! ତୁମେ କ'ଣ ବୁଝ, ମୋର ଚୁପ୍‌ଚାପ୍ ଥିବା ପ୍ରତ୍ୟେକଟି ମୁହୂର୍ତ୍ତରେ କେବଳ ତୁମେ ହିଁ ଥାଅ ମୋ ଭିତରେ ! ମୁଁ ତ ଆଦୌ ନଥାଏ ସେଠି ।

ତୁମେ ଥରୁଟିଏ ଆଖିର ପଲକ ବୁଜିବା ଭିତରେ, ମୁଁ ବୁଲିଆସେ ତୁମ ଆଖି ଭିତର ଦେଇ । କେବଳ ଏତିକି ଜାଣିବା ପାଇଁ, ଏଠି ମୁଁ ଅଛି ତ ! ଯଦି ସେଠି ନିଜକୁ ନପାଏ ? ଆଉ କାହାକୁ ଦେଖେ ! ହୁଁ, କଷ୍ଟ ହୁଏ । ହେବା ବି ଉଚିତ୍ ।... ଏବେ ତୁମେ ଯେତେବେଳେ ପୁଣିଥରେ ଆଖି ବନ୍ଦ କରିବ, ନିଶ୍ଚୟ ଦେଖିବ, ସେଠି ସେ ଆଉ ନଥିବ । କେବଳ ତା'ର ଲାସ୍ ହିଁ ଥିବ ।

ତୁମେ 'ହଁ' କହିବା ଭିତରେ ମୁଁ ପହଞ୍ଚି ଯାଏ ସେଇ ସବୁ ପ୍ରଶ୍ନ ମାନଙ୍କ ପାଖରେ, ଯାହାର ଉତ୍ତର ହୋଇପାରେ ଏତେ ସଂକ୍ଷିପ୍ତ । କ'ଣ ପଚାରନ୍ତି ସବୁ ସେମାନେ ? କାହିଁକି ବା ପଚାରନ୍ତି ? ଯେତେ ସବୁ ଆଶଙ୍କାରେ ଛଟପଟ ହୁଏ ମୁଁ ! ତୁମେ ଯଦି ମୋ ଆଖିରେ ଆଖି ରଖି କେବେ ଦେଖ, ତେବେ ନିଶ୍ଚୟ ଦେଖି ପାରିବ ପ୍ରଶ୍ନ ମାନେ ବି ନିଜ ହାତରେ କେମିତି କାଟିଦିଅନ୍ତି ନିଜର ଗଳା !

ତୁମେ ଯେଉଁ ମୁହୂର୍ତ୍ତରେ ଅନ୍ୟମନସ୍କ ରୁହ, ମୁଁ ବୁଲିଆସେ ତୁମ ଦେହ ଭିତର ଦେଇ । କୌଣସି ଦାଗ ନାହିଁ ତ ! କାହାର ସ୍ପର୍ଶରେ ଫୁଲିଉଠିନି ତ ତୁମ ଲୋମ ମୂଳ ! ଏ ନଖ ଦାଗ କେବଳ ମୋର ତ ! ଏ କ୍ଷତ କଅଁା ଅଛି ତ ! ମୁଁ ନଖ ମାରି ପରଖିବାକୁ ଚେଷ୍ଟା କରେ ।... ତୁମେ କେବେ ମୋ ନୀରବତାକୁ ପଢ଼ି ଦେଖ, ତୁମ ପିଠି ଛାତି ଆଉ ଓଠରେ ଅନୁଭବ କରିପାରିବ ଅନେକ ଯନ୍ତ୍ରଣାକୁ । ତୁମ ସାର୍ଟରେ ଦେଖି ପାରିବ କେତେ ଯେ ରକ୍ତ ଚିହ୍ନ !

ତୁମେ ଯେଉଁ ମୁହୂର୍ତ୍ତରେ ମୋତେ ଛୁଇଁବାକୁ ଆସ, ତା'ର ଅନେକ ପୂର୍ବରୁ ମୁଁ ପହଞ୍ଚି ସାରିଥାଏ ତୁମ ଆଉ ମୋ ଭିତରେ ଥିବା ନ୍ୟୁନତମ ଦୂରତାକୁ। ମାପିନିଏ ତୁମ ଦେହର ଉଷ୍ମତାର ଦୈର୍ଘ୍ୟ-ପ୍ରସ୍ଥ , ନିଃଶ୍ୱାସର ତୀବ୍ରତା, ସ୍ପନ୍ଦନର ବେଗ। କେବଳ ଏତିକି ଜାଣିବା ପାଇଁ, ଏ ସବୁ କେବଳ ମୋ ପାଇଁ ତ! କେବେ ଥରେ ନିଜ ଆଙ୍ଗୁଳିରେ ମୋ ଓଠକୁ ନୁହେଁ; ମୋ ଛାତିକୁ ଛୁଇଁ ଦେଖ। ସତ କହୁଛି, ପୁନର୍ବାର ଛୁଇଁବାକୁ ଭୟ କରିବ। ତୁମ ନିଃଶ୍ୱାସ ଅଟକିଯିବ।

କେବେ ଥରେ କହିଥିଲ, 'ମୁଁ ତୁମକୁ ଖୁବ୍ ବେଶୀ ଭୟ କରେ।'

ତୁମେ ମୋତେ ଭୟ କର ? ସତରେ! ସେଥିପାଇଁ ବୋଧେ ମୁଁ ତୁମକୁ ହିଁ ବେଶୀ... ବେଶୀ ପ୍ରେମ କରେ।

ଅବ୍ୟକ୍ତ

ଏମିତି ଗାଢ଼ ଆଲିଙ୍ଗନ ତୁମକୁ କେମିତି ଦେଇ ପାରିଲି ! ତାହା ପୁଣି ସମସ୍ତଙ୍କ ସାମ୍ନାରେ !

ଏତେ ଲଜ୍ଜାହୀନା କେବେଠାରୁ ହୋଇଗଲିଣି ମୁଁ ! ଏ ଦ୍ବନ୍ଦ ମୋତେ ଭାରି କଷ୍ଟ ଦେଉଛି ଏବେ। ତୁମେ କୁହ, ମୁଁ କ'ଣ ଭୁଲ୍ କରିଛି ? ସାମ୍ନାରେ ବାପା, ଭାଇ, ବୋଉ, ମାମୁଁ, ମାଇଁ ସମସ୍ତେ ଥିବା ସତ୍ତ୍ବେ ତୁମ ମୁହଁ ମୋତେ କାହିଁକି ଆଗ ଦିଶିଲା ? ସେମାନଙ୍କୁ ପ୍ରଣାମ କରିବାକୁ ଭୁଲିଗଲି ଅଥଚ ତୁମକୁ ଛାତିରେ ଜଡ଼େଇ ଧରିବାକୁ ମୋତେ ଟିକେ ବି ସଂକୋଚ ଲାଗିଲା ନାହିଁ। କାହିଁକି ?

ମୋ ଭାବନାକୁ ଆଘାତ ଦେଇ ତୁମେ ପଚାରିଲ,

: କେତେବେଳେ ଫେରୁଛ ?

: କାଲି ସକାଳେ।

ମୋ କଥା ଶୁଣି ତୁମ ମୁହଁରେ ହାଲ୍କା ହସ ଦେଖାଗଲା। କିନ୍ତୁ ମୁଁ ଚାହୁଁଥିଲି ତୁମେ ମନ ଦୁଃଖ କର। ମୋତେ ଅଟକାଇବାକୁ ଚେଷ୍ଟା କର। ଆଉ ମୁଁ ନମାନିଲେ ଜବରଦସ୍ତି ମୋ ଲଗେଜ୍ କୋଉଠି ଲୁଚେଇଦିଅ। କିନ୍ତୁ ନାଃ . . । ତୁମେ ସେମିତି କଲ ନାହିଁ। ଓଲଟା ମୋତେ ଶୁଣାଇଦେଲ ଯେ, ଆସନ୍ତାକାଲି ରାଜ୍ୟବ୍ୟାପୀ ଧର୍ମଘଟ ହେବାର ସମ୍ଭାବନା ଅଛି, ତୁମେ ଆଜି ଅପରାହ୍ନରେ ଚାଲିଗଲେ ସୁବିଧାରେ ଯିବ।

ମୁଁ ତୁମପାଖରୁ ଉଠିଆସି ପୁଅ ଗାଲରେ ସରୁ ଚଟକଣିଟେ ମାରି କହିଲି, କେତେ ଫାଜିଲ୍ ହଉଛୁ ଚୁପଚାପ ଯାଇ ବସ ଗୋଟେ ଜାଗାରେ।

ତୁମେ କ'ଣ ଜାଣିପାରିଥିବ ସେ ଚଟକଣି କେବଳ ତୁମପାଇଁ ଥିଲା ବୋଲି ! ହୁଏତ ନା !

•••

ଘରେ ନୂଆବୋହୂ। ଭାଇର ପାଦରୁ ଅଲତାର ମୋଟାଗାର ଏଯାଏଁ ଲିଭିନି। ସମସ୍ତଙ୍କ ମୁହଁରେ ହସ। ଖାଲି ହସ। ତୁମେ ବି ହସୁଛ ନା! ବେଶ୍‌, ମନଭରି ହସିଯାଅ କେବଳ। ଏତେ ହସ ଭିତରେ ମୁଁ ହିଁ ଅଶନିଃଶ୍ୱାସୀ ହୋଇଯାଉଥିଲି ବେଳକୁବେଳ। ମନେପଡୁନି ଯେ’ ମୋ ପାଦରେ ଯେତେବେଳେ ଅଲତା ଲାଗିଥିଲା ମୁଁ କାନ୍ଦିଥିଲି ନା ହସିଥିଲି! ଆହୁରି କେତେ କ’ଣ ସବୁ ଭୁଲିଯାଇଥିଲି।

●●●

ଅତୀତ କଥା ଭାବି ଅନେକ କୁହେଳୀ ଭିତରେ ଘାଣ୍ଟିହେଉଥିବା ବେଳେ ହଠାତ୍‌ ଦଲକାଏ ମିଠା ଅତର ବାସ୍ନା ମୋତେ ଅତିକ୍ରମ କରି ଚାଲିଗଲା। ମୁଁ ମୁହଁ ଉଠେଇ ଚାହିଁବା ବେଳକୁ କେହିଜଣେ ପଛୁଆ ପଛୁଆ ପାଦ ପକେଇ ମୋ ଆଡ଼କୁ ଆସୁଥିଲା। ମୋତେ ହସିହସି କହିଲା, ମୋ ଡ୍ରେସ୍‌ ପଛପଟ ଜିପ୍‌ ଅଛ ଖସିଯାଇଛି, ଟିକେ ଲଗେଇଦେବେ ପ୍ଲିଜ୍‌।

ମୁଁ କିଛି ଉତ୍ତର ନଦେଇ ଜିପ୍‌ ଉପରକୁ ଟାଣିଦେଲି। ଢିଙ୍କଟିର ଦେହରୁ ଆସୁଥିବା ଅତର ବାସ୍ନା ଖୁବ୍‌ ଭଲଲାଗୁଥିଲା ମୋତେ। ସତେକି ଖୁବ୍‌ ନିଜର ଏ ବାସ୍ନା।

ସେ ଚାଲିଯାଉଥିଲା ତା’ବାଟରେ। ହେଲେ ହଠାତ୍‌ ତା’ର କ’ଣ ହେଲା ଫେରିଆସି ମୋତେ ପଚାରିଲା,

: ତୁମେ ଜାଣିଛ ମୋତେ ?

: ନା।

: କିନ୍ତୁ ମୁଁ ତୁମକୁ ଜାଣିଛି। ତୁମେ ଅନିକେତର ଭଉଣୀ ନା’ ! ଆଉ ମୁଁ ଅନିକେତର ସାଙ୍ଗ।

: ଓଃ ! ଜାଣି ଖୁସିହେଲି।

ମୁଁ ଅଚ୍ଛ ହସ ଏତିକି ଉତ୍ତର ଦେଲି। ସେ ବି ଅଚ୍ଛ ହସିଲା। ଆଉ ମେଞ୍ଛାଏ ଅତର ବାସ୍ନା ସେଇଠି ଅଜାଡ଼ିଦେଇ ଚାଲିଗଲା। ଅନ୍ତତଃ ଏଇ ବାସ୍ନା ଭିତରେ କିଛି ସମୟ ହଜିଗଲେ ତୁମଠାରୁ ମୁକୁଳିଯିବି ବୋଲି ଭାବିଲି। କିନ୍ତୁ ତୁମେ ଘରସାରା ଏପଟସେପଟ ହେବାରେ ବ୍ୟସ୍ତ; କେତେବେଳେ କରିଡରରୁ ବାଲ୍କୋନି ପୁଣି ଉପର ମହଲାରୁ ତଳ ମହଲା। କି’ କାମ ଅଛି ଏମିତି ଏ ଘରେ! ମୋ ସହ କେଇ ମିନିଟ୍‌ କଥା ହେବାକୁ ତୁମ ପାଖେ ସମୟ ନାହିଁ ! ପାଞ୍ଚଦିନ ହେଲାଣି କେତେ ବାହାନା ଖୋଜୁଛି ମୁଁ କଥା ଟିକେ ହେବାପାଇଁ। ଏମିତି ଅଧିକ କ’ଣ ଚାହେଁ ମୁଁ? ଟିକିଏ ଭଲପାଇବା, ଟିକିଏ ଆଶ୍ୱାସନା। ବାସ୍‌।

●●●

ସେ ଝିଅ ମୋ ଆଖି ସାମ୍ନା ଦେଇ ଅନେକଥର ଯିବାଆସିବା କଲାଣି ଏପଟେ । ଘରସାରା ଏତେ କ'ଣ ଦୌଡ଼ାଦୌଡ଼ି କରୁଛି ଇଏ ! ଏମିତି ଲାଗୁଛି ସେ ହିଁ ଏ ଘରର ଝିଅ, ଆଉ ମୁଁ ଅତିଥି । ହଁ ତ, ଅତିଥି ହିଁ । ନୁହେଁ କି' !

ମୋ ଘରେ ସକାଳରୁ ରାତି ଯାଏଁ ମୁଁ ଏମିତି ଦୌଡ଼ୁଥାଏ ଯେ' କାହା ବିଷୟରେ ଟିକେ ଭାବିବାକୁ ଫୁରସତ୍ ମିଳେନାହିଁ ମୋତେ । ବେଲେବେଲେ ନିଜ ପାଉଁଜି ଶବ୍ଦ ଶୁଣି ଲାଗେ, ଘରକୁ କେହିଜଣେ ଚାଲିଆସିଲା କି' ! କେବେ ତରକାରୀ ପୋଡ଼ିଗଲେ ସବୁ ଦୋଷ ତୁମ ମୁଣ୍ଡରେ ଲଦିଦିଏ । ଧୁଣ୍ଡିଲେ, ଖାଇବାବେଲେ ତଣ୍ଟିରେ ଲାଖିଲେ ଏମିତି ଲାଗେ, ତୁମେ ହିଁ ମନେପକଉଛ । ଖୁବ୍ ଖୋଜୁଛ ମୋତେ । ସତରେ କ'ଣ ଏଇ ଛ'ବର୍ଷ ଭିତରେ କେବେ ତୁମେ ଖୋଜିଛ ମୋତେ ? ମୁଁ ଯାହା ସନ୍ତୁଲି ହେଉଛି ଧାଲନାଲର ସଂସାର ଭିତରେ ।

: ଆଛା, ତୁମେ ଏଠି କାହିଁକି ବସିଛ ? ଉପରକୁ ଆସ । ଫଟୋ ସେସନ୍ ଚାଲିଛି ।

ଝିଅଟି ହଠାତ୍ ଚମକାଇଦେଲା ମୋତେ ।

: ନାଇଁ । ମୋର ଫଟୋ ଉଠାଇବା ପାଇଁ ଇଚ୍ଛା ନାହିଁ ।

: ମନ ଭଲନାହିଁ ବୋଧେ ! ହେଲେ କାହିଁକି ? ତୁମ ଭାଇଙ୍କ ନୂଆ ବାହାଘର, ତୁମେ ବେଶୀ ଖୁସିହେବା କଥା ।

: କିଏ କହିଲା ମୁଁ ଦୁଃଖରେ ଅଛି ?

ମୁଁ ଚଢ଼ାଗଲାରେ ପ୍ରଶ୍ନ କଲି ।

ସେ ନିଜର ସ୍ମିତହସକୁ ସଂକୁଚିତ କରି କହିଲା,

: ମୋତେ ସେମିତି ଅନୁଭବ ହେଲା । ଠିକ୍ ଅଛି । ମୁଁ ଆସୁଛି ତେବେ ।

ଖୁବ୍ ଅସହଜ ଲାଗିଲା ମୋତେ । ବିରକ୍ତିରେ ବସିବା ଜାଗାରୁ ଉଠିଆସିଲି । ଝରକା ଦେଇ ବାହାରକୁ ଚାହିଁବା ବେଲକୁ ଦେଖିଲି, ତୁମେ ଗୋଟେ ପଥରଖଣ୍ଡିକୁ ଆଉଜି ଛିଡ଼ାହୋଇଛ । ସତେ ଯେମିତି ଗୋଟେ ଚିତ୍ର । ମୁଁ ଯଦି ମୋର ଦୁଇ ଅଙ୍ଗୁଲି ସାହାଯ୍ୟରେ ତୁମକୁ ବାମକୁ ଘୁରାଇଦିଏ, ତେବେ ଏମିତି ଦିଶିବ ଯେ ତୁମେ ଖୁବ୍ କ୍ଲାନ୍ତିରେ ଶୋଇଯାଇଛ । ହେଲେ ଆଖି ବନ୍ଦ କରିପାରୁନାହିଁ । ଠିକ୍ ସେତିକିବେଲେ ତୁମର ମୁଣ୍ଡ ଆଉଁସି ଦେବାକୁ ଖୁବ୍ ଇଚ୍ଛା ହେଉଥିଲା ମୋର । କିନ୍ତୁ ମୁଁ ମୁହଁ ଫେରେଇଆଣିଲି ।

ମନେଅଛି ! ଦିନେ ମୋର ମୁଣ୍ଡ ଆଉଁସି କହିଥିଲ, ନିଶି . . ଯଦି କେବେ ଆମେ ଅଲଗା ହୋଇଯିବା ମନକଷ୍ଟ କରିବନି । ଭାବିନେବ ମୋ ଭଲପାଇବାର ଅବଧି

ସେତିକି ଥିଲା। ନିଜକୁ କେବେ ବି ଦୋଷୀ ଭାବିବନି। ମୁଁ କିନ୍ତୁ ହସରେ ଉଡ଼ାଇ ଦେଇଥିଲି। ଆଉ କହିଥିଲି, ତୁମେ ବୋଧେ ପ୍ରିପ୍ଲାନିଂ କରିସାରିଛ ଅଲଗା ହେବାପାଇଁ।

•••

ସତରେ କ'ଣ ଗୋଟେ ନିର୍ଦ୍ଦିଷ୍ଟ ଅବଧିର ପ୍ରେମକୁ ନେଇ ମଣିଷ ବଞ୍ଚିପାରେ ? ହୁଏତ ତୁମେ ପାର; କିନ୍ତୁ ମୁଁ ନୁହେଁ। ତୁମେ ସବୁ ଯନ୍ତ୍ରଣା ଚାପିଦେଇ ଆରାମରେ ହସିପାର। କିନ୍ତୁ ଅଳ୍ପ କଷ୍ଟ ହେଲେ ମୁଁ କାନ୍ଦିପକାଏ। ଠକିବା ଜଣାନାହିଁ ମୋତେ।

ଗୋଟେ ଲମ୍ବା ଦୀର୍ଘଶ୍ୱାସ ଅଧାରୁ ଅଟକିଗଲା ବୋଉର ଡାକରେ।

: ନିଶି, ଟିକେ ଉପରକୁ ଆସିଲୁ। ପେଣ୍ଟିଂ ଗୁଡ଼ାକ କୋଉ ଜାଗାରେ ଲଗାଇଲେ ଭଲ ହେବ ଦେଖ଼ିବୁ।

: ମୋ ଦେଖ଼ିବାରେ କ'ଣ ଅଛି। ଯୋଉଟି ଭଲଲାଗୁଛି ସେଇଟି ଲଗାଇଦେ।

: ତୋ'ର ଟିକେ ବାସ୍ତୁଜ୍ଞାନ ଅଛି ବୋଲି ଦେଖ଼ିବାକୁ କହୁଛି।

ମୁଁ ବାଧ୍ୟହୋଇ ଉପର ମହଲାକୁ ଗଲି। ବାୟୁକୋଣ, ଅଗ୍ନିକୋଣ, ଈଶାନ୍ୟ କୋଣ ଆଦି ଭିତରେ ମୁଁ ଗୋଟେ ଅଭିଶପ୍ତ ଚିତ୍ର ଭଳି ମନେହେଲା; ଯେଉଁଠି ସୂର୍ଯ୍ୟର ଆଭାସ ଟିକେ ନାହିଁ।

ମୁଁ ପୁଣି ଖୋଜିହେଲି ତୁମକୁ। ଝରକା ବାଟେ ଚାହିଁଲି। ତୁମେ ସେତେବେଳୁ ବାହାରେ ବୁଲୁଛ। ଖରା ବାଜି କପାଳ ସାରା ବୁନ୍ଦା–ବୁନ୍ଦା ଝାଳ। ପୁନର୍ବାର ମୁହଁ ଫେରେଇ ଆଣିଲି।

ଜାଣିଛ, ତୁମ ନମ୍ବରକୁ ବ୍ଲାକଲିଷ୍ଟରେ ପକେଇଥିଲି ସେଇ ଛ'ବର୍ଷ ତଳେ। ଆଜି ପର୍ଯ୍ୟନ୍ତ ଅନବ୍ଲକ କରିନି। ଅଜଣା ନମ୍ବରରୁ ଫୋନ୍ ଆସିଲେ ଭାବେ ତୁମେ କରିଥିବ। ରିସିଭ୍ କଲା ମାତ୍ରେ କହିଉଠିବ, ନିଶି . . ତୁମେ କାହିଁକି ଏମିତି ଛୁଆଙ୍କ ଭଳି ହେଉଛ ? ଆହୁରି କେତେକଥା। କିନ୍ତୁ ମୁଁ କିଛି ନଶୁଣିବା ପରି ଶେଷରେ ପଚାରିବି, ଖାଇଲଣି ? ତା'ପରେ ତୁମେ ଏକଦମ ନୀରବ ହୋଇଯିବ। ହେଲେ ଏମିତି କେବେ ହୁଏନାହିଁ। ତୁମର ସବୁ ଫଟୋଗ୍ରାଫ୍‌କୁ ଗ୍ୟାସଚୁଲାରେ ଜାଲିଦେବାପରେ ମଧ ତୁମଠୁ ମୁକୁଲିପାରିନି ଆଜିଯାଏଁ। ଖାଲି ଯାହା ବୃଥାରେ ଆହତ ହୋଇଛି ନିଜେ।

•••

ମୁଁ ମୋର କାମସାରି ତଳକୁ ଆସୁଥିଲି। ପୁଣି ସେଇ ଅତରବାସ୍ନା ଦଳକାଏ ଆସି ନାକରେ ପିଟିହେଲା। ଆଃ . . ଖୁବ୍ ମନଜିଣା ଏ ବାସ୍ନା। ସାମ୍ନାରେ ଦେଖେ ତ ସେଇ ଝିଅଟି ମୋ ଆଡ଼କୁ ପିଠିକରି ଛିଡ଼ାହୋଇଛି। ନିଜକୁ ସାମାନ୍ୟ ହାଲୁକା କରି ତା'କୁ ପଚାରିଲି,

: କେଉ ପରଫ୍ୟୁମ୍ ? ଭଲ ବାସୁଛି ତ।

: ଓଃ ! ତୁମେ। ଏବେ ଠିକ୍ ଅଛ ତ ?

ସେ ବୁଲିପଡ଼ି ମୋତେ ଉତ୍ତର ଦେଲା। ଏମିତି ଅଜବ ଉତ୍ତର ଆସିବ ବୋଲି ଜାଣିଥିଲେ ଆଦୌ ପ୍ରଶ୍ନ କରିନଥାନ୍ତି।

: ହଁ। ଠିକ୍ ଅଛି।

: ଏ ପରଫ୍ୟୁମ ମୋ ଫିଆନ୍‌ସି ଗିଫ୍ଟ କରିଥିଲେ, ମୋ ବାର୍ଥ'ଡେରେ।

ସେ ଏତିକି କହିଲାବେଳେ ତା'ଆଖି ଲାଜ ଛଳଛଳ ହୋଇଯାଇଥିଲା।

: ଆଛା। ତେବେ ଖୁବ୍ ଭଲ ଚୟସ୍ ତାଙ୍କର।

: ହଁ, ସେ ୟୁନିକ୍। ଜାଣିଛ, ମୁଁ କେବଳ ତାଙ୍କ ପାଇଁ ଏଠିକି ଆସିଛି।

ଏତକ ସେ ଫିସ୍ ଫିସ୍ କରି କହିଲା।

: ଏବେଠାରୁ ପହରାଦେବା ଆରମ୍ଭ କରିଦେଲଣି !

ଏତିକି କହି ମୁଁ ହସିଲି କିଛିସମୟ ଅସ୍ୱାଭାବିକ ଭାବରେ। ଆଉ ହଠାତ୍ ରୁପ୍ ହୋଇଗଲି। ପୁଣି ପଚାରିଲି,

: ମୋତେ ତା'ଙ୍କ ସହ ପରିଚୟ କରାଇବ ତ ?

ସେ ହସିଲା ଏବଂ ନିଜର ଡାହାଣ ହାତର ତର୍ଜନୀରେ ନିର୍ଦ୍ଦେଶ କଲା ବାହାରକୁ। ଆଉ ଯେଉଁଠି କେନ୍ଦ୍ରୀତ ହେଲା ତା'ର ଲକ୍ଷ୍ୟ, ସେଠି ତୁମେ ଥିଲ। ସତରେ ତୁମେ ଥିଲ ନା !

ମୁଁ ଥରେ ନୁହେଁ ବାରମ୍ବାର ଚାହିଁଲି। ହେଲେ ପ୍ରତିଥର ତୁମକୁ ହିଁ ଦେଖିଲି। ମୋ ଶରୀରରେ ରକ୍ତପ୍ରବାହ ବୀପରିତ ଦିଗରେ ଯିବାକୁ ଆରମ୍ଭ ହେବାପରି ଅନୁଭବ ହେଲା। ଇଚ୍ଛା ହେଲା ନିଜ ଆଖିକୁ ନିଜେ ଫୁଟେଇଦେବି। ଖୁବ୍ ଅବଶ ଲାଗିଲା ମୋତେ। ମୁଁ ସେଠାରୁ ଚାଲିଆସିଲି ତତକ୍ଷଣାତ୍।

ସିଧା ବାପାଙ୍କ ପାଖକୁ ଗଲି। ବାପା ଅଛ ଘୁମେଇ ଯାଇଥିଲେ। ତାଙ୍କ ନିଦ ଭାଙ୍ଗିଦେଇ କହିଲି,

: ମୁଁ ଘରକୁ ଯିବି ବାପା।

: କାହିଁକି ? କ'ଣ ହେଲା କି ?

: ସବୁକାମ ତ ସରିଲାଣି। କାହିଁକି ରହିବି ଆଉ ? ସେ ବି ଘରେ ଏକୁଟିଆ ଭାରି ହଇରାଣ ହଉଥିବେ।

: ଯାଉ ଆଉ ତିନିଚାରିଦିନ, ଛାଡ଼ିଦେଇ ଆସିବି। ବ୍ୟସ୍ତ ହ'ନା।

ସେ କହିଲେ ଅଳସ ଭାଙ୍ଗିବାବେଳେ।

: ନାଇଁ। ମୁଁ ଏବେ ଯିବି।

: ହଠାତ୍ କ'ଣ ହେଲା ? ଏବେ କାହିଁକି ଯିବୁ ?

: ମୁଁ ଯେମିତି ହେଲେ ବି ଆଜି ଯିବି।

: ମୋର ଆଜି ଗୁଡ଼ାଏ କାମ। କେମିତି କ'ଣ କରାଯିବ ?

: ନହେଲେ ମୁଁ ତାଙ୍କୁ କହିବି। ସେ ଆସି ନେଇଯିବେ।

: ହେଲେ କାହିଁକି ? ହଠାତ୍ କ'ଣ ହେଇଗଲା ତୋର ? ଏତେ ଜିଦି କ'ଣ ଗୋଟେ ?

ବାପା ସାମାନ୍ୟ ରାଗିଗଲେ।

: ମୋ ଦେହ ଭଲ ଲାଗୁନି ବାପା। ଅନୁରାଗର ବି ଦେହ ଠିକ୍ ରହୁନି। ଆସିବା ଦିନଠାରୁ ଥଣ୍ଡାକାଶ ଲାଗିରହିଛି।

ବାପା କିଛି ସମୟ ଭାବିଲେ ଏବଂ କହିଲେ,

: ରହ, ମୁଁ ଜ୍ୱାଇଁକୁ ଫୋନ୍ ଲଗାଏ ଆଗ।

ଶୀଘ୍ର ସେଠାରୁ ଚାଲିଆସିଲି। ଲଗେଜ୍ ପ୍ୟାକ୍ କଲି ଖୁବ୍ ଅସଜଡ଼ା ଭାବରେ। ଶାଢ଼ୀ ଏମିତି ପିନ୍ଧିଲି ଯେ ଯେପରି ମୁଁ ଅନଭ୍ୟସ୍ତ ଏସବୁରେ। ମୋବାଇଲରେ ମେସେଜ୍ ଆସିଲା। '୫.୩୦'। ଏହାର ଅର୍ଥ ମୁଁ ଠିକ୍ ପାଞ୍ଚଟା ତିରିଶରେ ପହଞ୍ଚିବି, ତୁମେ ରେଡି ହେଇକି ରୁହ। ମୋତେ ବେଶୀ ସମୟ ଅପେକ୍ଷା କରେଇବନି।

ଆଃ . . ଏତେ ସର୍ତ୍କତ୍‌ରେ କ'ଣ ମଣିଷ ବଞ୍ଚିପାରେ ?

ଜାଣିଜାଣି ଖାଇବା ଟେବୁଲରୁ ତଳକୁ ଚାମଚ ଫିଙ୍ଗିବାର ଅର୍ଥ, ଆଜି ଖାଇବା ଭଲହୋଇନି। ଯଦି ଇଚ୍ଛା ନାହିଁ, ଖାଇବା ବନଉଛ କାହିଁକି !

'ଶୁଣ', ଏହାର ଅର୍ଥ ଯେଉଁ ଅବସ୍ଥାରେ ଥିଲେବି ପାଖକୁ ଆସି କଥା ଶୁଣିବାକୁ ବାଧ୍ୟ। ଯଦି ଅର୍ଦ୍ଧନଗ୍ନ ଅବସ୍ଥାରେ ଗାଧୁଆଘରେ ଅଛ ତେବେ ମଧ୍ୟ ନିସ୍ତାର ନାହିଁ।

ଦି'ଟା ଖଣ୍ଡିକାଶର ଅର୍ଥ, ମୋତେ ତୁମ ସହ କିଛି ପ୍ରେମପୂର୍ଣ୍ଣ କଥାବାର୍ତ୍ତା କରିବାର ଅଛି। ତୁମ ସହମତିରେ କିମ୍ୱା ବିନା ସହମତିରେ।

ସାମାନ୍ୟ ହସର ଅର୍ଥ, ମୁଁ ଆଜି ବହୁତ ଖୁସି ଅଛି। ତୁମେ ବି ମୋ ଖୁସିରେ ଖୁସିହୁଅ। ପ୍ଲିଜ୍।

ଦି'ଟା ନାଲିଆକ୍ଷର ଅର୍ଥ, ତୁମେ ଜିନ୍ ପିନ୍ଧିବାର ମହାନ୍ତିବାବୁ ଦେଖ୍‌ଥିଲେ। କହୁଥିଲେ ତୁମ ଫିଗର ଗୋଟେ ମଡେଲ୍ ଫିଗର। ସେଇ ଅପମାନକୁ ସହ୍ୟ କରିନପାରି ମୁଁ ବାହାରେ ପେଗ୍ ପରେ ପେଗ୍ ଉଦ୍ତେଇ ଦେଇ ଆସିଛି। କାରଣ ମୁଁ ହୋସରେ ଥିବାବେଳେ ତୁମକୁ ଚରିତ୍ରହୀନା କହିପାରିବି ନାହିଁ।

ଡେରି ରାତିରେ ଘରକୁ ଫେରିଲେ ଖାଇବାକୁ ନଆସି ଫ୍ରିଜ୍ ଡୋର ଖୋଲିବାର ଅର୍ଥ, ମୁଁ ଖାଇଦେଇ ଆସିଛି। ମୋତେ ଅଯଥା ପ୍ରଶ୍ନ ପଚାରି ବିରକ୍ତ କରାଅନି।

ଶୋଇବାକୁ ଯିବାର ଅଧଘଣ୍ଟା ପରେ ମଧ ବେଡରୁମ୍ ଲାଇଟ୍ ଅନ୍ ରଖିବାର ଅର୍ଥ, ତୁମେ ମୋର ଦରକାର। ନିହାତି ଦରକାର। ତୁମର ମାଇଗ୍ରେନର ଯନ୍ତ୍ରଣା, ଆସିଡିଟୀର ଜ୍ୱଳନ ଆଉ ଅଣ୍ଟାବିନ୍ଧାକୁ ସାଥୀରେ ଧରି କେବଳ ମୋତେ ହିଁ ପ୍ରେମ କର। କେବଳ ମୋତେ।

• • •

ଗାଡ଼ିର ହର୍ଷ ଶବ୍ଦରେ ମୁଁ ଚମକି ପଡ଼ିଲି। ତରବର ହୋଇ ବାହାରି ଗଲାବେଳେ ସେ ଝିଅ ମୋ ପାଖକୁ ଆସି କହିଲା, ଏମିତି ହଠାତ୍ ଚାଲିଯାଉଛନ୍ତି ଯେ! କିଛି ଅସୁବିଧା ହେଲା କି? ତା' ଦେହରୁ ସେଇ ସମାନ ଅତରବାସ୍ନା ଆସୁଥିଲା। ଆଉ ମୋତେ ନାକବନ୍ଦ କରିବାକୁ ଇଚ୍ଛା ହଉଥିଲା। ବେଶୀ କଦର୍ଯ୍ୟ ଦିଶୁଥିଲା ତା'ର ମୁହଁ।

ମୁଁ କହିଲି, ପର୍ସନାଲ ପ୍ରୋବ୍ଲେମ୍।

ସେ ଚୁପ ରହିଲା।

ବୋଉର କାନ୍ଦୁରା ମୁହଁ, ବାପାଙ୍କ ସଂଶୟ, ଭାଇର ବିରକ୍ତିପଣ, ଜଳଜଳ ହୋଇ ଦିଶୁଥିଲା ମୋତେ। ତଥାପି ପରବାୟ ନାହିଁ। ମୁଁ ଅନୁରାଗକୁ ଖୋଜୁଥିଲି। କୁଆଡ଼େ ଗଲା ଛୁଆଟା।

ମୁଁ ବଡ଼ପାଟିରେ ଡାକିଲି, ଅନୁରାଗ ଶୀଘ୍ର ଆସ। ଲେଟ୍ ହଉଛି। ସେ ଝିଅ ଝାଁ ପଡ଼ିବା ପରି କହିଲା, ନା . . ସେ ଯାଇପାରିବେନି। ଆମର ଡିନର ପ୍ଲାନିଂ ଅଛି ଆଜି ସନ୍ଧ୍ୟାରେ।

ମୁଁ ପୁଅକୁ କୋଳେଇନେଇ ଉତ୍ତର ଦେଲି, ଇଏ ମୋ ଅନୁରାଗ। ତା' ମୁହଁ ମଉଳିଗଲା।

ସେତେବେଳକୁ ତୁମେ ବି ଆସିସାରିଥିଲ। ମୋ ଡାକଶୁଣି ଆସିଥିଲ ନା' ଏମିତି ଆସିଥିଲ! ଜାଣିବାକୁ ଭାରି ଇଚ୍ଛା ହେଉଛି ଥରେ।

ମୁଁ ଅନୁରାଗର କପାଳରେ ହାଲ୍କା ଚୁମାଟିଏ ଦେଲି। ହେଲେ ତୁମେ ତଳକୁ ମୁହଁ ପୋତିଦେଲ କାହିଁକି?

ପୁଣି ଥରେ ହର୍ଷ ବାଜିଲା।

ତୁମେ ଜାଣ କି' ଏ ହର୍ଷର ଅର୍ଥ କ'ଣ? ନା, ବୋଧେ ଜାଣିପାରୁନଥିବ ଠିକ୍ ଯେମିତି ମୁଁ ଜାଣିପାରୁନାହିଁ ତୁମ ଆଖ୍ ଓଦାହେବାର ଅର୍ଥ କ'ଣ!

ପ୍ରତିଶଧ

ବାରମ୍ବାର ମୋବାଇଲର ଫ୍ରଣ୍ଟ କ୍ୟାମେରାରେ ସେ ନିଜ ମୁହଁକୁ ଦେଖୁଥିଲା। ଟିକେ ଦାଢ଼ିରେ ହାତ ମାରୁଥିଲା, ଦି'ଆଙ୍ଗୁଠିରେ ଆଖି ମେଲାକରି ଦେଖୁଥିଲା, ବାରମ୍ବାର ହେୟର ଷ୍ଟାଇଲ ବଦଳଉଥିଲା। ତା'ର ଏମିତି ହରକତକୁ ପତ୍ରାଲି ଦୂରରୁ ଦେଖୁଥିଲା କେବଳ। ତା'ର ଏପରି କରିବା ନୂଆ ନଥିଲା। ଏମିତି ହରକତ ଜଣେ ସେତେବେଳେ କରେ, ଯେତେବେଳେ କୋଉ ଖାସ୍ ମଣିଷ ସହ ଦେଖା କରିବାର ଥାଏ କିମ୍ବା ନିଜର ସୁନ୍ଦରତା ଉପରେ ନିଜର ସନ୍ଦେହ ଥାଏ। ସେ ଏବେ ମୋବାଇଲ୍ ରଖି ବାଥରୁମ୍ ଗଲା। କହିଦେଇ ଗଲା, ମୋ ପାଇଁ କିଛି କରନି ମୁଁ ଆଜି ଖାଇବିନି। ପତ୍ରାଲି ଚୁପ୍ ରହିଲା। ସେ ଫ୍ରେସ୍ ହେଇ ଜିନ୍ସ ଆଉ ସାର୍ଟ ପିନ୍ଧିଲା। ଏ ସାର୍ଟ ତ ନୂଆ ବୋଧେ! ପତ୍ରାଲି ପଚାରିଲା, ଏ ସାର୍ଟ କେବେ ଆଣିଲ ? ଏ କଲର ତମର ତ ବିଲକୁଲ୍ ପସନ୍ଦ ନୁହେଁ। ସେ ଚିଡ଼ିଲା ପରି କହିଲା, ମୁଁ ଟ୍ରିମର୍ ବି ନୂଆ ଆଣିଚି। ତମକୁ ଜଣେଇଚି କି ?

: ତମେ ନିଶ୍ଚୟ କେବେ ହାଣ୍ଡିଆ ପିଇଥିଲ ? ଆଚ୍ଛା ମହୁଲି ?

: ତମର ବାଜେ ପ୍ରଶ୍ନର ଉତ୍ତର ଦେବା ମୁଡ୍‌ରେ ମୁଁ ନାହିଁ। ଲେଟ୍ ହଉଚି।

: ସନ୍ଧ୍ୟାରେ ବହୁତ ଜରୁରୀ କାମ ଅଛି। ନୁହେଁ ?

: ଫେରିଲେ କହିବି।

: ଫେରିଲା ବେଳକୁ ହୋସ୍‌ରେ ଥିବ ତ!

: ମାନେ ?

: କିଛି ନାହିଁ। ଯାଅ। କେହିଜଣେ ଅପେକ୍ଷା କରିଥିବ। ତମର ଲେଟ୍ ହଉଚି।

: କିଏ ଅପେକ୍ଷା କରିଥିବ ? ତମେ ସନ୍ଦେହ କରୁଚ ?

ପତ୍ରାଲି ସାମାନ୍ୟ ହସିଲା। କହିଲା, ଯାଅ... ଲେଟ୍ ହଉଚି।

ଘରର କବାଟକୁ ଜୋରେ ପିଟିଦେଇ ସେ ଚାଲିଗଲା। ସେ ଯିବା ପରେ କେମିତି ଅସ୍ତବ୍ୟସ୍ତ ଲାଗିଲା ପତ୍ରାଲିକୁ। ଗୋଟେ ନାରଙ୍ଗୀ ରଙ୍ଗର ଶାଢ଼ୀ ବାହାର କଲା ଆଲମାରୀରୁ; ଯୋଉ ରଙ୍ଗ ତା'ନିଜର ବିଲକୁଲ ପସନ୍ଦ ନୁହେଁ। ଶାଢ଼ୀ ପିନ୍ଧି ଆଇନାରେ ନିଜକୁ ଦେଖ୍ଲା। ନିଜକୁ ନିଜେ କହିଲା, ଛେଃ କେତେ ବାଜେ ଲାଗୁଚି ମୁଁ। ହେଲେ ସଂଜୀବ କେମିତି... ! ସେ ଅଧିକ କିଛି ଭାବି ପାରିଲାନ୍ତି। ସୁରଭିକୁ ଫୋନ୍ କଲା। ସେ ରିସିଭ୍ କରିବା ମାତ୍ରେ ତାକୁ ପଚାରିଲା, କହିଲୁ ମୋ ପାଖରେ କ'ଣ ଖାସ୍ ଅଛି ?

ସୁରଭି ତରବର ହେଇ ପଚାରିଲା,

: କ'ଣ ହେଇଚି ତୋର ?

: ତୁ କହ ମୋତେ। କ'ଣ ଖାସ୍ ଅଛି ?

: କ'ଣ ଖାସ୍ ନାହିଁ ଯେ ତୋ ପାଖରେ।

: କ'ଣ ନାହିଁ କହ ?

: ଏଇ, ତୁ କାନ୍ଦୁଚୁ ?

ପତ୍ରାଲି ଫୋନ୍ କାଟିଦେଲା।

•••

ଯେତେବେଳେ ପତ୍ରାଲି ସଂଜୀବକୁ ଭଲ ପାଇବା ଆରମ୍ଭ କରିଥିଲା, ଏଇ ସୁରଭି ହିଁ କହିଥିଲା, କ'ଣ ପାଇଁ ତାକୁ ଭଲପାଉଚୁ? ଏମିତି କିଛି ଖାସ୍ ନାହିଁ ତ ତା'ପାଖରେ! ସେ ସେଦିନ ଖୁସିହେଇଥିଲା ବହୁତ। ସଂଜୀବ ପାଖରେ ଯାହା ବି ଖାସ୍ ଅଛି ତାହା କେବଳ ତାକୁ ହିଁ ଦିଶିଛି ଆଉ କାହାକୁ ନୁହଁ।

ହେଲେ ଏଇ କିଛି ମାସ ହେଲାଣି ସଂଜୀବ ବଦଳିବାରେ ଲାଗିଛି। ଭଲପାଇବା କ'ଣ ବଦଳେ ଋତୁ ପରି ? ନ ମଣିଷ ବଦଳେ!

ସୁରଭିର ଫୋନ୍ ଆସିଲା ଆଉଥରେ। ପତ୍ରାଲି ରିସିଭ୍ କରିବା ମାତ୍ରେ ସେ ପଚାରିଲା,

: କିରେ, ଝଗଡ଼ା କରିଚ କି ଦି'ଜଣ ?

: ଝଗଡ଼ା କୋଉମାନେ କରନ୍ତି ?

: କ'ଣ ହେଇଛି ଯେ ତେବେ ?

: ଜୋରେ କବାଟ ପିଟିବାର ଅର୍ଥ କ'ଣ ତୁ ଜାଣୁ ?

: ଓହୋ। ତୋର ହଷ୍ଟେଲ୍ କଥା ମନେପଡୁଚି ବୋଧେ। ମୋତେ ରୁମରୁ ବାହାର କରି ତୁ କବାଟ ବନ୍ଦକରିବାକୁ ଯାଇ ଜୋରେ ପିଟି ଦେଇଥିଲୁ। ସଂଜୀବ

ସେତେବେଳକୁ ସାର୍ଟ ଖୋଲି ସାରିଥିଲା । ମୋତେ କବାଟ ଫାଙ୍କରେ ଦିଶିଥିଲା ଯେ ଟିକେ । ତୋ ପାଇଁ କେତେ ରୋମାଣ୍ଟିକ୍ ଥିଲା ସେସବୁ ଦିନଗୁଡ଼ାକ ନା !

: କବାଟ ପିଟିଲେ କେମିତି ଶବ୍ଦ ହୁଏ ଜାଣୁ ?

: ମାନେ ?

ସୁରଭି ଆଉକିଛି ପଚାରିବା ପୂର୍ବରୁ ସେ ଫୋନ୍ କାଟିଲା । ଆଉଥରେ କଲ୍ କରିବା ବେଳକୁ ତା' ଫୋନ୍ ସ୍ୱିଚ୍ ଅଫ୍ ହେଇସାରିଥିଲା ।

ପତ୍ରାଲି ଏଥର ନୀଳ ରଙ୍ଗର ଶାଢ଼ୀ ପିନ୍ଧିଲା । ଏ ରଙ୍ଗ ସଂଜୀବର ଖୁବ୍ ପସନ୍ଦ । ଯେତେବେଳେ ଆଇନାରେ ନିଜକୁ ଦେଖିଲା, ଚମକି ପଡ଼ିଲା । 'ଇଏ ମୁଁ ନୁହେଁ !' ଏତିକି କହି ସାଙ୍ଗେସାଙ୍ଗେ ଶାଢ଼ୀ ବଦଳାଇଦେଲା ।

●●●

ସଂଜୀବ ଫେରିଲା ରାତି ସାଢ଼େଦଶ ବେଳକୁ । ପାଖରେ ଆସି ବସିଲା । ପତ୍ରାଲି ତା'ଠୁ ମୁହଁ ଫେରେଇ ନେଲାବେଳେ ମନେମନେ ଭାବିଲା, ଉଫ୍...ଏ ଗନ୍ଧ ବି ତା'ର ନିଜର ନୁହେଁ । ସଂଜୀବ ପଚାରିଲା, ଖାଇ ସାରିଲଣି ? ସେ ସେଠୁ ଉଠିଯାଇ ହଠାତ୍ କାଚର ଗଣେଶ ମୂର୍ତ୍ତିଟା ତଳେ କଚାଡ଼ିଦେଲା । ସଂଜୀବ କହିଲା, ଆରେ କ'ଣ କଲ ତମେ ! ସେ ଏଥର ଟେବୁଲ୍ ଲ୍ୟାମ୍ପକୁ ତଳେ କଚାଡ଼ି ଦେଲା । ସଂଜୀବ ସାମାନ୍ୟ ଚିଡ଼ିଯାଇ କହିଲା, କ'ଣ କରୁଚ ଏସବୁ ? ସେ ଆଲରମ୍ ଘଣ୍ଟାଟା ତଳେ କଚାଡ଼ିଦେଲା । ସଂଜୀବ ଏଥର କହିଲା, ପାଗଳ ହେଇଯାଇଚ ନା କ'ଣ ! ସେ ତା'ର ଆସ୍ଟ୍ରେଟା ତଳେ କଚାଡ଼ି ଦେଲା । ସଂଜୀବ ପୁଣି ପଚାରିଲା, ଆରେ ତମ ମୁଣ୍ଡ ଖରାପ ହେଇଯାଇଛି ନା କ'ଣ ! ସେ ଅଧା ପାଣିଥିବା କାଚଗ୍ଲାସ୍‌କୁ ତଳେ କଚାଡ଼ିବା ପୂର୍ବରୁ ସଂଜୀବ ତା'ର ହାତ ଦୁଇଟିକୁ ଧରି ପଚାରିଲା, କ'ଣ ହଉଚି ଏସବୁ ?

ପତ୍ରାଲି କହିଲା,

: ଶବ୍ଦ ।

: କ'ଣ ?

: ଓଡ଼ିଆ ବୁଝିପାରୁନ ! ସାଉଣ୍ଡ ।

: ତମେ ସତରେ ପାଗଳ ହେଇଯାଇଛ ନା କ'ଣ ! କେତେ ଜିନିଷ ଭାଙ୍ଗିଲାଣି । କ'ଣ ହେଲାଣି ଏ ଘରର ଅବସ୍ଥା !

: ତମେ ଯେବେ ପ୍ରଥମ ଥର କବାଟ ପିଟିଦେଇ ବାହାରକୁ ଚାଲିଯାଇ ଥିଲ, କ'ଣ ଭାଙ୍ଗିଥିଲା ?

: କ’ଣ ଭାଙ୍ଗିଥିଲା ?

: ଆଜିକୁ କେତେଥର ତମେ କବାଟ ପିଟିଦେଇ ବାହାରକୁ ଯାଇଛ ?

: କେତେ ଥର ?

: ଏଗାର ଥର। ଆଉ ସାଥୀରେ ନେଇଯାଇଛ ଏଗାରଟା ପ୍ରଶ୍ନର ଉତ୍ତର। ସେ ଉତ୍ତର ମୁଁ ଆଜିଯାଏଁ ପାଇନି ତମଠାରୁ।

: ମାନେ ? ତମେ ସନ୍ଦେହ କରୁଚ ମୋତେ ?

: ତମେ ଜାଣ, ତମ ଦେହର ଗନ୍ଧ ସହ ମୁଁ ଏତେ ଅଭ୍ୟସ୍ତ ଯେ, ମୁଁ କହିଦେଇ ପାରେ ତମେ ଅଫିସରୁ ସିଧା ଘରକୁ ଫେରିଛ ନା ମାର୍କେଟ୍‌ରୁ କିଛି କିଣାକିଣି କରି ଫେରିଛ। ତମର ଗୋଟିଏ ଦି’ଟା ଶବ୍ଦ ଆଉ କଥା କହିବାର ଢଙ୍ଗରୁ ମୁଁ ଜାଣିପାରେ ତମେ ସତ କହୁଚ ନା ମିଛ। କଥା କହିବା ଆଉ କଥା ବୁଲେଇବା ଭିତରେ ସୂତାଏ ଫରକ ମାତ୍ର।

: ତମେ ତେବେ ବିଶ୍ୱାସ କରନି ମୋତେ ?

: ବିଶ୍ୱାସ କ’ଣ ଗୋଟେ କ୍ରିୟା ! ମୁଁ କରିବି ?

ସଂଜୀବ ସେତେବେଳୁ ଧରିଥିବା ଗ୍ଲାସରୁ ଗୋଟେ ଢୋକ ପାଣି ପିଇଲା। କିଛି ସମୟ ବସିଲା। ତା’ପରେ କହିଲା, ତମକୁ କଷ୍ଟ ଦେବାକୁ ମୁଁ ଚାହୁଁନଥିଲି। ମୁଁ ତମକୁ ବୁଝେଇକି କହୁଛି ସବୁ...।

ସେ ତା’କଥା କିଛି ନଶୁଣି ଲଗେଜ୍ ଧରି କବାଟ ପାଖେ ପହଞ୍ଚିଲା। ସଂଜୀବ ଅଟକାଇବାକୁ ଯାଇ କହିଲା, ମୋ କଥା ଶୁଣ ଟିକେ।

ସେ କବାଟ ଖୋଲି ବାହାରକୁ ଗୋଟେ ପାଦ ରଖିଲା ବେଳେ କହିଲା, ତମେ ଜାଣ କ’ଣ ଖାସ୍ ଅଛି ମୋ ପାଖରେ ?

ସେ ଉତ୍ତର ଦେବା ପୂର୍ବରୁ ପତ୍ରାଲି କବାଟକୁ ଜୋରେ ପିଟିଦେଇ ଆସିଲା। ଭିତର ପଟେ ଗୋଟେ କାଚଗ୍ଲାସ୍ ତଳେ ପଡ଼ି ଭାଙ୍ଗିବାର ଶବ୍ଦ ତାକୁ ଶୁଣାଗଲା କେବଳ।

ଛୁରୀ

ଓଃ ପୁଣି ସେଇ ଚିକ୍ରାର୍‌ ! କେବେ ଜୋରରେ ତ କେବେ ଧୀରେ । ଏବେ ଦୁଇ ତିନି ମିନିଟ୍‌ ଯାଏଁ ଏମିତି ଚାଲିବ । ଜଣାନାହିଁ କାନ୍ତୁ ମଧ ଦେଇ କେମିତି ଭେଦକରେ ତାର ଚିକ୍ରାର୍‌ ! ଏବଂ ତାର ସମୟ ଜ୍ଞାନ ବୋଲି କିଛି ନାହିଁ । କେବେ ଏକଦମ ସକାଳୁ, କେବେ ଦିନ ଦିପହରେ, ଏପରିକି ରାତି ଅଧରେ ତାର ଚିକ୍ରାରରେ ମୋର। ନିଦ ଭାଙ୍ଗିଯାଏ । ଏସବୁକୁ ସହଜରେ ଏଡ଼ାଇ ପାରୁନଥିଲି ମୁଁ। ଭୂତପ୍ରେତ ନୁହଁ ତ ଆଉ! ତାପରେ ନିଜକୁ ବୁଝେଇଦେଲି, ହେ ନା ମ ଭୂତଫୁତ କିଛି ନାହିଁ । ସେପଟ ଘରେ କିଏ ରହୁଛନ୍ତି , କେତେଜଣ ରହୁଛନ୍ତି, ଏସବୁ ବିଷୟରେ ଜାଣିବାର ମୋର ଟିକିଏ ବି ଆଗ୍ରହ ନଥିଲା । ମୋର କେବଳ ଗୋଟେ ଘର ଦରକାର ଥିଲା ଯାହା କଲେଜରୁ ପାଖହବ । ହଷ୍ଟେଲ ପାଇଁ ଆପ୍ଲାଏ କରିନଥିବାରୁ ଏବଂ କ'ଣ ପଢ଼ିବି ବୋଲି ଯାଉସାଉ ଭାବି ଶେଷରେ ଗୁଡ଼ାଏ ଟଙ୍କା ବୁଝେଇ ଡାଇରେକ୍ଟ ଆଡମିସନ କରିଥିବାରୁ ଏଇ ଘରେ ରହିବାକୁ ପଡୁଥିଲା ମୋତେ । ମୁଁ ଛୋଟଥିବା ବେଳେ ଆମ ଘର ପାଖରେ ସ୍ୱାମୀ ସ୍ତ୍ରୀ ଦୁଇଜଣ ରହୁଥିଲେ । ତାଙ୍କର ଏମିତି ୫ଗଡ଼ା ଲାଗେ ଯେ ଆମେ ଶାନ୍ତିରେ କେହି ଶୋଇପାରୁନଥିଲୁ । ବାସନ ଫିଙ୍ଗାଫୋପଡ଼ାଠୁ ଆରମ୍ଭ କରି କାଚଗ୍ଲାସ୍‌ ଭାଙ୍ଗିବା ଯାଏଁ ସବୁ ଶଢ ମୋରି କାନରେ ଆଗ ପିଟିହୁଏ । ଭାବିଲି, ଏଠି ବି ସେମିତି କିଛି ହେଇଥିବ । ମୁଁ ଯୋଉଦିନ ପ୍ରଥମେ ଆସିଥିଲି, ସେଦିନ ଠିକ୍‌ ରାତି ସାଢ଼େଏଗାରଟା ପାଖାପାଖି ଆରମ୍ଭ ହେଇଗଲା ତାର ଚିକ୍ରାର । କାନ୍ତୁକୁ ଲାଗି ଶୋଇଥିବାରୁ ମୋ ନିଦଟା ଭାଙ୍ଗିଗଲା । ମୁଁ କାନ ଡେରିଲି । ଝିଅଟିକୁ କିଏ ବାଡ଼ଉଚି କି! କେବଳ ଝିଅଟିର ଚିକ୍ରାର ବ୍ୟତୀତ ଆଉ କାହାର କଣ୍ଠସ୍ୱର କାଇଁ ଶୁଣାଯାଉନି ତ! କିନ୍ତୁ ଦି'ମିନିଟ୍‌ ପରେ ଆପେ ବନ୍ଦହେଇଗଲା । ଠିକ୍‌ ଦୁଇଦିନପରେ ଦିପହରେ ପୁଣି ଶୁଣାଗଲା ସେଇ ଚିକ୍ରାର । ଭାବିଲି, ଯାଉଛି ଦେଖ୍‌ ଆସିବି କ'ଣ ହଉଚି ସେପଟ ଘରେ । ମୁଁ ଯାଇ

କଲିଂବେଲ୍‌ ଟିପିଲି । ଦଶମିନିଟ୍‌ ପାଖାପାଖ ଅପେକ୍ଷା କରିବା ପରେ ମଧ୍ୟ କେହିଆସି କବାଟ ଖୋଲିଲେ ନାହିଁ । ଶେଷରେ ମୁଁ କବାଟ ଠକ୍‌ ଠକ୍‌ କଲି । ତଥାପି କିଛି ଜବାବ ଆସିଲାନି । ବରଂ ସେଇ ଶବ୍ଦରେ ଅନ୍ୟ ଘରର କବାଟ ଖୋଲିଗଲା ଏବଂ ସେମାନେ ମୋ ଆଡ଼କୁ ଅନେଇ ରହିଲେ । ଗୋଟେ ସ୍ତ୍ରୀ ଲୋକ ମୋ ପାଖକୁ ଆସି ଏମିତି ଚାହିଁଲା, ସତେ ଯେମିତି ସେ ବାଥରୁମରେ ଥିବା ବେଳେ ମୁଁ ତା ଝିଅକୁ କିସ୍‌ କରିଦେଇ ଏଠି ଆସି ନଜାଣିବା ପରି ଛିଡ଼ାହେଇଛି । ଏଠି ଯାହା ବି ହେଇଥାଉ ନା କାହିଁକି ଦୋଷ ପ୍ରଥମେ ମୋତେ ହିଁ ଦିଆଯିବ ବୋଲି ଭାବିଲି । କାରଣ ମୁଁ ଗୋଟେ ପୁଅ । ମୋର ଏତେ ସବୁ ପାଲାରେ ପଶିବାର ନାହିଁରେ ବାବା । ସେ ଘରେ ଯିଏ ବି ଥାଉ, ଭୂତ ପିଶାଚ କି ମଣିଷ; ମୋର କିଛି ଯାଏ ଆସେ ନାହିଁ । ମୁଁ ଚୁପ୍‌ଚାପ୍‌ ରୁମ୍‌କୁ ଚାଲିଆସିଲି । ଭାବିଲି, ତା ଚିକ୍ରାର କେବଳ ମୋତେ ଶୁଣାଯାଉଛି ନା ଅନ୍ୟମାନଙ୍କୁ ବି ଶୁଣାଯାଉଛି! ପୁଣିଥରେ ମନରେ ପ୍ରଶ୍ନ ଆସିଲା । ବାହାରକୁ ଆସି ଆଉଥରେ ଭଲ କରି ଦେଖିଲା ବେଳକୁ ସେଇ ଘରଟା ହିଁ ତୃତୀୟ ମହଲାର ଶେଷ ଘର । ତାକୁ ଲାଗି ଆଉ କୌଣସି ଘର ନାହିଁ । ମୁଁ କାହାକୁ କହି ବି ପାରିବି ନାହିଁ ଯେ ଏ ଘରୁ ମୋତେ ଚିକ୍ରାର ଶୁଣାଯାଉଛି । ପୁନଶ୍ଚ ରୁମ୍‌କୁ ଆସିଲି ।

ଏବେ ତା ଚିକ୍ରାର ଶୁଣିଲେ ମୁଁ ଆପେଆପେ କାନ୍ତ ପାଖକୁ ଚାଣିହେଇଯାଏ । ସେ ଚିକ୍ରାର କରିବା ଆରମ୍ଭ କଲେ ମୁଁ କାନ୍ତୁକୁ ଟିକେ ଆଉଁଶିଦିଏ । ଏମିତି ଲାଗେ ଯେମିତି ତା ମୁହଁକୁ ଆଉଁସି ଦଉଛି । କେବେ ଦୁଇଦିନ, କେବେ ଚାରିଦିନ, କେବେ ସପ୍ତାହ ବ୍ୟବଧାନରେ ତାର ଚିକ୍ରାର ଶୁଣାଯାଏ । ଆଉ ମୋତେ ଲାଗେ ଯୋଉଦିନ ସେ ଚିକ୍ରାର କରେନାହିଁ ବୋଧେ ସେଦିନ ତାସହ କିଛି ଗୋଟେ ଘଟେ । ଏମିତି ଏକ ଅଜବ ଲଜିକ୍‌ ଘର କରିସାରିଥିଲା ମୋ ମୁଣ୍ଡ ଭିତରେ । କାହିଁକି ଏମିତି ହଉଛି? କିଏ ଏମିତି ହଉଛି? କିଛି ସମାଧାନ ନପାଇବାରୁ ବିରକ୍ତ ହୋଇ ମୁଁ ଯଥାସମ୍ଭବ ତାଠାରୁ ଦୂରେଇବାକୁ ଚେଷ୍ଟା କଲି । ଚିକ୍ରାର ଆରମ୍ଭ ହେବା ମାତ୍ରେ ମୁଁ ହେଡଫୋନ୍‌ ଲଗେଇ ଗୀତ ଶୁଣିବା ଆରମ୍ଭ କଲି । ତଥାପି ମୋର ସମସ୍ତ ଧ୍ୟାନ ତାରି ପାଖରେ ଅଟକି ଯାଉଥିଲା । ଗୀତ ନୁହେଁ ସେଇ ଚିକ୍ରାର ହିଁ କାନରେ ପିଟି ହେଉଥିଲା ।

• • •

ଆଜି ସକାଳୁ ଫ୍ରେସ୍‌ ହେଇ ମୁଁ ସେଭ୍‌ କାଟୁଥିଲି । ଅନ୍ୟମନସ୍କ ହେବାରୁ ବୁଢ଼ା ଆଙ୍ଗୁଠି ଟା କଟିଗଲା ଯେ ମୋ ପାଟିରୁ ଆଃ ବୋଲି ବାହାରି ଆସିଲା । ରକ୍ତଗୁଡ଼ା ଠପ୍‌ ଠପ୍‌ ହେଇ ଚଟାଣରେ ପଡ଼ୁଥିଲା । ଫାଷ୍ଟଏଡ୍‌ ଖୋଜିବା ବେଳେ ମୋତେ ଲାଗିଲା ମୁଁ ସେଇ ଝିଅରେ ପରିଣତ ହୋଇସାରିଛି । କାରଣ ସେ ଝିଅ ଠିକ୍‌ ଏମିତି ଚିକ୍ରାର

କରେ। ଆଚ୍ଛା, ସେ କ'ଣ ହାତ କାଟେ କି ପ୍ରତିଥର! ଧାରୁଆ ଛୁରୀ ନା ବ୍ଲେଡ୍‌ରେ? ରକ୍ତ ତ ବୋହୁଥିବ। କାନ୍ଥକୁ ଲାଗିଥିବା ରୁମ୍‌ଟା କ'ଣ ତା ବାଥରୁମ୍! ଏମିତି କେତେ କ'ଣ ଭାବିଗଲି। ଭାବିଲି, ଅଜାଣତରେ ହାତ କାଟିଦେଲି ବୋଲି ମୋତେ ଏତେ କଷ୍ଟ! ଯଦି ସେ ପ୍ରତିଥର କଷ୍ଟ ପାଉଛି କ'ଣ ସବୁ କରୁଥିବ!

ମୁଁ ଆଙ୍ଗୁଠିରେ ବ୍ୟାଣ୍ଡେଜ୍ ବାନ୍ଧିଲି। ତା' ସହ ବାନ୍ଧିଦେଲି ମୋର ଯାବତୀୟ ପରିପକ୍ବତାକୁ। ମୁଁ ପୁନଶ୍ଚ ସେଇ ଛୁରୀ ଆଣିଲି ଏବଂ ଅନ୍ୟ ଏକ ଆଙ୍ଗୁଠିରେ ଆଘାତ କଲି। ମୋ ପାଟିରୁ ଏଥର ଜୋରରେ ଆଃ ଶବ୍ଦଟି ଆସିଲା। ଏବଂ ପୂର୍ବ ଅପେକ୍ଷା ବେଶୀ କଷ୍ଟ ହେଲା। ଏ କ୍ଷତରେ ବ୍ୟାଣ୍ଡେଜ୍ ବାନ୍ଧିବାକୁ ଇଚ୍ଛା ହେଲାନି। କିନ୍ତୁ ଚିକ୍ଚାର ତ ଥରେ ମାତ୍ର ଆସିଲା। ସେ ବାରମ୍ବାର ଚିକ୍ଚାର କରେ କାହିଁକି? ମୁଁ କାନ୍ଥରେ ମୁଣ୍ଡ ପିଟିଲି। ଟେବୁଲରେ ଗୋଡ଼ ମାଡ଼ କଲି ଜାଣିଶୁଣି। ନିଜକୁ ନିଜେ ଜୋରରେ ଚିମୁଟିଲି। କଷ୍ଟ ହେଲା। ଚିକ୍ଚାର କଲି। କିନ୍ତୁ ତା'ପରି ନୁହେଁ। ଶେଷରେ ପାଗଲାମିର ଭୂତ ମୁଣ୍ଡରୁ ଓହରିଗଲା। ଖଣ୍ଡିଆରେ ଅଏଣ୍ଟମେଣ୍ଟ ଲଗେଇଲି। ପେନ୍ କିଲର୍ ନେଲି। ଦେହ ମନ ଉଦାସ ଲାଗୁଥିଲା। ତଥାପି କ୍ଲାସ୍ ପାଇଁ ରେଡି ହେଲି। ଡୋର୍ ଲକ୍ କରି ସୁଲେସ୍ ବାନ୍ଧୁଥିବା ବେଳେ ପାଖ ରୁମ୍‌ର କବାଟ ଖୋଲିହେବାର ଶବ୍ଦ ହେଲା। ସେପଟକୁ ଚାହିଁଲି। ଜଣେ ଝିଅ ଡୋର୍ ଲକ୍ କରୁଛି। ମୁଁ ଲେସ୍ ବାନ୍ଧିବା ଛାଡ଼ିଦେଇ ତା ପାଖକୁ ଗଲି। ସେ ସାମାନ୍ୟ ଚମକିଗଲା ମୋତେ ଦେଖି। ଇଏ ଝିଅ ନୁହେଁ। ପାଖାପାଖି ପଇଁତିରିଶ କି ଛତିଶ ବର୍ଷର ମହିଳା ଜଣେ। ମଥାରେ ସିନ୍ଦୂର ନାହିଁ। ହାତରେ ପଟିକିଆ ରୁଡ଼ି, ବେକରେ ସରୁ ଚେନ୍, ଓଠରେ ହାଲକା ଗୋଲାପୀ ରଙ୍ଗର ଲିପଷ୍ଟିକ୍। ମୁହଁରେ ଗୁଡ଼ାଏ ଦାଗ। ତଥାପି ଚେହେରାଟା ଆକର୍ଷଣୀୟ। ଅତଏବ ମୁଁ ଭାବିନେଲି ଇଏ ଜଣେ ଅବିବାହିତା ବୟସ୍କ ମହିଳା। ତାଙ୍କୁ ପଚାରିଲି, ଆପଣଙ୍କ ଘରେ କିଏ ସବୁ ରୁହନ୍ତି? ସେ କିଛି କହିଲେନି। ମୁହଁରେ ଓଢ଼ଣୀ ବାନ୍ଧି ସନ୍‌ଗ୍ଲାସ୍ ପିନ୍ଧିବାର ଉପକ୍ରମ କଲେ। ମୁଁ ପୁଣି ପ୍ରଶ୍ନ କଲି, ଆପଣଙ୍କ ଘରେ ଆଉ କିଏ ଝିଅ ରୁହନ୍ତି କି? ସେ ସନ୍‌ଗ୍ଲାସ୍ ଓହ୍ଲେଇ ମୋ ଆଡ଼କୁ ସାମାନ୍ୟ ରାଗିଯାଇ ଚାହିଁଲେ। ଆଉ କହିଲେ, ନା... ଏଠି ମୁଁ ଏକା ରୁହେ। ଆଉ କେହି ବି ରୁହନ୍ତି ନାହିଁ। ମୁଁ ଆଉଥରେ ପଚାରିଲି, ମାନେ ଏ ଘରେ କେବଳ ଆପଣ ହିଁ ରୁହନ୍ତି?

ହଁ, କାଇଁ କ'ଣ ହେଲା?

ଆପଣଙ୍କ ଘରୁ ସମୟେ ସମୟେ ଅଜବ ଚିକ୍ଚାର ସବୁ ଶୁଣାଯାଏ। ସେ ବିଷୟରେ ଆପଣ ଜାଣନ୍ତି କି?

ସେ ମୋ ପ୍ରଶ୍ନ ଶୁଣି ଚାରିଆଡ଼କୁ ଚାହିଁଲେ ଏବଂ ଥଙ୍ଗଥଙ୍ଗ ହୋଇ କହିଲେ, ତୁମ ବୟସ କେତେ?

ମୁଁ ଉତ୍ତର ଦେଲି, ସେଭେନଟିନ୍।

ସେ ସ୍ମିତ ହସିଲେ। ଆଉ କିଛି ନକହି ଚାଲିଗଲେ। ମୁଁ ତାଙ୍କୁ ଆଉ କିଛି ପଚାରିବାକୁ ଚାହୁଁଥିଲେ ମଧ୍ୟ ଅଟକିଗଲି। ଭାବିଲି, ଯେଉଁ ପାଗଳାମି ସବୁ ମୁଁ ଆଜି କରିଚି, ତାର କାରଣ କ'ଣ ମୋ ବୟସ ସତର! ମୋଠୁ ତ ତାଙ୍କର ବୟସ ଅଧିକ। ତେବେ କ'ଣ ମୋଠୁ ତାଙ୍କ ପାଗଳାମି ବି ଅଧିକ! ସେଥିପାଇଁ ବୋଧେ ମୋ ଚିତ୍କାର ଠାରୁ ତାଙ୍କ ଚିତ୍କାରର ଶବ୍ଦ ଢେର୍ ଅଧିକ। ମୋ ଖଣ୍ଡିଆରୁ ରୁଗ୍ ରୁଗ୍ ଯନ୍ତ୍ରଣା ଆରମ୍ଭ ହେଇଗଲା। ତାଙ୍କ ସ୍ମିତ ହସ ଥିଲା ଗୋଟେ ଛୁରୀ ପରି। ଖୁବ୍ ତୀକ୍ଷଣ।

ଆହତ

ଦେଖ୍‌ ! ତୁ କାହାକୁ କହିବୁନି ଏ କଥା । ମୋ ଅପା କାନରେ ଯଦି ପଡ଼ିଲା ମୋତେ ବହେ ଛେଚିବ । ସେ ଡରି ଡରି କହୁଥାଏ ।

ସେ ଡରୁଥିଲା କି’ ମୋତେ ଡରାଉଥିଲା କେଜାଣି ! ମୋତେ କିନ୍ତୁ ଭାରି କଷ୍ଟ ହେଉଥିଲା ସେତେବେଳେ । ଇଚ୍ଛା ହେଉଥିଲା ତା’ ଗାଲରେ ଚଟକଣିଟେ ପକେଇବି । ମୁଁ ତା’କୁ ରାଗିଯାଇ କହିଲି, ତୁ ଗଲୁ ଏଠୁ । ନହେଲେ ସତରେ ମୁଁ ଏବେ ଚିଲେଇବି । ସେ ସତରେ ଡରିଗଲା ବୋଧେ । ଖୁବ୍‌ ଜୋରେ ଦୌଡ଼ିଲା । ମୁଁ ସୁଁ-ସୁଁ ହେଇ କାନ୍ଦୁଥିଲି । ସେମିତି କାନ୍ଦୁରା ମୁହଁ ନେଇ ଘରକୁ ଆସିଲି ।

ଯେତେବେଳେ ବୋଉ ଦେଖିଲା, ପଚାରିଲା,

‘ହାତ କେମିତି ଖଣ୍ଡିଆ ହେଲା ? ଏତେ ବଡ଼ ଝିଅଟେ ହେଲୁଣି ଟିକେ ହେଲେ ନିଘା ନାହିଁ ।’

‘ମୁଁ ତ ଠିକ୍‌ରେ ଆସୁଥିଲି । ବାଟରେ ଜେନା ଫ୍ୟାକ୍ଟ୍‌ରି କାମ ହଉଥିଲା । ରାସ୍ତା ଅଧା ଯାଏଁ ମେଞ୍ଜାଏ ବଜୁରୀ ଗଦା କରିଛନ୍ତି । ସେଇଠି ଝୁଣ୍ଟିକି ପଡ଼ିଲି । ଦେଖ୍‌ନୁ ଆଣ୍ଠୁ ବି ରାଣ୍ଡୁଡ଼ି ହେଇଯାଇଛି । ନାକ ଘଷି ହେଇ ନାଲି ପଡ଼ିଯାଇଛି ।’

ମୁଁ ତରବର ହେଇ ଏତକ କହିଗଲି ।

‘କାଇଁ ଯାଡ଼େ ଆସିଲୁ ଦେଖିବା କ’ଣ ହେଇଛି ।’

‘ନୁହେଁ ଆଉ କ’ଣ । ମୁଁ ତ ଛୋଟ ଛୁଆ ହେଇଛି !’

ହେଲେ ମୋ କଥା ନଶୁଣି ସେ ପଛେ ପଛେ ଆସିଲା ଡାଲି ଛୁଙ୍କ ଅଧାରେ ଛାଡ଼ିଦେଇ । ମୋ ପାଦର ଗତି ଏମିତି ଥିଲା ଯେ ବୋଉ ଠିକ୍‌ ମୋ ପଢ଼ାଘର ପାଖେ ପହଞ୍ଚିଲା ବେଲକୁ ମୁଁ ଧଡ୍‌ କରି ତା’ ମୁହଁ ଉପରେ କବାଟ ବନ୍ଦ କରିଦେଲି । ସେଇ ହାବୁକାରେ ତା’ କପାଲ ଉପରେ ହଲହଲ ହେଉଥିବା ଦି-ତିନିଟା କେଶ ନିଶ୍ଚୟ

ବିପରୀତ ଦିଗରେ ଉଡ଼ିଯାଇଥିବ ବୋଲି ମୁଁ ସ୍ଥିର ନିଶ୍ଚିତ । ସେ କ'ଣ ଗୋଟେ କହିଦେଇ ପଳେଇଲା ଯେ ଶୁଣିକି ବି ଶୁଣି ହେଲାନି ।

ମୁଁ ବ୍ୟାଗ୍‌କୁ ଗୋଟେ କୋଣରେ ଫୋପାଡ଼ି ଚାରିକାତ ମେଲେଇ ଖଟ ଉପରେ ପଡ଼ିଗଲି । ଖଣ୍ଡିଆ ଗୁଡ଼ାକ ପୋଡ଼ୁଥିଲା । ବାଥରୁମ୍‌କୁ ଯାଇ ମୁହଁରେ ଥଣ୍ଡାପାଣି ଛାଟିଲି । ଇସ୍‌... ଏ କ'ଣ କଲି ମୁଁ! ଏ'ତ ପ୍ରବଳ ଜୋରରେ ପୋଡ଼ିଲାଣି... 'ଆଃ' ।

ମୋ ପାଟିରୁ ଏଇ ପଦେ କଥା ବାହାରିଚି କି ନାହିଁ ସେପଟୁ ବୋଉ ପାଟି କଲା, 'କ'ଣ ହେଲା ?'

ମୁଁ ହାତରେ ପାଟିକୁ ଚାପି ଧରିଲି ଆଉ ସବୁ କଷ୍ଟକୁ ଦେହ ଭିତରେ ମିଲେଇବା ପାଇଁ ଛାଡ଼ିଦେଲି । ମନେମନେ ତା'କୁ ଗୁଡ଼ାଏ ଗାଳିଦେଲି । ଏଥର ଫାଇନାଲ୍‌ ଏକ୍‌ଜାମ୍‌ରେ ଫେଲ୍‌ ହବୁ । ହାଇୱେରେ ଯାଉଥିବୁ ତୋ ଉପରେ ଟ୍ରକ୍‌ ଚଢ଼ିଯିବ ।

ସବୁ ଖଣ୍ଡିଆ ଅପେକ୍ଷା ବାମପଟ ଗାଲର ଖଣ୍ଡିଆ ବେଶୀ ପୋଡ଼ୁଥିଲା । ମହୁମାଛି ମାରିଲେ ଯେମିତି ବିନ୍ଧେ ଠିକ୍‌ ସେମିତି ବିନ୍ଧୁଥିଲା । ଦର୍ପଣ ସାମ୍ନାରେ ଛିଡ଼ା ହେଇ ଗାଲକୁ ଦେଖିଲି, ତିନିଟା ଖଣ୍ଡିଆ । ତା' ମୁନିଆ ଦାନ୍ତର ତିନିଟା ଦାଗ । ସେଇ ଜାଗା ବେଶୀ ପୋଡ଼ୁଚି, ବେଶୀ ବିନ୍ଧୁଚି । ଆଉ ବେଶୀରୁ ବେଶୀ ବିରକ୍ତ ଲାଗୁଚି ମୋତେ । ଯଦି ବୋଉ ଦେଖିଦିଏ, କେତେ କଥା ପଚାରିବ । ମୁଁ ତା' ସାମ୍ନାକୁ କେମିତି ଯିବି ? ମୁହଁରେ କପଡ଼ା ବାନ୍ଧି ଦେବି କି ? ଗୋଟେ ହାତରେ ଗାଲକୁ ଘୋଡ଼େଇ ରଖିହବ । ହେଲେ କେତେ ସମୟ ? କ'ଣ କରିବି କିଚ୍ଛି ଭାବି ପାରୁନଥାଏ । କେବଳ ବୋଉ ପାଖରୁ ଯଥେଷ୍ଟ ଦୂରେଇ ରହିବାକୁ ଚେଷ୍ଟା କରୁଥାଏ ।

•••

ଖରାବେଲେ ବୋଉ ଶୋଇଯିବା ପରେ ତା' ରୁମ୍‌କୁ ଲୁଚି ଲୁଚି ଗଲି । ଟେବୁଲ୍‌ ତଳ ଡ୍ରୟରରୁ ଫାଷ୍ଟଏଡ୍‌ ଖୋଲି ହ୍ୟାଣ୍ଡିପ୍ଲାଷ୍ଟ ଚୋରି କଲି । ସେତେବେଲକୁ ଡରରେ ମୋ କପାଲରେ ବୁନ୍ଦାବୁନ୍ଦା ଝାଳ ଲାଗିଗଲାଣି । ମୁହଁ ସିଧା କରିବାରୁ ଝାଳ ଗଡ଼ିଯାଇ ଖଣ୍ଡିଆ ଭିତରେ ପଶିଗଲା ଯେ' ପୁଣି ପୋଡ଼ିଲା । ଏମିତି ଲାଗୁଥିଲା ଯେମିତି ତା' ପାଟି ଭିତରେ ଠପ୍‌ଠପ୍‌ ହେଇ ଝାଳ ସବୁ ପଡ଼ୁଚି ଆଉ ସେ ମୋ ମୁହଁକୁ ଏକ ଲୟରେ ଚାହିଁ ରହିଚି ।

ଏତିକିବେଲେ ହଠାତ୍‌ ବୋଉ କଡ଼ ଲେଉଟେଇଲା । ଆଉ ମୁଁ ବିଜୁଲି ବେଗରେ ଦୌଡ଼ି ଆସିଲା ବେଲେ ଭଲକି କଟଡ଼େ ଖାଇଲି । ଛୋଟେଇ ଛୋଟେଇ ପଢ଼ାଘରକୁ ଆସି ଗୁମ୍‌ହେଇ ବସିଗଲି ।

ମୁଁ ପୁଣି ଥରେ ତା'କୁ ଗାଳିଦେବା ଆରମ୍ଭ କରିଦେଲି । ତୋରି ପାଇଁ ଆଜି

ଚୋରି କଲି । ତୋରି ପାଇଁ ବୋଉକୁ ମିଛ କହିଲି । ତୁ ଶାନ୍ତିରେ ରହିପାରିବୁନି କେବେ । କେତେକେତେ ଅଭିଶାପରେ ପୋତି ପକେଇଲି ତା'କୁ ।

ଅଧଘଣ୍ଟା ପରେ ଯେତେବେଳେ ବୋଉ ମୋର ଏମିତି ଅବସ୍ଥା ଦେଖିଲା ପୁଣି ପଚାରିଲା, 'ଗାଲ ପୁଣି କ'ଣ ହେଲା ?'

'କିଛି ନାହିଁ ।'

'ପଚାରୁଛି ପରା କ'ଣ ହେଇଛି ?'

ସେତେବେଳେ ବୋଉର କଥା ଗୁଡ଼ାକ ପୁରୁଣା ଟେପ୍ ରେକର୍ଡର୍ ସାଉଣ୍ଡ ଭଳି ଶୁଣାଯାଉଥିଲା । ଖୁବ୍ ବିରକ୍ତିକର ଆଉ ଅସହନୀୟ । କେବଳ ଗୋଡ଼ କଟାଡ଼ି ମୁହଁ ବୁଲେଇ ଆସିବା ବ୍ୟତୀତ ଅନ୍ୟ କିଛି ଉପାୟ ନଥିଲା ।

ରାତିସାରା ମୋ ମୁଣ୍ଡ ଭିତରେ କେବଳ ଗୋଟିଏ ଗୋଲକଧନ୍ଦା ଚାଲିଥିଲା, ବିନା କୌଣସି ପ୍ରମାଣରେ ଜଣକୁ ଆଘାତ ଦିଆଯିବ କେମିତି ? ସେ ଆଘାତ ପୁଣି ସାଂଘାତିକ ହେବା ଦରକାର ଯେମିତି ଆଖିରୁ ଲୁହ ବାହାରିବ ଆଉ ଜଳାପୋଡ଼ା ହେବ । ଭାବିଲି, ତା' କଲର୍ ଧରି ଅଖାଡୁଆ ଜାଗାକୁ ଏମିତି ମାରିବି ଯେ ଭଲକି ନାମ ନବ । ନହେଲେ ଚୁଟି ଧରି ମୁଣ୍ଡ ତଳକୁ କରି ତା' ମଝି ପିଠିକୁ ଏମିତି ମୁଥ ମାରିବି ତା'କୁ ଦିନରେ ବି ଜୁଲୁଜୁଲିଆ ପୋକ ଦେଖାଯିବ । ଏମିତି ସବୁ କୌଶଳ ଚିନ୍ତା କରି ମୁଁ କେତେବେଳେ ଶୋଇପଡ଼ିଲି ଜାଣିପାରିଲିନି । ବୋଧେ ଶୋଇବା ଅବସ୍ଥାରେ ଆହୁରି କେତେ କୌଶଳ ଭାବିଦେଇଥିବି ।

●●●

ସକାଳକୁ ଖଣ୍ଡିଆ ସବୁ ଅଧା ଶୁଖିଯାଇଥିଲା । ଗାଲକୁ ଛୁଇଁ ଦେଖିଲି । ଓଃ ! କି' ଦରଜ୍ । ଦେହ ବି ଅଳସୁଆ ଲାଗୁଥିଲା ।

ବୋଉର ପ୍ରଶ୍ନିଲ ଆଖି ଆଉ ଗମ୍ଭୀର ସ୍ୱର ମୋ ସ୍କୁଲ୍ ବ୍ୟାଗକୁ ଅଧିକ ଓଜନିଆ କରିଦେଉଥିଲା । ଆଉ ମୁଁ ଗୋଟେ ହାଲକା ଉତ୍ତର ଖୋଜୁଥିଲି ସମ୍ଭବତଃ । ହେଲେ ପାଉନଥିଲି ।

ସ୍କୁଲ୍ ବାଟ ଆଜି ବେଶୀ ଲମ୍ବା ଲାଗୁଥିଲା ମୋତେ । ସତେକି ଆଜି ହିଁ ସବୁଠୁ ବେଶୀ ଟ୍ରାଫିକ୍ ଜାମ୍ ହେଇଛି । ସତେକି ସବୁ ଛକରେ ଶୋଭାଯାତ୍ରା ଆଉ ମାରାଥନ୍ ଭିଡ଼ ଲାଗିଛି କିମ୍ବା କୌଣ ନେତା-ଅଭିନେତାର ଅକାଳ ମୃତ୍ୟୁରେ ହାଉଜାଉ ହେଉଛନ୍ତି ଲୋକମାନେ । ଏମିତି କେତେ କ'ଣ ସବୁ ଭାବୁଥାଏ । ଯେମିତିକି ହଠାତ ମୋର ମନକୁ ଆସିଲା ଆଜି ସକାଳୁ ଶୁଣିଥିବା ଗୋଟେ ଖବର, 'ସୀମାନ୍ତ ଅଞ୍ଚଳରେ ଲ୍ୟାଣ୍ଡମାଇନ୍ ବିସ୍ଫୋରଣ । ୩୦ ମୃତ, ୨୩ରୁ ଅଧିକ ଆହତ ।

ଆଛା, ଏଇ ଆହତ ମାନେ କ'ଣ ? ମୁଁ ନିଜକୁ ନିଜେ ପ୍ରଶ୍ନ କଲି । ଏଇ

ଖଣ୍ଡିଆ ଖାବରା ହେବା, ରକ୍ତ ବୋହିବା, ଯନ୍ତ୍ରଣା ହେବା ଏସବୁ ତ'। ନିଜକୁ ନିଜେ ଉତ୍ତର ଦେଲି।

ତେବେ ମୁଁ କ'ଣ କାଲିଠାରୁ ଆହତ ଅବସ୍ଥାରେ ଅଛି... !

ମୋ ଅନ୍ୟମନସ୍କତାକୁ ଚହଲେଇ ଦେଇ ବସ୍ ଡ୍ରାଇଭର୍ ବ୍ରେକ୍ କଷିଲା। ଆଉ ମୋ ଦ୍ୱଦ ସବୁ ବସ୍ ଚକା ତଳେ ଦବିହେଇ ରହିଗଲା ବୋଧେ।

ଆଜି କାଇଁ ସ୍କୁଲ୍ ଗେଟ୍, ବଗିଚା, ଗଛପତ୍ର ସବୁକିଛି ଖାପଛଡ଼ା ଲାଗୁଥିଲେ ମୋତେ। ସତେକି ମୁଁ ପ୍ରଥମ କରି ଭେଟୁଛି ଏମାନଙ୍କୁ କିୟ। ଆଜି ପରେ ହିଁ ତୁଟିଯିବ ଏମାନଙ୍କ ସହ ସବୁ ସଂପର୍କ।

●●●

ସେ ମୋତେ ଦେଖୁ ଦେଖୁ ମୋ ପାଖକୁ ଦୌଡ଼ିଆସିଲା। ଆଉ ପଚାରିଲା, 'ଅପାକୁ କହିନୁ ତ ?'

ମୁଁ କିଛି ନକହି ଚୁପଚାପ ମୋ ବାଟରେ ଚାଲିଲି। ସେ ମୋ ପଛେ ପଛେ ଆସୁଥାଏ ସେମିତି। ପୁଣି ପଚାରିଲା, 'ଗାଲ ବେଶୀ ଜୋରେ ଖଣ୍ଡିଆ ହେଇଛି କି' ?

ମୋତେ ସେତେବେଲକୁ ରାଗ ଲାଗିଲାଣି ପ୍ରବଲ। ରାଗିଯାଇ ତା' କଲର ଧରିଲା ବେଲକୁ ପ୍ରେୟର୍ ବେଲ୍ ବାଜିଗଲା ଯେ ତା'କୁ ଧକ୍କା ଦେଇ ଚାଲିଆସିଲି ମୁଁ। ମୋତେ କେବଲ ବୋଉର ପ୍ରଶ୍ନିଲ ଆଖି ଯୋଡ଼ିକ ଚାରିଆଡ଼େ ଦେଖାଯାଉଥିଲା। ଆଉ ଅଜବ କଥା ସବୁ ମନକୁ ଆସୁଥିଲା। ଆଠଟା ପିରିୟଡ୍ କେମିତି କଟିଲା କିଛି ମନେ ନାହିଁ। କିଛି ଗୋଟେ ଦୁର୍ଘଟଣା ଘଟିବା ପରି ମନେ ହେଉଥାଏ ଖାଲି। ସତେକି ଏବେ ଏବେ ଖବରଟିଏ ଆସି ପହଞ୍ଚିବ, 'ଟାଉନ୍ ହଲ୍ ପାଖରେ ବସ୍‌କୁ ଧକ୍କା ଦେଲା ମାଲ୍ ବାହୀ ଟ୍ରକ୍, ସତୁରୀ ପ୍ରତିଶତ ଯାତ୍ରୀ ଗୁରୁତର ଅବସ୍ଥାରେ ହସ୍ପିଟାଲରେ ଭର୍ତ୍ତି।'

କିନ୍ତୁ ଏପରି କିଛି ଘଟୁନଥିଲା। ବୋଧହୁଏ ଘଟିବାର ବି ନଥିଲା। ସ୍କୁଲର ଶେଷ ଘଣ୍ଟା ବାଜି ସାରିଥିଲା। ଆଉ ମୁଁ ବୋଉ ପ୍ରଶ୍ନର ଉତ୍ତର ପ୍ରସ୍ତୁତି କରିବାରେ ଲାଗିପଡ଼ିଲି।

ଛୁଟି ହେବା ପରେ ସେ କୋଉଠି ଥିଲା କେଜାଣି ହଠାତ୍ ପୁଣି ମୋ ସାମ୍ନାକୁ ଚାଲି ଆସିଲା। ସେତେବେଲକୁ କ୍ଲାସ୍ ରୁମ୍ ପୁରା ଖାଲି। ମୋ ପାଖକୁ ଆସି ଟିକେ ନରମି ଯାଇ ସେ ପଚାରିଲା, 'ତୁ ରାଗିଛୁ କି ମୋ ଉପରେ ?'

ମୁଁ ତାକୁ ଖାତିର ନକରି କହିଲି, ' ଦେଖ୍ ମୋତେ କିଛି ଭଲ ଲାଗୁନି। ତୁ କିଛି ପଚାରେନା ମୋତେ।'

ଏତିକି କହି ମୁଁ ଫେରି ଆସୁଥିଲି ହେଲେ ସେ ମୋ ହାତକୁ ଟାଣି ଧରିଲା। ପୁଣି ପଚାରିଲା, 'କ'ଣ ହେଇଛି ତୋର ?'

ମୋର ଠିକ୍ ସେତିକିବେଳେ ମନେପଡ଼ିଲା ଯାକୁ ସାଂଘାତିକ ଆଘାତ ଦେବାର ଯୋଜନା ଥିଲା ବୋଲି। ଆଘାତ ଦେବାକୁ ତିଆରି କରିଥିବା ଉପାୟ ସବୁକୁ ମୁଁ ମନେପକେଇବାକୁ ଚେଷ୍ଟା କଲି। ହେଲେ ସେ ମୋ ହାତକୁ ଏତେ ଜୋରରେ ଜାବୁଡ଼ି ଧରିଥିଲା ଯେ ମୋର ସବୁତକ ଧ୍ୟାନ ସେଇଠି ଥିଲା। ଆଉ କିଛି ମନେ ପଡ଼ୁନଥିଲା। ମୁଁ କହିଲି, 'ଆଃ... ମୋ ହାତ ଛାଡ଼। କାଟୁଚି ମୋତେ।'

ସେ ଶୁଣିଲାନି ତଥାପି। କହିଲା, 'ନାଇଁ, ଆଗ କହ ତୁ ରାଗିଛୁ କି' ନାହିଁ? ଆଉ ତୋର କ'ଣ ହେଇଛି?'

ପିଅନ ସେତେବେଳକୁ କମନ୍ ରୁମ୍‌ରେ ତାଲା ଲଗାଉଥିଲା ଆଉ ମୁଁ ତା'ଠାରୁ ମୁକୁଳିବାର ଚେଷ୍ଟାରେ ଥିଲି। ସବୁ ଚେଷ୍ଟା ବିଫଳ ହେବା ପରେ ଶେଷରେ ତା'ପାଖକୁ ଘୁଞ୍ଚି ଯାଇ ମୁଁ ତା'କୁ ଏମିତି ଆଘାତ ଦେଲି ଯେ ସେ ଆଖି ବନ୍ଦ କରି ରହିଗଲା କିଛି ସମୟ ପାଇଁ। ମୁଁ ଏବେ ସ୍ପଷ୍ଟ ଦେଖିପାରୁଥିଲି ତା' ବାମପଟ ଗାଲରେ ତଳ ଉପର ହେଇ ବସିଥିବା ମୋର ପାଞ୍ଚଟା ଦାନ୍ତ ଦାଗକୁ। ମନେମନେ କୁରୁଳି ଉଠିଲି ମୁଁ। ରହରେ ପୁଅ ଏବେ ତୋର କାନ୍ଦ ଆରମ୍ଭ ହେଇଯିବ। ମହୁମାଛି ମାରିବା ପରି ଏମିତି ବିନ୍ଧିବ ତୁ ଶାନ୍ତିରେ ଶୋଇପାରିବୁନି। ଥଣ୍ଡାପାଣିରେ ମୁହଁ ବି ଧୋଇପାରିବୁନି ତୁ। ତୋ ଅପା ପ୍ରଶ୍ନ ପଚାରିଲେ କି' ଉତ୍ତର ଦବୁ! ବୋଉକୁ କ'ଣ କହିବୁ! କେମିତି ଲୁଚେଇବୁ ଖଣ୍ଡିଆକୁ! ଝାଲ ବାଜି ଯେତେବେଳେ ପୋଡ଼ିବ ସେତେବେଳେ ଜାଣିବୁ କେତେ କଷ୍ଟ ହେଇଛି ମୋତେ।

ମୁଁ ଅପେକ୍ଷା କରି ରହିଲି, କେତେବେଳେ ସେ କାନ୍ଦିବ ଆଉ ମୁଁ ନଖ ଘସିବି। ଅଥଚ ସେତେବେଳୁ ସେ ପଥରମୂର୍ତ୍ତି ପରି ଛିଡ଼ାହେଇ ରହିଛି ଆଉ ମୋତେ ଗୋଟେ ଲୟରେ ଚାହିଁ ରହିଛି।

ମନେମନେ କହୁଥିଲି, ଆରେ କାନ୍ଦନୁ। ଖୁଣ୍ଟା ଭଳି କାଇଁ ଛିଡ଼ା ହେଇଛୁ। ତୁ ଜୋରରେ ଚିଲେଇ ଚିଲେଇ କାନ୍ଦନ୍ତୁ କି' ମୋ ଆତ୍ମା ଶାନ୍ତି ପାଇଯା'ନ୍ତା। କେଜାଣି ମୋ ମନକଥା ତା'କୁ ଶୁଣାଗଲା କି' ନାହିଁ, ହେଲେ ପାଖ ରୁମ୍‌ରେ ପିଅନ ବୁଢ଼ା ତାଲା ଲଗାଉଥିବାର ଶବ୍ଦ ମୋ କାନରେ ପଡ଼ିଲା। ସେ କିନ୍ତୁ ନିଷ୍କଳ ହେଇ ଛିଡ଼ାହେଇଛି ସେମିତି। ତା' ନାକପୁଡ଼ା ଦି'ଟା ଫୁଲିଉଠୁଥିଲା। ତା'ର ନୂଆ କଣ୍ଠି ଥିବା ନିଶ ଗହଲରୁ ବିନ୍ଦୁ ବିନ୍ଦୁ ଝାଲର ଆଭାସ ସ୍ପଷ୍ଟ ଦିଶୁଥିଲା ମୋତେ। ହେଲେ ତା' ଆଖିରେ ଟୋପାଏ ବି ଲୁହ ନଥିଲା, ଯୋଉଟା ମୋ କଟା ଘା'ରେ ଲଙ୍କା ମଟିବା ପରି ଲାଗୁଥିଲା ମୋତେ।

ମୋ ଅନ୍ୟମନସ୍କତାକୁ ଶକ୍ତ ଧକ୍କା ଦେଇ ସେ ହଠାତ୍ ଫିକ୍ କିନା ହସିଦେଲା।

ମୁଁ ସ୍ତବ୍ଧ ହୋଇ ରହିଗଲି କେଇ ସେକେଣ୍ଡ। ସେ ପୁଣି ଥରେ ହସିଲା ହାଲ୍‌କା ଦୁଷ୍ଟାମିର ହସ। ଇସ୍‌...! ମୋ ପାଦତଳେ କେହିଜଣେ ଲ୍ୟାଣ୍ଡମାଇନ୍‌ ରଖିଦେଇଥିଲା, ମୁଁ ଏବେ ହିଁ ଜାଣିଲି। ହସ ବି ଧ୍ୱଂସ କରିପାରେ! ଏ ଅନୁଭବ ସେଇ ମୁହୂର୍ତ୍ତରେ ହେଲା। ମୁଁ ଇଚ୍ଛେ ବି ଘୁଞ୍ଚି ପାରୁନଥିଲି ସେ ଜାଗାରୁ।

ପିଅନ ବୁଢ଼ା ଆସି କହିଲା, 'କ'ଣ କରୁଛ ଏଠି। ଯାଅ। ଘରକୁ ଯାଅ।'

ସେ ଆଗୁଆ ଚାଲି ଆସିଲା। ଆଉ ମୁଁ ସହଜ ହେବାକୁ ଚେଷ୍ଟା କରୁଥିଲି। ସେଠାରୁ ଚାଲି ଆସିଲା ବେଳକୁ ହଠାତ୍‌ 'ଢୋ' କରି ଶବ୍ଦ ଟିଏ ହେଲା ସତେକି ! କୋଉଠି ବିସ୍ଫୋରଣ ହେଲା କି ? କେମିତି ହେଲା ? ମୁଁ ବାରମ୍ବାର ଖୋଜୁଥିଲି। କାହିଁ ବାରୁଦର ଗନ୍ଧ ! କୋଉଠି ଧୂଆଁ ତ ଦିଶୁନି !

ମୁଁ ଆଗକୁ ଚାହିଁଲା ବେଳକୁ ସେ କିଛି ବାଟ ଯାଇ ପଛକୁ ବୁଲି ଚାହୁଁଥିଲା ମୋତେ। ତା' ଓଠରେ ଲାଖି ରହିଥିଲା ସେଇ ହସ। ଏମିତି ଲାଗିଲା, ମୋ ଦେହରୁ ହିଁ ଆସୁଛି ବାରୁଦର ଗନ୍ଧ। ତିନି ପାର୍ଶ୍ୱ ମୋର ଧୂଆଁମୟ , ଆଉ ଆଗରେ ସେ ଛିଡ଼ା ହୋଇ ହସୁଛି ସେମିତି। ମୁଁ ଗାଲକୁ ଥରେ ଛୁଇଁ ଦେଖିଲି, ଆଃ କି' ଉଠୁପ୍ୟ!

ମୁଁ ଆଗକୁ ପାଦ ବଢ଼େଇଲା ବେଳକୁ କେବଳ ଗୋଟିଏ କଥା ଭାବୁଥିଲି, କାଲି ସକାଳୁ କ'ଣ ଏମିତି ଖବର ଟିଏ ଆସିପାରେ !

'ସ୍କୁଲ୍‌ ପରିସରରେ ଘଟିଥିବା ବିସ୍ଫୋରଣରେ ଆଘାତପ୍ରାପ୍ତ ଦୁଇଜଣଙ୍କୁ ଚିହ୍ନଟ। ଜଣେ ଘଟଣାସ୍ଥଳରୁ ଫେରାର୍‌, ଆଉ ଜଣେ ଗୁରୁତର ଆହତ।'

ଅଫେରା

ସେ ତୁଚ୍ଛା ପାଗଳ ଟାଏ ଥିଲା। ଆଖ୍ ଯୋଡ଼ିକ ଜଳନ୍ତା ରଡ଼ନିଆଁ ଭଳି, ସିଗାରେଟ୍‌ର ଧୂଆଁରେ ସିଝି ଯାଇଥିବା ଓଠ, ମୁଣ୍ଡରେ ତା'ର ଅସଜଡ଼ା କେଶ ଏବଂ ଖୁବ୍ ପତଳା ଶରୀର। କହିବାକୁ ଗଲେ ସେ ମୋତେ ଥୁଣ୍ଟା ବରଗଛ ଭଳି ମନେ ହୁଏ।

ତା' ଚେହେରା ଏତେଟା ଆକର୍ଷଣୀୟ ନଥିଲା। ସେ କେବେ କାହାର ପ୍ରେମିକଟିଏ ହୋଇପାରିବ ବୋଲି ମନେହେଉ ନଥିଲା।

ଥରେ କଲେଜରୁ ଫେରିବାବେଳେ ଦେଖିଥିଲି, ରାସ୍ତା କଡ଼ରେ ବସିଥିବା ଗୋଟେ ପାଗେଲୀର ଅଧାଢଙ୍କା ଶରୀରକୁ ସମସ୍ତେ ଆଖ୍ ପୁରେଇ ଉପଭୋଗ କରୁଥିଲେ; କିନ୍ତୁ ସେ ନିଜେ ପିନ୍ଧିଥିବା ଜ୍ୟାକେଟ୍ ନିଜ ଦେହରୁ ଉତାରି ସେ ପାଗେଲୀର ଅନାବୃତ ଶରୀରକୁ ଘୋଡ଼ାଇ ଦେଇଥିଲା। କିଏ କେଉଁ ଅର୍ଥରେ ନେଇ ଥାଇପାରେ ଜଣା ନାହିଁ, ମୁଁ କିନ୍ତୁ ଏ ଦୃଶ୍ୟକୁ ସକରାମ୍କ ଭାବେ ଗ୍ରହଣ କଲି। ନାରୀ ପ୍ରତି ସମ୍ମାନ ପ୍ରଦର୍ଶନ କରୁଥିବା ଯୁବକଟି ପାଇଁ ମୋର ସମ୍ବେଦନଶୀଳ ମନ ସାମାନ୍ୟ ତଳିଗଲା। ଭାବିଲି, ଏଭଳି ବିରଳ ଚରିତ୍ରକୁ ଟିକେ ଉସ୍ସାହିତ କରିବା ପାଇଁ ଧନ୍ୟବାଦଟିଏ ଦେବି। ହେଲେ ଅଚିହ୍ନା ମଣିଷ ସହ କେମିତି କଥା ହେବି ଜାଣିପାରୁନଥିଲି! ଯଦି ଧନ୍ୟବାଦ ନଦିଏ ଦିନସାରା ସେଇ ଗୋଟିଏ କଥା ବାରବାର ମନକୁ ଆସିବ। ବହୁତ କଷ୍ଟରେ ତା' ପାଖକୁ ଯାଇ କହିଲି,

: ଧନ୍ୟବାଦ ଆପଣଙ୍କୁ।

: କାହିଁକି ?

ସେ ବିନା ସଂକୋଚରେ ପ୍ରଶ୍ନ କଲା ମୋତେ।

: ସେ ପାଗେଲୀର ଲଜ୍ଜା ଢାଙ୍କିବା ପାଇଁ ଯେଉଁ ସାହାଯ୍ୟ କଲେ, ସେଥିପାଇଁ...

: ଓଃ...., ସେଇଟା ମୋ ବାହାର ରୂପ। ଭିତରର ହିଂସ୍ର ମଣିଷକୁ ଦେଖିଲେ ତୁମେ ନିଜର ଧନ୍ୟବାଦ ଫେରେଇନେବ।

ଭାବିଲି, ଧନ୍ୟବାଦକୁ କ'ଣ ପଜିଟିଭ୍ ଓ଼େ ରେ ନେଇ ଯାଇଥିଲେ ହେଇନଥାନ୍ତା ! କିନ୍ତୁ ଇଏ ଭାଉ ଖାଉଛି। ମୁଁ ବି ଟିକେ ଅହଂକାର ଦେଖାଇ କହିଲି,

: କେବେ ଟିକେ ପରିଚୟ କରାନ୍ତୁ ସେ ହିଂସ୍ର ମଣିଷ ସହ, ଯଦି ସମ୍ଭବ ମୁଁ ଧନ୍ୟବାଦ ନିଶ୍ଚୟ ଫେରେଇନେବି।

ସେ ମୋ କଥାର କୌଣସି ଜବାବ ନଦେଇ ସିଗାରେଟ୍‌ରେ ନିଆଁ ଧରେଇଲା। ସେ ଧୂଆଁର ବିକଟ ଗନ୍ଧ ମୋତେ ଅଣନିଃଶ୍ୱାସୀ କରିବା ପୂର୍ବରୁ ମୁଁ ସେଠାରୁ ଚାଲିଆସିଲି।

ପ୍ରତିଦିନ କଲେଜ୍ ଗଲାବେଳେ ଦେଖେ, ସେ ସେଇ ନିର୍ଦ୍ଦିଷ୍ଟ ଛକରେ ଛିଡ଼ା ହୋଇଥାଏ। କେତେବେଳେ ସିଗାରେଟ୍ ତା ଓଠରେ ଥାଏ ତ କେତେବେଳେ ହାତରେ ! ଅନବରତ ସୃଷ୍ଟି ହେଉଥିବା ଧୂଆଁ ଭିତରେ ସେ କେବେକେବେ ଅନ୍ତର୍ଧାନ ହୋଇଯାଏ ସେ ଜାଗାରୁ। ମୁଁ ବି କିଛି କ୍ଷଣ ନିଜ ପାଖରୁ ଅନ୍ତର୍ଧାନ ହୋଇଯାଏ; ତା କଥା ଭାବିଭାବି। କାହିଁକି କେଜାଣି ସେ ନିଜର ନିଜର ଲାଗେ, ହେଲେ ତା' ହାତରେ ସିଗାରେଟ୍ ଦେଖିଲେ ଆମ୍ୟଘାତୀ ବୋମା ଭଳି ମନେହୁଏ। ମନେମନେ ଭାବେ, ପ୍ରଚୁର ପରିମାଣରେ ସିଗାରେଟ୍ ପିଉଥିବା ମଣିଷଟିର ଈଷତ୍ ଗୋଲାପୀ ରଙ୍ଗର ଫୁସ୍‌ଫୁସ୍‌ଟି ନିଶ୍ଚୟ ସିମେଣ୍ଟ ରଙ୍ଗ ରେ ପରିବର୍ତିତ ହୋଇସାରିଥିବ। ଏତେ କାହିଁକି ପିଉଛି କେଜାଣି ? କଥାବାର୍ତ୍ତାରୁ ତ ଶିକ୍ଷିତ ଭଳି ଜଣା ପଡୁଥିଲା; ତଥାପି ଏ ବଦଭ୍ୟାସ କାହିଁକି ରଖିଛି !

ଥରେ ତାକୁ ପଚାରିଲି,

: ଏତେ ସିଗାରେଟ୍ କାହିଁକି ଟାଣୁଛ ?

: ଅଯଥାରେ ଟଙ୍କା ଖର୍ଚ୍ଚ କରିବା ମୋର ସୌକ୍।

: ଟଙ୍କାର ମୂଲ୍ୟ କେତେ ଘରେ ଶିଖେଇ ନାହାନ୍ତି ବୋଧେ !

: କାହା କଥା ନମାନିବା ମୋର ଆଉ ଗୋଟେ ସୌକ୍।

ଏଥର ମୋ ରାଗ ଚିଡ଼ିଗଲା; ଯଦିଓ ତାର ବ୍ୟକ୍ତିଗତ ମାମଲାରେ ମୁଁ ହସ୍ତକ୍ଷେପ କରୁଥିଲି ବାରବାର। ମୁଁ ପ୍ରଥମରୁ ଯାହା ଭାବିଥିଲି ତାହା ହିଁ ଠିକ୍। ସତରେ ଇଏ ଗୋଟେ ପାଗଳ। ସିଧା କଥା କହିବା ବଦଳରେ ବୁଲେଇବଙ୍କେଇ ଯାଉସାଉ କଥା କହୁଛି। ଏମିତି ହିପୋକ୍ରେଟ୍ ଲୋକ ଗୁଡ଼ାକୁ ମୁଁ ଘୃଣା କରେ। ତଥାପି ତାଗିଦ୍ କରି କହିଲି,

: ସିଗାରେଟ୍ ଗୁଡ଼ାକ ଆଉ ପିଅନି ।

: ଏମିତି ମୁକ୍ତ ଉପଦେଶ ଦେବାକୁ ତୁମେ କିଏ ?

ସେ ମୋ ଉପରେ ନଜର ସ୍ଥିର କରି ପଚାରିଲା ।

: ମଣିଷ ।

: ମୁଁ ମଣିଷ ମାନଙ୍କର ଉପଦେଶ ଗ୍ରହଣ କରେ ନାହିଁ । ଅବଶ୍ୟ ତୁମେ ମୋତେ ମଣିଷ ଭଳି ବି ଲାଗୁନ । ମୋ ଭଳି ଅମଣିଷ ସହ କଥା ହୋଇ ନିଜର ମଣିଷତ୍ୱ ହରେଇ ସାରିଲଣି ।

: ହଁ, ମୁଁ ମଣିଷତ୍ୱ ହରେଇ ସାରିଛି, ଯେହେତୁ ତୁମ ପରି ଗୋଟେ ଅମଣିଷକୁ ଭଲପାଇ ବସିଛି ।

ମୋ କଥା ଶୁଣି ତା'ର ସିଗାରେଟ୍-ମନସ୍କ ମନ ଅନ୍ୟମନସ୍କ ହୋଇଗଲା । ସେଇ ଅନ୍ୟମନସ୍କତା ଯୋଗୁଁ ସିଗାରେଟ୍ ନିଆଁ ତା' ଓଠର ଉପର ଚମକୁ ଅଧା ପୋଡ଼ି ସାରିଲାଣି । କଷ୍ଟ ହେବାରୁ ସିଗାରେଟ୍‌କୁ ତତ୍‌କ୍ଷଣାତ୍ ତଳେ ଫିଙ୍ଗିଦେଲା ସେ । ତାଚ୍ଛଲ୍ୟ କରି କହିଲା,

: ମୋ ଭଳି ପୁଅକୁ ଭଲପାଉଛ ! ପଛରେ ପସ୍ତେଇବ ।

: ଯେଉଁ ପ୍ରେମରେ ପଶ୍ଚାତାପ ନାହିଁ, ସେ କି ପ୍ରେମ !

ମୋ ମୁହଁରୁ ଏତିକି ବାହାରିଲା । ମୋତେ ଲାଗିଲା, କୌଣସି ଏକ ହିନ୍ଦୀ ସିନେମାରେ ନାୟିକାର ଧୂଆଁଧାର ସଂଲାପରେ ଦର୍ଶକ ତାଲି ମାରିବା ଭଳି ଥିଲା ସେ ଧାଡ଼ି ।

ମୋ କଥା ଶୁଣି ସେ ହସିଲା । ପ୍ରଥମ ଥର ତା'ର ହସ ଦେଖୁଥିଲି । ହଁ, ଏଇ ହସ ଯୋଗୁଁ ସେ ଏବେ ସାମାନ୍ୟ ଭାବେ ପ୍ରେମିକ ଭଳି ମନେ ହେଉଥିଲା ।

ମୁଁ ସବୁଦିନ ସେଇବାଟ ଦେଇ କଲେଜ୍ ଯାଉଥିଲି । ତାକୁ ଭେଟୁଥିଲି । ହେଲେ କିଛି କହିପାରୁନଥିଲି । ସେ ବି ମୋତେ ସାମାନ୍ୟ ଚାହିଁ ଦେଇ ନଜର ଫେରେଇନେଉଥିଲା ।

ମୋ ସାଙ୍ଗ ମାନେ ତା' ବିରୁଦ୍ଧରେ ବହୁତ କଥା ମୋତେ କହିଲେ । ସେ ଖରାପ ବୋଲି ସମସ୍ତ ପ୍ରମାଣ ଆଣି ରଖିଲେ ମୋ ସାମ୍ନାରେ । ଏମିତିକି ତା ପୁରୁଣା ପ୍ରେମିକା ମାନଙ୍କର ଫଟ ଏବଂ ସେ ସବୁକୁ ସତ ବୋଲି ଦାବି କରୁଥିବା ତିନି ଚାରିଜଣ ଝିଅଙ୍କୁ ଆଣି ଛିଡ଼ାକରିଦେଲେ ମୋ ସାମ୍ନାରେ ।

●●●

ଯାବତୀୟ ଖରାପ ଜିନିଷକୁ ଭଲପାଇ ବସିବା ମୋର ପୁରୁଣା ଅଭ୍ୟାସ ।

ବାପା ବୋଧେ ସେଥିପାଇଁ ମୋ ନାଁ ଅପୂର୍ବା ଦେଇଥିଲେ! ସବୁ ଅପୂର୍ବ ଜିନିଷ ମୋର ପସନ୍ଦ। ଯେମିତିକି କଲରା ମୋର ସବୁଠୁ ପ୍ରିୟ ପରିବା ଆଉ ସପ୍ତାହ ଭିତରେ ରବିବାରକୁ ମୁଁ ବେଶୀ ଘୃଣା କରେ। ସବୁ ଖରାପ ଭିତରେ 'ଭଲ'ର ସନ୍ଧାନ କରିବା ମୋର ଏକ ପ୍ରକାର ଝୁଙ୍କ୍। ସେଇ ସନ୍ଧାନ ପ୍ରକ୍ରିୟାର ଅନେକ ବୃଥା ପ୍ରୟାସ ଭିତରୁ ବୋଧହୁଏ 'ପ୍ରେମ' ଥିଲା ମୋର ସଫଳ ପ୍ରୟାସ।

ଏବେ କଲେଜ୍ ଯିବା ବାଟରେ ସେଇ ନିର୍ଦ୍ଦିଷ୍ଟ ଛକରେ ତାକୁ ଦେଖେ। ହାତରେ ତା'ର ସିଗାରେଟ୍ ନଥାଏ। ମୁଁ ଖୁସିହୁଏ। ହେଲେ ବେଲେବେଲେ ଭାବେ ସତରେ କ'ଣ ସେ ମୋ ପାଇଁ ସିଗାରେଟ୍ ଛାଡ଼ିଦେଲା! କାରଣ ଯାହା ବି ହେଉ ତାର ଏ ନୂଆ ରୂପ ଭଲ ଲାଗୁଥିଲା ମୋତେ। ପାଗଳଟି ତେବେ ୟା ଭିତରେ ପକ୍କା ପ୍ରେମିକ ପାଲଟିଗଲାଣି। ହଁ, ତାର ଗୋଟେ କାବ୍ୟିକ ନାଁ, ଅନୁରାଗ। ହେଲେ ମୁଁ ତାକୁ ପାଗଳ ବୋଲି କହେ, ବୋଧହୁଏ ତାର ପାଗଲାମି ହିଁ ତାକୁ ପ୍ରେମ କରିବା ପାଇଁ ବାଧ୍ୟ କରିଥିଲା ମୋତେ।

ପ୍ରତିଦିନ ଭେଟ ହେଉଥିଲା ତା ସହ। ଆଖିରେ ଆଖି ମିଶିଗଲେ ଅଳ୍ପ ହସିଦେଉଥିଲା ସେ। କେବେକେବେ ମୋର ଖାଇବା ପିଇବା କଥା ପଚାରିଦେଉଥିଲା। ଆଉ କେବେ କିଛି ଖାଇବା ଜିନିଷ ବଢ଼େଇଦେଉଥିଲା ମୋ ହାତକୁ।

ଥରେ ସେ ମୋତେ କହିଲା,

: ତୁମେ କଳା ବିନ୍ଦି ଲଗାଅନି। ନାଲି ବିନ୍ଦି ତୁମ ମୁହଁକୁ ବେଶ୍ ମାନିବ। ଏ ପାଉଁଜି ବି ପିନ୍ଧନି। ପାଉଁଜିର ସ୍ୱର ପ୍ରତି ମୋର ବିରକ୍ତି। କୌଣସି ବାଦ୍ୟଯନ୍ତ୍ରର ସ୍ୱର ବି ମୋର ପସନ୍ଦ ନୁହେଁ। ମୋର ଗୋଟେ ସାଙ୍ଗ ଥିଲା, ସବୁବେଲ ଗିଟାରକୁ ଧରି ପାଖରେ ବଜଉଥିଲା। ଥରେ ତା' ଗିଟାରକୁ ତଲେ କଚାଡ଼ିଦେଲି। ସେବେଠୁ ଆମ ଦୁଇଜଣଙ୍କ ବନ୍ଧୁତା ଶେଷ।

: ଆଚ୍ଛା, ଏଇଟା ମୋ ପାଇଁ ଉପଦେଶ ନା ଆଦେଶ !

ମୁଁ ଟିକେ ଅହଂକାର ରଖି ପଚାରିଲି।

: ଅନୁରୋଧ। ତୁମେ ରଖିବ କି ନାହିଁ ତୁମ ଉପରେ ନିର୍ଭର କରେ।

କ'ଣ ଥିଲା ତା' କଥାରେ କେଜାଣି, ତା' ଅନୁରୋଧକୁ ମୁଁ ସ୍ୱୀକାର କରିନେଲି। ସେ ପାଗଳ କମ୍ ହିପ୍ନୋଟାଇଜର ବେଶୀ ଥିଲା; ନହେଲେ ମୁଁ କ'ଣ ତାକୁ ଭଲପାଇଥୁ'ଛି!

ପାଦରୁ ପାଉଁଜି ଖୋଲି ତା' ହାତରେ ଧରେଇ କହିଲି, ପାଖରେ ରହିଲେ ପିନ୍ଧିବାକୁ ଇଚ୍ଛା ହେବ। ତେଣୁ ତୁମ ପାଖେ ଥାଉ। କଳା ବିନ୍ଦି ବି ପାଉଁଜିରେ ଲଗେଇ ଦେଇଥିଲି।

ହେଲେ ମୁଁ କ'ଣ ଜାଣିଥିଲି ପାଉଁଜିକୁ ନେଇ ଘରେ ମୋ ପାଇଁ ଏକ ୫ଡ଼ ଅପେକ୍ଷା କରିଛି !

ମୋର ଖାଲି ପାଦକୁ ଦେଖି ମା' ପଚାରିଲା,

: ପାଉଁଜି କୁଆଡ଼େ ଗଲା ?

: ହଜିଗଲା।

: ଏକାଥରେ ଦୁଇଟାଯାକ ହଜିଗଲା !

ମା' ପ୍ରଶ୍ନର ଉତ୍ତର ଦେବାକୁ ମୁଁ ଅସମର୍ଥ ଥିଲି। ମା' ମାନେ ସବୁବେଳେ ଡିଟେକ୍ଟିଭ୍ ଭଲି କାହିଁକି ହୁଅନ୍ତି ବୁଝି ହୁଏନା ! ସତେକି ଝିଅ ମାନେ ନଭଲ୍ ଏରିଆର କୋଉ ଗୋଟେ ଗୁପ୍ତ ସୁଡ଼ଙ୍ଗର ରହସ୍ୟ !

ମା' ପୁଣି କହିଲା – : ସହରର କଂକ୍ରିଟ୍ ରାସ୍ତାରେ ବହଳ ପଙ୍କ ଥାଏ। ଆଜି ପାଉଁଜି ପୋତି ହୋଇଛି, କାଲି ଯଦି ପାଦ ପୋତି ହୋଇଯାଏ ! ପାଦ ଧୋଇବାକୁ ପାଣି ଟୋପେ ବି ମିଳିବନି।

ମା'ର କଥା ମୋ ମୁଣ୍ଡ ଘୁରେଇ ଦେଲା। ଏ ପୋତିହେବା କଥା ଆସିଲା କୁଆଡୁ! କଥା ଗୁଡ଼ାକ ଏ କାନରେ ପଶି ସେ କାନରେ ବାହାରିଗଲା। କେବଳ ଗୋଟିଏ କଥା ଦ୍ୱିଦରେ ପକାଇଲା; ପାଦ ପୋତି ହେବାର କଥା।

ସେଇ ପାଦ ପୋତି ହେବାର ଭୟ ବୋଧେ ମା'କୁ ବ୍ୟତିବ୍ୟସ୍ତ କଲା। ଆମ ଘରେ ଲଗାତାର ତିନିଟା ବାହାଘର ପ୍ରସ୍ତାବର ଲମ୍ବା ଧାଡ଼ି ଲାଗିଗଲା। ସେ ଧାଡ଼ିକୁ ଏଡ଼ାଇ ଦେଇ ମୁଁ ପାଗଳ ପାଖକୁ ଦଉଡ଼ିଲି। ତାକୁ କହିଲି,

: ଚତୁର୍ଥ ବାହାଘର ପ୍ରସ୍ତାବ ତୁମ ଘରୁ ଆସିବା ଦରକାର।

: ଅସମ୍ଭବ।

ସେ ଖୁବ୍ ହାଲ୍‌କା ଭାବରେ କହିଲା।

: କାହିଁକି ଅସମ୍ଭବ ?

ମୁଁ ରାଗିଯାଇ ପଚାରିଲି।

: ମୁଁ ତୁମକୁ ବାହାହେବାକୁ ଚାହେଁନା। ପ୍ରେମିକ ହେଇ ରହିବାକୁ ଚାହେଁ ବାସ। କାହାର ସ୍ୱାମୀ ହେଇ ଅଧିକାର ସାବ୍ୟସ୍ତ କରିବାକୁ ମୁଁ ଘୃଣା କରେ। ସଂସାର ଜଞ୍ଜାଳରେ ଘାଣ୍ଟି ହୋଇ ପ୍ରେମର ସତ୍ତା ହଜିଯାଏ। ସବୁଟି କୃତ୍ରିମତା ଥାଏ କେବଳ।

: ମୁଁ ଆଉଥରେ ପଚାରୁଛି, ତୁମେ ବାହାଘର ପ୍ରସ୍ତାବ ନେଇ ଆମ ଘରକୁ ଯିବ ନା ନାହିଁ ?

ଏଥର ଆଖିରେ ଲୁହ ଢଳଢଳ ହେଉଥିଲା ମୋର।

: ତୁମେ ଯେତେ ଥର ପଚାରିଲେ ମଧ୍ୟ ମୋର ସମାନ ଉତ୍ତର ଆସିବ । ମୋତେ ପ୍ରେମିକ ହୋଇ ରହିବାକୁ ଦିଅ ।

ସେ ଏତେ ସହଜ ହୋଇ ଏସବୁ କେମିତି କହିପାରୁଚି ! ଇଏ ତେବେ କ'ଣ ସତରେ ପାଗଳ ନା ଭୟଙ୍କର ମାନସିକ ରୋଗୀ ! ଏମିତି ଅଯୌକ୍ତିକ ଉତ୍ତର ପାଗଳ ମାନେ ହିଁ ଦିଅନ୍ତି । ଏହା ବୋଧେ ତା'ର ସେଇ ହିଂସ୍ର ଅମଣିଷତ୍ୱ ଯାହା ଅଜାଣତରେ ନିଜର ପରିଚୟ ଦେଇଗଲା ! ମଣିଷ ଏବଂ ଅମଣିଷର ଦ୍ୱନ୍ଦ ଭିତରେ ମୁଁ ପ୍ଲାଷ୍ଟିକ୍ ମଣିଷଟିଏ ପାଲଟିଯାଉଥିଲି ବେଳକୁବେଳ । ଘରମୁହାଁ ହୋଇ ଦଉଡ଼ିଲି ।

ଦଉଡ଼ି ଦଉଡ଼ି ଥକି ଯିବାପରେ ଯେଉଁଠି 'ଆଃ' ପଦକ ବାହାରେ ସେଇଠି ବୋଧେ ଝୁଣ୍ଟିପଡ଼େ ଜୀବନ । ଆଃ ପଦ ବାହାରିଲା ମୋ ଘର ସାମ୍ନାରେ ଏବଂ ବାହାଘର ପାଖରେ ଜୀବନ ଝୁଣ୍ଟି ପଡ଼ିଲା । ସେଇଠୁ ପାଦ ଖଣ୍ଡିଆ ହେଇଛି । ଆଙ୍ଗୁଳିରୁ ଝରୁଛି ଧାରଧାର ଅଦୃଶ୍ୟ ରକ୍ତ । ସେ ରକ୍ତ ପାଗଳକୁ ଦେଖାଗଲା ନାହିଁ; କିନ୍ତୁ ମୋ ମା'କୁ ଦେଖାଗଲା । ସେ କହିଲା,

: ଟାଣ ଖରାରେ ନିଶ୍ଚୟ ପଙ୍କ ଗୁଡ଼ାକ ଶୁଖ୍ ପଥର ହୋଇଯାଇଛି । ଶୁଖିଲା ପଙ୍କରୁ ପାଉଁଜି ଖୋଜୁଥିଲୁ । ଶେଷରେ ଗୋଡ଼ହାତ ଖଣ୍ଡିଆ କରି ଫେରିଲୁ !

: ନା ମା' । ନିଧୁମ୍ ବର୍ଷାରେ କଂକ୍ରିଟ୍ ରାସ୍ତାରୁ ସବୁ ପଙ୍କ ଧୋଇ ଯାଇଥିଲା । ସବୁ ପରିସ୍କାର । କେବଳ ଦଉଡ଼ି ଦଉଡ଼ି ପାଦ ଦୁଇଟା ଥକି ଯାଇଛି ।

● ● ●

ସେବେଠୁ ମୁଁ ଝୁଣ୍ଟି ଝୁଣ୍ଟି ଚାଲୁଛି । ସେ ଅଦୃଶ୍ୟ ରକ୍ତ ଏବେ ମଧ୍ୟ ଅବିଶ୍ରାନ୍ତ ଭାବେ ବହି ଚାଲିଛି । ସେ ରକ୍ତ ପାଗଳକୁ ଦେଖାଯାଏନି । ତା' ପସନ୍ଦର ନାଲି ବିନ୍ଦି ଏବେ ସିନ୍ଦୁରରେ ରୂପାନ୍ତରିତ ହୋଇସାରିଛି । କେବଳ ଶୂନ୍ୟପାଦର ରୂପାନ୍ତରିତ ମାଧ୍ୟମଟିଏ ଖୋଜି ପାଉନାହିଁ ।

ସେ ପାଗଳ କ'ଣ କଳା ବିନ୍ଦି ଆଉ ପାଉଁଜିକୁ ସାଇତି ରଖିଥିବ ! ନା ଅଲୋଡ଼ା ବୋଲି ଫିଙ୍ଗି ଦେଇଥିବ ! ପୁଣି ବୋଧେ ସିଗାରେଟ୍ ଟାଣିବା ଆରମ୍ଭ କରି ସାରିଥିବ ! କେବେ ଯଦି ଦେଖା ହୁଅନ୍ତା ତେବେ ପଚାରନ୍ତି ମୋ ପାଇଁ ଥିବା ପ୍ରେମର ପରିମାଣ କେତେ ବଢ଼ିଛି ?

ମୋର କିନ୍ତୁ ତା' ପ୍ରତି ଥିବା ସବୁ ପ୍ରେମ ମରିବାକୁ ଲାଗିଲାଣି । କର୍ତ୍ତବ୍ୟବୋଧ ଆଉ ଜଞ୍ଜାଳ ଭିତରେ ପାଗଳର ପାଗଳାମିକୁ ମନେ ପକାଇ ହୁଏନାହିଁ । ଜାୟା ଏବଂ ଜନନୀର ଚରିତ୍ରରେ ଅବତୀର୍ଣ ହେବା ପରେ ପ୍ରେମିକାର ଚରିତ୍ରଟି ଧ୍ୱଂସ ପାଇଗଲାଣି ।

ହଁ, ଯଦି ନିହାତି ପଚରା ଯାଏ, ସେ ପାଗଳ ପାଇଁ କେତେ ପ୍ରେମ ଅଛି ତେବେ ମୋ ପାଦର ଶୂନ୍ୟପଣ ସଠିକ୍ ଉତ୍ତର ଦେଇପାରିବ ।

ଏବେ ପ୍ରଶ୍ନ ଗୁଡ଼ାକ ବି ଉତ୍ତର ଖୋଜିବାକୁ ଚେଷ୍ଟା କରନ୍ତି ନାହିଁ । କିନ୍ତୁ କିଛି ଉତ୍ତର ଏତେ ବଳିଷ୍ଠ ଥାନ୍ତି ଯେ ସେମାନଙ୍କ ପାଇଁ ପ୍ରଶ୍ନ ଗୁଡ଼ାକ ଆପେ ତିଆରି ହୋଇଯାଆନ୍ତି ।

ଏ ହଜିବା ଖୋଜିବା ଠାରୁ ମୁଁ ଏବେ ବହୁତ ଦୂରରେ । ଭାବିନେଇଛି ବର୍ତ୍ତମାନକୁ ନେଇ ବଞ୍ଚିବା ହିଁ ଜୀବନ । ତଥାପି କ'ଣ ବଞ୍ଚି ହୁଏ !

●●●

ବିନା କୌଣସି ଅନ୍ବେଷଣରେ ଥରେ ସେ ପାଗଳ ସହ ଦେଖା ହୋଇଗଲା ହଠାତ୍ । ଅବଶ୍ୟ ସେ ମୋତେ ଦେଖିଛି କି ନାହିଁ ମୁଁ ସନ୍ଦେହରେ । କିନ୍ତୁ ମୁଁ ତାକୁ ଖୁବ୍ ସ୍ପଷ୍ଟ ଭାବେ ଦେଖିଛି । ଆଗପରି ଅସଜଡ଼ା କେଶ ନଥିଲା । ଦୂରରୁ ଖୁବ୍ ଶାନ୍ତ ଆଉ ଗମ୍ଭୀର ମନେ ହେଉଥିଲା । ହାତରେ ନିଶାମୁକ୍ତି ଆନ୍ଦୋଳନର କାଗଜ ଫଳକ; ପ୍ରତିନିଧିତ୍ବ କରୁଥିଲା ବୋଧେ । ତା' ପଛରେ ପ୍ରାୟ ଶହେରୁ ଦେଢଶହ ଅନୁଗମନକାରୀ ।

ବାସ୍, ମୋତେ ମିଳିଯାଇଥିଲା ଖୋଜୁନଥିବା ପ୍ରଶ୍ନର ଉତ୍ତର । ତା' ହାତରେ ଥିବା କାଗଜ ଫଳକଟି ଦର୍ଶାଉଥିଲା, ମୋ ପାଇଁ ଥିବା ପ୍ରେମର ପରିମାଣ କେତେ !

ସେ ବିବାହିତ କି ଅବିବାହିତ ଜାଣି ହେଉନାହିଁ । କିଏ ଜାଣେ ଯଦି ଆମ ପ୍ରେମକୁ ବଞ୍ଚାଇ ରଖିବାକୁ ଯାଇ ଅନ୍ୟ କାହାକୁ ବାହାହେଇ ଯାଇଥିବ ! ପାଗଳ ମାନେ କିଛି ବି କରିପାରନ୍ତି । ଯଦି ତା' ସ୍ତାର ଭିଜିଲାନ୍ ଆଖି ସେ ସାଇଟିଥିବା ମୋର ପାଉଁଜି ପାଖେ ପହଞ୍ଚି ଯାଇଥିବ ! ସେ ଯଦି ରହସ୍ୟର ଖୋଲତାଡ଼ କରୁଥିବ ! ଏ ପାଗଳ ତାକୁ କ'ଣ ଉତ୍ତର ଦେଉଥିବ ?

ଧେତ୍, ମୁଁ ସେ ପାଗଳ କଥା କାହିଁକି ଏତେ ଭାବୁଛି ? ତା' ପାଇଁ ତ ପ୍ରେମ ନାହିଁ ।

'ହାପି ଆନିବର୍ଶାରୀ' .... ମୁଁ ଚମକି ପଡ଼ିଲି ।

ଆଦିତ୍ୟଙ୍କ ଅଭିମାନ ଭରା ପ୍ରଶ୍ନ – : ସବୁଥର ପରି ପୁଣି ଭୁଲିଗଲ !

: ହଁ । ଆଉ ସବୁଥର ପରି କ୍ଷମା ବି ମାଗି ନେଉଛି ।

: ଝିଅ ମାନେ ଏ ଦିନ ଗୁଡ଼ାକ ବେଶୀ ମନେ ରଖନ୍ତି । ତୁମେ କେମିତି ଭୁଲିଯାଉଛ ?

: ଝିଅ ନାମରେ ମୁଁ ଗୋଟେ ବ୍ୟତିକ୍ରମ ।

: ହଁ, ନିଶ୍ଚୟ । ଝିଅର କୌଣସି ଲକ୍ଷଣ ନାହିଁ ତୁମପାଖେ । ତୁମେ ସଜବାଜ

ହେବାକୁ ପସନ୍ଦ କରନି । ନୂଆ ଶାଢ଼ୀ କି ଗହଣା ପିନ୍ଧିବାକୁ ପସନ୍ଦ କରନି । ବାହାଘର ଦିନଠୁ ଆଜି ଯାଏଁ କେବେ ପାଉଁଜି ବି ପିନ୍ଧିନାହିଁ ।

ଭାବିଲି, ସବୁ କ୍ଷତ ବୋଧେ ସେଇ ସମୟରେ ତିଆରିହୁଏ, ଯେତେବେଳେ ଲୁଣ ଔଷଧ ହେଇ ତିଆରିହେଉଥାଏ । ତଥାପି କହିଲି,

: ଆଛା, ମୋ ପାଦର ଶୂନ୍ୟତା ତୁମକୁ ସାତବର୍ଷ ପରେ ଦେଖାଗଲା !

: ନା, ବହୁଥର ଦେଖିଛି । କିନ୍ତୁ କେବେ ପଚାରିନି । ତାପରେ ଯେହେତୁ ତୁମେ ଝିଅ ନାମରେ ବ୍ୟତିକ୍ରମ, ଏ ପ୍ରଶ୍ନ ପଚାରିବାଟା ନିରର୍ଥକ । ହୁଏତ ମୋତେ ମିଛ ଉତ୍ତର ମିଳିପାରେ ।

ମୁଁ ଭାବିଲି, ପ୍ରଶ୍ନଟା ଆଦୌ ନିରର୍ଥକ ନୁହେଁ । କିନ୍ତୁ ମୁଁ ଉତ୍ତର ଦେଲେ ସବୁ ଅନର୍ଥ ହୋଇଯିବ । କହି ହେଉନଥିବା ସତ ଯେ ଏକ ପ୍ରକାର ମିଛ ନୁହେଁ, ଏକଥା ବୁଝାଇବା ମୁସ୍କିଲ । ମୁଁ କ'ଣ ଆଦିତ୍ୟକୁ ବୁଝାଇ ପାରିବି ଜଣେ ପାଗଳର ସିଗାରେଟ୍ ବିନିମୟରେ ମୁଁ ପାଉଁଜିକୁ ବନ୍ଧା ପକେଇ ଆସିଛି !

ସେ ପାଗଳ ବି ଗୋଟେ ପ୍ରତିଶୋଧ ପରାୟଣ ବ୍ୟକ୍ତି । ମୁଁ ତା' ସିଗାରେଟ୍ ସୌକ୍ ଛଡ଼େଇନେଲି ବୋଲି ସେ ମୋ ପାଉଁଜି ପିନ୍ଧିବାର ସୌକ୍ ବି ଛଡ଼େଇ ନେଇଗଲା । ଏବେ ନିହାତି ଭାବରେ ଆଦିତ୍ୟଙ୍କୁ ମିଛ ଉତ୍ତର ଦେବାକୁ ପଡ଼ିବ । କହିଲି,

: ତୁମେ ତ ଜାଣିଛ, ନୀରବତା ମୋର କେତେ ପସନ୍ଦ ! ପାଉଁଜି ସୁର ନୀରବତାକୁ ବ୍ୟାଘାତ ଦିଏ । ତେଣୁ ମୁଁ ପିନ୍ଧେ ନାହିଁ ।

ମୁଁ ଜାଣେ ମୋ ଉତ୍ତର ନିହାତି ଭାବେ ଅଯୌକ୍ତିକ । କିଛି ପ୍ରଶ୍ନ ଏମିତି ଥାଏ, ଯାହାର ଉତ୍ତର ଖୋଜିଲା ବେଳକୁ ମଣିଷଟି ଜୀବନ୍ତରୁ ପ୍ଲାଷ୍ଟିକ୍ ମଣିଷ ପାଲଟିଯାଏ ।

ମୁଁ ଅଖୋଜା ଉତ୍ତର ଆଉଆଳରେ ଜୀବନ୍ତ ମଣିଷ ହୋଇ ବଞ୍ଚିବାକୁ ଚାହେଁ । ହଁ, ଏଇଟା ସତ ଯେ ପାଉଁଜି ମୋ ପାଇଁ ଅଫେରା । ସେ କେବେ ମୋ ପାଦକୁ ଫେରିବନି ।

ଶୋଷ

ସେ ମୋ ପ୍ରେମିକା ନଥିଲା । କିନ୍ତୁ ତାକୁ ଯେତେଥର ଚାହିଁଲେ ବି ପ୍ରେମିକା ଭଳି ଲାଗୁଥିଲା । ସବୁ ସୁନ୍ଦରୀ କ'ଣ ପ୍ରେମିକା ଭଳି ଲାଗନ୍ତି ! ବୋଧେ ହଁ ।

ମାର୍ଚ୍ଚ ମାସର ଖରାବେଳ ।

ବୋତଲର ଠିପି ଖୋଲି ପାଣି ପିଇବାକୁ ଯାଉଥିଲି, ହେଲେ ହଠାତ୍ ମୋ ହାତରୁ ବୋତଲଟି ଛଡ଼େଇନେଇ ସେ ଏକା ଲୟରେ ଚାରିଶ ମି.ଲି. ପାଣି ପିଇଦେଲା । ମୋ ପାଇଁ ରକ୍ଷାଗଲା ମାତ୍ର ଶହେ ମି.ଲି.ର ପାଣି । କାରଣ ମୋ ପାଣି ବୋତଲଟି ପାଆଁଶ ମି.ଲି.ର ଥିଲା । ମୁଁ ତା' ମୁହଁକୁ ଭଲଭାବେ ଦେଖ୍ ପାରିଲି ନାହିଁ । କେବଳ ପଛପଟୁ ତା'ର ଦୋଲାୟମାନ ଲମ୍ବା କେଶ ଆଉ ସାଲୱାର୍ ଦେଖ୍ ଜାଣିଲି ବୋଧହୁଏ ସେ ସେଇ ଝିଅଟି ଥିଲା ।

ଲାଷ୍ଟ କ୍ଲାସ୍ ସରିବାକୁ ଆଉ ଦୁଇ ଘଣ୍ଟା ବାକି ଥିଲା । ଯଦି ମୋତେ ଭୟଙ୍କର ଭାବେ ଶୋଷ ଲାଗିଥାନ୍ତା ତେବେ ଏତିକି ପାଣି ନିଅଣ୍ଟ ପଡ଼ିଯାଇଥାନ୍ତା । ଦୁଇଦିନ ହେବ ଜ୍ୱର ଛାଡ଼ିଥିଲା । ମା' ମନା କରିଥିଲା ବାହାର ପାଣି ପିଇବା ପାଇଁ, ହେଲେ ଏ ଝିଅ ମୋତେ ଅଡ଼ୁଆରେ ପକାଇଦେଲା । ଅବଶ୍ୟ ସେଦିନ ମୋତେ ଆଦୌ ଶୋଷ ହୋଇନଥିଲା । ଶହେ ମି.ଲି. ପାଣି ସେମିତି ବୋତଲ ଭିତରେ ରହିଯାଇଥିଲା ।

ତା ପରଦିନ ଠିକ୍ ସେମିତି ନିଧୁମ୍ ଖରାବେଳରେ ଗୋଟେ ସାଲୱାର୍ ପିନ୍ଧା ଝିଅ ମୋ ସାମ୍ନାରେ ଆସି ଛିଡ଼ା ହୋଇଗଲା । ମୁଁ ଚମକି ପଡ଼ିଲି । ଆରେ ଇଏ ତ ସେଇ ଝିଅ ! ହଳଦୀ ରଙ୍ଗର ସାଲୱାର୍କୁ ନୀଲ ରଙ୍ଗର ଓଢ଼ଣୀରେ ସେ ବେଶ୍ ଆକର୍ଷଣୀୟ ମନେ ହେଉଥିଲା । ସେହି କ୍ଷଣରେ ମୋତେ ପ୍ରେମ ହୋଇଗଲା । କୁହନ୍ତି କି' 'ଲଭ୍ ଏଟ୍ ଫାର୍ଷ୍ଟ ସାଇଟ୍'; ମୋତେ ଠିକ୍ ସେମିତିକା ପ୍ରେମ ହୋଇଗଲା ।

ସେ ଟିକେ ଦମ୍ ନେଇ କହିଲା – ଥ୍ୟାଙ୍କ୍ ୟୁ । କାଲି ତରବର ରେ ପାଣି

ପିଇଦେଇ ଚାଲିଗଲି । କ୍ଲାସ୍ ଟାଇମ୍ ହୋଇଯାଉଥିଲା ବୋଲି ସାମାନ୍ୟ ଧନ୍ୟବାଦ ଟିଏ ଦେଇ ପାରିଲି ନାହିଁ ।

: ଆଚ୍ଛା, କାଲି ଯଦି ଶହେ ମି.ଲି. ପାଣିର ନିଅଣ୍ଟିଆ ଶୋଷରେ ମୁଁ ଅଂଶୁଘାତର ଶିକାର ହୋଇଥାନ୍ତି; ତୁମେ କ'ଣ ହସ୍ପିଟାଲ ଯାଇ ମୋତେ ଧନ୍ୟବାଦ ଦେଇଥାନ୍ତ ?

: ମାନେ !

: ମାନେ, ମୁଁ ବେଲେବେଲେ ବୁଝି ନହେଲା ଭଲି ପ୍ରଶ୍ନ କରେ । ଯିଏ ମୋ ପ୍ରଶ୍ନର ଉତ୍ତର ଦେଇପାରେ ନାହିଁ ସେ ମୋତେ ପାଗଳ ବୋଲି ଭାବେ । ଯେମିତିକି ଏବେ ତୁମେ ଭାବୁଛ !

ମୋ ସାଙ୍ଗ ଅଭୟ ଆସି ପଛପଟୁ ଧକ୍କା ଦେଇ କହିଲା – କ୍ଲାସ୍ ଟାଇମ୍ ହେଲାଣି ଶୀଘ୍ର ଆସେ । ଏ ଝିଅ କିଏ ?

ମୁଁ ଅପେକ୍ଷାକୃତ ବଡ଼ପାଟିରେ କହିଲି – ଇଏ ମୋ ପ୍ରେମିକା ।

ଏ ଗୋଟେ ପଦ କଥାରେ ମୋ ସାଙ୍ଗ ସେଠାରୁ ଚମ୍ପଟ ମାରିଲା । ଭାବିଥିବ ମୋ ପାଇଁ ଶକ୍ତ ଚାପୁଡ଼ାଟେ ପ୍ରସ୍ତୁତି ଅପେକ୍ଷାରେ ଅଛି । ହେଲେ ସେମିତି କିଛି ହେଲା ନାହିଁ । ସେ ଝିଅ ତା' ବଡ଼ବଡ଼ ଆଖିର ଧାରୁଆ ଚାହାଣିକୁ ଫିଙ୍ଗିଦେଇ ମୋତେ ପ୍ରଶ୍ନ କଲା – : ମୁଁ କେବେଠାରୁ ପ୍ରେମିକା ହେଲି ?

: ଏଇ ସାତ ମିନିଟ୍ ଆଗରୁ ।

: କ'ଣ ! ତୁମେ ଜୁନିୟର ସ୍ଟୁଡେଣ୍ଟ । ଦିଦି ଡାକିବ ମୋତେ ।

: ହଁ, ଜୁନିୟର । ହେଲେ ଦିଦି କାହିଁକି ଡାକିବି ? ତୁମେ ତ ମୋ ଠାରୁ ଦୁଇ ମାସ ସାନ ।

: କେମିତି ?

: ଖାଲି ସେତିକି ନୁହେଁ, ତୁମ ନାଁ ଅଲିଭା । ତୁମର ଘର ଠିକଣା ବି ମୁଁ ଜାଣେ ।

ସେ ଟିକେ ଭୟ ପାଇଗଲା ବୋଧେ । ଥଙ୍ଗଥଙ୍ଗ ହୋଇ କହିଲା –: କେମିତି ଜାଣିଲ ଏସବୁ ?

: ମୁଁ ଡିଟେକ୍ଟିଭ୍ ନୁହେଁ । ହେଲେ 'ପ୍ରେଜେନ୍ଟ ଅଫ୍ ମାଇଣ୍ଡ' ତତ୍ତ୍ୱକୁ ଆପ୍ଲାଏ କରିବାରେ ମୁଁ ଏକ୍ସପର୍ଟ । ତୁମ ବେକରେ ଝୁଲୁଥିବା ଆଇଡିଣ୍ଟି କାର୍ଡରୁ ଏସବୁ ଜାଣିଲି ।

: ଆଚ୍ଛା ଏମିତି ! ମୁଁ ଆସୁଛି, କ୍ଲାସ୍ ଟାଇମ୍ ହୋଇଗଲାଣି ।

: ମୁଁ ଭାବୁଛି, ଏବେ ତୁମେ ମୋତେ ନିଶ୍ଚୟ ପ୍ରେମିକ ବୋଲି ସମ୍ବୋଧନ କରିପାରିବ ।

: କେବେ ନୁହେଁ ।

ସେ ନାହିଁ କହିଲା, ମୁଁ ହସିଦେଲି । ସେ ଚାଲିଗଲା ସେଠାରୁ । ମୁଁ ତାକୁ କେବେ କୌଣସି ପ୍ରକାର ମନ୍ଦ ବ୍ୟବହାର କି ଅଧିକାର ସାବ୍ୟସ୍ତ କଲାଭଳି କୌଣସି କାର୍ଯ୍ୟ କରିନାହିଁ ।

ତାକୁ ପ୍ରେମିକା ବୋଲି ମଧ୍ୟ କାହା ଆଗରେ କହିପାରିନଥିଲି ଦ୍ୱିତୀୟ ଥର । କିନ୍ତୁ ମୁଁ ପ୍ରେମ କରୁଥିଲି, ଏକତରଫା ପ୍ରେମ । କୌଣସି ପ୍ରତ୍ୟାଶା ନରଖି ସମସ୍ତ ସଞ୍ଚିତ ଅନୁଭବକୁ ପାଥେୟ କରି ମୁଁ ତାର ଶୁଭଚିନ୍ତକଟିଏ ପାଲଟିଯାଇଥିଲି ।

ଅନେକ ଥର ତା' ସହ ସାମ୍ନାସାମ୍ନି ହୋଇଯାଏ । ସେ ମୋ ଠାରୁ ଆଖି ଫେରେଇ ନେଇ କିଛି ବାଟ ଯିବାପରେ ପଛକୁ ବୁଲିଚାହେଁ । ପୁନଶ୍ଚ ନଜର ଫେରାଇ ନିଏ । ସେଇ ବୁଲି ଚାହିଁବାର ପ୍ରତ୍ୟେକଟି କ୍ଷଣ, ଆଜି ମୋ ଡାଏରୀରେ ଫର୍ଦ୍ଦ-ଫର୍ଦ୍ଦ ସ୍ମୃତି ।

ମନ ଭିତରେ ସବୁବେଳେ ଅଲୋଡ଼ନ ସୃଷ୍ଟି ହେଉଥିଲା । ସବୁଠାରେ ଶୂନ୍ୟତାର ଉପସ୍ଥିତି । ମୋତେ ଏ ଶୂନ୍ୟପଣରୁ ମୁକ୍ତି ଦରକାର । ଥରେ ସମସ୍ତ ସାହସକୁ ଠୁଳ କରି ଯାଇ ପଚାରିଲି – : ତୁମେ କ'ଣ ସତରେ ମୋତେ ତୁମର ପ୍ରେମିକ ବୋଲି ଭାବ ନାହିଁ ?

: ନା...

ବାସ୍ । ଏଇ ଗୋଟିଏ ପଦ ଯଥେଷ୍ଟ ଥିଲା ମୋତେ ବେନାମୀ ପ୍ରେମିକ ଟିଏ ସଜାଇବା ପାଇଁ ..! କିନ୍ତୁ ମୁଁ ଦ୍ୱନ୍ଦରେ ଥିଲି । ତା'ର ପଛକୁ ବୁଲିଚାହିଁବାର ରହସ୍ୟ ମୋତେ ବିରାଟ ଦ୍ୱନ୍ଦରେ ପକାଇଥିଲା । ସେଇ ଦ୍ୱନ୍ଦ ଭିତରେ ମୋ ପ୍ରେମର ମୃତବତ ସତ୍ତା ବଞ୍ଚିବା ପାଇଁ ଭୟଙ୍କର ପ୍ରୟାସ ଜାରି ରଖିଥିଲା । ତଥାପି ସେବେଠାରୁ ସେ ମୋ ପାଇଁ ନିରୁଦ୍ଦିଷ୍ଟ । ତାକୁ ମନେ ପକାଇବାର କୌଣସି ପ୍ରୟାସ କରି ନାହିଁ ।

କିନ୍ତୁ ଶତଚେଷ୍ଟା କରି ମଧ୍ୟ ସେ ପାଆଁଶ ମି.ଲି.ର ବୋତଲକୁ ମୁଁ ଫିଙ୍ଗି ଦେଇ ପାରିଲି ନାହିଁ । କାରଣ ତା' ଭିତରେ ରହିଯାଇଥିଲା ସେଦିନର ବଳକା ଶହେ ମି.ଲି. ପାଣି ।

● ● ●

ବହୁଦିନ ପରେ ; ପ୍ରାୟ କିଛିବର୍ଷ ପରେ ଘରର କେଉଁ ଏକ କୋଣରୁ ମିଳିଲା ସେଇ ବୋତଲ । ମୋ ଧର୍ମପନ୍ତୀଙ୍କୁ ବୋତଲର ରଙ୍ଗ ପସନ୍ଦ ଆସିବାରୁ ତାର ଅଗ୍ରଭାଗକୁ କାଟିଦେଇ ସୁନ୍ଦର ପ୍ଲାଷ୍ଟିକ୍ ଫୁଲଦାନୀ ଟିଏ ପ୍ରସ୍ତୁତ କରିଛନ୍ତି । ବସ୍ତୁ ମାନଙ୍କୁ ଜୀବନ୍ତ କରିବାର କଳା ତାଙ୍କୁ ବେଶ୍ ଜଣା । ଖାସ୍ ତାଙ୍କରି ପାଇଁ ମୁଁ ମଣିଷରୁ ବସ୍ତୁ ଟିଏ ପାଲଟିଯାଇଛି, ପୁନଃ ଜୀବିତ ହେବା ଆଶାରେ !

ଅଫିସରୁ ଘର ଏବଂ ଘରଠୁ ଅଫିସ୍ ଭିତରେ ଜୀବନ ଏକ ପ୍ରକାର ସଂକୁଚିତ

ହୋଇଗଲାଣି। କାରଣ ପ୍ରସାରିତ ହେବାପାଇଁ କୌଣସି ଅବସର କି ମାଧମ ମିଳେ ନାହିଁ। ସଂସାର ରାସ୍ତାରେ ଏକମୁହାଁ ହୋଇ ଦଉଡ଼େ ନିଶ୍ୱାସ, ପଛରେ ଅନୁଗାମୀ ଦ୍ୱନ୍ଦମୟ ଅତୀତ ଏବଂ ଆଗରେ ପରସ୍ତପରସ୍ତ ଅସ୍ପଷ୍ଟ ଭବିଷ୍ୟତ। ସେଇ ଧାଁଧପଡ଼ ଭିତରେ ହଜିଯାଏ ପ୍ରେମ।

●●●

କାଲି ବସ୍‌ରେ ଅଫିସ୍‌ରୁ ଫେରୁଥିଲି। ଅସହ୍ୟ ଗୁଲୁଗୁଲି ସାଙ୍ଗକୁ ହାଲୁକା ଭିଡ଼ କେମିତି ଅଣନିଶ୍ୱାସୀ କଲା ଭଳି ମନେ ହେଉଥିଲା। ବୋତଲ ଟିପି ଖୋଲି ଦୁଇ ଢୋକ ପାଣି ପିଇଲି। ସାମ୍ନାପଟ ସିଟ୍‌ରୁ କେହି ଜଣେ କହିଲା - ଅଙ୍କଲ, ଟିକେ ପାଣିବଟଲ୍ ଦେବେ କି ?

ତା' ହାତକୁ ବୋତଲଟି ବଢ଼ାଇଦେବା ବେଳେ ତା' ଚେହେରା ଦେଖି ମୁଁ ଚମକିଲି। ଅବିକଳ ଅଲିଭାର ଚେହେରା ଭଳି ମନେ ହେଉଥିଲା, ନବେ ପ୍ରତିଶତ ପାର୍ଥକ୍ୟ ଶୂନ୍ୟ। ଏତେ ସାମଞ୍ଜସ୍ୟ କେମିତି ରହିପାରେ ! କିଏ ଏ ଝିଅ ? କଲେଜ୍ ୟୁନିଫର୍ମରେ ଅଛି, ବୟସ ଆନୁମାନିକ ସତର କି ଅଠର ହେବ। ମୁଁ କୌତୁହଳବଶତଃ ପଚାରିଦେଲି –: ତୁମ ନାଁ କ'ଣ ?

: ଅଭିସ୍ମା

: ମା'ଙ୍କ ନାଁ ?

ସେ କିଛି ସେକେଣ୍ଡ ମୋତେ ଚାହିଁ କ'ଣ ଟିକେ ଭାବିବା ପରେ କହିଲା,

: ଅଲିଭା ମିଶ୍ର। ହେଲେ ସେ ଏବେ ଆଉ ନାହାନ୍ତି। (ଏବେ ଜାଣିଲି ଚେହେରାର ଏତେଟା ସାମଞ୍ଜସ୍ୟ ପଛର ରହସ୍ୟ)

: ନାହାନ୍ତି ମାନେ ?

: ତାଙ୍କ ମୃତ୍ୟୁ ହେବାର ଚାରି ବର୍ଷ ହୋଇଗଲାଣି।

ମୁଁ ଏବେ ନୀରବ। କ'ଣ ପଚାରିବି ଆଉ ମା' ଛେଉଣ୍ଡ ଛୁଆଟାକୁ !

: ଆପଣ କ'ଣ ମୋ ମାମାଙ୍କୁ ଚିହ୍ନନ୍ତି ?

: ହଁ, କଲେଜ୍ ବେଳେ ମୁଁ ତାଙ୍କ ଜୁନିୟର ବ୍ୟାଚ୍‌ର ଥିଲି।

: ଅଙ୍କଲ, ମୋର ସ୍ଟପେଜ୍ ଆସିଗଲା। ମୁଁ ଆସୁଛି।

ଏତିକି କହି ସେ ଚାଲିଗଲା। ନୀରବରେ ଛୁଆଟିକୁ ଆଶୀର୍ବାଦ କଲି। ଅଲିଭା ଚାଲିଯିବା ପରେ ଛୁଆଟା ଏକୁଟିଆ ହୋଇଯାଇଥିବ। ଭଗବାନ ତାକୁ ସହାୟ ହୁଅନ୍ତୁ।

ମୁଁ ଟିକେ ବି ଜାଣିବାକୁ ଚେଷ୍ଟା କଲିନାହିଁ ଅଲିଭାର ମୃତ୍ୟୁ ପଛର କାରଣ କ'ଣ ?

କାହିଁକି ଚେଷ୍ଟା କରିବି !

ସେ ତ ମୋ ପ୍ରେମିକା ନଥିଲା !

ଆଜି ଯାଏଁ ଭାବୁଥିଲି, ଅତୀତ ଦ୍ୱନ୍ଦମୟ । ହେଲେ ଆଜି ଜାଣୁଛି ଅତୀତର ମୃତ୍ୟୁ ଘଟିସାରିଲାଣି; କିନ୍ତୁ ଦ୍ୱନ୍ଦ ଆଜି ବି ଜୀବିତ ।

ଘରକୁ ଆସିବା ପରେ କେମିତି ଗୋଟେ ଖାଲିପଣ ଆବୋରି ବସିଲା ମୋତେ । ସତେକି କିଛି ଗୋଟେ ହଜିଯାଇଛି ! ସେଇ ଖାଲିପଣ ମୋତେ ଭାବିବାକୁ ବାଧ୍ୟ କରୁଥିଲା ।

ଭାବନାର କ'ଣ ମୃତ୍ୟୁ ହୁଏ ନାହିଁ ! ସବୁ କିଛି ତ କ୍ଷଣସ୍ଥାୟୀ । ଏ ଭାବନା ଗୁଡାକ ଚୀରସ୍ଥାୟୀ ହୋଇ ମଣିଷକୁ କାହିଁକି ହରଡ଼ଘଣାରେ ପକାନ୍ତି ! କାହିଁକି ଅତୀତ ଭିତରକୁ ଧସେଇ ପଶନ୍ତି !

ଅତୀତକୁ ରୋମନ୍ଥନ କଲେ କେବଳ ସ୍ମୃତି ମାନଙ୍କର ଅବଶେଷ ମିଳେ । କିଛି ସ୍ମୃତି ମୃତବତ୍, କିଛି ଜୀବନ୍ତ ଏବଂ ଆଉ କିଛି ନିରପେକ୍ଷ ।

ପାଂଆଁଶ ମି.ଲି. ବୋତଲର ନିଃଶେଷରେ ଗଢାଯାଇଥିବା ପ୍ଲାଷ୍ଟିକ୍ ଫୁଲଦାନୀ ଟି ମୋର ମୃତବତ୍ ସ୍ମୃତି । କାରଣ ତା'ଠି ଅଲିଭାର ଅସ୍ତିତ୍ୱ ବାରି ହୁଏନାହିଁ ।

କିନ୍ତୁ ସେ ବଳକା ଶହେ ମି.ଲି. ପାଣି; ଯାହାକୁ ମୋର ପତ୍ନୀ ଗୋଲାପ କୁଣ୍ଡରେ ଢାଲିଦେଇଥିଲେ ସେଥିରେ ଏବେ ରକ୍ତ ଗୋଲାପ ଫୁଟୁଛି । ତାହା ମୋର ଜୀବନ୍ତ ସ୍ମୃତି ।

ମୋ ପ୍ରେମ ଥିଲା ନିରପେକ୍ଷ ସ୍ମୃତି । ନା ଅଧିକାର ସାବ୍ୟସ୍ତ କରିପାରିଲା ନା ଅଧୀକୃତ ହୋଇପାରିଲା !

•••

ସେତେବେଳୁ ସେ ଝରକା ପାଖେ ବସି କ'ଣ ଭାବୁଛ ? ବର୍ଷା ଛିଟା ଝରକା ବାଟେ ଆସି ଟେବୁଲ୍ କ୍ଲଥ୍ ଅଧା ଓଦା ହୋଇଗଲାଣି । ଝରକା ବନ୍ଦ କର –: ପତ୍ନୀଙ୍କ କଣ୍ଠସ୍ୱରରେ ମୁଁ ସମ୍ୱିତ ଫେରି ପାଇଲି ।

ଏ ବର୍ଷା ବି ବିନା ନୋଟିସ୍‌ରେ ପୁଣି ହାଜର ହୋଇଗଲା; ମାର୍ଚ୍ଚ ମାସର ମଲିନ ଅପରାହ୍ନରେ ।

ପୁଣି ପତ୍ନୀଙ୍କର ତାଗିଦ୍ କରିବା ଭଳି ପ୍ରଶ୍ନ– ଝରକା ସେପାଖକୁ ଚାହିଁ ପୁଣି କ'ଣ ଭାବୁଛ ?

: ଭାବୁଛି, ଝରକା ସେପାଖର ମଣିଷ ଗୁଡାକ କେତେ ସୁଖୀ !

: କେମିତି ?

: ସେମାନେ ଏତେ କୋଲାହଲରେ ଅଛନ୍ତି ଯେ ନିଜ ଅନ୍ତରର ଶୂନ୍ୟପଣକୁ ଅନୁଭବ କରିପାରୁନାହାନ୍ତି ।

: ହେଲେ ଅନ୍ତରର ଶୂନ୍ୟତା ତୁମକୁ କାହିଁକି ବ୍ୟତିବ୍ୟସ୍ତ କରୁଛି ?

: କିଛି ନିରପେକ୍ଷ ସ୍ମୃତି ଅନ୍ତରକୁ ମୋର ଶୂନ୍ୟତାରେ ଭରିଦେଇଛନ୍ତି । ପୁଣି ବିନା ନୋଟିସରେ ଆସିଥିବା ଏ ବର୍ଷା ଅନ୍ତରରେ ଅୟୁତ ବର୍ଷର ଶୋଷ ଭରିଦେଉଛି । ଥରେ ବର୍ଷାରେ ଭିଜିଲେ କେମିତି ହୁଅନ୍ତା ?

: ଏ ବୟସରେ ପୁଣି ବର୍ଷାରେ ଭିଜିବ !

: ହଁ, କିଛି ବର୍ଷର ଶୋଷ ମେଣ୍ଟିଯାଇପାରନ୍ତା । ଅତିକମରେ ଶହେ ମି.ଲି. ର ଶୋଷ ତ' ମେଣ୍ଟିଯିବ !

ମୋ କଥାର ଶେଷ ଧାଡ଼ି ଶୁଣି ମୋ ଧର୍ମପତ୍ନୀ ଏବେ ଦ୍ୱନ୍ଦରେ। ସେ ମୋ କଥା ବୁଝି ନପାରି ମୋତେ ପ୍ରଶ୍ନିଳ ଆଖିରେ ଚାହିଁ ରହିଛନ୍ତି । କିନ୍ତୁ ଅର୍ଥଶାସ୍ତ୍ର ପ୍ରଫେସର ଅଭିମନ୍ୟୁ ସାମନ୍ତରାୟ 'ଶହେ ମି.ଲି. ଶୋଷ' ପଛର ରହସ୍ୟ ବୁଝାଇବାକୁ ଅସମର୍ଥ।

BLACK EAGLE BOOKS

www.blackeaglebooks.org
info@blackeaglebooks.org

Black Eagle Books, an independent publisher, was founded as
a nonprofit organization in April, 2019. It is our mission to
connect and engage the Indian diaspora and the world at large
with the best of works of world literature published on a
collaborative platform, with special emphasis on
foregrounding Contemporary Classics and New Writing.